ullstein

SANDRINE ALBERT ist das Pseudonym der deutschen Autorin Sandra Åslund. Sie hat ein Fernstudium in kreativem Schreiben an der Textmanufaktur absolviert und ist Mitglied beim »Syndikat« sowie bei den »Mörderischen Schwestern«. Seit ihrer Jugend ist die Autorin begeisterte Frankreich-Liebhaberin, und zeitweise plante sie, dorthin auszuwandern. Doch die Liebe wollte es anders: Heute lebt und schreibt sie in Berlin und Schweden. Aber immer wieder zieht es sie zurück in den Süden, um aufzutanken und für ihre Bücher zu recherchieren. In ihren Kriminalromanen verwebt die Autorin das französische Savoir-vivre mit aktuellen umweltpolitischen Themen.

Sandrine Albert

Mord au Vin

Ein kulinarischer Bordeaux-Krimi

Ullstein

Besuchen Sie uns im Internet:

www.ullstein.de

Wir verpflichten uns zu Nachhaltigkeit
- Klimaneutrales Produkt
- Papiere aus nachhaltiger
  Waldwirtschaft und anderen
  kontrollierten Quellen
- ullstein.de/nachhaltigkeit

Originalausgabe im Ullstein Taschenbuch

1. Auflage Mai 2021

2. Auflage 2021

© Ullstein Buchverlage GmbH, Berlin 2021

Umschlaggestaltung: zero-media.net, München

Titelabbildung: © FinePic®, München

Gesetzt aus der Quadraat Pro powered by pepyrus.com

Druck- und Bindearbeiten: CPI books GmbH, Leck

ISBN 978-3-548-06412-3

Il n'y a personne
qui ne soit dangereux
pour quelqu'un.

Es gibt niemanden,
der nicht für jemanden
gefährlich ist.

Marie de Rabutin-Chantal,
Marquise de Sévigné

Prolog

Sonntag, 3. September 2017

Der Schlag traf sie unvorbereitet mitten ins Gesicht. Sie taumelte rückwärts und schaffte es gerade so, nicht zu stürzen. Wie konnte er es wagen! Nie im Leben hätte sie damit gerechnet, dass er diese Grenze überschreiten würde. Nicht nach allem, was sie über seine Kindheit erfahren hatte, über seinen Vater.

Dann sah sie in seine Augen, die kurz zuvor noch so sanftmütig geblickt hatten, so treu ergeben. Entfesselte Wut blitzte ihr entgegen.

Sie hatte ihn völlig falsch eingeschätzt. Er hatte den einen Moment ausgenutzt, in dem sie nicht aufgepasst hatte.

Es war ein Fehler gewesen, sich so stark auf ihn einzulassen, ein Fehler, mit ihm herzukommen, in diese abgelegene Hütte auf einer Anhöhe. Ein idyllisches Wochenende zu zweit hätte es sein sollen, fernab von Bordeaux in malerischer Natur. Um sie herum nichts als Weinfelder und Wald, die nächsten Nachbarn weit entfernt. Keiner hörte sie, wenn sie schrie.

Sie musste hier weg. Sofort. Weg aus der Hütte, weg von ihm.

So schnell sie konnte, hechtete sie auf die Tür zu.

»*Attends!*« Er sprang ihr hinterher, griff nach ihr, doch seine Finger erwischten nur einen Zipfel ihres Shirts.

Sie riss die Tür auf und rannte los.

»Bleib da! Wir können das klären!«, hörte sie ihn hinter sich rufen, während sie den schmalen Sandpfad entlangpreschte.

Die Luft stand still, hier, im Landesinneren. Unbarmherzige Hitze, auch jetzt noch, Anfang September. Nach der Kühle in dem unter Pinien und Kiefern geschützt liegenden Steinhäuschen raubte die flirrende Mittagshitze ihr fast den Atem.

Zur *cabane* führte lediglich ein Fußweg hinauf. Das Auto parkte ein Stück weiter unten. Die Schlüssel lagen in einer Schale auf dem Esstisch. Ob er zurücklaufen würde, um sie zu holen? Nein, seine Schritte klangen dicht hinter ihr.

Er war muskulös, aber sie hatte die größere Ausdauer. Sie konnte es schaffen. Der Weg schlängelte sich durch die Weinfelder den Hang hinab bis zur Landstraße in Richtung Bordeaux. Linker Hand erspähte sie zwei Wohnhäuser. Autos vor den Garagen, geöffnete Fenster und Türen. Wenn sie bis dorthin –

Sie strauchelte, fing sich wieder. Weiter, nur weiter. Ihr Herz drohte zu zerspringen, so heftig pochte es in ihrer Brust. Sie durfte ihren Körper nicht der Panik überlassen! Tief und gleichmäßig atmen. Ein Blick über die Schulter – der Abstand zwischen ihnen hatte sich vergrößert.

Mit knallrotem Kopf hastete er hinter ihr her, rief etwas, das sie nicht verstand.

Der Weg führte in einem großen Bogen zu den Häusern hinunter. Blitzschnell schlug sie einen Haken und rannte in das Weinfeld hinein.

Sofort bereute sie ihre Entscheidung. Zwischen den Rebstockreihen kam sie nicht so schnell voran. Der unebene Boden bremste sie aus. Ein Sturz wäre fatal. Trotzdem beschleunigte sie ihre Schritte, konzentrierte sich darauf, die Füße bewusst aufzusetzen.

Sie war so unfassbar naiv gewesen, mit ihm in diese Abgeschiedenheit zu kommen. Eine Unterkunft für die Erntehelfer, wie es sie überall in der Weinregion gab, mitten im Nirgendwo, wie romantisch. Wie gefährlich.

Etwas zischte an ihrem linken Ohr vorbei und prallte vor ihr auf. Hatte er tatsächlich einen Stein nach ihr geworfen? Ihr Herz machte ein paar unregelmäßige Schläge. Sie stolperte, verlor das Gleichgewicht und stürzte auf die rissige Erde. Distelstacheln und Schottersteinchen bohrten sich in ihre Handflächen. Verzweifelt versuchte sie noch, den Sturz abzufedern. Im nächsten Augenblick schlug sie mit dem Gesicht auf dem Boden auf. Dann wurde alles schwarz.

Kapitel 1

— ●◆● —

Dienstag, 12. September 2017

»Was würden wohl die meisten Franzosen auf die Frage antworten, was ihnen zum Glück fehlt?«

»Geld?« Claire schielte zu Philippe hinüber, während sie neben ihm die sandigen Stufen hochstapfte.

»Einige gewiss. Was sonst?«

»Zeit.«

»Zeit ist Geld – sagt man doch so, *n'est-ce pas?* Aber wer denkt eigentlich heute noch darüber nach, was Benjamin Franklin mit diesem Ausspruch wirklich gemeint hat?«

»Worauf willst du hinaus?« Claire rieb sich den Schweiß von der Stirn.

»Manchmal hätte ich größte Lust, etwas zu erfinden, das diesen globalen Wirtschaftsirrsinn für eine Zeit pausieren ließe. Damit wir gezwungen wären innezuhalten. Stell dir vor, wir hätten plötzlich Zeit, einfach so, ohne Druck dahinter.«

Ungefähr die Hälfte der knapp einhundertsechzig Stufen lagen noch vor ihnen, ehe sie den ersten Gipfel der Düne von Pilat erreicht haben würden. Claire blieb stehen und betrachtete ihren Begleiter. Neben ihm lief Audrey, die schwarz-weiß-braun gefleckte Hundedame undefinierbarer Rasse, die Philippe von einer seiner zahlreichen Rucksackreisen mitgebracht hatte. Der braun gebrannte hellblonde Mann wirkte auf den ersten Blick wie ein waschechter Surfer. Öffnete der vermeintliche Sonnyboy jedoch den Mund, überraschte er mit tiefgründigen Gedanken und provokativen Thesen zu verschiedensten Themen.

Claire gefiel es, sich in solchen Gesprächsnetzen zu verfangen, mit Philippe zu diskutieren, Argumente aufeinanderprallen zu lassen und zu beobachten, was sich dabei herauskristallisierte. Nicht selten arteten ihre Gespräche in ein regelrechtes Wortgefecht aus. Gleichzeitig besaß Philippe einen unkonventionellen Humor, und immer wieder verblüffte er Claire, indem er völlig unerwartet eine festgefahrene Diskussion mit einem Scherz aufbrach.

Dieses Mal gelangten sie von wilden, ökoradikalen Umsturzplänen über den Neoliberalismus zum Buddhismus. Als Claire das nächste Mal nach oben sah, lagen nur noch wenige Stufen vor ihnen. In unausgesprochenem Einverständnis verfielen Philippe und sie in ein fast meditatives Schweigen.

Ein Besuch der Düne hatte für Claire seit jeher etwas Magisches. Deswegen kam sie niemals in der Touristensaison hierher, wenn sich Menschenmassen auf den Treppenstufen drängten. Erst jetzt, im September, lohnte es sich wieder. Besonders in den Stunden am späten Nachmittag, wenn die Sonne tiefer am Himmel stand. Meistens ging sie allein. Dass Philippe sie heute begleitete, war eine Ausnahme.

Noch ein paar Schritte, dann waren sie oben. Über knapp drei Kilometer breitete sich vor ihnen Europas größte Wanderdüne aus. Claire ließ ihren Blick über die schier endlose Sandfläche gleiten und dachte an ihren allerersten Ausflug auf die Düne. Damals war sie sieben Jahre alt gewesen. Sie hatte sich bäuchlings hingelegt und sich vorgestellt, sie sei in der Wüste – das Meer nicht sichtbar, nur Sand, Sand, Sand.

Erst weit dahinter befand sich das blaue Gold. Der Ozean, der an windstillen Tagen wie gemalt dalag. In stürmischen Zeiten offenbarte er seine ganze Kraft in meterhohen Wellen. Claires Vater hatte ihr früh Respekt vor der unberechenbaren Gewalt des Atlantiks beigebracht. Immer noch kamen jedes Jahr Menschen beim Baden oder Surfen in den Wassermassen zu Tode. Unbekümmerte Freude und Lebensgefahr, so dicht beieinander.

Claire drehte sich nach rechts und schaute zum Ende der Düne. Zwischen dunkelgrünen Baumkronen blitzten die Dächer einer Luxushotelanlage hindurch. Nicht weit davon entfernt, aber von hier nicht sichtbar, lag ihr Zuhause.

Zwei Jahre war es her, dass sie das Angebot ihres Vaters angenommen hatte und in die zweistöckige Strandvilla eingezogen war, eine seiner zahlreichen Immobilien. Zwei Jahre, seit sie ihren Abschluss an der *Université Panthéon-Assas* in Melun gemacht hatte und sich offiziell *enquêtrice privée*, Privatdetektivin, nennen durfte.

Claire schmeckte das herbe Salz des Atlantiks auf ihren Lippen, sie roch den Duft der Pinien, in dem eine fischig-modrige Note von Tang mitschwang. Sie spürte den erfrischenden Wind auf ihrem Gesicht. Ein Gefühl vollkommener Freiheit und Ungebundenheit überkam sie, und sie stieß einen Juchzer aus.

»Wenn du dich als neuer Möwenschreck bewerben möchtest – die Voraussetzungen hast du.« Philippe blinzelte sie aus seinen braunen Augen schelmisch an.

»Nur mit dir an meiner Seite, du Vogelscheuche!«

Philippe lachte. »Lust auf ein Wettrennen? Wer zuerst am Wasser ist!« Schon spurtete er los, und Audrey fegte hinter ihm her.

Claire lächelte in sich hinein, als sie den beiden in gemächlichem Tempo folgte. Mit den Hausschlüsseln hatte sie von ihrem

Vater zugleich Philippes Gärtnerdienste übernommen, und mittlerweile war die Gesellschaft dieses Mannes, den Claire irgendwo zwischen Lebenskünstler, Philosoph und Pflanzenflüsterer einordnete, zu einem festen Bestandteil ihres Alltags geworden. Anfangs hatte er sich nur um ihren Garten gekümmert, doch inzwischen war er ihr bester Kumpel und gelegentlicher Liebhaber.

»Wo bleibst du, lahme Schnecke?« Philippe hatte bereits ein gutes Drittel des Abhangs hinter sich gebracht und drehte sich zu ihr um.

»Ich krieg euch noch!« Claire lachte und rannte los.

Audrey hatte fast den Fuß der Düne erreicht, da stoppte sie abrupt mitten im Lauf, machte kehrt, sauste ein Stück zurück und begann wie wild im Sand zu graben.

»Audrey! *Lâche*!« Philippe glitt einige Meter wie ein Surfer über den Sand und kam neben der aufgeregt bellenden Hundedame zum Stehen. »Hast du etwa einen Schatz entdeckt?« Interessiert beugte er sich hinunter, schoss jedoch sofort wieder in die Höhe. »Claire, komm mal her!«

Sein Tonfall alarmierte sie. Normalerweise brachte Philippe so schnell nichts aus der Ruhe. Sie beschleunigte ihre Schritte, tat es ihm nach und rutschte das letzte Stück hinab, ehe sie scharf abbremste. »Was ist denn los?«

Wortlos deutete Philippe auf die Stelle, an der Audrey zu buddeln begonnen hatte. Claires Augen folgten seinem ausgestreckten Arm. Auf den ersten Blick sah sie nur etwas Flachsartiges, das sie an getrocknetes Seegras erinnerte. Dann erkannte sie die Wölbung. Zwischen den einzelnen Strängen schimmerte es bräunlich.

Audrey kläffte wie wild, während Philippe sich bemühte, eine Leine an ihrem Halsband zu befestigen.

»Halt sie gut fest!« Claire trat näher an das heran, was dort im

Sand vergraben war. Sie ging in die Hocke und schaute genauer hin. Es gab keinen Zweifel. Ein menschlicher Schädel, von ehemals blondem, langem Haar bedeckt.

Entsetzt fuhr sie hoch und starrte auf den grauenvollen Fund. Hier lag, seit offensichtlich längerer Zeit, ein Mensch verscharrt. Ruckartig wandte sie sich zu Philippe um.

Er hielt Audrey, die sich wie wild gebärdete, dicht neben sich an der Leine. »Ist es -?«

Claire nickte und kramte in ihrer Umhängetasche nach dem Mobiltelefon. »Ich rufe die Polizei. Am besten gehst du mit Audrey zurück. Sie dreht sonst noch durch. Das Ganze kann eine Weile dauern.«

»Ist gut. Gib mir später Bescheid, ja?«

»D'accord.«

Nachdem sie den Anruf getätigt hatte, betrachtete Claire das wenige, was die Düne von der Leiche freigab. Die bräunliche Haut, die den Schädel überspannte, wirkte wie Leder. Claire wusste, dass sich Mumien unter gewissen Bedingungen auf natürlichem Wege bilden konnten. Moorleichen entstanden beispielsweise durch Sauerstoffausschluss und das saure Milieu im Moor. Auch in der Wüste, wo Trockenheit und hohe Temperaturen vorherrschten, trat das Phänomen der Nichtverwesung auf.

Welches Geheimnis barg dieses Grab aus Sand? Hatte es einen Unfall gegeben – oder womöglich ein Verbrechen? War die Person hier gestorben oder an einem anderen Ort und dann hierhergebracht worden? Widerwillig bezwang Claire ihren kriminalistischen Spürsinn, der sie antreiben wollte, die Leiche eingehender zu untersuchen. Die Überbleibsel der oder des Toten könnten ihr unzählige Hinweise liefern, was sich zugetragen hatte, ob es ein natürlicher Tod gewesen oder ein Leben gewaltsam beendet worden war. Doch dies war keiner ihrer Fälle und sie nichts weiter als eine Privatperson.

Claire ging einige Schritte zur Seite und konzentrierte sich auf das umliegende Areal, um gegebenenfalls Touristen, insbesondere Kinder, fernzuhalten. Das war jedoch gar nicht nötig, denn die meisten blieben oben, in der Nähe des ersten Dünengipfels.

Sie ließ sich im Schneidersitz im Sand nieder und blickte auf die weiten, monotonen Sandflächen. Allmählich verfiel sie in einen eigenartigen, fast meditativen Zustand. Aber jedes Mal, wenn sie in einen Halbschlaf abzudriften drohte, schreckte sie hoch in dem Bewusstsein, dass nur wenige Meter von ihr entfernt eine Leiche im Sand lag.

Eine gefühlte Ewigkeit später tauchten zwei Männer der Gendarmerie von Arcachon auf. Claire erhob sich, klopfte sich den Sand von der Hose und ging ihnen entgegen. Sie stellte sich vor, erklärte ihnen, was geschehen war, und zeigte ihnen den Fundort. Der Ältere von ihnen bat sie, auf den leitenden Commandant der *police nationale* zu warten. Bald darauf trafen zwei Kollegen der Spurensicherung sowie drei Feuerwehrleute ein. Sie sperrten das Gelände weiträumig ab und begannen damit, den Leichnam freizulegen.

Interessiert beobachtete Claire von der Absperrung aus, wie allmählich Konturen erschienen. Sie hatte sich nicht getäuscht. Die Leiche befand sich in einem mumienähnlichen Zustand. Dem langen Haar und der Kleidung nach schien es sich um eine Frau zu handeln. Claire schaute genauer hin. Am Rock entdeckte sie ein Label von *Gucci*.

Während des Studiums hatte sie einen Sehtest gemacht, bei dem herauskam, dass sie sich von ihrem Sehvermögen her als Pilotin eignen würde. So hatte sie schon oft Details erkennen können, ohne nah an einen Tatort herantreten zu müssen.

Der Haaransatz der Toten verriet, dass das Blond gefärbt war, um ein fortgeschrittenes Grau zu verstecken. Sogar ein Permanent-Make-up an den Augenbrauen konnte Claire ausmachen. Höchstwahrscheinlich also eine Frau in nicht mehr ganz jungen Jahren, die Wert auf ihr Äußeres gelegt und dafür auch einiges ausgegeben hatte. Automatisch speicherte Claire diese Beobachtungen ab.

Es verging eine weitere Viertelstunde, bis ein Mann die Düne hinuntergelaufen kam, dessen lässige und zugleich selbstsichere Haltung schon aus der Ferne von einer höheren Position bei der französischen Polizei zeugte. Statt Uniform trug er ein weißes Hemd mit aufgekrempelten Ärmeln, die obersten Knöpfe geöffnet, dazu eine dunkelblaue Anzughose, das Sakko hatte er über die Schulter geworfen. Der Mann sprach kurz mit einem der Gendarmen, welcher in Claires Richtung deutete, und kam dann zu ihr herüber.

»*Bonsoir*, Madame, ich bin Commandant Chénier. Man sagte mir, dass Sie es waren, die die Leiche entdeckt hat?« Seine fast schwarzen Haare bildeten einen interessanten Kontrast zu seinen blauen Augen – ohne diese strenge Miene hätte er recht attraktiv sein können.

»*Bonsoir*, Commandant Chénier. Ich heiße Claire Molinet. Eigentlich war es die Hündin meines Begleiters. Sie begann plötzlich, an der Stelle zu buddeln. Wir liefen hin, und da sahen wir die Tote – wir haben nichts angerührt.«

Commandant Chénier blickte sich suchend um. »Wo ist Ihr Begleiter jetzt?«

»Vermutlich schon zu Hause.«

»Warum das?«

»Ich habe ihn weggeschickt, weil ...«

»Sie haben was? Mit wessen Erlaubnis?« Commandant Chéniers Ton verschärfte sich.

»Hätten Sie es vorgezogen, dass der Hund die Leiche ausgräbt? Ich gebe Ihnen gern die Kontaktdaten meines Bekannten.« Bereits nach wenigen Sätzen wusste Claire, dass sie sich zurückhalten musste, um mit dem Commandant nicht aneinanderzugeraten.

»Bitte. Und Ihre Angaben brauche ich natürlich auch.« Mit undurchdringlichem Gesichtsausdruck musterte Commandant Chénier sie.

»Bien sûr. Un moment.« Claire griff in ihre Tasche und holte das goldene Kästchen hervor, in dem sie ihre Visitenkarten aufbewahrte. Ein Geschenk ihres Vaters zum Studienabschluss, das er ihr überreicht hatte mit den Worten: Der erste Eindruck ist entscheidend!

Sie klappte es auf und überlegte, ob sie eine der Karten nehmen sollte, die obenauf lagen, oder lieber eine von jenen, die sie ganz nach unten geschoben hatte. Instinktiv zog sie die oberste heraus. Gourmande française, französische Naschkatze, stand darauf, darunter die Website sowie die zugehörige Mailadresse, auf der Rückseite prangte in geschwungenen Lettern Claire Molinet. Nicht jeder brauchte zu wissen, womit sie eigentlich ihr Geld verdiente. »Hätten Sie einen Stift für mich?« Sie setzte ein charmantes Lächeln auf.

Commandant Chénier griff in die Innentasche seines Sakkos, kam auf sie zu und gab ihr einen silbernen Kugelschreiber. Aus der Nähe fiel Claire das ungewöhnlich tiefe Blau seiner Augen auf, in denen türkisgrüne Sprenkel tanzten, und für einen Augenblick verlor sie sich darin.

Abrupt machte sie zwei Schritte rückwärts. Rasch notierte sie ihre Telefonnummer unter ihrem Namen, dann reichte sie dem

Commandant seinen Stift und die Karte, die er sich mit gerunzelter Stirn ansah.

»*Gourmande française* – betreiben Sie ein Restaurant?«

»Ich schreibe einen Blog. Französische Küche, neue Trends in der Esskultur.« Mittlerweile nutzte Claire ihren Foodblog, den sie vor sieben Jahren ins Leben gerufen hatte, eher hobbymäßig und gebrauchte ihn gern als Deckmantel.

Commandant Chénier ging nicht weiter darauf ein, doch dem spöttischen Zug um seinen Mund entnahm Claire, wie viel er von dieser Art Beruf hielt. »Wohnen Sie hier in der Nähe?«

»Nördlich der Düne, in Pilat Plage.« Als Claire ihm den Straßennamen in ihrem Viertel nannte, sah sie an seinem Gesichtsausdruck, dass er sie gerade in eine Schublade gesteckt hatte, die etikettiert war mit der Aufschrift *verwöhntes Kind reicher Eltern*.

Claire seufzte innerlich auf. Sie kannte das schon: Eine Adresse in dieser Gegend lieferte unwillkürlich einen gesellschaftlichen Status mit, auf den nicht jeder mit Begeisterung reagierte. Dass sie ihm die Bloggerin unter die Nase gerieben hatte, setzte dem Klischee noch eines obendrauf. Selbst schuld.

Sie hätte sich nun einfach verabschieden und gehen können. Commandant Chénier würde sie innerhalb weniger Minuten vergessen haben, er hatte im Moment wahrlich Besseres zu tun, als sich um Banalitäten wie ihren sozialen Hintergrund Gedanken zu machen. Es war Claires beruflicher Ehrgeiz, der an ihr nagte und sie dazu verleitete, die nächste Frage zu stellen: »Wie viele Fälle gab es in den vergangenen Jahren in dieser Region, bei denen die verschwundene Person weiblich, mittleren Alters und gut situiert war?«

Überrascht sah Commandant Chénier sie an. »Worauf beziehen Sie sich?«

»Auf die Leiche natürlich.« Claire machte eine ungeduldige Handbewegung in Richtung Fundstelle.

»Wie kommen Sie darauf, dass es eine Frau ist? Männer können doch auch lange Haare haben.«

»Aber die wenigsten von ihnen tragen Permanent-Make-up an den Brauen.«

Commandant Chénier schaute mit zusammengekniffenen Augen zu dem leblosen, nun vollständig freigelegten Körper hinüber. Er wirkte verunsichert, jedoch nur kurz. Dann verhärteten sich seine Züge. »Haben Sie nicht gesagt, Sie hätten nichts angerührt?«

»Meine Fingerabdrücke werden Sie auf der Leiche nicht finden.«

»Soll ich Sie jetzt nach Handschuhen durchsuchen?«

»Würde Ihnen das gefallen?«

Für einen Moment sah der Commandant sie fassungslos an. Er schüttelte leicht den Kopf. »Madame Molinet, ich habe hier einen wichtigen Job zu erledigen. Sagen Sie mir nun also, ob Sie die Leiche untersucht haben, ehe wir –«

»Um einen ergrauten Haaransatz oder Permanent-Make-up zu erkennen, muss ich nicht neben der Fundstelle knien.« Claire gab ihrem ungerührten Ton so viel Leichtigkeit wie möglich mit. »*Bon*, dank der Mumifikation haben Sie ja eine Menge sprechender Fakten vorliegen, aus denen Sie schöpfen können.«

»Sie kennen sich offensichtlich gut in der Kriminalistik aus.«

»Ich liebe Kriminalserien.«

Commandant Chénier warf ihr einen skeptischen Blick zu. Nun schien er endgültig nicht mehr zu wissen, wie er sie einordnen sollte.

Der ältere Gendarm stapfte heran. »*Pardon*, Monsieur le Commandant, die Gerichtsmedizinerin ist gerade angekommen.«

»Madame Molinet, ich danke Ihnen für Ihren Einsatz als Zivilistin.« Der Commandant nickte ihr zu. »Und für die ersten ermittlungstechnischen Informationen.« Die Ironie in seiner Stimme war nicht zu überhören. »Ich werde mich bei Ihnen melden, sollte es nötig sein. Für alle Fälle ...«, er zog nun seinerseits eine Visitenkarte hervor und reichte sie ihr.

»Gern geschehen.« Claire setzte ein freundlich-harmloses Lächeln auf und steckte die Karte ein. »Teure Kleidung übrigens, die Ihre Tote da trägt – *Gucci*, wenn ich mich nicht irre.« Während sie fortging, hörte sie ihn hinter sich leise grummeln.

Kapitel 2

—◆—◆—

Claire holte eine Auflaufform aus dem Ofen. Hähnchenbrust, überbacken mit Camembert – es duftete himmlisch, auch wenn es lediglich die Reste des gestrigen Abendessens waren, die sie aufgewärmt hatte. Dazu gab es Wildreis und einen kleinen Salat mit Tomaten aus dem Garten. Philippe hatte in diesem Jahr zum ersten Mal eine Auswahl an alten Sorten gepflanzt, und nun konnte Claire zwischen himbeerroten Minifrüchten sowie lila pflaumenförmigen und gelb-grün gestreiften Exemplaren wählen.

Sie richtete die Mahlzeit auf einem Steingutteller an und dekorierte sie mit einigen Zweigen frischen Thymians und einem Zitronen-Balsamico-Dressing. Auch für sich allein pflegte Claire einen gewissen Aufwand bei der Essenszubereitung zu betreiben. Sie verstand jene Leute nicht, die nur kochten, wenn es für mehrere war, sich selbst aber bloß eine Tiefkühlpizza in den Ofen schoben. Gut zu essen hatte in ihrer Familie einen hohen Stellenwert, hochwertige Lebensmittel und ausgefeilte Rezepte waren von klein auf Teil ihres Alltags gewesen.

Claire arrangierte den Teller, ein Glas Merlot und eines mit Wasser auf einem Tablett, auf dem bereits Besteck und eine mit Rosen bedruckte Stoffserviette lagen, und trug alles auf die Terrasse hinaus.

Sie ließ sich Zeit beim Essen, genoss die Aussicht auf den Atlantik und dachte an ihre Mutter, die jetzt sicher zwischen Töpfen, Pfannen und Schneidebrett hin und her sprang. Louise Molinet, gebürtige Luise Schuppner, hatte nach der Scheidung von Claires Vater vor vielen Jahren den Familiennamen behalten. Weder wollte noch konnte sie auf das besondere Flair verzichten, das sie als Köchin umwob, schlichtweg, weil sie einen französischen Namen trug. Sie führte ein Edelrestaurant in Düsseldorf und war als einzige Chefköchin der Stadt mit einem Stern im berühmten Guide Michelin gelistet.

Claire legte das Besteck beiseite, nahm das Weinglas und schwenkte die granatrote Flüssigkeit. Erst vor zwei Wochen hatte sie ihren Vater getroffen, als er beruflich in Bordeaux zu tun gehabt hatte. Sie waren zum Mittagessen im *Chapon Fin* gewesen, einem Restaurant mit originellem historischem Dekor. Es lag im Herzen der Altstadt im sogenannten *Triangle d'or*, dem von drei Straßenzügen eingegrenzten Viertel der Luxusboutiquen, Juweliere und Nobelhotels. Ihr Vater, Thiebault Molinet, kannte den Besitzer des alteingesessenen Etablissements, und so kamen sie nicht nur in den Genuss eines Spezialmenüs, sondern durften auch einen Blick in den außerordentlichen Weinkeller werfen, in dem große Weine vom 1928er Château d'Yqem bis hin zum 2016er Mouton Rothschild lagerten.

Thiebault Molinet war nach der Scheidung in sein Heimatland Frankreich zurückgekehrt und lebte seither in Biarritz, wo er eine kleine, aber feine Restaurantkette leitete. Claire war erst vierzehn gewesen, als er gegangen war, und sie hatte ihren Vater schmerzlich vermisst. Sie blieb bei ihrer Mutter in Düsseldorf, wo sie eine französische Schule besuchte. Fortan hatte sie die Schulferien an der Atlantikküste verbracht, woran sich auch nichts änderte, als ihr Vater einige Jahre später eine neue Familie gründete. Obwohl sie in Deutschland aufgewachsen war, fühlte sich Claire, seit sie ein Bewusstsein dafür entwickelt hatte, eher als Französin. So war sie nach dem Abitur nach Frankreich gezogen, um dort wiederum feststellen zu müssen, dass sie doch deutscher war, als sie für möglich gehalten hatte.

Die Sonne stand inzwischen tief über dem Ozean. Der wolkenlose Himmel schillerte in einer Palette von Gelb-Orange und Rot, ging über in Violettvariationen und verschwamm am äußersten Rand in Abstufungen von Blau. Claire hatte dieses magische Farbenspiel unzählige Male beobachtet, und dennoch hatte es nichts von seiner Faszination verloren.

Eine Weile noch saß sie auf der Bank aus Korbgeflecht, eine grob gestrickte Baumwolldecke um sich geschlungen, und versank in der Betrachtung des Naturschauspiels. Schließlich erhob sie sich, trug das Tablett ins Haus zurück und räumte das Geschirr in die Spülmaschine. Sie nahm ein neues Weinglas vom Regal und wandte sich zur Küchenanrichte. Durch ein großes Sprossenfenster strömte das letzte Leuchten des vergehenden Tages herein. Auf der Anrichte aus rustikalem Holz standen sechs Flaschen Bordeauxwein. Sie stammten aus unterschiedlichen Anbaugebieten – Graves, Médoc, Saint-Émilion und Pomerol.

Auch wenn Claire ihren Blog nicht länger mit derselben Intensität betrieb wie in ihren Selbstfindungsjahren zwischen Abitur und Studium, so schrieb sie doch noch gelegentlich einen Beitrag, um ihn am Leben zu halten.

Angefangen hatte sie damals damit, Ernährungstrends vorzustellen. Schnell hatte sich daraus ihr eigenes Konzept entwickelt: die Verbindung dieser Trends mit der Gourmetküche Frankreichs. Besonders bei jungen Leuten, die, wie Claire selbst, früh von ihren Eltern an die französische Esskultur herangeführt worden waren, sich nun aber auch für vegetarische oder gar vegane Ernährung interessierten, kam diese Verschmelzung sehr gut an. Themen wie bio versus konventionell, Zero Waste und Nachhaltigkeit schlugen sich immer stärker in ihren Posts und den Reaktionen ihrer Follower nieder.

Aus diesem Grund widmete Claire ihren neuen Beitrag dem Thema Bioweine aus dem Département Gironde. Dazu hatte sie eine Handvoll Winzer kontaktiert, die auf Bioproduktion umgestellt hatten und deren Weine sie präsentieren wollte. Der *Petit Cormeil*, den sie zum Essen genossen hatte, stammte aus Saint-Émilion und hatte sie alles in allem überzeugt.

Claire betrachtete die Flaschen und entschied sich für einen Bordeaux Supérieur namens *Benjamin* aus dem Médoc. Sie füllte ihr Glas, schwenkte es und beobachtete, wie sich breite Tränen mit schmalen, spitzen Kirchenfenstern bildeten. Der Wein duftete nach Johannisbeeren und dunklen Kirschen. Weich, rund und fruchtig schmiegte sich der erste Schluck an Claires Gaumen. Gestern hatte sie mit einem Entwurf für den Artikel begonnen, gleich wollte sie sich wieder daransetzen.

Mit dem Glas in der Hand durchquerte sie den großzügig geschnittenen Raum, der Küche, Ess- und Wohnzimmer vereinte, und stieg die schmiedeeiserne Wendeltreppe hinauf ins Dachgeschoss. Auf der Seite mit Meerblick lagen ihr Arbeits- und ihr Schlafzimmer sowie ein geräumiges Bad. Zur Straßenseite hin gab es zwei Gästezimmer mit einem weiteren kleinen Bad dazwischen und eine Abstellkammer am Ende des Flurs, dessen Wände Einbauschränke mit weiß lackierten Türen beherbergten.

Claire betrat ihr Arbeitszimmer. Mittig vor dem Panoramafenster stand der stattliche Schreibtisch aus Kirschholz, ein Erbstück ihres Großvaters. An der Wand links davon hatte Claire eine überdimensionale Pinnwand angebracht. Steckte sie in Ermittlungen, befestigte sie dort Fotos, Notizzettel, Zeitungsartikel, Dokumente und was sonst noch hilfreich sein konnte. Sobald der jeweilige Fall abgeschlossen war, nahm Claire sämtliche Unterlagen ab, räumte alles in einen Karton und stellte ihn in den Keller. Den letzten hatte sie Ende Juni hinuntergebracht. Sie hatte einer millionenschweren Konzernerbin Beweise geliefert, dass ihr angeblich liebender Gatte ein Betrüger war.

Seither war die Wand leer. Das Sommerloch – Claire kannte das jährlich wiederkehrende Phänomen bereits und machte sich deswegen keine Gedanken. Zum einen, weil es seit der gesetzlichen Neuregelung ihres Berufsstandes 2006 eine überschaubare Anzahl an zugelassenen Privatdetektiven gab. Die Absolventen aus Melun genossen landesweit einen guten Ruf, und so hatte es ihr an Aufträgen bisher nicht gemangelt.

Zum anderen ging Claire dank ihrer Familie finanziell unbesorgt durchs Leben. Zwar wollte sie sich nicht zu sehr darauf ausruhen, was ihre Eltern und die Generationen zuvor an Vermögen angehäuft hatten. Dennoch, das musste sie zugeben, war der Wunsch, sich von alledem loszusagen, nie stark genug gewesen. Es war Claire wichtig, auf eigenen Beinen zu stehen, ihren eigenen Weg zu gehen. Und doch machte sie immer wieder Kompromisse. Nicht nur, dass sie in einem luxuriösen Haus lebte, das ihrem Vater gehörte und das sie von ihren Detektivhonoraren niemals bezahlen könnte. Auch vorher schon, als sie nach dem Abitur nach Frankreich gekommen und eine Zeit lang planlos umhergetrudelt war, hatte das Geld ihrer Eltern es Claire ermöglicht, ihren gewohnt hohen Lebensstandard beizubehalten. Während ihre Freunde kellnerten oder babysitteten, saß sie in Cafés und schrieb ihren Blog.

Es hatte Phasen in Claires Leben gegeben, da hatte sie wegen der Privilegien, die ihr unverdient zufielen, einen Schuldkomplex mit sich herumgeschleppt. Besonders in der Pubertät wäre sie aus alledem am liebsten ausgebrochen.

Inzwischen hatte sie akzeptiert, dass sie in finanzieller Hinsicht vom Schicksal begünstigt war. Trotzdem nagte es an ihr, wenn sie, wie heute Nachmittag, von einem Fremden gespiegelt bekam, wie ihr Lebensstil von außen betrachtet wirkte.

Sie dachte über Commandant Chénier nach. Er war ein eigenartiger Typ. Das Bild eines sperrigen Stücks Treibholz, wie es das Meer regelmäßig anspülte, kam ihr in den Sinn. Trotz der unermüdlichen Bemühungen des Salzwassers war es den Fluten nicht gelungen, dieses Holzstück zurechtzuschleifen. Vielmehr traten dessen eigenwillige Form, die scharfen Konturen, Kanten und Spitzen dadurch umso deutlicher hervor.

Der Moment, als er ihr den Stift gereicht hatte und damit in ihre persönliche Distanzzone vorgedrungen war, hatte sich ihr eingeprägt. Seine Augen besaßen zwar die Farbe des Himmels über dem Atlantik an einem Sommertag, aber der Ausdruck darin verbarg nicht nur Erinnerungen an ungetrübtes Badevergnügen. Hinter der Fassade des selbstbewusst auftretenden Commandant, der äußerlich offenbar Wert auf Stil legte, erahnte Claire Überbleibsel eines ernsthaften, zielstrebigen und zugleich unsicheren Jungen. Vermutlich hatte er sich sozial emporgearbeitet, womöglich aus prekären finanziellen Verhältnissen.

Sie holte die Visitenkarte hervor, die der Commandant ihr gegeben hatte. Raoul Chénier – sie wünschte sich, dass er mehr in ihr sähe als ein verwöhntes Mädchen aus reichem Hause. Gleichzeitig ärgerte sie sich darüber, dass dieser Typ von der *police nationale* sich in ihre Gedanken geschlichen hatte. Männer wie ihn pflegte Claire für gewöhnlich bewusst auf Abstand zu halten. Er erinnerte sie an Stéfane, und alles, was mit ihm und den Ereignissen zu tun hatte, die ihr Leben von Grund auf verändert hatten, blockte Claire automatisch ab.

Das Klingeln des Telefons riss sie aus ihren Grübeleien.

Noch von unterwegs rief Raoul Chénier seinen Chef an, um ihn über die Vorkommnisse an der Düne zu informieren. Commissaire Aguerre hatte sich jedoch bereits in den Feierabend begeben und das Mobiltelefon ausgeschaltet. Der Commandant telefonierte stattdessen mit seinem Kollegen Eric Rosset, und sobald er wieder im *Commissariat* war, hielt er eine Blitzbesprechung mit seinem Team ab. Das Wichtigste waren die Ergebnisse aus der Gerichtsmedizin, doch die würden sie frühestens morgen bekommen, und das auch nur, wenn Raoul persönlich vorbeifuhr. Er pflegte seine Kontakte dort, was so manches Mal die Prozesse beschleunigt hatte. Nun galt es zuallererst herauszufinden, um wen es sich bei der Toten von der Düne handelte. Eric wollte sich darum kümmern und die offenen Vermisstenfälle der vergangenen Jahre durchsehen.

Raoul ordnete seine Unterlagen und bereitete alles für den kommenden Tag vor, dann verließ er das *Commissariat*, diesen unpersönlichen Klotz, den man zwischen eine Eissporthalle und einen Friedhof gequetscht hatte. Sein Citroën DS 23 Cabrio in der klangvollen Farbe *bleu d'orient* parkte ausnahmsweise nicht im Parkhaus der *police nationale*, sondern ein Stück die Straße runter vor der Bäckerei *Le Fournil de Nina*, wo er sich üblicherweise morgens seinen Café Crème mit Croissant holte. Der Heimweg von knapp zwanzig Minuten führte ihn quer durch die Innenstadt. Auf menschenleere Straßenzüge mit nüchternen Bürokomplexen folgten Alleen mit dekorativen Altbauten des historischen Zentrums und der typischen Melange aus gut besuchten Restaurants, Cafés und Geschäften. Am *Jardin Public* bog Raoul ab und fuhr die Rue Ferrère entlang, bis er schließlich die Garonne erreichte und die Uferstraße in Richtung Bacalan nahm.

Das ehemals ärmliche Hafenviertel hatte sich in den letzten Jahren radikal gewandelt und entwickelte sich zu einem Hotspot für die junge, urbane Bevölkerung. Der Charme der heruntergekommenen Industriegebäude hatte zahlreiche Investoren angelockt, die die alte Bausubstanz mit neuem Schick zu verbinden verstanden.

Nach dem Wechsel von Lyon zur *police nationale* in Bordeaux hatte Raoul die ersten Monate in einem üblen Loch gehaust, das er ohne richtige Besichtigung online angemietet hatte. Ein unrenovierter Altbau im südlichen Teil von Saint-Michel, ein regelrechtes Spukhaus mit undichten Fenstern und wackeligen Holzdielen. Raoul war der einzige Mieter gewesen, alle anderen Wohnungen standen leer, und im Erdgeschoss waren ein Schnellimbiss und ein Waschsalon untergebracht. In den Nächten knackte und ächzte es im Gebälk, als ob die ehemaligen Bewohner unerledigte Aufgaben herumwälzten, die sie hier auf Erden festhielten. Sobald Raoul sich in seinem Arbeitsalltag eingelebt hatte, war er auf die Suche nach einer moderneren Bleibe gegangen.

Am erst 2013 eröffneten Pont Jacques Chaban-Delmas, jenem monumentalen Bauwerk, das zu den größten Hubbrücken der Welt zählte, bog Raoul links ab und kurz danach wieder rechts auf den Quai Armand Lalande. Unzählige Baukräne ragten in die Höhe und zeugten von der noch lange nicht abgeschlossenen Umstrukturierung des Hafenviertels. Bald darauf tauchten zwei schwarze, mehrstöckige Häuser auf. Im linken befand sich seit knapp anderthalb Jahren sein neues Zuhause. Er passierte einige Baustellen und bog schließlich in die Rue des Étrangers ein.

Wenig später schloss er die Tür zu seinem Appartement auf, das im obersten Stock lag. Da es schon halb acht war, schob er rasch eine Tiefkühlpizza in den Ofen. Nach dem Essen setzte er sich auf den ausladenden Balkon mit Blick über die beiden Hafenbecken, die Baukräne und den ehemaligen U-Boot-Bunker. Letzteren hatten die Deutschen im Zweiten Weltkrieg als Teil von Hitlers sogenanntem *Atlantikwall* gebaut, einer gigantischen, sich über Tausende von Kilometern erstreckenden Bunkerkette entlang der Küste. Der Betonkoloss, für den die französische Marine keine rechte Verwendung hatte, wurde heute in erster Linie für kulturelle Veranstaltungen genutzt. Raoul hatte dort diverse Ausstellungen zeitgenössischer Kunst besucht, die ihn durchaus beeindruckt hatten. Doch jedes Mal war er froh gewesen, wenn er sich der nach wie vor bedrohlich wirkenden Atmosphäre der Bunkeranlage wieder entziehen konnte.

Auf dem stabilen Holztisch vor ihm lag sein Notizbuch samt Stift, daneben standen ein Schälchen gesalzene Pistazien und ein Glas eisgekühlter Weißwein.

Raoul trank einen Schluck Wein und ließ seinen Blick über die Hafenbecken schweifen. Ein ereignisreicher Tag ging zu Ende. Der Fund einer Leiche, die jemand in der Düne von Pilat vergraben hatte, das war eine Sensation, die die Presse ausschlachten würde. Einige Journalisten hatten sich bereits auf ihn gestürzt, als er den abgesperrten Bereich verlassen hatte. »Kein Kommentar!«, war seine wiederkehrende Antwort gewesen.

Zusätzlich zur Autopsie würden Bodenproben erstellt sowie die Kleidung der Toten auf DNA-Spuren untersucht werden müssen. Beides konnte sich erfahrungsgemäß etwas hinziehen. War es clever gewesen oder schier Dummheit, das Opfer eines Gewaltverbrechens in einer Wanderdüne verschwinden zu lassen? Hatte irgendwer darauf spekuliert, die Düne würde das grausige Geheimnis auf ewig in ihrem Innern verbergen? Oder sollte sie es gar irgendwann preisgeben?

Nachdenklich schaute Raoul auf seine Notizen. Selbst wenn er Feierabend hatte, arbeitete sein Hirn automatisch weiter an den aktuellen Ermittlungen. Zu Beginn seiner Polizeilaufbahn hatte

Raoul schnell gemerkt, dass er häufig nach Dienstschluss, in seinem privaten Umfeld, die hilfreichsten Eingebungen hatte. Daher war es durchaus ein Vorteil, dass er allein lebte und auf niemanden Rücksicht nehmen musste. So konnte er sich problemlos auch am Abend, wenn nötig, bis spät in die Nacht, in seine Arbeit versenken beziehungsweise brauchte überhaupt nicht daraus aufzutauchen. Raouls Work-Life-Balance bestand darin, sich nach Abschluss eines Falls eine Woche freizunehmen und die angesammelten Überstunden abzubauen. Sein ehemaliger Vorgesetzter hatte sich in diesem Punkt als völlig unnachgiebig erwiesen. Doch der Aufstieg vom Capitaine zum Commandant, den sich Raoul maßgeblich durch die Ermittlung in einem Fall von Terrorismus erarbeitet hatte, brachte einige Privilegien mit sich. Neben einem höheren Dienstgrad hatte er Wünsche bei der Wahl der Region angeben können. Im Erstgespräch hatte Nathanael Aguerre Raouls bevorzugter Arbeitsweise zugestimmt, was für ihn den Ausschlag gegeben hatte, nach Bordeaux zu wechseln.

Raouls Verhältnis zu seinem neuen Chef ließ sich am besten als ambivalent beschreiben. Einerseits mochte er den grauhaarigen Endfünfziger, der sich, auch wenn er nun nur noch hinter dem Schreibtisch saß, gern mit hilfreichen Ratschlägen aus seiner langen Karriere in aktuelle Ermittlungen einbrachte. In dieser Hinsicht war er ein Polizeitier vom alten Kaliber. Andererseits hatte Raoul schon manches Mal überlegt, ob seine Beförderung zum Commissaire nicht ein Fehler gewesen war. Denn Raoul würde seinem Chef nie hundertprozentig vertrauen können. Dafür war Nathanel Aguerre, wie leider viele Menschen in Führungspositionen, zu eitel und machthungrig. Seine Loyalität gegenüber seinen Mitarbeitern endete dort, wo der persönliche Vorteil überwog. Das hatte er Raoul in den letzten zwei Jahren oft genug bewiesen.

Raoul fiel die Frau wieder ein, die die Leiche gefunden hatte – wie war gleich ihr Name gewesen? Er blätterte in seinem Notizbuch nach der Karte, die sie ihm gegeben hatte. Claire Molinet. Junge, hübsche Bloggerin mit Strandvilla – mehr Klischee konnte er sich kaum vorstellen. Er hatte sie sogleich jenen verwöhnten Pariserinnen mit arroganter Attitüde zugerechnet, die sich in Pilat Plage auf Papis Geld ausruhen. Dann jedoch hatte sie ihn mit ihren erstaunlich präzisen Beobachtungen über die Tote verblüfft. Ihre noch dazu recht frechen Antworten hatten ihn gereizt. Den Foodblog würde er sich auf jeden Fall zu einem späteren Zeitpunkt einmal ansehen.

Allmählich wurde es hier draußen kühl. Raoul trank den letzten Schluck und klappte das Notizbuch zu. Nun reichte es mit der Arbeit. Ehe er sich ins Bett legte, versuchte er gewöhnlich, eine kleine Phase des Abschaltens einzubauen. Heute vielleicht mit einem weiteren Glas Wein und einem Gedicht aus Lorcas gesammelten Werken, in die er zurzeit am liebsten eintauchte.

»Allô?« Claire stellte das Weinglas auf dem Schreibtisch ab und trat ans Fenster.

»Spreche ich mit Claire Molinet?« Die männliche, etwas ältere Stimme klang belegt.

»Wer möchte das wissen?«

»C'est Jean-Louis Blanchard, pardon.«

»Bonsoir, Monsieur Blanchard. Ja, Sie sprechen mit Claire Molinet.«

»Ich bin ein Geschäftsfreund Ihres Vaters. Ich denke, wir sind uns einmal begegnet, in Cannes. Das ist aber schon ein paar Jahre her.«

»Ah, oui, ich erinnere mich. In diesem winzigen Restaurant nahe beim Palais des Festivals, n'est-ce pas?«

»Genau. Ich war damals mit meiner Frau und meiner Tochter dort. Délia.«

Claire hatte ein Bild vor Augen von einem kleinen Mann mit Halbglatze an der Seite einer hochgewachsenen irischen Schönheit. Die Teenagertochter hatte den blassen Teint und die grünen Augen der Mutter geerbt. Über ihre natürliche Haarfarbe konnte Claire nichts sagen, denn offensichtlich hatte Délia zu jener Zeit in ihrer Grunge-Phase gesteckt. Mit schwarz gefärbten Haaren, Schlabberpulli und zerrissenen Jeans hatte Délia den ganzen Abend in sich gekehrt auf ihrem Stuhl gehockt, den Kopf gesenkt, und auf Fragen lediglich mit Schulterzucken reagiert.

»Was kann ich für Sie tun, Monsieur Blanchard?«

»Délia, *bon*, sie ist ...« Ihr Gesprächspartner zögerte, als kämpfe er damit, weiterzusprechen. »Ich mache mir Sorgen, dass ihr etwas zugestoßen sein könnte.«

Claire horchte auf. »Was bringt Sie zu der Annahme? Bitte erzählen Sie, Monsieur Blanchard.«

»*Alors*, Délia studiert an der Universität von Bordeaux. Sie ist im vierten Studienjahr. Anfangs lebte sie in einem Studentenwohnheim. Nach ein paar Monaten eröffnete sie uns, sie würde mit einer Freundin zusammenziehen. Aber das war auch nicht von Dauer, und nun wohnt Délia in einem Appartement in der Altstadt.«

»Wie lautet die genaue Adresse?« Claire ging zum Schreibtisch hinüber, setzte sich und nahm einen Stift zur Hand.

»Die ... äh ...« Am anderen Ende wurde es still. Als Monsieur Blanchard schließlich weitersprach, klang er beschämt. »Die haben wir nicht.«

»Oh.« Claire war versucht nachzuhaken, doch sie unterdrückte ihre Überraschung und fragte neutral: »Wann haben Sie Délia zuletzt gesehen? Oder von ihr gehört?«

»Alors ...« Monsieur Blanchard machte eine Pause, als suche er nach den richtigen Worten, ehe er fortfuhr. »Zum letzten Weihnachtsfest, da war Délia bei uns. Seither ... Ich gebe es ungern zu, aber unser Verhältnis war in den vergangenen Jahren nicht das beste.«

Claire spürte, wie schwer es ihm fiel, über seine Familienprobleme zu sprechen. Behutsam setzte sie an: »Wann hat das begonnen?«

Nach einem hörbaren Ausatmen sagte Monsieur Blanchard: »Irgendwann in ihrer Teenagerzeit habe ich – habe ich den Kontakt zu ihr verloren. Wir konnten nicht mehr miteinander reden, hatten keine Anknüpfungspunkte. Zu ihrer Mutter hatte Délia immer eine gute Beziehung, auch nach ihrem Auszug. Die beiden haben recht regelmäßig telefoniert.«

»Was bedeutet das, regelmäßig? Einmal in der Woche? Einmal im Monat?« Claire machte sich stichpunktartige Notizen.

»So alle vierzehn Tage ungefähr. Das letzte Mal hat meine Frau Mitte August mit ihr gesprochen, als wir von einer kurzen Reise zurückkamen. Seit vergangenem Dienstag hat sie mehrfach versucht, Délia zu erreichen. Ihr Mobiltelefon ist ausgeschaltet. Sie hat ihr zahlreiche Nachrichten auf der Mailbox hinterlassen. Bis jetzt hat Délia nicht darauf reagiert. Und das ist schon ungewöhnlich für sie, normalerweise pflegt sie zeitnah zurückzurufen oder wenigstens ein paar Zeilen zu schreiben.«

»Vielleicht hat sie ihr Handy verloren? Womöglich ist sie verreist und hat keinen Empfang? Oder ihr Ladegerät vergessen?«

»Das ist es ja, weswegen ich Sie jetzt anrufe: Heute hat das neue Semester begonnen. Ich habe mich bei ihrem Studiengangleiter erkundigt. Délia ist nicht zu den ersten Veranstaltungen erschienen. Und das passt einfach nicht zu ihr. Sie ist eine zuverlässige und ehrgeizige Studentin.«

»Was studiert Ihre Tochter?«

Monsieur Blanchard räusperte sich. »Das … nun ja, ist auch so eine Sache, die zwischen uns schiefgelaufen ist. Anfangs hat sie Ökonomie studiert. Nach zwei Jahren wechselte sie plötzlich zu den *sciences de l'homme*, in die anthropologische Fakultät. Was weiß ich, wer ihr diesen Spleen in den Kopf gesetzt hat.«

»Das heißt«, begann Claire vorsichtig, »Sie waren von Délias Studienfachwechsel nicht angetan?«

»Absolut nicht! Was will sie damit? Wenn es nach mir gegangen wäre, hätte sie erst mal ihren Abschluss in Ökonomie gemacht. Danach hätte ihr die Welt offen gestanden. Aber so …«

Claire dachte an ihren eigenen Vater, der ihre Kapriolen zwischen Abitur und Studium mit stoischer Ruhe und Verständnis ertragen hatte. Die Familie Blanchard hätte sich besser frühzeitig mit einem Familientherapeuten zusammengesetzt, doch das war nicht Claires Problem. »Hat Délia eine Beziehung?«

»Keine, von der wir wissen.«

»Was ist mit ihren Freundinnen? Studienkollegen?«

Monsieur Blanchard räusperte sich erneut. »*Je suis désolé*, Madame Molinet. Es muss wirklich eigenartig klingen, dass wir so wenig über unsere Tochter wissen …« Er ließ den Satz unvollendet in der Luft hängen, und Claire fühlte sich verpflichtet, ihn zu beruhigen.

»Monsieur Blanchard, es liegt mir fern, über Ihre Frau und Sie zu urteilen. Ich kann nur ahnen, wie schwer es für Elrn ist, wenn die Kinder flügge werden, das Haus verlassen und sich auf radikale Weise abnabeln wollen.« Dann erläuterte sie Monsieur Bernard ihre Konditionen und versprach, sich gleich morgen auf dem Campus Victoire nach Délia umzuhören.

Nachdem sie aufgelegt hatte, nahm Claire ein leeres Blatt Papier aus einer Schreibtischschublade und griff nach einem roten

Filzstift. In großen Druckbuchstaben schrieb sie DÉLIA BLAN-
CHARD auf das Blatt und hängte es mittig oben an die Pinnwand.
Nachdenklich schaute sie auf die Wand, die sich in den nächsten
Tagen wieder füllen würde. Sie nahm zwei weitere Blätter, no-
tierte auf dem einen MUTTER, auf dem anderen VATER und hielt
einige Stichworte ihres Telefonats darauf fest. Den Punkt »Vater-
Tochter-Verhältnis stark belastet« unterstrich sie zweimal.

Kapitel 3

—— • ◆ • ——

Mittwoch, 13. September 2017

Als Claire mit ihrem weißen MINI Cabrio durch Pyla-sur-Mer fuhr, war es gerade mal halb neun. Die Sonne schien bereits kraftvoll vom tiefblauen Himmel, den an diesem Tag vereinzelte Wattewölkchen zierten.

Claire wählte *fip Rock*, einen ihrer Lieblingssender, und drehte die Lautstärke des Radios auf. *Daughters of the Kaos* von Luscious Jackson tönte aus den Lautsprechern, während der Fahrtwind ihren Kopf umwehte.

Soeben kam sie an einem Plakat der *L'Agence Gaume* vorbei. Wieder einmal stellte Claire fest, in was für einem speziellen, um nicht zu sagen eigentümlichen Viertel sie doch wohnte. Nicht nur, dass der Großteil der Villen in erster Linie als Feriendomizile diente, um die sich außerhalb der Sommermonate Sicherheitspersonal, Gärtner und andere Angestellte kümmerten. Außerdem waren die Häuser ausnahmslos im selben Stil erbaut und durften nicht willkürlich renoviert werden.

Das wiederum hing mit der Vorgeschichte zusammen, die Claires Vater ihr oft erzählt hatte: 1915 hatte Daniel Meller das Areal nördlich der *Dune de Pilat* erworben und mit Pyla-sur-Mer eine *Stadt im Wald* geschaffen. Er legte fest, und dieser Grundsatz galt nach wie vor, dass von den Pinien und anderen Bäumen lediglich so viele gefällt werden durften wie zur Errichtung der Häuser und Zufahrtswege nötig. Als zweiter Protagonist stieß 1928 Louis Gaume hinzu, der fortan den Bau der Villen exklusiv betreute und einen neobaskischen Baustil einführte. Später kaufte er Meller seinen Besitz ab. Seine Erben verwalteten das Gebiet noch heute. Wer sich hier eine Immobilie zulegte, tat dies gewöhnlich über besagte *Agence Gaume*.

Inzwischen hatte Claire die Bucht von Arcachon verlassen und fuhr nun auf der A660 in Richtung Bordeaux. Zu ihrer Linken blitzte der Lac de la Magdeleine spiegelglatt zwischen den Pinien hervor.

Neben ihr auf dem Beifahrersitz stand eine Korbtasche mit einigen Utensilien, die sie bei ihrem heutigen Unterfangen möglicherweise brauchen würde. Während des Studiums hatte Claire nicht damit gerechnet, dass ihre Affinität zu Mode ihr als Privatdetektivin von Nutzen sein würde. Doch nun profitierte sie von ihrem ansehnlich gefüllten Ankleidezimmer und den sich dadurch bietenden Verwandlungsmöglichkeiten.

Schnell hatte Claire begriffen, dass sie sich als junge, attraktive Frau bei Ermittlungen den Gegebenheiten stärker anpassen musste als ihre männlichen Kollegen. Schließlich wusste sie nie, auf welchen Menschenschlag sie treffen würde.

Für den Fall, dass sie heute an eine frustrierte Dozentin oder Sekretärin geraten sollte, deren Weiblichkeit sich im Verwelkungsprozess befand, hatte Claire einen leger fallenden Blazer aus grobem, ungefärbtem Leinen gewählt, den sie über einem weit schwingenden Blümchenrock trug. Dazu hatte sie auf Makeup verzichtet, die Haare zu einem schlichten Zopf gebunden und ihre randlose Brille ohne Stärke eingepackt. Wurden manche Frauen von der Schönheit einer Jüngeren überstrahlt, machten sie schnell dicht. Also arbeitete Claire konsequent gegen ihre eigentliche Ausstrahlung. Träfe sie auf einen Mann, würde sie sich mit wenigen Handgriffen in eine andere Person verwandeln. Natürlich hätte Claire bei den Wirtschaftswissenschaftlern zu einem businessmäßigeren Outfit gegriffen, doch die Methode blieb dieselbe.

Seit sie diese simple Strategie anwendete, waren ihre Rechercheergebnisse um einiges ergiebiger. Zunächst hatte sie als unabhängige Frau im feministischen Zeitalter innerlich geflucht über so viel Geschlechterklischee. Aber als sie erkannte, dass sie mit ihrer Chamäleontaktik sogar erfolgreicher als so mancher ihrer männlichen Kollegen war, hörte sie auf, sich zu sträuben. Fortan bediente sie dieses banale Rollenspiel und freute sich bloß, wenn es wieder einmal funktionierte.

Heute wollten die Bäume rechts und links der Fahrbahn einfach kein Ende nehmen, und dann stand Claire auch noch eine Weile im Stau an einer Baustelle. Eine gefühlte Ewigkeit danach durchquerte sie die südlichen Ausläufer der Stadt und folgte dem Autobahnring bis zur Garonne. Gute zehn Minuten später erreichte sie endlich die Place de la Victoire, an der das imposante Hauptgebäude des Campus lag.

Welch ein Glück, dass Délia von der Wirtschaftsfakultät an die humanistische gewechselt hatte. Der Campus der Ökonomiestudenten war ein uninspirierender Komplex aus den frühen Siebzigern im ebenso unspektakulären Stadtviertel Pessac im Südwesten von Bordeaux. Die Humanisten hingegen genossen den Vorzug, in historischem Ambiente mitten in der Stadt studieren zu dürfen.

Als Erstes suchte Claire das Sekretariat auf, das sich in einem Seitenflügel des malerischen Innenhofs befand. Ein Blick durch die offen stehende Tür genügte ihr, und sie wusste, sie hatte mit der Wahl ihres Outfits richtiggelegen. Am Schreibtisch hinter dem Empfangstresen saß eine Frau mit mausgrauem Pagenschnitt, deren Miene verriet, dass Lachen nicht zu ihren bevorzugten Gefühlsregungen zählte. Rasch setzte Claire ihre Brille sowie ein harmloses Lächeln auf und betrat den praktisch eingerichteten Raum.

»*Bonjour*, Madame ...« Claires Augen fanden das Namensschild an der pfirsichfarbenen Bluse der Sekretärin. »Madame Rougier. Mein Name ist Claire Molinet. Ich bin Privatdetektivin.« Sie schob ihre Visitenkarte über den Tresen.

Hatte das Gesicht der Mittfünfzigerin bei Claires Eintreten einen gelangweilt-gleichgültigen Ausdruck getragen, machten sich nun Überraschung und Neugier darin breit. Sie musterte Claire von oben bis unten, dann fragte sie: »Wie kann ich Ihnen helfen?«

»Es geht um eine Ihrer Studentinnen, Délia Blanchard, zweites Studienjahr Anthropologie. Es hat den Anschein, dass sie verschwunden ist, und ich bin beauftragt worden, nach ihr zu forschen.«

Die wässrig blauen Augen der Frau weiteten sich. »*Mon Dieu – quelle tragédie!*«

»Bis jetzt wissen wir noch nicht, ob etwas Schlimmes passiert ist.« Claire bediente sich eines möglichst gewinnenden Gesichtsausdrucks. »Umso wichtiger ist es, dass wir schnellstmöglich aktiv werden. Wenn ich richtig informiert bin, ist der Studiengangleiter ein gewisser Michel Hourcade?«

»*Exactement*, Madame Molinet.« Dienstbeflissen griff Benedite Rougier nach einer Liste und fuhr mit dem Finger eine Spalte entlang. »Sie haben Glück, seine Sprechstunde beginnt in zehn Minuten. Sie finden sein Büro im zweiten Stock, Raum 226.«

»*Merci*, dann werde ich mein Glück bei ihm versuchen.«

»Tun Sie das. *Bonne chance.*« Die Sekretärin wandte sich wieder den Papieren zu, an denen sie bei Claires Eintreten gearbeitet hatte.

»Madame Rougier«, Claire lehnte sich ein wenig über den Tresen nach vorn, »für weitere Recherchen benötige ich unbedingt die Adresse, unter der Délia hier gemeldet ist. Ich weiß, das klingt eigenartig, doch Délias Eltern wissen sie nicht.«

Benedite Rougier hob erneut den Kopf. »Madame Molinet, ich möchte Ihnen ja gern helfen, aber …«

»Der Datenschutz, *je sais.*« Blitzschnell scannte Claire den Schreibtisch, auf dem mehrere Bilder von einem Mädchen und einem Jungen in unterschiedlichen Altersstufen standen. Dazu der aussagekräftige Ring am Finger der Sekretärin – Claire senkte die Stimme. »Im Vertrauen, Madame Rougier. Es ist Délias Vater, der mich beauftragt hat. Seine Frau und er sind sehr besorgt, dass ihrer einzigen Tochter etwas zugestoßen sein könnte.« Sie machte eine kleine Pause, ehe sie fortfuhr: »Haben Sie Kinder, Madame Rougier?«

»Zwei.« Benedite Rougiers Gesichtszüge wurden weich. »Meine Tochter ist ebenfalls Anfang zwanzig. Sie studiert in Dijon.« Sie seufzte auf. »Wir sehen sie nur sehr selten. Unser Sohn lebt zum Glück noch bei uns.«

»Dann appelliere ich an Sie als Mutter. Machen Sie eine Ausnahme. Ich versichere Ihnen, absolut diskret mit der Adresse umzugehen. Niemand wird erfahren, dass ich sie von Ihnen habe.«

Im Gesicht der Sekretärin arbeitete es. Sie tippte auf ihrer Tastatur herum, hielt noch einmal kurz inne, als wöge sie das Risiko dessen ab, was sie im Begriff war zu tun. Schließlich zwinkerte sie Claire zu. »Ich gehe mal kurz zur Toilette.«

»*Merci beaucoup*, Madame Rougier!«

Sie nickte leicht, erhob sich umständlich von ihrem Stuhl und verschwand. Claire eilte um den Tresen und sah auf den Monitor, auf dem deutlich sichtbar Délias Adresse, E-Mail und Telefonnummer standen. Sie machte ein Foto mit ihrem Telefon und verließ den Raum. Im Gang prallte sie mit zwei Studenten zusammen, die offensichtlich ins Büro der Sekretärin wollten.

»Keiner da.« Claire zuckte mit den Schultern und entfernte sich raschen Schrittes.

Auf dem Weg zum Büro des Studiengangleiters suchte Claire sich einen stillen Winkel hinter einigen ausladenden Topfpflanzen und tauschte ihre Espadrilles gegen Riemchensandalen mit halbhohem Absatz. Unter dem Blazer kam ein schmal geschnittenes Top zum Vorschein – nicht zu viel Ausschnitt, das wirkte ordinär, aber auch nicht zu wenig, denn ein bisschen Reiz durfte, ja, musste sein. Claire kramte in ihrem Necessaire nach einem Handspiegel, trug Lippenstift und Wimperntusche auf, zog das Haarband aus dem Zopf und bürstete sich die taillenlangen Haare glatt. Anschließend verstaute sie Blazer, flache Schuhe, Necessaire und Brille in der Korbtasche und machte sich auf den Weg in den zweiten Stock.

Auf der Fahrt zum Hospital von Bordeaux dachte Raoul an das erste Mal, als er eine Obduktion erlebt hatte. Es war während eines Praktikums gewesen, und der Commandant, dem er zugeteilt war, fragte ihn, ob er ihn in die Rechtsmedizin begleiten wolle. Raoul war erst siebzehn und unsicher, ob er sich auf eine derartige Begegnung mit dem Tod schon einlassen wollte. Doch er nahm das Angebot an. Es war ein Test, der ihm seinen Berufswunsch bestätigen sollte. Raoul stellte damals lediglich zwei Bedingungen: keine Wasserleichen – er hatte gehört, dass der Gestank unerträglich war. Und keine Kinder. Mit beiden Fällen war er inzwischen konfrontiert worden.

Diesen ersten Besuch in der *médecine légale* von Lyon hatte

Raoul nie vergessen. Außer ihnen tauchte noch ein Staatsanwalt auf, der nach seiner obligatorischen Unterschrift mit aschfahlem Gesicht umgehend wieder verschwand. Raoul beeindruckte vor allem die ruhige, pragmatische Art, mit der der Gerichtsmediziner die Leiche eines alten Mannes untersuchte und seine Ergebnisse der an einem Computer sitzenden Sekretärin diktierte. Besonders aber jener eigentümliche Geruch, der in den Gängen und Räumen hing, blieb in Raoul haften. Eine Mischung aus Desinfektions- und Putzmittel, gepaart mit feinsten bittersüßen bis hin zu stechenden Nuancen, die von den Toten ausströmten. Dieser Geruch war in jeder rechtsmedizinischen Abteilung gleich und schien sich niemals ganz aufzulösen, egal, wie gründlich gelüftet wurde. Er empfing Raoul auch nun wieder, als er den Gebäudetrakt betrat, in dem die Körper derjenigen aufbewahrt und obduziert wurden, deren Leben nicht auf natürliche Weise geendet hatte.

Leider war es Docteur Salles gewesen, die gestern die Erstuntersuchung der Leiche vorgenommen hatte. Zwar hatte Raoul in der Vergangenheit auch zu der burschikosen Mittdreißigerin einen guten Kontakt aufgebaut, doch er musste sich stets von Neuem gegen ihre fast aggressiven Annäherungsversuche wappnen. Aus irgendeinem Grund wollte sie nicht einsehen, dass sie nicht sein Typ war. Raoul hatte sich sogar heute früh, als er vor seinem Kleiderschrank gestanden hatte, dabei ertappt, sich gegen seine Gewohnheit nachlässiger kleiden zu wollen. Vielleicht würde sie von ihm lassen, wenn er insgesamt banaler auftrat. Dann hatte er sich dagegen entschieden. Sein Stil war sein Stil, Punkt.

Er würde also ein weiteres Mal all seine diplomatischen Fähigkeiten aufbringen müssen, um mit dem nötigen Charme sämtliches Wissenswerte aus Frida Salles herauszubringen, ohne sie dabei zu ermutigen, erneut ein Rendezvous vorzuschlagen.

Bald darauf stand er mit der Rechtsmedizinerin neben der Bahre, auf der »die Mumie der Düne von Pilat« lag, wie *Sud-Ouest* heute früh bereits auf der ersten Seite getitelt hatte.

Docteur Salles zeigte sich hocherfreut über Raouls Eintreffen und begann ohne Umschweife mit ihrem Vortrag: »Bei dem Opfer handelt es sich um eine Frau in offensichtlich nicht mehr ganz jungen Jahren. Die Leber ist ein wenig verfettet, was vermutlich entweder auf Diabetes oder auf Alkoholkonsum zurückzuführen ist. Wenn der Alkohol verantwortlich ist, handelt es sich jedoch um keine Form eines schweren Missbrauchs. Eher so, wie es höchstwahrscheinlich bei den meisten Erwachsenen hierzulande aussieht.« Docteur Salles sah ihn über ihre schwarz umrandete Brille an. »Sie trinken doch sicher auch gern mal ein Glas Wein, Commandant Chénier?«

Raoul ging mit einem unverbindlichen Lächeln über ihren Einwurf hinweg und fragte: »Woran ist die Frau gestorben?«

»Hier haben wir den Fall einer Schädelverletzung mit tödlichen Folgen oberhalb der Hutkrempenebene.«

»Das heißt, die Frau ist erschlagen worden? Oder kann man sich eine solche Verletzung auch bei einem Sturz zuziehen?«

»Die Hutkrempenebene ist unser klassisches Kriterium, um Schlag von Sturz zu unterscheiden. Spontan ist eine Verletzung in der Scheitelregion, also oberhalb dieser Ebene, immer verdächtig, da sie normalerweise nicht durch einen Sturz entsteht. Außer, die Frau ist unglücklich eine Treppe hinuntergefallen. Dagegen spricht jedoch die Tatsache, dass wir es hier mit mehreren für Schläge typischen Verletzungen zu tun haben.« Docteur Salles trat an ihren Schreibtisch und kam mit einem dünnen Stab in der Hand zurück. »Sehen Sie her: Hier haben wir einen sogenannten

Lochbruch.« Sie zeigte auf ein quadratisches Loch in der Schädeldecke, das wie ausgestanzt aussah. »Dazu kommen weitere Verletzungen hier und hier, bei denen es sich um sogenannte Terrassenbrüche handelt. Zusammengenommen deutet das stark darauf hin, dass die Frau erschlagen wurde.«

»Was könnte Ihrer Meinung nach die Tatwaffe gewesen sein?«

»Wir haben Glück: So ein Lochbruch liefert uns Hinweise auf das Schlagwerkzeug. In diesem Fall muss es sich um ein Werkzeug mit recht kleiner Schlagfläche handeln.« Mit dem Stab fuhr sie den Umriss des Lochs nach. »Ungefähr zweieinhalb mal zweieinhalb Zentimeter. Ad hoc fällt mir da ein Hammer ein. Ich vermute, dass der Täter dreimal damit zugeschlagen hat.«

Raoul notierte sich diese Informationen. »Wie lange liegt das Verbrechen Ihrer Ansicht nach zurück?«

»Sicherlich mindestens einige Monate. Ich tippe aber eher auf ein paar Jahre.«

»Am Ende gar mehr als zehn Jahre?«

»Das denke ich nicht.« Docteur Salles deckte die Leiche mit einem Tuch ab und wandte sich wieder zu Raoul um. »Ihre Frist ist also noch nicht abgelaufen.«

Raoul hatte sofort daran gedacht, dass es womöglich zu spät sein könnte. Immerhin verjährte ein Mord in Frankreich nach zehn Jahren. Doch etwas anderes beschäftigte ihn noch. »Was das Phänomen der Mumifikation betrifft: Mir war ja bewusst, dass es in der Wüste ein normaler Prozess ist, aber hier, mit einem Ozean nebenan und Seeluft rundherum, überrascht es mich schon. Haben Sie eine Erklärung dafür?«

Die Gerichtsmedizinerin lächelte ihn an. »Haben Sie schon mal von dem sogenannten Totenfeld von Ancón gehört?«

»Désolé. Bitte füllen Sie meine Bildungslücke, Docteur Salles.«

»Aber sehr gern, Monsieur Le Commandant.« Frida Salles

nahm ihre Brille ab und steckte sie in die Brusttasche ihres Kittels.

»Ende des neunzehnten Jahrhunderts haben zwei junge deutsche Geologen, Johann Wilhelm Reiß und Moritz Alphons Stübel, nahe dem peruanischen Küstenort Ancón eine im Sand versunkene Inka-Grabstätte ausgegraben. Dabei stießen sie auf zahlreiche Fundstücke – unter anderem auch eine ganze Reihe Mumien. Trockenheit, Wind, Wärme, Sandboden – das kann schon ausreichen. Der Mumifikationsprozess setzt recht schnell ein. Offenbar lag die Leiche von Anfang an so isoliert im warmen Sand, dass die Feuchtigkeit des Atlantiks keinen Zugang gefunden hat.« Sie streifte sich ihre Einweghandschuhe ab. »Seien Sie froh, andernfalls wäre nicht mehr viel von der Toten übrig gewesen. Und ich bin davon überzeugt, dass uns die Bodenproben und auch die forensischen Untersuchungen der Kleidung wichtige Informationen über Opfer, Täter sowie das Verbrechen an sich preisgeben werden.«

Raoul betrachtete die zugedeckte Bahre. »Wie lange müssen wir auf diese Resultate warten?«

»Einige Tage werden die Experten schätzungsweise für die Analysen brauchen. Das hängt natürlich davon ab, wie viel gerade zu tun ist und ob ein anderer, aktueller Fall dringlicher ist.« Docteur Salles sah ihn bedeutungsschwanger an. »Wie wäre es mit einem gemeinsamen Abendessen diese Woche?«

Raoul zögerte. Wiese er sie erneut zurück, bestand die Gefahr, dass sie ihm die Ergebnisse der Untersuchungen eventuell nicht sofort mitteilte. Anders ausgedrückt, ginge er mit ihr aus, würde sie sich höchstwahrscheinlich für eine Beschleunigung des Prozederes einsetzen. Doch wo würde ein solcher Kompromiss enden? Raoul brach der kalte Schweiß aus bei der Vorstellung, in welch missliche Lage er sich womöglich manövrierte, wenn er die Türen zu einem privaten Kontakt mit Frida Salles erst einmal öffnete. Einen derartigen Weg zu beschreiten barg ein unkalkulierbares Risiko.

»In Ermittlungsphasen ist es für mich quasi unmöglich, Verabredungen einzuhalten«, begann er behutsam zu erklären. »Ich habe schon zu oft kurzfristig absagen müssen. Oder es gar komplett vergessen. Das hat mich vorsichtig gemacht.« Raoul hoffte, dass man ihm die Notlüge nicht allzu offensichtlich ansah.

»Sie könnten mich ganz spontan anrufen. Ich gebe Ihnen meine Nummer.«

Docteur Salles schätzte es, von den Ermittlern stärker in einen Fall involviert zu werden. Das musste er sich zunutze machen, ohne ihre Hoffnungen auf näheren Kontakt zu schüren. Ihm fiel das kleine kanadische Café-Restaurant ein, das am Rand des Krankenhausgeländes lag. »Was halten Sie von einem Kaffee im P'tit *Québec*, sobald Sie die Resultate der Kleider- und Bodenproben vorliegen haben? Dann können wir uns gleich auch darüber unterhalten.« Er schenkte ihr ein entschuldigendes Lächeln.

Für einen Augenblick verriet Frida Salles' Gesicht die Enttäuschung, doch sie verbarg sie rasch hinter einer Maske der Unverbindlichkeit. »*D'accord*.«

Raoul räusperte sich. »Ich vermute mal, Sie können keine Aussage darüber treffen, ob sexuelle Gewalt im Spiel war?«

»Das lässt sich in der Tat nicht feststellen. Dennoch ist es durchaus möglich, dass wir noch Hinweise auf sexuelle Aktivität finden werden.« Frieda Salles sah ihm direkt in die Augen. »Warten wir ab, was die Untersuchung der Kleider, besonders der Unterwäsche, ergibt.«

Kapitel 4

— ●◆● —

Claire saß in einem nüchternen Gang mit hellgrauen Wänden und wartete gemeinsam mit einer Studentin darauf, dass der Studiengangleiter Michel Hourcade die Tür seines Büros öffnen würde. In der Zwischenzeit betrachtete sie ein weiteres Mal die Bilder, die Monsieur Blanchard ihr von seiner Tochter geschickt hatte. Délia hatte ihre düstere Phase augenscheinlich hinter sich gelassen. Eine hübsche junge Frau mit offenem Gesicht, auf dem sich unzählige Sommersprossen tummelten, lachte in die Kamera. Auf einem anderen Foto sah man sie in einem mintgrünen Jogginganzug, die rotblonden Haare zu einem hohen Pferdeschwanz gebunden. Sie poste für den Fotografen und hatte ganz offensichtlich Spaß am Leben. Was war ihr bloß zugestoßen?

»*Pardon*, du warst zuerst hier.«

Claire schaute hoch. Die Studentin ihr gegenüber lächelte sie an und wies auf die Tür des Studiengangleiters, die nun offen stand.

»*Merci.*« Claire erhob sich, betrat das Büro und schloss die Tür hinter sich.

Am Schreibtisch vor ihr saß ein Mann Mitte vierzig, glatt rasiert, das volle, dunkle Haar fiel ihm locker in die Stirn. Er trug Jeans und Hemd, darüber ein Sakko, und schien der Autorität seiner Position einen jugendlichen Anstrich verleihen zu wollen. Etwas an ihm irritierte sie.

Claire war darin geübt, Menschen binnen Sekunden einzuordnen und deren Ausstrahlung zu sondieren. Bei Monsieur Hourcade gelang ihr das nicht direkt. Auf den ersten Blick hätte man ihn für attraktiv halten können, doch wenn man einen Augenblick länger in sein Gesicht sah, verflüchtigte sich dieser Eindruck. Die zunächst wohlproportioniert wirkenden Züge sahen bei näherer Betrachtung seltsam verschoben aus: die Wangenknochen eine Idee zu breit, die Augen eine Spur zu eng beieinander, die Nase einen Tick zu lang, sodass sich ein gröberes und weniger apartes Gesamtbild ergab.

»*Bonjour*, Madame. Sind Sie neu bei uns?« Er erhob sich, kam um den Schreibtisch herum auf sie zu und reichte ihr die Hand. »Ich kann mich nicht daran erinnern, Sie schon einmal auf dem Campus oder in einer Lehrveranstaltung gesehen zu haben. Das wäre mir wirklich aufgefallen.«

»*Bonjour*, Monsieur Hourcade. Ich heiße Claire Molinet, und Sie haben recht: Ich bin zum ersten Mal auf dem Campus Victoire. Allerdings bin ich keine Studentin.«

»Außerordentlich bedauernswert. Jemanden wie Sie, Madame Molinet, sieht man gern in seinem Vorlesungssaal.«

Sie ging über seine Bemerkung hinweg. Sobald Michel Hourcade zu sprechen begonnen hatte, verschwand seine vermeintliche Attraktivität vollends. Diese Art von selbstgefälligem Tonfall, kombiniert mit einer aufgesetzten Wortwahl, die die beabsichtigte charmante Wirkung komplett verfehlte, hatte Claire oft genug erlebt. Sie war ein Merkmal von Männern, die sich selbst für unwiderstehlich hielten.

»Ich bin hier, weil ich mich nach einer Ihrer Studentinnen erkundigen möchte. Délia Blanchard. Sie ist im zweiten Studienjahr.«

»Nehmen Sie doch bitte Platz, Madame Molinet.« Monsieur Hourcade wies auf einen kleinen Tisch im Caféhausstil zu seiner Rechten. Die beiden zugehörigen Stühle standen für Claires Geschmack eine Idee zu nah beieinander. Dennoch setzte sie sich und bemühte sich um eine aufrechte und geschlossene Haltung. Der Studiengangleiter ließ sich ihr gegenüber nieder und schaffte es, mit seinem Bein das von Claire zu berühren. Demonstrativ zog sie es zur Seite.

»Délia Blanchard – eine meiner besten Studentinnen im Master eins«, begann er auszuführen, »ehrgeizig, ambitioniert – ich bin davon überzeugt, dass sie es weit bringen wird. Aus welchem Grund fragen Sie nach ihr, Madame Molinet?«

»Ich habe gestern Abend einen Anruf ihres Vaters bekommen, der sich Sorgen macht, Délia könne etwas zugestoßen sein. Er sagte mir, er habe Sie angerufen?«

»Das stimmt. Ebenfalls gestern. Er wollte wissen, ob sie bei den ersten Veranstaltungen des neuen Studienjahrs anwesend war – was nicht der Fall war. Sind Sie mit der Familie Blanchard verwandt?«

»Ich bin Privatdetektivin.« Claire zog eine ihrer Visitenkarten hervor und reichte sie ihm.

»Wie sexy. Mit einer Privatdetektivin hatte ich noch nie zu tun.«

Allmählich ging Claire sein Chauvinismus auf den Geist, doch sie ignorierte auch diesen Kommentar. Komplimente, die nichts anderes waren als billige Anmache, lösten bei ihr automatisch Abwehrreaktionen aus. Deshalb musste sie sich bemühen, nicht zu schroff zu antworten, sondern neutral und sachlich zu bleiben.

»Falls Sie mir etwas über Délia Blanchard mitteilen könnten, einen Ansatzpunkt für unsere Ermittlungen – mit welchen Kommilitonen sie häufig zusammen war oder Ähnliches. Damit würden Sie mir helfen. Ihre Fakultät hat ja eine eher überschaubare Studentenzahl.« Sie setzte ein Lächeln auf, das professionell freundlich und distanziert zugleich wirken sollte. Es schien nicht zu funktionieren.

»Wie wäre es, wenn wir diese Dinge heute Abend bei einem gemeinsamen Dinner besprechen würden?«

»*Pardon*, Monsieur Hourcade, ich sehe keinen Grund, warum Sie mir meine Fragen nicht hier und jetzt beantworten können. Ich verliere nur kostbare Ermittlungszeit. Außer uns ist niemand im Raum – oder werden wir etwa abgehört?«

Der Studiengangleiter lachte gekünstelt. »Gewiss nicht, seien Sie unbesorgt. Nun gut, reden wir gleich.« Er beugte sich ein Stück nach vorn und suchte ihren Blick, als wolle er ein besonderes Vertrauensverhältnis zwischen ihnen herstellen. »Sie haben recht, unsere Fakultät ist klein, und wir vom Lehrkörper bekommen durchaus ein wenig vom Leben unserer Studenten mit. Wenn ich sage, wir sind eine große Familie, dann klingt das sehr abgedroschen. Aber so ungefähr ist es.« Er stützte die Hände auf den Knien ab und schob sich noch etwas mehr in Claires Richtung. »Was Délia Blanchard betrifft, sie ist, wie Sie vermutlich wissen, eine attraktive Frau – genau wie Sie.«

»Monsieur Hourcade, es geht hier nicht um mich. Bleiben wir bitte beim Thema.«

»*Bon.*« Mit leicht gereizter Miene lehnte er sich zurück. »Es wird Sie nicht wundern, dass es eine Reihe Studenten gibt, die um Délia herumscharwenzeln. Délia scheint sie jedoch immer auf Abstand zu halten, so hat es für mich von außen den Anschein.«

»Sie meinen, dass sie keine Beziehung zu einem Mitstudenten hat?«

»Jedenfalls läuft sie nicht Händchen haltend mit irgendwem über den Campus oder so etwas.«

»Wie sieht es mit Freundinnen aus?«

Der Studiengangleiter schien nachzudenken. »Sie hat regelmäßigen Kontakt mit zwei jungen Frauen aus ihrem Jahrgang. Olive Simonet und Vivienne Tarreau. In meinen Kursen stecken die drei ständig zusammen.«

Claire zog einen Block aus ihrer Tasche und notierte sich die Namen. Es lag ihr auf der Zunge, nachzuhaken, ob er auch die Namen aller männlichen Studenten derart parat hatte. Stattdessen fragte sie: »Gibt es Lerngruppen, in denen Délia intensiver mit einigen Kommilitonen zusammenarbeitet?«

»Freie Lerngruppen gibt es natürlich, doch die sind nicht von uns organisiert. Dementsprechend hat das Lehrpersonal keinen Einblick.« Michel Hourcade hob entschuldigend die Hände.

Claire klemmte den Stift an ihren Block. »Ist Ihnen sonst noch irgendetwas aufgefallen? Hat sich Délia am Ende des letzten Studienjahres anders verhalten als vorher?«

Wieder dachte der Studiengangleiter nach. »Wenn ich jetzt, wo Sie danach fragen, darüber nachdenke ...« Er runzelte die Stirn. »Oui, etwas war anders, vor den Sommerferien.«

»Können Sie beschreiben, inwiefern?«

»Alors, Délia ist normalerweise eine sehr zuverlässige Studentin. Doch zuletzt kam sie einige Male zu spät zu Vorlesungen. Auch wirkte sie manchmal unausgeschlafen und unkonzentriert.«

»Erinnern Sie sich, wann das begonnen hat?«

»Oh –« Michel Hourcade atmete hörbar aus. »Vielleicht ein paar Wochen vor den Ferien? Grob geschätzt ...«, er wiegte den Kopf leicht hin und her, »Mitte, Ende Mai? Zu den Examen erschien sie hingegen wie gewohnt pünktlich und konzentriert.«

Claire machte sich eine weitere Notiz, dann richtete sie ihren

Blick erneut auf den Studiengangleiter. Jetzt, da er sein nervtötendes Balzverhalten abgelegt hatte, konnte man sich überraschend passabel mit ihm unterhalten. »Das sind wichtige Informationen, Monsieur Hourcade, *merci*.«

»Ich fürchte jedoch, darüber hinaus fällt mir nichts mehr ein.« Er lehnte sich wieder nach vorn, legte seinen rechten Arm auf der Tischplatte ab und strich dabei wie zufällig mit den Fingern über Claires linken Handrücken. »Wie wäre es – hätten Sie trotzdem heute Abend Zeit? Ich kenne da ein kleines, äußerst hübsches Restaurant am Ufer der Garonne in den Platanes des Quais, das Ihnen sicher gefallen würde.«

Entschieden zog Claire ihre Hand weg. »Meinen Sie das *Deux Miroirs*? Vielen Dank, da bin ich schon einmal gewesen. Die Horsd'œuvres waren eine Katastrophe.« In kühlem Ton fuhr sie fort: »Im Übrigen bin ich nicht an einem Rendezvous interessiert. *Merci* für Ihre Auskünfte.«

Sie griff nach ihrer Tasche und erhob sich. Monsieur Hourcade richtete sich gleichzeitig auf, sodass sie nah voreinanderstanden. Mit einer Geste, die wohl gentlemanähnlich wirken sollte, deutete er in Richtung Tür: »*Après vous*.«

Noch während Claire sich umdrehte, um das Büro zu verlassen, spürte sie deutlich seine Hand auf ihrem Po. Als hätte eine Schlange sie gebissen, fuhr Claire herum, holte aus und versetzte dem Studiengangleiter eine schallende Ohrfeige, sodass ihre Handfläche einen leuchtend roten Abdruck auf seiner linken Gesichtshälfte hinterließ.

»*Merde*! *Salope*! Was zum Teufel – ich habe doch gar nichts – das muss –« Monsieur Hourcade hielt sich seine brennende Wange.

»Ein Versehen gewesen sein? Ein Ausrutscher?« Claire funkelte ihn an. »Sparen Sie sich Ihre billigen Ausreden. Sie haben gerade einen großen Fehler gemacht. Das nächste Mal, wenn Sie eine Ihrer Studentinnen unangemessen berühren wollen, überlegen Sie es sich lieber zweimal. Ich werde ein Auge auf Sie haben.« Damit rauschte sie aus der Tür. Sollte er zusehen, wie er den restlichen Tag mit ihrem Handabdruck im Gesicht hinter sich brachte. Sie warf der wartenden Studentin einen Blick zu, der verbindend und eindringlich zugleich war: »Er ist jetzt frei. Und seine Wange«, Claire zog kurz die Brauen hoch, »ja, es ist das, wonach es aussieht.«

Während Raoul durch die monotonen Gänge des rechtsmedizinischen Gebäudetraktes zurück zum Parkplatz lief, schwand das markante, unangenehme Geruchspotpourri allmählich. Doch erst draußen atmete er tief durch.

Bei seiner Verabschiedung von Docteur Salles hatte diese es sich nicht nehmen lassen, ihm ihre Telefonnummer aufzunötigen, und ihn noch einmal aufgefordert, sich auch gern kurzfristig bei ihr zu melden. Hatte ihr nie jemand klargemacht, wie unsexy so ein Verhalten war? Der Vergleich hinkte natürlich, aber in manchen Momenten dämmerte es Raoul, wie Frauen sich fühlen mussten, wenn sie von Männern wie Sexobjekte behandelt wurden.

Immerhin war er einige entscheidende Schritte weitergekommen, was die Leiche von der Düne anging. Er zückte sein Mobiltelefon und rief Eric an, um die aktuellen Informationen gleich weiterzugeben. Sein Kollege konnte so direkt alles mit den Akten der Vermisstenfälle abgleichen, mit denen er sich seit gestern Abend befasste.

Wenig später betrat Raoul ihr gemeinsames Büro. »Salut, *copain!*«

»Anaïs de Venette!« Statt einer Begrüßung empfing ihn Capitaine Eric Rosset mit einem triumphierenden Blick. »Ich bin mir sicher, das muss sie sein.«

»Okay, leg los.« Raoul setzte sich an seinen Schreibtisch und blickte den Kollegen mit dem neuerdings raspelkurz geschnittenen Lockenkopf aufmerksam an.

Eric klopfte auf eine Akte, die zuoberst auf einem Stapel lag. »Anaïs de Venette wurde vor drei Jahren, also genau gesagt am Montag, dem neunzehnten Mai 2014, als vermisst gemeldet.«

»Von ihrem Mann?«

»Von ihrer Schwägerin Jeanne Dubos. Antoine de Venette, Anaïs' Gatte, ist ein Jahr zuvor gestorben. Kinder hatten die beiden keine.« Eric grübelte einen Moment vor sich hin, während er in der Akte blätterte. »Ich erinnere mich an den Fall. Dein Vorgänger ist damals dadran gewesen. Ich hatte mit einer anderen Sache zu tun, deswegen habe ich es nur am Rande mitbekommen. Anaïs de Venette, zu der Zeit dreiundfünfzig Jahre, hat das Weingut Château de Venette-Rebeyrol geführt.« Er senkte die Papiere und sah Raoul bedeutungsvoll an. »Falls dir das nichts sagt: Das ist eines der klassifizierten Weingüter im Graves.«

»Oh, là, là.«

»Exactement. *Grand Cru Classé des Graves*. Es ist das südlichste der sechzehn ausgezeichneten Châteaux.« Eric zog die buschigen Brauen hoch. »Ich weiß noch, dass Lothaire Jeanne Dubos und ihren Mann Gérard verdächtigte, mit Anaïs de Venettes Verschwinden zu tun zu haben.«

»Aus welchem Grund?«

»Bon, da es keine anderen Angehörigen gab, haben die beiden die Leitung des Château provisorisch übernommen und führen es bis heute weiter. Lothaire hatte den Verdacht, dass Jeanne Dubos dagegen war, einer Eingeheirateten das Familienweingut zu überlassen. Doch er konnte ihr und ihrem Mann nichts nachweisen. Es gab keine Anzeichen für ein Gewaltverbrechen, Anaïs de Venette blieb spurlos verschwunden, und schließlich wurden die Ermittlungen eingestellt.«

Raoul nahm die Akte entgegen, die Eric ihm reichte. Er blätterte sie durch und betrachtete die Aufnahmen der Vermissten eingehend. Anaïs de Venette war auch noch als gereifte Frau sehr attraktiv gewesen. Langes, platinblondes Haar, ein ausdrucksstarkes Gesicht, dem er ansah, dass sie sich als Geschäftsfrau durchzusetzen verstanden hatte. Ihren Körper hatte sie vermutlich durch eiserne Disziplin der Schwerkraft des Alters entzogen. Es fiel Raoul nicht leicht, diese vitale Person mit den mumifizierten Resten in Verbindung zu bringen, die nun in der Gerichtsmedizin ruhten, und dennoch musste er Eric recht geben. Mit einer ordentlichen Portion Abstraktionsvermögen war es vorstellbar, dass es sich um Anaïs de Venettes Leiche handelte. Raoul sah seinen Kollegen über den Schreibtisch hinweg an. »Das sieht mir nach einem Ausflug in die Appellation Graves aus.«

Eilig verließ Claire den Campus. Sobald sie auf der Straße angekommen war, blieb sie stehen und schüttelte sich. Das hehre Ziel der höheren Bildung – von wegen! Kaum hatte sie die Universität betreten, stolperte sie schon über den ersten Prof, der junge Frauen betatschte. Was für ein jämmerliches Klischee, und doch so real. Die heiligen Hallen der Vernunft – hatte es sie jemals wirklich gegeben? Oder hatte sich der vermeintlich geschützte Raum von Lehranstalten nicht zu allen Zeiten im Handumdrehen in eine Falle wandeln können? Empörung, Schrecken und sogar ein Hauch von Scham wirbelten in Claires Innerem durcheinander. Sie erinnerte sich an zwei Fälle in ihrer Studentenzeit. Nicht zum ersten Mal fragte sie sich, wie die Betroffenen mit schwerem Missbrauch, mit Vergewaltigung umgingen. Konnte ein Mensch so etwas verarbeiten? War das überhaupt möglich, solange sich die Haltung zu solchen Verbrechen innerhalb der Gesellschaft nicht grundlegend änderte?

Schon während sie in Deutschland gelebt hatte, waren Claire bei der Thematik Unterschiede zwischen den beiden Ländern aufgefallen. Ja, auch dort erfuhren die meisten Mädchen und Frauen in ihrem Leben irgendeine Art von sexueller Zudringlichkeit, sei es in Worten oder Taten. Doch in Frankreich schienen diese entwürdigenden Phänomene stärker zum Alltag zu gehören und mehr geduldet zu werden. Die Gesetzgebung hatte sich unter dem jetzigen Präsidenten zum Glück verbessert. Trotzdem wurden verbale Belästigungen nach wie vor gern als legitime Flirtversuche und körperliche Übergriffe gar als »Kavaliersdelikt« angesehen.

Manchmal fühlte sich Claire wie gelähmt vor ohnmächtiger Wut angesichts der Tatsache, dass es quasi zur Jobbeschreibung dazugehörte, als Frau an jedem Ort sexuell abwertende Bemerkungen sowie übergriffige Berührungen zu ertragen. Nicht zu vergessen die allseits akzeptierte Normalität, sich ständig mit Überlebensstrategien befassen zu müssen.

Claire dachte an eine Studie, die sie neulich gelesen hatte und nach der weibliche Influencer auf Posts in den sozialen Netzwerken von hundert Kommentaren durchschnittlich sechzehn sexistische erhielten. Von Dick Pics, die Frauen unaufgefordert ins Postfach gelegt bekamen, ganz zu schweigen. Bei männlichen Influencern lag die Quote bei null.

Eigentlich war es Zeit fürs Mittagessen, doch Claire hatte keinen Appetit. Délia wohnte nicht weit entfernt vom Campus Victoire an der Place Saint-Projet. Claire brauchte bloß schnurgeradeaus die Rue Sainte-Catherine hochzulaufen, eine belebte Fußgängerzone. Während ihres kurzen Spaziergangs dorthin lenkte sie ihre Gedanken wieder zurück zu ihrem Fall und den Informationen, die sie in der Universität gesammelt hatte. Viel war es nicht gewesen, aber immerhin hatte sie zwei Namen von Studentinnen erfahren, die ihr vermutlich mehr über Délia berichten konnten. Am meisten erhoffte sich Claire jedoch vom Besuch in der Wohnung.

Léon Pasquet schlenderte durch die Weinfelder seines Châteaus. Auch jetzt noch, Mitte September, flirrte die Luft zur Mittagszeit. Er drehte sich um die eigene Achse: Rebstöcke, so weit das Auge blickte, bis zum Horizont. Und allesamt gehörten sie ihm. Zufrieden betrachtete er die prallen, blauvioletten Reben. Trotz leichter Frostschäden im April versprach es ein guter Jahrgang zu werden. Regelmäßig musste er sich von Bekannten anhören, er habe ja eh ausgesorgt mit seinen zertifizierten Weinen. Sie dagegen ... Begleitet von einem wehleidigen Seufzer. Die wenigsten begriffen, wie viel harte Arbeit und welcher Verzicht dahintersteckten. Dabei waren es nicht einmal die Tätigkeiten auf den Weinfeldern, die erledigten schon seit Langem andere.

Manchmal fehlten Léon diese Aufgaben, die unzähligen Stunden an der frischen Luft, die körperliche Anstrengung, die zu einer behaglicheren Erschöpfung am Abend führte. Damals hatte er sich »leer gearbeitet« gefühlt, wenn er von den Feldern zum Abendessen zurückkehrte. Inzwischen saß er die meiste Zeit in seinem Büro, telefonierte, mailte, plante und kalkulierte – was eben alles anfiel, wenn man ein Unternehmen mit knapp hundertfünfzig Mitarbeitern managte. Léon erinnerte sich nicht daran, wann er zuletzt verreist war. Also, richtiger Urlaub – die Reisen zu Weinmessen zählten nicht, solche Kurztrips waren von früh bis spät mit Terminen vollgestopft. Er trat an einen Weinstock heran und hob behutsam eine Rebe mit der Hand an. Satt und schwer und sonnenreif lag sie in seiner Handfläche. Er vermisste ihn schmerzlich, diesen direkten Kontakt mit den Trauben, wie er ihn früher einmal Tag für Tag gehabt hatte. Jeder Erfolg hatte seinen Preis.

Der halbstündige Spaziergang, den Léon nach dem Mittagessen zu machen pflegte, hatte eine belebendere Wirkung auf ihn als eine Siesta. Am Rand der Weinfelder blieb er stehen und genoss die Sonne auf seinem Rücken. Vor ihm lag Château Pasquet-Castagnol in seiner ganzen Pracht. Der Anblick erfüllte ihn mit Stolz, und er schämte sich nicht dafür.

Gemessenen Schritts durchquerte Léon die gepflegte Parkanlage in Richtung Haupthaus. Gewiss, er durfte sich nicht beschweren, er konnte sich einen gehobenen Lebensstandard leisten. Das Weingut lief ausgezeichnet, er hatte in den vergangenen Jahren weiter expandiert und einige Anbauflächen im Médoc dazugekauft. Trotzdem konnte er sich nicht einfach zurücklehnen und es sich gut gehen lassen, wie besagte Bekannte meinten. All das erforderte kontinuierliche Arbeit, man durfte nicht nachlassen, sonst zerrann einem selbst der schönste Reichtum zwischen den Fingern.

Und frei von Sorgen war Léon genauso wenig wie diejenigen, deren Weingüter nicht klassifiziert waren, auch wenn er das nicht ständig betonte. Zum Beispiel diese Geschichte mit den Pestiziden, die saß ihm immer noch im Nacken. Seit zwei Jahren lief dieser Prozess bereits. Zwar hatte er die besten Anwälte an seiner Seite, die er auftreiben konnte, doch solange kein Urteil gefällt worden war, blieb alles offen. Und sollte Brüssel irgendwann Ernst machen und sämtliche chemischen Schädlingsbekämpfungsmittel verbieten, dann, ja, dann würde das auch an Château Pasquet-Castagnol nicht spurlos vorbeigehen. Aber das war nebulöse Schwarzmalerei, und eines von Léons Prinzipien lautete, sich niemals den Kopf über Angelegenheiten zu zerbrechen, die in der

Zukunft lagen und auf die er gegenwärtig keinen Einfluss hatte. Das vergeudete nur kostbare Ressourcen.

Er erreichte die Terrasse, die durch Hecken vom Blick der zahlreichen Besucher abgeschirmt war. Inzwischen hatte sich Léon damit abgefunden, dass den ganzen Tag über Touristen auf seinem Grundbesitz herumwuselten. Besonders in den Sommermonaten. Das gehörte nun einmal dazu. Wer sich den Kunden öffnete und Einblick in das Leben auf einem Weingut gewährte, erzielte die höheren Gewinne.

Léon ließ sich in einen der anthrazitgrauen, mit dicken Kissen gepolsterten Sessel sinken. In diesem Frühling hatte Mathilde die private Terrasse zum Loungebereich umgestaltet. Ein Ecksofa, zwei Sessel und ein quadratisches Sofabett – eine sogenannte Chill unit, hatte er gelernt – waren seither auf der Terrasse arrangiert, dazwischen niedrige Tische aus Teakholz, ebenfalls viereckig. Dazu in der Mitte eine riesige Feuerschale, in der sich Holzscheite stapelten, die sie noch nicht ein einziges Mal angezündet hatten. Das Ganze hatte ihn ein kleines Vermögen gekostet. Auf seine Frage, was denn mit ihren alten Terrassenmöbeln – die übrigens auch erst drei Sommer erlebt hatten – nicht gestimmt hätte, war der Tonfall seiner Frau streng geworden. »Die waren nicht mehr *en vogue*. Man hat jetzt so etwas. Dieser dänische Designer ist gerade total angesagt.«

Dieser dänische Designer musste extrem kurze Beine haben, bei der niedrigen Sitzhöhe. Léon jedenfalls vermisste die vorigen Möbel schmerzlich. Im wörtlichen Sinn. In denen hatte er ohne Anstrengung aufrecht sitzen und die Füße ordentlich auf den Boden stellen können, ohne den Bauch einzuquetschen. In dem neuen Sessel musste er sich zusammenfalten. Obwohl er keine überflüssigen Pfunde mit sich herumtrug, kam er sich darin vor wie ein gestrandeter Wal. Und das Aufstehen gestaltete sich jedes Mal zu einer echten Herausforderung!

In diesem Moment betrat seine Frau die Terrasse, in den Händen ein Silbertablett mit zwei Espressotässchen und der Tageszeitung. Morgens hielt sich Léon nicht mit einem üppigen Frühstück oder gar Zeitunglesen auf. Er stürzte sich lieber gleich in die Arbeit. Nach dem Mittagessen hingegen, wenn ein Teil des Tagewerks bereits erledigt war, gönnte er sich eine Pause, um sich über das aktuelle Weltgeschehen zu informieren.

Mathilde stellte das Tablett vor ihm auf dem niedrigen Tisch ab und lächelte ihn an. Dreiunddreißig Jahre waren sie inzwischen verheiratet. Ein gemeinsamer Urlaub würde ihnen bestimmt guttun – mal wieder ein verlängertes Wochenende in Paris oder Florenz. Bis auf Lucie, ihr Nesthäkchen, waren die Kinder aus dem Haus. Und auch die Sechzehnjährige ging schon ihre eigenen Wege. Sie könnten versuchen, an ihre frühen Jahre anzuknüpfen. Vielleicht war es an der Zeit für einen Neustart, als Paar?

»Scheint so, dass doch mehr Saharasand zu uns rüberweht, als wir ahnen.« Mit lakonischem Schulterzucken deutete Mathilde auf die zusammengerollte Zeitung: »In der *Dune du Pilat* lag eine Mumie.«

Kapitel 5

— ●◆● —

Bald darauf erreichte Claire den Platz, der im Mittelalter ein lebhafter Marktplatz gewesen war, woran heutzutage noch die beeindruckende Fontaine Saint-Projet erinnerte. Délia wohnte in einem Altbau mit Stuckfassade und den charakteristischen schmiedeeisernen Schnörkelgittern an den bodentiefen Fenstern. Claire hielt sich abseits vom Eingang und vertiefte sich in die Auslagen eines Schuhgeschäfts. Sie musste nicht lange warten, da öffnete sich die Haustür, und eine ältere Dame kam heraus. Unauffällig schlenderte Claire in Richtung Hauseingang und huschte hinein, ehe die Tür wieder zufiel. Mit ihrem Dietrichset hätte sie ungern vor der Nase flanierender Touristen am Schloss hantiert.

Wenig später stand sie in Délias Wohnung im dritten Stock. Sie hatte zunächst geklingelt, aber niemand hatte geöffnet. Nun vergewisserte sie sich, dass Délia sich wirklich nicht hier befand. Dabei verschaffte sie sich einen schnellen Überblick über die Wohnung: ein kleiner Flur, Küche, Bad und zwei Zimmer, von denen das eine als Schlafzimmer, das andere als Wohn- und Arbeitsraum diente. Auf Anhieb erkannte Claire den Wohnstil einer jungen, alleinstehenden Frau, die sich ihr erstes eigenes Reich eingerichtet hatte. Es war dieses spezielle Flair, liebevolle Dekoration mit Kerzen, Decken, Kissen und Pflanzen zwischen geschwungenen, weiß lasierten Möbeln – verspielt, zart, verletzlich. Noch ganz Mädchen und doch schon so sehr Frau.

Claire konnte beinahe vor sich sehen, wie Délia hier lebte, mit einer dickbauchigen Teetasse im Schaukelstuhl saß oder in der Leseecke auf dem breiten Fensterbrett.

Dieser Ort löste etwas in ihr aus. Er hatte so viel von Claires eigener erster Wohnung, dass sie sich von den plötzlich aufwallenden Erinnerungen überrumpelt und umzingelt fühlte.

Auch sie hatte ein romantisch anmutendes Bett besessen, auch ihre Vorhänge waren aus grobem, eierschalenfarbenem Leinen gewesen. Wehmütige Gedanken stiegen in ihr auf, an jene Zeit des Neubeginns – ein neuer Lebensabschnitt, ein neues Land, das Studium, die Welt hatte sich geöffnet, die Zukunft hatte wie blütenweiße, unberührte Laken vor ihr gelegen. Wie weit weg sich all das anfühlte. Dabei war es doch gerade mal knappe neun Jahre her. Damals, als sie von Düsseldorf nach Biarritz gezogen war. Damals, als sie Stéfane kennengelernt hatte.

Claire atmete tief durch und wischte die aufkeimende Melancholie fort, unter der sich jene schwarze Trauer verbarg, die sie nicht anzurühren wagte. Sie drängte ihre Emotionen beiseite und fokussierte sich wieder auf das Hier und Jetzt. Mit sezierendem Blick begann sie nun, jeden Winkel von Délias Zuhause zu untersuchen.

Zunächst ging sie in die Küche. Aufgeräumter Küchentisch am Fenster, sauberes Schneidebrett auf der Arbeitsfläche zwischen Herd und Spüle. Im Abtropfkorb standen ein Teller, eine Müslischale und eine Tasse. Alle Teile waren vollkommen trocken. Auf dem Fensterbrett entdeckte Claire ein Körbchen mit Schalotten, Knoblauch und roten Zwiebeln. Sie öffnete die Tür des Kühlschranks, in dem sich drei angebrochene Käsesorten, Butter, ein halb leeres Glas schwarze Oliven, Erdbeermarmelade und Feigensenf befanden. Im Gemüsefach lagen zwei Zucchini und eine Paprika. Das Gemüse war in passablem Zustand. Claire nahm eine geöffnete Milchpackung aus der Tür und roch daran, sie war noch frisch. Allzu lange konnte Délia demnach nicht fort sein. Und falls sie verreist war, so hatte sie höchstens ein paar Tage eingeplant.

Claire ging ins Badezimmer hinüber, das sie ebenfalls aufgeräumt und geputzt vorfand. Auf einer Ablage über dem Waschbecken stand ein leeres Zahnputzglas. In einem Korbregal daneben bewahrte Délia diverse Kosmetikprodukte auf. Claire sah sich alles an, entdeckte jedoch weder Zahnbürste oder Zahncreme noch Kamm oder Bürste.

Das Schlafzimmer brachte keine weiteren Erkenntnisse. Das Bett war gemacht, einige Kleidungsstücke hingen ordentlich über einem Stuhl. Ein Blick in den Kleiderschrank bestätigte Claire, dass, wenn überhaupt, nur wenige Teile von Délias Garderobe fehlten. Auf dem Nachttisch lagen mehrere Bücher, darunter eines über ökologischen Weinbau, zwei anthropologische Werke und Françoise Sagans *Bonjour Tristesse*. Claire blätterte in jedem, doch sie fand darin keinerlei persönliche Notizen oder Zettel. Sie sah sich noch einmal um und ging schließlich resigniert ins Wohnzimmer. Falls sie dort nicht endlich etwas entdeckte, war diese ganze Aktion nicht sonderlich ergiebig gewesen.

Das Bücherregal an der Wand gegenüber dem Sofa füllten Romane von Klassikern bis zu aktuellen Bestsellern, einige Bände mit Fotokunst und eine Reihe Fachbücher aus ihrem Studium. Sofa, Schaukelstuhl, Beistelltisch – nirgendwo gab es den geringsten Anhaltspunkt für Délias Verschwinden. Ein CD-Regal weckte Claires Aufmerksamkeit, allerdings eher, weil sie im Zeitalter von MP3 und Spotify kaum Menschen in ihrem Alter oder jünger kannte, die überhaupt noch CDs kauften. Ihre Augen glitten über die Alben, und zu ihrer Überraschung stand Délia offenbar auf

Musik aus den 60ern bis 90ern. Ihre Auswahl gefiel Claire, so manches davon besaß sie selbst.

Nun blieb lediglich der Sekretär an der Wand zwischen den beiden Fenstern. Claire durchsuchte die Schubladen in der schwindenden Hoffnung, auf einen Terminkalender, ein Notizbuch oder gar ein Adressbuch zu stoßen, was heutzutage sowieso eine Rarität gewesen wäre. Doch sie fand nichts dergleichen, auch keine persönlichen Briefe und ebenso wenig einen Computer.

Über dem Schreibtisch hing ein gerahmter Fotodruck vom Café de Flore in Paris. Claire erkannte die Schwarz-Weiß-Aufnahme von Robert Doisneau aus den späten Vierzigerjahren. Am Rahmen des Bildes war eine Postkarte befestigt. Auf schwarzem Grund stand in bunten Lettern *Le Poisson Qui Chasse*. Claire hatte von dem Club gehört, war aber selbst noch nie dort gewesen. Sie löste die Karte und drehte sie um. In prägnanten Druckbuchstaben war auf der Rückseite notiert: MI & SA 21.30 – 04.30 UHR MIT EPONINE.

Claire steckte die Karte ein und fotografierte abschließend das Zimmer aus unterschiedlichen Perspektiven. So verfuhr sie in jedem Raum, ehe sie die Wohnung verließ. Alles deutete darauf hin, dass Délia nicht aus dem Alltag heraus verschwunden, sondern von einer kurzen Reise nicht zurückgekommen war.

Auf dem Rückweg zum Campus Victoire, wo Claire ihr Auto geparkt hatte, rief sie Philippe an. »Ich möchte gern heute Abend ausgehen. Hast du Zeit?«

Raoul und Eric fuhren in Raouls Dienstwagen und lauschten der dunkel-melancholischen Stimme Leonard Cohens. Sie passierten das Hôpital de Bordeaux, und Raoul dachte an seinen Besuch dort, der noch keine Stunde zurücklag. Gerade wollte er sich bei

Eric nach seinen Erfahrungen mit Docteur Salles erkundigen, als dieser nach rechts deutete.

»Voilà, Monsieur le Commandant, Rebstöcke, die zum Château Haut-Brion gehören. Wie um so manches Weingut ist Bordeaux auch um dieses herumgewachsen. Mittlerweile liegen vier der bekanntesten der Region Graves innerhalb des Stadtgebiets. Haut-Brion gibt's seit dem sechzehnten Jahrhundert und wurde 1855 als erstes Château der Gegend klassifiziert.« Eric war in einem der südlichen Vororte aufgewachsen. »Wusstest du, dass die Graves zu den ältesten Weinregionen weltweit zählen?«

»Tatsächlich?«

»Yep. Die Römer haben hier schon vor zweitausend Jahren Wein angebaut.«

»Die alten Römer, bof, die haben begriffen, wo und wie es sich gut leben ließ.« Raoul wechselte die Spur und überholte einen uralten VW-Käfer mit drei Damen des geschätzt selben Baujahrs darin. »Aber was unterscheidet die Graves eigentlich von den anderen Gebieten um Bordeaux?«

»Alors«, Eric streckte die Beine aus, »der Name stammt von all den Kieselsteinen, mit denen der magere Boden übersät ist. Quarze, Jaspis, Feuerstein – ganz schön spannende Mischung. Die Garonne und ihre Vorläufer haben unterschiedlichstes Geröll aus den Pyrenäen und dem Zentralmassiv hier zu Terrassen aufgeschüttet abgelagert. Diese Steine speichern am Tag die Sonnenenergie und geben die Wärme in der Nacht ab. Dadurch entsteht ein für die Reben ideales Mikroklima.«

»Wenn du mal keinen Bock mehr auf die Polizeiarbeit hast, könntest du dich als Touristenguide versuchen.«

Eric lachte auf. »Gott bewahre! Mein kostbares Wissen teile ich lediglich mit Menschen, die es mir wert sind.«

»Ich fühle mich geehrt, Kollege.« Wieder einmal war Raoul

froh, einen Partner zu haben, mit dem er sich fachlich gut verstand, ohne dass es zu Kompetenzgerangel kam, und der dazu noch Humor besaß.

Eine knappe halbe Stunde später verließen sie zu den Klängen von I can't forget die D109. Entlang nicht enden wollender Weinfelder folgten sie gemächlich einer schmalen Straße, bis schließlich linker Hand eine Toreinfahrt auftauchte. Eine gravierte Steintafel kündigte das Château de Venette-Rebeyrol an.

Raoul setzte den Blinker und rollte einen grauen Kiesweg hinunter auf das Weingut zu. Das Hauptgebäude im französischen Kolonialstil war in einem gepflegten Altrosé gehalten, von dem sich die schneeweißen Holzläden zu beiden Seiten der hohen Sprossenfenster harmonisch abhoben. Moderne Nebengebäude, teils mit Solarpaneelen auf dem Dach, rahmten das historische Bauwerk ein.

Raoul parkte auf dem für Besucher angelegten Platz.

»Und nach der Unterredung eine kleine Weinprobe?« Eric zwinkerte ihm zu, während sie zum Haupteingang hinüberliefen.

Durch ein weiß lackiertes, doppelflügeliges Portal gelangten sie in den Empfangsbereich. Von einem auf Hochglanz polierten Mahagonitresen blickte ihnen ein Jüngling in marineblauer Livree geschäftsmäßig entgegen. »Sie wünschen?«

»Bonjour, Monsieur, wir würden gern mit Madame Dubos sprechen.« Raoul trat an den Tresen und legte ihm seinen Dienstausweis vor das fast noch kindliche Gesicht, das ein zarter Bartflaum zierte.

Der junge Mann warf einen Blick auf den Ausweis und schnappte nach Luft. »Äh, natürlich, sofort. Mögen Sie bitte für einen Moment dort drüben Platz nehmen?« Er wies auf eine viktorianische Sitzgruppe in dunklem Leder und verschwand durch eine Türöffnung im Hintergrund.

Raoul und Eric setzten sich. Während sein Kollege in einer Broschüre über das Weingut blätterte, die vor ihm auf einem niedrigen Tisch lag, sah Raoul sich um. Es gab futuristische Säulen, die überdimensionale Weinflaschen trugen, ein massives Regal mit historischen Arbeitsgeräten des Weinbaus, moderne, verzerrt aussehende Statuen, dazu alte Gemälde und Perserteppiche. Für Raouls Geschmack waren es zu viele Stile und Farben, die miteinander konkurrierten. Neureicher Schnickschnack, den er schon aus Prinzip ablehnte. Hier hatte jemand gewollt und leider nicht gekonnt einen mondänen Chic kreieren wollen.

Einige Minuten verstrichen, dann erschien der Bartflaumjunge wieder und kam zu ihnen herüber. »Wenn Sie mir bitte folgen mögen. Madame Dubos empfängt Sie im Salon.«

Er führte sie durch einen düsteren Gang, der überreich und recht willkürlich mit Antiquitäten, verblichenen Ölgemälden und modernen Kunstwerken bestückt war. Wenigstens blieben sie ihrem Stil treu, dachte Raoul und erinnerte sich an seinen Mentor in Lyon, der zu sagen pflegte: »Guter Geschmack bildet sich langsam. Manchmal auch gar nicht.« Die Aufmachung des Salons überraschte ihn deshalb überhaupt nicht mehr.

Sobald der livrierte Junge sich zurückgezogen hatte, ließ Eric sich mit einem Seufzer in einen dick gepolsterten Louis-quatorze-Sessel sinken. »Reich müsste man sein. Stell dir vor, jeden Abend hier zu sitzen mit einem edlen Tropfen Grand Cru. Die Dubos haben nicht zufälligerweise eine Tochter im heiratsfähigen Alter?«

»Das fragst du mich? Du bist doch der Einheimische.« Raoul betrachtete die Wände mit Porträts adliger Vorfahren der Venette-Rebeyrols. Es waren keine wirklich schönen Menschen gewesen. Oder aber der Künstler hatte kein Talent gehabt. Warum behielt man so etwas an den Wänden? Wog die Tradition so schwer? Steckte dahinter der Stolz, einem Adelsgeschlecht zu entstammen? Raoul grinste in sich hinein, als er vor einem überdimensionalen Gemälde mit prächtig verziertem Rahmen stand. War der wohlbeleibten Dame mit dem arroganten Blick bewusst gewesen, dass die Schale mit Konfekt, die der Maler in Reichweite neben ihr platziert hatte, eine Anspielung auf Verschwendungssucht und Völlerei war und der Bücherstapel im Hintergrund den »nutzlosen Zeitvertreib« symbolisierte?

Nach einer erneuten kurzen Wartezeit öffnete sich die schwere Kassettentür, und eine sorgfältig zurechtgemachte Frau trat ein. Ihre zur Fülle neigende Figur steckte in teuren Kleidern, die um einiges zu eng saßen. Das honigblond gefärbte Haar lag ordentlich geglättet auf den Schultern auf, ein dichter, akkurat geföhnter Pony verdeckte die Stirn. »*Bonjour*, Messieurs, ich bin Jeanne Dubos. Sie haben nach mir gefragt?«

Raoul nahm die Unsicherheit in ihrer Stimme wahr, auch wenn ihre Gesichtsregungen unter einer dicken Schicht Make-up verborgen blieben. Er dachte an die Fotos von Anaïs de Venette zurück – der Unterschied zwischen den beiden Frauen hätte kaum größer sein können. Jeanne Dubos war sicherlich mehrere Jahre jünger, doch obwohl sie sich angestrengt auf jugendlich trimmte, wirkte sie älter als ihre Schwägerin.

Mit einem Lächeln, das Souveränität mit Liebenswürdigkeit verband, trat Raoul ihr entgegen. »*Bonjour*, Madame Dubos, ich bin Commandant Chénier, das hier ist mein Kollege Capitaine Rosset.«

Eric hatte sich erhoben, und nacheinander reichten sie der Chefin des Weinguts die Hand.

»Wie Ihnen Ihr Angestellter vermutlich bereits mitgeteilt hat, sind wir von der *police nationale*«, fuhr Raoul fort. »Wir bedauern, dass wir Sie behelligen müssen. Es geht um Ihre Schwägerin Anaïs de Venette, die Sie vor etwas über drei Jahren als vermisst gemeldet haben.«

»Haben Sie sie gefunden?« Jeanne Dubos' Augen weiteten sich. »Die Polizei hat doch damals – Was ist mit ihr, geht es ihr gut?«

»Ich fürchte, wir haben keine positiven Nachrichten, Madame. Es besteht der Verdacht, dass sie Opfer eines Gewaltverbrechens geworden ist.«

Jeanne Dubos schluckte. »Sie ist – tot?« Sie sah von Raoul zu Eric und wieder zurück zu Raoul. Schließlich sagte sie mit belegter Stimme: »*Pardon*, ich …« Sie setzte sich auf ein Sofa am Kamin und vergrub das Gesicht in den Händen.

Eric und er nahmen in den Sesseln gegenüber Platz. Raoul gab ihr Zeit, sich zu sammeln. Auch wenn sein Vorgänger Lothaire Gabillon Jeanne und Gérard Dubos verdächtigt hatte, war bislang nichts bewiesen. Hatte er sich geirrt, und die beiden waren unschuldig, so wurde die Schwägerin gerade von Trauer überwältigt. Oft genug hatte Raoul den Schmerz und die Verzweiflung miterleben müssen, die Angehörige bei einer derartigen Botschaft erlitten. Ein Ende der Ungewissheit bedeutete zugleich den abrupten Tod jeglicher Hoffnung.

Hatte Gabillon hingegen richtiggelegen, so sah es natürlich ganz anders aus. Raoul achtete wie ein Luchs auf jede noch so kleine Reaktion der Frau. Nach einer Weile hob Jeanne Dubos ihren Kopf wieder. Trotz der schützenden Schminkschicht sah sie alt und eingefallen aus. »Können Sie mir Näheres sagen? Bitte, was ist passiert?«

Eric lehnte sich in seinem Sitz nach vorn, so gut es in den weichen Polstern eben ging. »Haben Sie die heutige Zeitung gelesen?«

»Wir haben auf dem Gut zu viel zu tun. Diesen Luxus gönne ich mir lediglich am Wochenende.«

»*Alors*, die Tagespresse titelte heute mit dem Fund einer Leiche an der *Dune du Pilat*. Nach dem derzeitigen Stand der Untersuchungen handelt es sich mit hoher Wahrscheinlichkeit um Ihre Schwägerin.«

»*Au nom du ciel!*« Sie schlug sich mit der Hand auf die Brust und ballte sie zusammen, als wolle sie ihr Herz festhalten. »*Mais* – Sie sagten, es sei ein Verdacht – könnte es sich nicht um einen Irrtum handeln? Müssen wir nun zum Identifizieren – so, wie man es in den Filmen immer sieht? Ist das überhaupt noch möglich?«

»Unter normalen Umständen wäre nach so langer Zeit nur – *pardon*, Madame – das Skelett übrig.« Raoul legte mehr Wärme in seine Stimme. »Doch in diesem Fall – der Körper der Toten ist mumifiziert.«

»Eine Mumie?« Jeanne Dubos schauderte.

»Sie brauchen die Leiche nicht zu identifizieren.« Trotz seines beschwichtigenden Tons beobachtete Raoul sie genau. »Um jeden Zweifel auszuschließen, benötigen wir etwas von Madame de Venette für eine DNA-Überprüfung. Ich gehe davon aus, dass Sie nach wie vor Sachen von ihr haben?«

»*Oui, naturellement*, alles ist noch da. Wir haben – wir wussten ja nicht – am Anfang haben wir es so gelassen, wie es war, aber irgendwann ...« Sie knetete ihre Hände.

In diesem Moment öffnete sich die Tür, und ein kräftig gebauter Mann trat herein. »*Salut*, Jeanne, ich bin wieder da. Ich habe ...«

»Gérard, gut, dass du kommst, wir haben Besuch von der *police nationale*.« Jeanne Dubos sprang vom Sofa auf und machte einige Schritte in Richtung Tür. Ihre Stimme überschlug sich beinahe.

Für Raouls Begriff klang sie eine Spur zu schrill, doch das konnte natürlich ihrer momentanen Verfassung zuzuschreiben sein.

»Mein Mann, Gérard Dubos«, sie deutete auf ihn, ehe sie sich ihm zuwandte. »Gérard, das sind – Commandant Chénier und Capitaine Rosset. Sie sind hier, weil ... es sieht so aus, dass ... man hat wohl Anaïs' Leiche gefunden.«

»Das ...« Gérard Dubos atmete schwer aus. In seinem Gesicht spiegelten sich Überraschung und Entsetzen.

»Sie wurde ermordet«, flüsterte seine Frau.

Er griff nach ihrer Hand und sah fragend zu Raoul und Eric, die sich ebenfalls erhoben hatten.

»Wir sind gerade erst dabei, den Fall erneut aufzurollen, Monsieur Dubos«, erklärte Raoul. »Und wir sind auf Ihre Mithilfe angewiesen.«

»Sie fragen nach – sie brauchen – zur Identifizierung –« Jeanne Dubos brach ab.

Eric räusperte sich. »Ihre Frau hat uns mitgeteilt, dass sich Madame de Venettes Sachen noch bei Ihnen befinden?«

»Das stimmt.« Gérard Dubos fuhr sich mit der freien Hand über die beginnende Halbglatze. »Anaïs' Zeug ist eingelagert. In Kartons, hier auf dem Weingut.«

»Könnten Sie uns bitte hinführen?«, fragte Raoul.

»Jetzt gleich?« Jeanne Dubos starrte ihn an, als habe er sie um eine Gratisflasche des edelsten Tropfens aus ihrem Sortiment gebeten.

»Wenn es möglich wäre, bitte gern. Je früher wir weiterarbeiten können, desto besser.«

Die beiden Eheleute wechselten einen raschen Blick. Dann zuckte Gérard Dubos mit den Schultern. »Bon, on y va.« Er wandte sich zur Tür.

Durch weitere, ebenso düstere und schauerlich eingerichtete

Gänge folgten sie ihm in den hinteren Teil des Anwesens, wo ein barocker Garten lag. Links im Hintergrund sah Raoul eine Lagerhalle, auf die Gérard Dubos zusteuerte.

Kurz darauf standen sie vor einer großen Anzahl gestapelter Umzugskartons.

»Okay, wo sollen wir beginnen?« Eric zog zwei Paar Einweghandschuhe aus der Jackentasche und reichte Raoul eines davon.

»Die Sachen aus dem Schlafzimmer müssten hier drin sein.« Jeanne Dubos deutete auf einige Kisten auf der rechten Seite.

Gleich in der ersten, die sie öffneten, fanden sie eine Haarbürste. Im dritten Karton entdeckte Eric ein Nachthemd in einer Plastiktüte.

»Das ... haben wir in ihrem Bett gefunden.« Jeanne Dubos' Stimme zitterte.

»Genau das, was wir benötigen.« Eric legte die Bürste in die Tüte und klemmte sich beides unter den Arm. »Ich denke, das reicht uns.«

Jeanne Dubos trat unruhig von einem Fuß auf den anderen. »Wir haben – *alors*, falls Sie sich wundern, warum wir ihr Schlafzimmer ausgeräumt haben –, es hatte einen Wasserschaden gegeben, und wir mussten einige Räume sanieren lassen.«

Raoul blickte ihr freundlich ins Gesicht. »Sie brauchen mir nichts zu erklären. Später möglicherweise. Aber nicht zum jetzigen Zeitpunkt.«

Jeanne Dubos verstummte. Sie sah aus, als hätte sie einen elektrischen Schlag bekommen.

»*Merci*, Madame, Monsieur. Vielen Dank für Ihre umgehende Hilfe.« Raoul gab den beiden Dubos die Hand. Eric tat es ihm nach.

»Wie geht es jetzt weiter?« Gérard Dubos kniff seine ohnehin tief liegenden Augen zu schmalen Schlitzen zusammen.

»Sollte sich unser Verdacht bestätigen, werden wir die Ermittlungen unverzüglich wieder vollständig aufnehmen.«

»Auf jeden Fall wäre es gut, wenn Sie sich vorerst zu unserer Verfügung halten würden«, fügte Eric hinzu, und Raoul ergänzte noch: »Sie haben hoffentlich nicht vor, in der kommenden Zeit zu verreisen?«

Auf dem Weg zurück zum Auto schwiegen die beiden Polizisten und sahen sich lediglich bedeutungsvoll an.

Als sie das Anwesen der Venette-Rebeyrols verließen, sagte Raoul: »Ich schätze, hier sind wir nicht zum letzten Mal gewesen.«

Kapitel 6

— •◆• —

Raoul lenkte den Wagen über schmale Landstraßen vorbei an unzähligen Rebstockreihen samt dazugehörigen Weingütern. Im Geiste verglich er das Verhalten von Jeanne Dubos mit dem früherer Verdächtiger. Die hohe Kunst bestand nicht darin, einen Lügner zu entlarven, sondern zwischen all den Lügen die Wahrheit zu finden. Denn in Verhören verhielt sich jeder anders, als er eigentlich war. Unschuldige wurden nervös, einfach nur, weil sie befragt wurden, wohingegen der Schuldige womöglich die Coolness in Person war.

»Ich weiß, wir sind beruflich unterwegs, aber ...«, Eric rekelte sich in seinem Sitz, »wo wir ja nun eben nicht in den Genuss einer Weinverkostung gekommen sind – was hältst du von einem kurzen Abstecher, ehe wir ins triste Stadtleben zurückkehren?«

»Okay, woran denkst du?« Raoul hatte gelernt, Erics spontanen Ideen zu vertrauen. Sie hatten sie schon häufig auf überraschende Weise weitergebracht.

»Bei nächster Gelegenheit bitte rechts abbiegen.« Eric ahmte die Stimme eines Navis nach.

»Dein Wunsch sei mir Befehl.« Raoul betätigte den Blinker. »Ich harre neugierig deiner Erklärungen.«

»Eine alte Schulfreundin von mir – Gott, waren wir damals alle hinter ihr her –, jedenfalls hat sie sich einen Winzer geangelt. Der fabriziert zwar keine Grands Crus, doch das tut der Qualität seiner Weine keinen Abbruch.«

»*Alors*, guter Wein, schöne Frau, auf geht's.« Während Raoul noch etwas vor sich hin sinnierte, folgte er Erics Fahranweisung. Endlose Weinfelder, gepflegte Anwesen, malerische Ortschaften – die Entscheidung, von Lyon nach Bordeaux zu wechseln, hatte er nie bereut. In Momenten wie diesen erschien sie ihm gar wie ein göttliches Geschenk. Den Arbeitsalltag so mühelos mit den süßen Annehmlichkeiten des Lebens verbinden zu können war unbezahlbar. »Wie funktioniert das mit dieser Klassifizierung eigentlich? Kann man sich da als Weingut bewerben?«, fragte er gut gelaunt.

Eric lachte bitter auf. »Das wäre toll. Nein, leider geht so was nur in Saint-Émilion. Überhaupt ist diese ganze Bewerterei von Weinen eine ziemliche Farce, da für die einzelnen Gebiete ... willst du das echt im Detail wissen?«

»Nur zu, Monsieur-le-guide-de-tourisme, bombardieren Sie mich mit Ihrem seit der Kindheit gesammelten Wissen.«

Sein Kollege atmete hörbar aus. »*Eh bien*, du hast es nicht anders gewollt. Alors, die erste Auszeichnung von Bordeauxweinen geht in das Jahr 1855 zurück. Anlässlich der Weltausstellung in Paris hat man damals bekannte, teurere Châteaus im Médoc klassifiziert. Dabei gibt es die Klassen eins bis fünf. Ein einziges Mal ist es einem Weingut gelungen, vom Deuxième Cru zum Premier aufzusteigen, das war 1973 das Château Mouthon-Rothschild.«

»Krass – ansonsten ist alles genau wie 1855?«

»Das kann man so nicht sagen. Für die Graves wurde eine Klassifizierung erst 1953 eingeführt, die sechs Jahre später noch einmal überarbeitet wurde und seither Bestand hat. Allerdings ist diese einstufig, das heißt, alle sechzehn Châteaus sind vom Rang her gleichwertig. Für die übrigen Regionen gelten unterschiedliche Regeln. Im Pomerol wiederum existiert keine Klassifizierung, trotzdem genießen einige Weingüter das Ansehen inoffizieller Grands Crus.«

»Klingt nicht besonders homogen. Wie wird denn da überhaupt verglichen und geprüft?«

»Gar nicht. Das ist ja die Krux an der Sache. Lediglich Saint-Émilion testet alle paar Jahre, und dabei können die Winzer auch ihren Status verlieren. Da vorn weiter geradeaus.«

Raoul lenkte den Wagen durch einen Kreisverkehr. »Mit anderen Worten, es gibt vermutlich Weingüter im Bordelais, die längst nicht mehr den Anspruch eines Spitzenweins erfüllen, aber ihre Flaschen tragen dennoch weiterhin Auszeichnungen.«

»Und bringen ihren Gutsbesitzern teilweise kleine Vermögen ein.« Eric stieß erneut einen bitteren Lacher aus. »Wohingegen beispielsweise die Weine vom Château Verdier, wo wir gleich sein werden, inzwischen an so manchen Grand Cru heranreichen. Doch ohne Klassifizierung werden sie natürlich bloß für einen Bruchteil des Preises verkauft, den sie ansonsten erzielen könnten. *Tant pis* für die Besitzer.«

»Was für eine krude Politik. Auch im Weinbau regiert also der Lobbyismus.«

»Aber so was von!«

Und schon hatte Raouls eben noch so idyllisches Lebensgefühl einen herben Kratzer bekommen. Er ließ sich das gerade Gehörte durch den Kopf gehen, während Eric ihn durch Straßengeflechte lotste, bis sie schließlich ihr Ziel erreichten.

Château Verdier sah vollkommen anders aus als das Weingut, das sie kurz zuvor besucht hatten. Die Anlage im romanischen Baustil mit wenigen barocken Elementen erinnerte Raoul an eine mittelalterliche Burg mit dicken Steinmauern. Rechter Hand wurde sie von einem imposanten runden Turm flankiert, linker

Hand gab es zwei kleinere Versionen, und im Hintergrund erhob sich ein weiterer mächtiger Turm mit quadratischem Grundriss. Dunkelrote Holzläden zierten die hohen Sprossenfenster, und das massive, doppelflügelige Holztor, durch das sie in den Hof rollten, war in derselben Farbe gestrichen.

Als sie zum Haupteingang hinüberliefen, kam ihnen aus einem Seitentrakt eine zierliche Frau in verwaschenen, abgeschnittenen Jeans und weißem Top entgegen. Ihre dunkelbraunen Haare trug sie zu einem Pixie geschnitten, einige Strähnen fielen ihr frech in die Stirn. Eigentlich mochte Raoul Kurzhaarschnitte bei Frauen nicht, doch bei diesem femininen Wesen sah es apart aus.

»*Salut*, Marie-Christel!« Eric winkte seiner ehemaligen Mitschülerin zu.

»Eric! *Quelle surprise!* Wie schön, dich mal wieder zu sehen!« Ihre Stimme war erstaunlich dunkel und rauchig und hätte gut zu einer Sängerin im *Thelonious* gepasst, einem von Raouls Lieblingsjazzclubs.

Die beiden begrüßten sich mit den typischen *bisous*, dann wandte sie sich Raoul zu und streckte ihm, von einem Grübchenlächeln begleitet, die Hand hin. »Willkommen auf Château Verdier!« Ihr Händedruck war angenehm fest und warm. Selbstbewusst und lässig zugleich. Mit einer Spur Männlichkeit, ohne ihre Anmut zu verlieren.

»Marie-Christel, das ist mein Partner Raoul Chénier, Raoul, Marie-Christel Verdier.«

»*Enchanté*, Madame Verdier.«

»Gern einfach Marie-Christel.«

»*Enchanté*, Marie-Christel.« Raoul betrachtete ihr mädchenhaftes Gesicht mit den haselnussbraunen, leicht schräg stehenden Augen.

»Wir hatten gerade beruflich in der Nähe zu tun, und da bot es sich an, auf einen Sprung beziehungsweise einen Schluck vorbeizuschauen.« Eric blinzelte ihr zu. »Allerdings war es nicht der Wein, der bei meinem Kollegen den Ausschlag gab, sondern vielmehr die Aussicht, das schönste Mädchen meiner Schulzeit zu treffen.«

»Du ewiger Charmeur«, sie knuffte ihn lachend in die Seite, und Eric verzog in gespieltem Schmerz das Gesicht.«

»Au secours! Ich kann mir keine Rippenprellung leisten!«

Marie-Christel schnitt ihm eine scherzhafte Grimasse und sagte an Raoul gewandt: »So war er schon zu Schulzeiten – wie halten Sie es nur mit ihm aus?«

»Es hat ein bisschen gedauert, aber jetzt ist er recht handzahm.«

Alle drei lachten.

»Na, kommt mit, ich habe da noch ein paar offene Flaschen von einer Weinprobe heute Mittag.«

Marie-Christel lief voraus über den gepflasterten, wildromantisch anmutenden Hof, in dem Rosen, Oleander und Bougainvilleen in ihrer Blütenpracht miteinander wetteiferten. An manchen Stellen spross zartes Grün zwischen den Pflastersteinen und aus dem Mauerwerk. Neben einem verwitterten Tor mit rostigen Metallbeschlägen stand ein klapperiger Leiterwagen samt einigen Werkzeugen, wie man sie wohl vor mehr als hundert Jahren benutzt hatte. Raoul dachte an das überstylte Château de Venette-Rebeyrol und fand es äußerst angenehm, dass hier jeglicher Kitsch fehlte. Dieser Ort war wie zum Wohlfühlen gemacht.

Marie-Christel öffnete eine rustikale Holztür, und sie folgten ihr mehrere Steinstufen ins kühle Innere eines weitläufigen Kellergewölbes hinunter. In einer einladenden Geste breitete sie ihre Arme aus. »Et voilà: unsere heilige Halle.«

Uralte Holzbalken durchzogen die hohe Steindecke, es roch nach Holz, Kräutern und Erde. Raoul und Eric stellten sich an ein altes Weinfass mit heller Leinendecke, das als Stehtisch fungierte. Währenddessen holte Marie-Christel drei Flaschen Wein, zwei rote und einen weißen, dazu Gläser, Wasser und ein Körbchen mit Weißbrotstücken.

Aufmerksam beobachtete Raoul, wie sie mit wenigen professionellen Griffen alles stilvoll arrangierte. Was für eine erfrischende und attraktive Frau. Nach den Begegnungen mit Jeanne Dubos und Frida Salles genoss er Marie-Christels aufgeschlossene und angenehme Art.

»Ihr wisst ja vermutlich, dass die Graves die einzige Region in ganz Frankreich ist, die zugleich außergewöhnliche Rotweine, Weißweine und Süßweine hervorbringt.« Sie schenkte ihnen von einem Château Verdier Blanc aus dem Jahr 2014 ein. »Wir verschneiden für diesen Weißwein Sauvignon Blanc und Sémillon mit etwas Muscadelle, wobei der Anteil an Sauvignon Blanc überwiegt.«

Raoul schwenkte sein Glas und betrachtete das Muster, das die leichten Schlieren bildeten. Er schloss die Augen und schnupperte – ein feiner Duft nach Sommerwiesen kroch in seine Nase. Gespannt nahm er schließlich den ersten Schluck und war verblüfft über die Fülle an Aromen, die sich in seinem Mund entfaltete.

Sie ließen sich Zeit, die verschiedenen Sorten zu kosten, und Marie-Christel erzählte Anekdoten aus dem Winzeralltag, in die sie historische Einsprengsel über das Château mischte.

Die beiden Rotweine, ein Château Verdier Rouge und ein Dauphin de Verdier Rouge, beide Jahrgang 2012 von violettroter Farbe, schmeckten ebenfalls vorzüglich nach einer Vielfalt an roten Beeren, dunkler Schokolade, Zimt und Leder, rund und mit genau dem rechten Maß an Tannin. Doch Rauls Favorit blieb der Weißwein, dessen breites Spektrum von luftiger Frische über Wiesenklee, frisch geschnittenes Holz und Veilchen bis hin zu einer leichten Zitrusnote ihn restlos begeisterte. Der perfekte Wein zum Abschluss eines heißen Sommertags.

»Du hast vorhin erwähnt, ihr wäret beruflich in der Gegend.« Marie-Christels Blick bekam etwas Prüfendes. »Hat es am Ende mit dem gestrigen Mumienfund an der Düne zu tun?«

»Madame ist informiert.« Eric hob anerkennend die linke Braue und sah Raoul an. »Sie war schon zu Schulzeiten so, hat Querverbindungen gefunden, wo keiner welche vermutet hätte.« Er wandte sich wieder an sie. »Warum bist du eigentlich nicht Ermittlerin geworden, Marie-Christel?«

Sie schenkte ihnen ein warmes, wissendes Lächeln. »Ein Leben in der Natur mit dem Wachsen und Gedeihen von Pflanzen sagt mir mehr zu als eines zwischen Blut und Gewalt.«

»Ich glaube, du stellst dir unseren Arbeitsalltag zu sehr wie in amerikanischen Serien vor. Die meiste Zeit sitzen wir in irgendwelchen langweiligen Autos, essen dabei billige Sandwiches zum Lunch, während wir gleichzeitig betongraue Gebäude observieren, in denen sich kriminelles Pack tummelt.«

»Nenne mein Auto noch einmal langweilig, und du darfst das nächste Mal zu Fuß gehen.« Raoul funkelte seinen Kollegen an, ehe er auf Marie-Christels Frage einging. »Aber Scherz beiseite, so falsch liegen Sie da gar nicht. Grob gesagt: Wir kommen gerade vom Château de Venette-Rebeyrol.«

»*Mais*, bedeutet das etwa -?«

Raoul machte eine vage Handbewegung. »Bis jetzt haben wir nichts Konkretes. Nur einen Verdacht. Alles Weitere wird sich zeigen.«

Marie-Christel schüttelte leicht den Kopf. »Eine merkwürdige Geschichte, diese Angelegenheit mit Anaïs.«

»Kanntest du sie gut?« Der flachsende Eric schaltete automatisch zum nüchtern-sachlichen Ermittler um.

»Bof, wie man sich hier auf dem Land halt so kennt. Wenn man in der gleichen Branche tätig ist. Sie war jedenfalls keine enge Freundin oder so. Wir trafen uns gelegentlich bei Veranstaltungen der hiesigen Winzer oder samstags auf dem Wochenmarkt in Léognan. Ich hatte befürchtet, dass ihr diese Affäre nicht guttun würde.«

»Warte mal, Anaïs de Venette hatte eine Affäre?«

»Mit Léon Pasquet. Sagen wir so: Ich bin mir zu hundert Prozent sicher, dass zwischen den beiden etwas lief. Und zwar nicht erst nach dem Tod von Anaïs' Mann.«

Raoul wechselte einen Blick mit Eric. Davon hatte in der Akte kein Wort gestanden.

»Bist du damals nicht befragt worden?« Eric wirkte ebenso überrascht wie er.

»Kurz bevor Anaïs verschwand, bin ich für einige Wochen zu meiner Schwester in die Normandie gereist. Sie hatte gerade ihr drittes Kind bekommen, ihr Mann pendelte zu der Zeit zwischen Caen und Paris, und da habe ich ihr geholfen. Ich habe erst nach meiner Rückkehr von der Geschichte erfahren. Und da waren die Befragungen bereits abgeschlossen.« Sie fuhr sich durch das kurz geschnittene Haar. »Ich habe überlegt, ob ich es angeben sollte, und habe dann tatsächlich im Commissariat angerufen. Dort hat man lediglich gefragt, ob ich Beweise für meine Vermutungen habe. Und die hatte ich natürlich nicht.«

»Seltsam, dass das sonst niemand aus der Umgebung erwähnt hat.« Raoul machte sich im Kopf eine Notiz, die Gesprächsprotokolle noch einmal genau durchzugehen.

»Ist immer die Frage, was die Leute sehen oder mitkriegen wollen. Vielleicht habe ich in diesem Punkt auch schlichtweg besonders feine Antennen. Jedenfalls war mir schon lange davor klar, dass die beiden ein Verhältnis haben.«

»Wieso das?« Eric stützte sich mit den Ellbogen auf dem Weinfasstisch ab und verschränkte die Hände.

»Ich habe sie vor einigen Jahren auf einem Weinfest in einer kompromittierenden Situation angetroffen.«

Raoul hob fragend die Augenbrauen.

»*Alors*, ich bin zur Toilette gegangen, das Fest war draußen, also gab es nur solche Dixieklos, rundherum war's schummrig, und während ich wartete, habe ich sie ein Stück entfernt an einer Mauer erspäht, eng umschlungen, sehr intim.«

»Könnte auch ein einmaliger Ausrutscher gewesen sein?«, wandte Eric ein.

»Auf keinen Fall. Ich habe bei den nächsten Gelegenheiten, bei denen ich den beiden begegnet bin, automatisch auf ihre Körpersprache geachtet. Und die war eindeutig. Die beiden waren ein Liebespaar.«

Raoul zog sein Notizbuch aus der Innentasche seines Sakkos. »Wer ist dieser Léon Pasquet?«

»Er besitzt das Château Pasquet-Castagnol. Außerdem ist er seit Jahren Präsident der UCG, der *Union des Châteaux des Graves*. Das ist der Winzerverband unserer Region. Anfänglich durften nur Grand-Cru-Châteaux' Mitglied werden. Irgendwann haben sie begriffen, dass sie mehr bewirken können, wenn sie uns einfache Winzer dazunehmen.« Marie-Christel lachte spöttisch auf.

»Wie sieht's mit dem Privatleben des guten Monsieur Pasquet aus? Verheiratet? Familie?«, hakte Raoul nach.

»*Oui et oui.* Seine Frau heißt Mathilde, die beiden haben vier Kinder.«

»Oh, là, là, da haben wir es ja mit einem viel beschäftigten Mann zu tun. Dass er neben Familie, vier Kindern, einem Grand-Cru-Weingut und dem Vereinsvorsitz noch eine Affäre untergebracht hat – da muss er ziemlich gut organisiert sein.« Eric hob anerkennend die Brauen.

Raoul vermutete, dass das bei den meisten untreuen Managern nicht viel anders sein dürfte. Im Stillen fragte er sich, wie ernst es Marie-Christel, deren gelegentliche Seitenblicke zu ihm eine winzige Spur zu intensiv waren, wohl mit der ehelichen Treue nahm. Etwas kitzelte ihn, sie näher kennenlernen zu wollen.

Rasch schob er diesen Impuls beiseite und stellte ihr stattdessen noch einige Fragen zu Anaïs de Venette, die ihm jedoch nichts Neues lieferten. Er kaufte drei Flaschen vom Château Verdier Blanc und jeweils eine von den roten Varianten, dann verabschiedeten sie sich von ihrer charmanten Gastgeberin. Diesmal küsste auch Raoul Marie-Christels Wangen und sog dabei ihren Duft ein – eine betörende Mischung aus Flieder und Vanille mit einer undefinierbaren exotischen Prise.

Schweigend traten sie den Rückweg nach Bordeaux an. In Raoul wirbelten die Eindrücke des Nachmittags durcheinander. Zunächst das pompöse Château de Venette-Rebeyrol mit dem schwer einzuordnenden Ehepaar Dubos, danach der angenehme Stopp beim Château Verdier mit den überraschenden neuen Informationen über Anaïs de Venette. So gern sich Raoul mit Eric austauschte, er wusste, dass er erst einmal Ordnung und Struktur in seine Gedanken bringen musste. Und das konnte er am besten allein. Von früheren Fällen her war Eric mit seinem Arbeitsprozess vertraut und ließ ihn mittlerweile in Ruhe, bis er sich von selbst öffnete.

Als sie die Stadtgrenze erreichten, sagte Raoul: »Morgen ein

Gespräch bei Dienstbeginn? Ich fahre gleich noch in der Rechtsmedizin vorbei und liefere unsere Fundstücke ab.«

Pünktlich um neun Uhr am Abend traf das Taxi ein, das Claire bestellt hatte. Die seltenen Male, die sie sich in die Clubszene in Bordeaux stürzte, pflegte sie ihr Auto daheim und sich chauffieren zu lassen. Sie verließ das Haus über die steinerne Außentreppe, die vom Haupteingang und der Terrasse auf dem Garagendach an der Garagenwand entlang hinunter in den Garten führte.

Neben dem Eingangstor wartete bereits Philippe mit seinem Drahtesel. Er war die wenigen Kilometer vom Waldgebiet südlich der Düne hergeradelt, wo der ausgebaute Wohnwagen stand, in dem er lebte. Daneben besaß Philippe einen klapprigen VW-Bus, den er lediglich anmeldete, wenn er damit in den Wintermonaten durch die Weltgeschichte fuhr.

Lächelnd trat sie ihm entgegen und umarmte ihn. »*Salut, mon cher*, toll, dass du so spontan dabei bist.«

»Du weißt doch, dass ich deine spontanen Aktionen liebe.« Bewundernd glitt sein Blick an Claire in ihrem schwarzen, schmal geschnittenen Minikleid hinab, und ihr gefiel es, dass er sie so ansah.

Auf der Fahrt in die Stadt wanderte ihr Gespräch wie gewohnt zwischen verschiedensten Themen hin und her. Philippe erzählte ihr eine Anekdote von einem Aufenthalt in Bangkok, dann erkundigte er sich nach dem Stand ihres aktuellen Blogbeitrags.

»*Eh bien*, ursprünglich wollte ich ihn diese Woche online stellen.« Claire zuckte lapidar mit den Schultern. »Jetzt wird es sich vermutlich ein wenig verzögern.«

»Bioweine gratis zu bekommen, um sie zu testen und darüber zu schreiben, ist 'ne ziemlich coole Sache.« Philippe drehte sich ihr zu und strich ihr sanft über den nackten Oberarm. »Brauchst du vielleicht noch eine Testperson? Ein zweites Urteil ist doch bestimmt hilfreich.«

»Wenn du dich schon so charmant anbietest, *pourquoi pas?*« Claire erwiderte sein bedeutungsvolles Lächeln. Es kribbelte in ihr bei der Vorstellung, wie so ein gemeinsamer Abend mit exzellentem Wein enden würde.

Manchmal fragte sie sich, warum Philippe und sie es eigentlich nie als Paar versucht hatten. Beziehungsweise ob sie es irgendwann einmal versuchen sollten. Dann wieder fielen ihr all seine Eigenarten ein, die sie in den Wahnsinn treiben würden, wären sie fest zusammen. Das Hinterfragen der Weltordnung im Großen wie in banalen Alltagsdingen beispielsweise fand sie ab und an spannend und bereichernd. Doch einen Partner zu haben, der von früh bis spät nach diesem Prinzip lebte und handelte, wäre ihr binnen kürzester Zeit zu anstrengend. Dazu gehörte auch Philippes Tick, so wenig Müll wie möglich produzieren und stattdessen Gegenstände auf unterschiedlichste, höchst kreative Art wiederverwerten zu wollen. Hinzu kam seine konsequente Weigerung, sich festzulegen. Claire hatte noch keinen Menschen kennengelernt, der sich so schnell in seiner persönlichen Freiheit eingeschränkt fühlte wie Philippe. Nein, es war gut so, wie es jetzt war. Wenn ihnen beiden nach Nähe zueinander gelüstete, gaben sie dem nach, und ansonsten machte jeder, wonach ihm der Sinn stand. Keine Erwartungen, keine Enttäuschungen, und das Verlangen zwischen ihnen blieb frisch.

Bald darauf hielt der Taxifahrer auf dem Cours de la Marne vor einem schäbigen Altbau. Ein farbenprächtiges Schild an der anthrazitgrauen Metalltür verriet ihnen, dass sie ihr Ziel erreicht hatten.

Nachdem im Jahr 2008 ein umfassendes Rauchverbot das öffentliche französische Leben überrollt hatte, waren einige Bars in

Bordeaux auf einen simplen Trick gekommen, dieses zu umgehen. Sie nannten sich nun *Club privé*. Für einen geringen Betrag konnte man eine *carte de membre* für ein komplettes Jahr erwerben. Außerdem mussten sie dadurch nicht, wie die offiziellen Lokale, schon um zwei Uhr nachts schließen. Diese Methode war zwar im Grunde nicht legal, doch sie funktionierte offenbar recht erfolgreich.

Auch das *Le Poisson Qui Chasse* gehörte zu diesen sogenannten Privatclubs. Zum Eingang führten mehrere Betonstufen ins Untergeschoss hinunter. Claire zahlte bei einem muskelbepackten Glatzkopf den Jahresbeitrag für Philippe und sich, dann betraten sie das Etablissement, das sie mit schwüler Luft und Latinoklängen begrüßte. Die Wände bestanden teils aus rohem Putz, teils aus Ziegelsteinen. In der Mitte gab es eine kleine Bühne, auf der gerade eine Livesession stattfand. Das Publikum war sowohl altersmäßig als auch vom Style her gut durchmischt, vom hängen gebliebenen Hippie über Indies und coole Mittzwanziger bis zu schüchternen Erstsemestern war alles vertreten.

Auf Anhieb gefiel Claire das studentische Flair mit nostalgischen, durchgesessenen Sofas und bunt zusammengewürfelten Barhockern. Ein Seitenblick auf Philippe verriet ihr, dass er sich hier ebenfalls wohlfühlte. Sie steuerte einen freien Stehtisch auf der rechten Seite hinter der Bühne an. »Was möchtest du trinken?«

»Ein schlichter irischer Single Malt wäre fantastisch.«

»*Bon*, ich bin gleich zurück.« Tänzelnd bahnte sich Claire ihren Weg durch die zahllosen Grüppchen zur Bar, an der eine einzelne Frau bediente. Sie war höchstens Mitte zwanzig und außergewöhnlich hübsch mit einem ausdrucksstarken Gesicht und schlanken Gliedern, hellbrauner Haut und einer halblangen Afrokrause, die sie mit einem gemusterten Tuch aus der Stirn hielt.

Aufmerksam beobachtete Claire, wie sie mit zügigen, jedoch nicht hektischen Bewegungen eine Margarita mixte.

»Was darf's für dich sein?«

Claire bestellte Philippes Whiskey und für sich selbst einen Mojito. Als die Barkeeperin die beiden Gläser vor ihr hinstellte, sagte Claire: »Ich suche eine Frau namens Eponine.«

Ihre schwarzbraunen Augen musterten Claire misstrauisch. »Und was willst du von ihr?«

»Du bist Eponine?«

»Kann sein. Ich habe ziemlich viel zu tun, wie du siehst. Das macht fünfzehn Euro.«

»Weißt du etwas von Délia?«

»Délia? Wie kommst du jetzt auf die? Sie sollte hier sein, verdammt noch mal!« Der letzte Satz schien ihr herausgerutscht zu sein, denn sie kniff verärgert die Lippen zusammen.

»Sie arbeitet hier?«

»Ja doch. Aber sie war nun schon – warum stellst du mir all diese Fragen? Bist du von der Polizei oder was?«

»Absolut nicht. Ich heiße Claire. Délias Vater hat mich vor ein paar Tagen angerufen, er –«

»Der alte Patriarch?« Verächtlich stieß Eponine die Luft zwischen den Zähnen aus.

»Er ist beunruhigt, dass Délia etwas zugestoßen sein könnte.«

Schlagartig änderte sich Eponines Gesichtsausdruck. Die Ablehnung machte einer Mischung aus Sorge und Furcht Platz. Offenbar hatte sie über diese Möglichkeit noch nicht nachgedacht. Jetzt jedoch schienen ihre Gedanken jäh in diese neue, erschreckende Richtung zu galoppieren. »Bist du eine Freundin der Familie oder was?«

»Das ist mein Job, also, verschwundene Leute aufzuspüren.«

»Ich verstehe.« Eponines Augen huschten durch den Raum und blieben an einer Stelle im Hintergrund hängen.

Claire wandte sich um und sah einen kräftigen Mann mit schulterlangem, zu einem Zopf gebundenem schwarzem Haar, der zu ihnen herüberschaute. In dem Moment, da sich ihre Blicke trafen, drehte er sich um und verschwand zwischen den Gästen.

Als sei nichts gewesen, rückte Eponine die Gläser näher zu Claire hin, wobei sie sich leicht über den Tresen beugte und ihre Stimme senkte. »Lass uns das woanders besprechen. Die Wände hier haben Ohren. Du kennst den *Parc aux Angéliques*?«

Claire nickte und schob einen Zwanzigeuroschein in ihre Richtung.

Eponine kritzelte etwas auf ein Stück Papier und legte es mit einer flinken Bewegung zusammen mit dem Wechselgeld zwischen die beiden Gläser. Dabei richtete sie ihre Aufmerksamkeit bereits auf die zwei Mädchen rechts von Claire. »Was bekommt ihr?«

Claire stopfte Zettel und Geld in ihr Portemonnaie, nahm die Gläser, kehrte zu Philippe zurück und stellte sie vor ihm auf den Tisch. Am liebsten wäre sie gleich zur Toilette gelaufen und hätte nachgesehen, was auf dem Blatt stand. Doch falls jemand sie beobachtete, wäre das zu auffällig gewesen. So setzte sie sich ruhig neben Philippe auf einen Barhocker, stieß mit ihm an und trank ihren perfekt gemixten Cocktail.

»Alles klar?« Er sah sie prüfend an.

»Yep. Später mehr.« Fröhlich lächelnd presste sie diese Worte zwischen ihren Lippen hervor und sah ihn dabei eindringlich an.

Soeben begann die Band mit einem Cover von *Aqua de Beber.*

»*Let's have fun!*« Lachend streckte Philippe Claire die Hand hin, und sie schoben sich in Richtung Tanzfläche.

Er tanzte mit sicherem Taktgefühl und Leidenschaft zugleich, wusste sie zu führen. Ihre Körper waren so gut aufeinander eingestimmt, dass sie spielend wechselten zwischen freiem Tanz, bei dem sie sich immer wieder annäherten, und kurzen Passagen, in denen er sie herumwirbelte. Als die Band zu *Verde Luna* überging, zog er sie sanft an sich. »Hast du was erreicht?«, raunte er ihr ins Ohr.«

»Ich denke schon.«

»Ist sie diese Eponine, die du suchst?« Philippe machte eine minimale Bewegung mit dem Kopf zur Bar hin.

»Ah, *oui*.«

»Tolle Frau.«

»Nicht wahr? Wenn ich ein Mann wäre …« Claire lehnte sich in seinen Armen etwas nach hinten, um ihm ins Gesicht sehen zu können. »Also, wenn du lieber mit ihr weitertanzen möchtest, ich bin ganz gut im Cocktailmixen.«

»Untersteh dich, mir jetzt wegzulaufen.« Er zog sie fester an sich, und Claire genoss es, die Wärme und Kraft seines Körpers zu spüren.

Nach fünf weiteren Songs machte die Band eine Pause. Der DJ wechselte übergangslos zu Metallica, und Claire kehrte mit Philippe an den Stehtisch zurück.

»Ich bin gleich wieder da.« Neben der Bühne führte ein mit Werbepostkarten gepflasterter, schmaler Gang zu den Toiletten. Sobald Claire die Tür der engen Kabine hinter sich geschlossen hatte, kramte sie hastig den Zettel hervor und strich ihn glatt. Darauf stand in fahriger Schrift lediglich: *morgen 11.30 Hortense.*

Kapitel 7

—◆—◆—

Donnerstag, 14. September 2017

Als Claire am nächsten Morgen erwachte, war der Platz neben ihr leer. Sie drehte sich auf den Rücken und streckte sich genüsslich in alle Richtungen. Stück für Stück kehrten die Erinnerungen an den vergangenen Abend zurück. Der Besuch im *Le Poisson Qui Chasse*, die Begegnung mit Eponine, ihre Nachricht, ihr heutiges Treffen. Ruckartig setzte Claire sich auf und griff nach dem Mobiltelefon auf dem Nachttisch. Beruhigt ließ sie sich wieder in die Kissen sinken. Gerade mal Viertel nach sieben war es. Wann Philippe sich wohl rausgeschlichen hatte?

Es war nichts Neues, dass er nach einer gemeinsamen Nacht einfach verschwand. Beim ersten Mal hatte es Claire irritiert, doch dann war er wenig später mit einer Tüte Croissants zum Frühstück aufgetaucht, Audrey im Schlepptau. Die Hündin, die ihn nach so vielen Stunden Abwesenheit brauchte, hatte Claire völlig vergessen.

Für eine Weile lag sie noch in den zerwühlten Laken, durchströmt von den Erinnerungen der vergangenen Nacht. Philippes Duft umgab sie, und sie spürte seine Berührungen auf ihrer Haut.

Schließlich stand sie auf, duschte, zog sich an und lief barfuß die Wendeltreppe hinunter. Das Morgenlicht ergoss sich von der

Straßenseite her in den Wohnbereich, zur anderen Seite hin begrüßte sie der Atlantik mit heute erstaunlich sanften Wellen. Bei ihrem Einzug hatte Claire sich geschworen, das unfassbare Privileg, so wohnen zu dürfen, niemals zur Selbstverständlichkeit werden zu lassen. Und so schickte sie, als sie an der geöffneten Tür zur Dachterrasse lehnte und das Meer betrachtete, einige stille Sätze der Dankbarkeit ins Universum.

Während sie sich einen Kaffee zubereitete, dachte sie über das anstehende Treffen mit Eponine nach. Etwas schien die Barkeeperin über Délia zu wissen – oder zu ahnen? Steckte Délia in Schwierigkeiten? Wer im Club durfte nicht mitbekommen, dass Eponine mit Claire über sie sprach? Ging es um diesen Mann, der so seltsam zu ihnen herübergeschaut hatte?

»Bonjour, ma belle!«

Claire zuckte zusammen.

Im Türrahmen stand Philippe und schwenkte eine braune Tüte mit dem geschwungenen Schriftzug der örtlichen Boulangerie.

»Puh, hast du mich jetzt aber erschreckt.«

»Ernsthaft? Du solltest dir das mit deinem Beruf noch mal überlegen, wenn du dich so leicht überrumpeln lässt.« Er trat hinter sie und hauchte ihr einen Kuss in den Nacken.

Claire musste zugeben, dass ein Quäntchen Wahrheit darin steckte. Zumindest sollte sie ihre Instinkte schärfen, auch wenn es sich um eine vertraute Person handelte. Doch sie wollte die angenehme Morgenstimmung genießen, und so fegte sie diesen Gedanken beiseite, sodass er auf dem Stapel mit der Aufschrift »bei Gelegenheit drum kümmern« landete.

Sie stellte Feigenkonfitüre, Butter, Lavendelhonig nebst Tellern und Besteck auf ein Tablett, schnitt zwei Aprikosen und einen weißen Pfirsich auf und trug alles auf die Terrasse. Kurz darauf folgte ihr Philippe mit einem Körbchen Croissants, frisch gepresstem Orangensaft und einem grünen Tee. Koffein am Morgen war für ihn ein No-Go.

»Ich habe dir was aus dem Kasten gefischt.« Er breitete die aktuelle Ausgabe der Sud-Ouest vor ihr auf dem Tisch aus. »Unser Leichenfund ist immer noch die Schlagzeile schlechthin.«

Claire griff nach der Zeitung und überflog den Artikel, der nicht wirklich etwas Neues beinhaltete, sondern lediglich die gestrigen Infos ein weiteres Mal aufkochte. Für einen Moment dachte sie an Commandant Chénier und überlegte, ob er wohl schon herausgefunden hatte, um wen es sich bei dem Opfer handelte. Sie legte die Zeitung beiseite, nahm sich ein Croissant und schnitt es auf. »Und wie sieht dein Tag aus?«

»Ich werde mich um deine Tomaten kümmern. Außerdem wollte ich dir einen zweiten Kompost anlegen, da muss ich noch ein bisschen Material besorgen.«

»Klingt gut.« Seit Philippe sie in die Geheimnisse der Humuswelt eingeweiht hatte, betrachtete sie die feine, lockere Erde, die er großzügig auf den Beeten verteilte, mit ganz neuem Blick.

»Du triffst dich mit dieser Eponine, n'est ce pas?« Philippe bestrich sein Croissant mit Honig.

»Genau. Ich bin gespannt, was sie sich gestern Abend nicht getraut hat zu erzählen. Und was es mit dem Club auf sich hat.«

»Bestimmt hat es mit irgendeiner kriminellen Organisation zu tun. Die hängen doch überall im Nachtleben mit drin. Vielleicht eine Drogengeschichte?«

»Möglich.« Claire nippte an ihrem Kaffee. »Auf jeden Fall scheint Eponine eine Ahnung zu haben, was mit Délia passiert sein könnte.«

Das Telefon klingelte, gerade als Raoul seinen Computer im Büro hochfuhr. Er stellte den Kaffeebecher ab und griff nach dem Hörer. »Commissariat de Bordeaux, Commandant Chénier am Apparat.«

»*C'est* Docteur Salles. Ich rufe wegen der DNA-Ergebnisse an.«

»Oh, das ist ja großartig – so schnell hatte ich nicht damit gerechnet.«

»Ich habe etwas Druck gemacht, weil ich ja weiß, wie dringend Sie diese Information brauchen. *Alors*, der DNA-Abgleich vom Opfer mit den Proben, die Sie uns gestern Abend gebracht haben, ergab –« Sie machte eine kleine Pause, ehe sie fortfuhr: »Mit Ihrem Verdacht haben Sie ins Schwarze getroffen, Commandant Chénier. Bei der Toten handelt es sich ohne jeden Zweifel um Anaïs de Venette. Mein Kompliment.«

»*Ma gueule!*« Hatte Eric beim Durchforsten der Akten den richtigen Riecher gehabt. »*Pardon*, Docteur Salles.« Am anderen Ende hörte er ein herzhaftes Lachen.

»Wie schön, Commandant Chénier, dass Sie sich mal gehen lassen. Gern mehr davon.« Sie wurde wieder sachlich. »Außerdem gibt es erste Ergebnisse zu der Kleidung. Tatsächlich haben wir im Slip Spermaspuren gefunden.«

»Madame de Venette hatte also vor ihrem Tod Geschlechtsverkehr?«

»Entweder vorher oder nachher – das können wir nicht mehr feststellen.«

»Ich habe noch nie eine Tote gesehen, die sich den Slip wieder angezogen hat.« Die lakonische und teils recht abgeklärte Art der Gerichtsmediziner war für viele junge Polizisten gewöhnungsbedürftig. Da Raoul jedoch schon in seiner Kindheit und Jugend nicht in Watte gepackt worden war, hatte er von Anfang an gut damit umgehen können.

»Der Punkt geht an Sie. *Bon*, die weiteren Resultate, also von den Bodenproben und den übrigen Kleidungsstücken, dauern noch ein wenig. Aber auch da setze ich den Dringlichkeitsstempel drauf.«

»*Merci*, Docteur Salles. Das hilft uns wirklich enorm.«

»Ich gebe Ihnen Bescheid, sobald ich etwas erfahre, dann können wir uns, wie abgemacht, im *P'tit Québec* treffen.«

Raoul erinnerte sich schwach daran, dass ein Kaffee dort ja seine Idee gewesen war, damit sie endlich aufhörte, auf ein gemeinsames Abendessen zu drängen. Da kam er nun wohl nicht mehr raus. Doch immerhin bemühte sie sich gerade sehr, dass er mit den Ermittlungen im Fall Anaïs de Venette starten konnte. Einen harmlosen Kaffee konnte er wohl riskieren.

»So machen wir's, Docteur Salles.«

»*Bon.* Ich schlage vor, wir verbinden das mit einem Lunch. Sie haben da ganz passable Mittagsmenüs.«

Der *Parc aux Angéliques* zog sich als schmaler Grünstreifen am rechten Ufer der Garonne entlang. Das von Industrie und Eisenbahn geprägte Viertel gegenüber der Altstadt hatte in den letzten Jahren sein Antlitz von Grund auf geändert. Neue Wohnbezirke für die Oberschicht und ein botanischer Garten waren entstanden. Da es im stark verdichteten Stadtgebiet so wenig Platz für Natur gab, hatte man 2010 überdies begonnen, den Uferbereich zwischen dem Pont de Pierre im Süden und dem Pont Jacques Chaban-Delmas im Norden zu begrünen. Das Projekt war noch nicht abgeschlossen, doch inzwischen wuchsen schon unzählige frisch gepflanzte Eschen, Ahorn- und Kirschbäume in ordentlichen Reihen.

Mit der Bezeichnung *Hortense* konnte Eponine eigentlich nur die zugehörige Busstation gemeint haben. Claire stellte den Wagen auf einem kleinen Parkplatz in der Nähe ab. Es war fünf vor halb zwölf, als sie sich auf die Bank im Wartehäuschen setzte.

Ihr gegenüber gab es einen futuristischen Neubau, eine Baustelle und dazwischen eingezwängt ein Mauerrelikt der alten Bausubstanz, das durch diverse, sich überlappende Graffiti verunstaltet war. Im Hintergrund ragten mehrere Baukräne auf. Claire fiel ein, dass hier in der Nähe das Darwin Écosystème lag. In einer nicht mehr genutzten Kaserne hatte sich seit einigen Jahren ein kreativer Hotspot mit Schwerpunkt auf Nachhaltigkeit und Sozialverantwortung gebildet. Philippe hatte schon oft davon erzählt, und wieder einmal dachte sie, dass sie sich den Ort unbedingt ansehen musste.

Zwei Busse kamen und fuhren wieder ab, ohne dass Eponine auftauchte. Wartete sie womöglich auf der anderen Straßenseite? Claire stand auf und spähte hinüber, aber auch dort entdeckte sie sie nicht. Sie befürchtete bereits, umsonst gekommen zu sein, da erspähte sie die junge Frau ein Stück die Straße hinunter auf ihrer Seite. Rasch erhob sich Claire und lief ihr entgegen.

Eponine trug ausgewaschene, eng anliegende graue Jeans, ein rotes Top mit dem Aufdruck einer Claire unbekannten Rockband und schwarze Bikerboots, die krausen Haare hatte sie zu einem hohen, üppigen Dutt zusammengebunden. »Salut. Sorry, es ist gestern doch später geworden, als ich gedacht hatte.« Ihr Gesicht verschwand fast völlig hinter einer riesigen Sonnenbrille.

»Kein Problem. Wollen wir ein Stück durch den Park laufen?«

Sie schlenderten von der Straße weg bis zum Ufer der Garonne.

»Hier ist es ja schon echt hübsch geworden.« Bei ihrer Parkplatzsuche war Claire an den noch nicht begrünten Teilen des Uferstreifens vorbeigekommen, wo es nichts außer hässlichen Lagerhallen und Brachland gab.

Eponine sah Claire von der Seite an und runzelte die Stirn. »Mal wieder eine Umstrukturierungsmaßnahme von oben, die ein paar Millionen kostet und die einfachen Leute von der Innenstadt an die Randgebiete verdrängt. Aber so was ist den Betuchten ja schnuppe.«

Claire hatte keine Lust, das Gespräch gleich mit einer Diskussion zu beginnen. Sie spürte Eponines persönliche Betroffenheit und schlug einen legeren Ton an: »Wohnst du hier in der Nähe?«

»Jetzt zum Glück nicht mehr. Ich bin in La Bastide aufgewachsen. Nicht so weit von hier. Bis zu meinem Elternhaus sind sie noch nicht vorgedrungen. Ist aber nur eine Frage der Zeit, bis sie auch da mit ihren Abrissbirnen auftauchen.« Ihre Gesichtszüge verhärteten sich kurz, dann glätteten sie sich wieder. »Egal, das ist ja nicht das Thema für unser Treffen. Ich bin da etwas empfindlich und schieße schnell mal übers Ziel hinaus.« Sie machte eine wegwerfende Handbewegung. »Du sollst also Délia finden?«

»Wann hast du sie zuletzt gesehen?«

»Vor genau zwei Wochen. Am Wochenende danach hatte sie frei, und am Mittwoch darauf ist sie nicht wie vereinbart zur Arbeit erschienen.«

»Habt ihr denn nicht versucht, sie zu erreichen?«

»Schon, aber ihr Handy war aus.« Eponine sah auf ihre Schuhspitzen. »Ich weiß, das klingt *strange*. Wenn ich jetzt so darüber nachdenke, verstehe ich selbst nicht ganz, dass ich nicht –« Sie wischte mit der Hand durch die Luft. »Bei uns wechseln die Leute so oft, viele hören irgendwann einfach auf, ohne Bescheid zu geben, und melden sich nie wieder. Da habe ich erst mal gar nicht daran gedacht, dass ihr etwas … passiert sein könnte.«

An der Stelle würde Claire später nachhaken. Doch zunächst wollte sie sich chronologisch vorarbeiten. »Erzähl mir mal, was du so von Délia weißt. Seit wann arbeitet sie im *Le Poisson Qui Chasse*?«

»So ungefähr ...«, Eponine überlegte. »Ein halbes Jahr etwa. Vielleicht ein bisschen länger. Es war noch vor dem Frühling, seit Februar, vermute ich. Wenn du es genau wissen möchtest, kann ich in den Arbeitsplänen nachsehen.«

»Für den Moment reicht mir das.« Claire betrachtete Eponine von der Seite. Die junge Frau mit der manchmal etwas unwirschen, aber auch schlagfertigen Art war ihr sympathisch. Das durfte sie in ihrem Urteil natürlich nicht beeinflussen. »Wie kam es dazu, dass Délia bei euch anfing? Hattet ihr ein Stellengesuch rausgegeben, auf das sie sich beworben hat?«

»Ach was. Bei uns läuft so was total formlos ab.« Eponine wirkte nun recht entspannt. »Délia ist öfter als Gast da gewesen, wir haben uns unterhalten und uns auf Anhieb ganz gut verstanden. Irgendwann erzählte sie mir, dass sie ziemlichen Stress mit ihrem Vater hatte. Er wollte, dass sie wieder zu den Betriebswirtschaftlern zurückgeht, und hat damit gedroht, ihr andernfalls den Geldhahn abzudrehen.« Sie verdrehte die Augen. »Tja, und da ist sie auf die Idee gekommen, dass sie ja, genauso wie wir Unterprivilegierten, ihr eigenes Geld verdienen könnte.«

Sie kamen gerade am *La Belle Saison* vorbei, einem Restaurant, das in einem Chalet mit feinem Ambiente saisonal ausgerichtete Speisen anbot. Claire dachte kurz an ihre eigene Mutter, mit der sie dort bei deren letztem Besuch einen vorzüglichen Lunch eingenommen hatte. »Délia wollte sich also von ihren Eltern unabhängig machen.«

»In erster Linie ging es um ihren Vater. Ihre Mutter scheint zwar etwas zu klammern, aber ansonsten ganz okay zu sein. Doch offenbar ist die auch eine dieser schwachen Ehefrauen, die es nicht wagen, sich gegen das Familienoberhaupt durchzusetzen.« Eponines bitterer Unterton war nicht zu überhören.

»Du hältst nicht viel von der Ehe?«

»Ich? Gott bewahre! Eine völlig überflüssige Erfindung zur Knechtung der Frau. Wenn du mich fragst, gehört diese antiquierte Institution unbedingt abgeschafft. Ich meine, nirgendwo sonst werden ›Vertragspartner‹ so ungleich behandelt.« Sie sah Claire angriffslustig an.

Auch Claire stand der Ehe durchaus kritisch gegenüber und verspürte Lust, das Gespräch mit der Barfrau bei Gelegenheit in diese Richtung fortzusetzen. Sie wechselte das Thema. »Wie lange arbeitest du schon im Club?«

»Über drei Jahre. Aber was hat das mit Délia zu tun?«

Claire blieb an einem Holzzaun stehen, der die Uferböschung abgrenzte, und drehte sich zu Eponine um. »Alors, ich muss gerade an allen zur Verfügung stehenden Punkten ansetzen.«

»Oha, bin ich etwa verdächtig, oder was?« Eponine verschränkte die Arme vor der Brust.

»Hey, reg dich nicht auf. Du stehst bislang nicht auf meiner potenziellen Täterliste. Doch nach so langer Zeit kannst du mir sicher einiges über den Club erzählen.« Sie schenkte ihr ein offenes Lächeln, und Eponines Haltung entspannte sich wieder. »Warum wolltest du mit mir dort nicht über Délia sprechen?«

Eponine zögerte. »Da war dieser Mann, du hast ihn doch auch gesehen, n'est-ce pas?«

»Der Typ mit dem schwarzen Zopf?«

»Genau der. Carlos heißt er.«

»Carlos und wie weiter?«

»Mendoza. Er ist der Sohn vom Inhaber und spielt sich gern als Boss auf, wenn Papa nicht da ist. Ich glaube, er würde lieber heute als morgen das Ruder übernehmen.« Sie sprach nicht mehr so freiheraus wie zuvor, als würde sie ihre Worte nun mit Bedacht wählen.

»Und du hältst das für keine gute Idee?«

Eponine schwieg und zuckte bloß vage mit den Schultern.

»Denkst du, er könnte etwas mit Délias Verschwinden zu tun haben?«

»Ich weiß nicht ... Ich traue Carlos und seinen Freunden einiges zu.« Sie atmete tief durch, redete dann aber flüssig weiter. »Als ich im Club angefangen habe, herrschte da eine ganz andere Stimmung. Irgendwie friedlicher. Irgendwann hat Nestor seinen Sohn eingeführt. Er sollte in die Rolle des Geschäftsführers hineinwachsen. Von da an veränderte sich die Atmosphäre. Carlos brachte eine eigenartige Unruhe dort hinein. Er verkehrt in seltsamen Kreisen.«

»Inwiefern seltsam?«

»Zwielichtig. Auf einmal hatten wir Drogenrazzien. Es wurde nichts gefunden, aber so was hatte es vorher einfach nicht gegeben. Ich kann's dir nicht besser beschreiben, es ist mehr so ein Bauchgefühl. Ehrlich, ich weiß nicht, ob ich noch da arbeiten möchte, wenn Carlos der Chef ist.«

Sie liefen weiter den Sandpfad entlang mit Blick auf die Garonne und die Silhouette der Altstadt auf der anderen Seite.

»Haben Délia und er etwas miteinander gehabt?«

»Überhaupt nicht. Das heißt, Carlos war schon an ihr interessiert, kein Wunder, sie ist ja eine gute Partie. Aber Délia hat ihn abblitzen lassen.«

»Das hat sicher an seinem männlichen Stolz genagt.«

»Ph – dieses testosterongesteuerte Gehabe, wie ich das hasse!« Eponine verzog verächtlich das Gesicht. »Ich bin mir sicher, es hat sein Ego ganz schön angekratzt. Doch er hat sich nichts anmerken lassen. Und Délia macht ihren Job super, Nestor schätzt sie.«

»Du denkst also nicht, dass Carlos involviert sein könnte?«

»Eigentlich nicht. Aber was weiß ich schon. Man kann den

Menschen ja immer nur vor den Kopf gucken. Keine Ahnung, wie es in dem Typen aussieht.« Eponine zog die Brauen hoch.

Claire beschloss, sich diesen Carlos einmal anzusehen. »Wo kann ich ihn finden?«

»Carlos? Am ehesten im Club. Da ist er mittwochs bis sonntags jeden Abend. Was er tagsüber so treibt – *no idea*. Will ich auch gar nicht wissen.«

»Also gut, dann werde ich heute Abend noch mal vorbeikommen. Bist du ebenfalls da?«

»Ja. Sei vorsichtig. Ich meine, was Carlos betrifft.« Eponine sah mit einem Mal verunsichert aus. So, als wisse sie nicht, ob sie weiterreden solle oder nicht. Sie wartete ab, bis zwei Jogger an ihnen vorbeigelaufen waren, ehe sie erneut ansetzte: »Da ist noch was anderes.«

Claire lächelte sie aufmunternd an. »Ich bin ganz Ohr.«

»Ich habe dir ja erzählt, dass Carlos ein paar komische Freunde hat. Auch wenn Délia ihm einen Korb gegeben hat, hing sie in letzter Zeit trotzdem mit denen rum. In den Pausen und nach der Arbeit. Besonders mit einem von ihnen. Patrice. Aus welchem Grund, ist mir schleierhaft. Er ist genauso hohl wie Carlos.«

»Hast du sie darauf angesprochen?«

»Ja klar. Ich habe sie gefragt, was sie denn von diesem Schwachkopf will.«

»Und?«

»Sie ist mir ausgewichen.«

»Vielleicht hat sie sich in diesen Patrice verliebt? Waren die beiden zusammen?«

»Glaube ich eigentlich nicht. *Alors*, jedenfalls hat sie keinen verliebten Eindruck gemacht. Mag sein, dass sie ein bisschen mit ihm geflirtet hat ... weiß der Himmel, warum, aber als Paar sind sie nicht aufgetreten. Patrice war bestimmt an ihr interessiert, na ja, eine Frau wie Délia finden halt die meisten Kerle scharf.«

Claire fragte sich, ob Eponine überhaupt ahnte, wie scharf sie selbst als Frau rüberkam. Sie schien keine sonderlich hohe Meinung von sich zu haben. »Was weißt du sonst noch über diesen Patrice? Wie heißt er weiter?«

»Keine Ahnung. Ich mag ihn nicht. Er ist arrogant, aufgeblasen, selbstherrlich. Passt bestens in Carlos' Truppe. Garantiert hat er irgendwelchen Dreck am Stecken. Wenn du mehr über ihn wissen willst, musst du mit Carlos sprechen.«

»Ist Patrice noch mal da gewesen, seit Délia verschwunden ist?«

Eponine dachte nach. »Ich glaube nicht. Stimmt, jetzt, wo du fragst – ich habe ihn tatsächlich eine Weile nicht gesehen.«

Claire zog ihr Etui mit den Visitenkarten heraus und schämte sich im selben Moment für das goldene Edelding. Es kam ihr Eponine gegenüber unnötig angeberisch vor. Rasch packte sie es wieder weg und reichte Eponine eine ihrer Privatdetektivinkarten. »Bitte, gib mir Bescheid, wenn Patrice das nächste Mal im Club auftaucht. Und natürlich auch, wenn dir noch irgendetwas einfällt.«

»Ist klar.« Eponine steckte das Kärtchen ein, ohne es anzusehen.

Sie liefen durch den Park zurück zur Straße und verabschiedeten sich dort. Claire sah ihr nach, wie sie mit aufrechter Haltung die Fahrbahn überquerte und im angrenzenden *Jardin Botanique* verschwand. Sie selbst kehrte in den *Parc aux Angéliques* zurück. Auf einer Bank am Square Toussaint Louverture ließ sie sich nieder und hielt in Stichworten ihre Unterhaltung mit Eponine auf ihrem Notizblock fest. Zwischendurch betrachtete sie die Büste des Anführers der haitianischen Revolution, der in seiner Heimat als Nationalheld der Unabhängigkeit galt.

Wo kamen Eponines Vorfahren her? Ihre Kindheit im damals noch heruntergekommenen Viertel La Bastide war sicherlich hart gewesen. Die Ungleichheit der Welt hatte sie beide geprägt, auf diametral voneinander entfernte Weise. Hinter Eponines taffem Auftreten versteckte sich vermutlich ein enormes Potenzial an Selbstzweifeln und Unsicherheit. Claire mochte die junge Barfrau, aber konnte sie ihr vertrauen?

Kapitel 8

— ◆ • —

Dieses Mal fuhr Raoul ohne Eric in die Graves. Nathanel Aguerre hatte seinen Kollegen einem anderen, »dringenderen« Fall zugeteilt. Manchmal verstand Raoul die Entscheidungen seines Chefs nicht. Ausgerechnet jetzt, wo die Akte ANAÏS DE VENETTE wieder geöffnet wurde. Dabei war es eigentlich nur in Ausnahmefällen zugelassen, dass ein Ermittler allein losgeschickt wurde. Commissaire Aguerre jedoch weitete solche »Ausnahmefälle« gelegentlich gern für seine Zwecke aus. Raoul bog auf den Boulevardring ein. Sollte er selbst einmal in die Position des Vorgesetzten kommen, wären die Loyalität gegenüber dem ihm unterstellten Polizeipersonal und die Transparenz seiner Beschlüsse und Handlungen seine obersten Gebote bei der Mitarbeiterführung.

Über die Route de Toulouse verließ er die Stadt Richtung Süden. Wie schon am Tag zuvor tauchte er bald darauf in ländliche Gefilde ein: Idyllische Weinorte, edle Schlossanlagen, kilometerlange Rebenreihen und Mischwälder von niedrigem Wuchs säumten den Weg. Mehr und mehr stellte sich bei Raoul ein nostalgisches Gefühl ein, das – er wagte kaum, es so zu bezeichnen, und doch musste er es sich insgeheim eingestehen – einem Heimatgefühl glich. Gewiss, die Gegend, in der er aufgewachsen war, mitten im Massif Central, hatte auch ihren Reiz, und sie würde für immer seine wahre Heimat bleiben. Aber mit den Erinnerungen an die dort verbrachte Kindheit und Jugend, prägende Abschnitte, deren tiefe Bedeutung er vermutlich nie gänzlich entschlüsseln würde, waren nicht nur glückliche Momente verbunden. In Clermont-Ferrant, in dem ärmlichen Stadtteil, wo er groß geworden war, hatte er sich all die Jahre über seltsam fehl am Platz gefühlt. Zu wenig beachtet, zu wenig gehört, zu viel Entbehrung und Verzicht. Unzählige Stunden, in denen seine Kumpels und er nach Schulschluss auf der Straße herumgelungert und sich wilde Kämpfe mit den Banden benachbarter Viertel geliefert hatten. Zwar hatte ihn das abgehärtet, ihn früh gelehrt, sich durchzusetzen und Strategien zu entwickeln, um sich Größeren, Stärkeren gegenüber zu behaupten. Doch was bedeutete jener Heimatbegriff eigentlich? Stand er wirklich ausschließlich für einen nicht frei gewählten Ort, an dem man als junger Mensch unweigerlich Wurzeln in den Boden schlug? Hatte er, Raoul, diese nicht gründlich gekappt, um sich an einem anderen Ort, möglicherweise hier, neu zu verwurzeln?

Während er Cohens *Coming back to you* lauschte, hing er diesen Überlegungen noch eine Weile nach. Allmählich drifteten seine Gedanken jedoch zu dem vor ihm liegenden Fall hinüber. Drei Jahre war es her, dass jemand Anaïs de Venette mit einem Hammer erschlagen und ihren leblosen Körper anschließend im Sand von Europas größter Wanderdüne vergraben hatte. Drei Jahre, in denen dieser Jemand mit seiner Tat gelebt und Zeit gehabt hatte, Schuldgefühle tief in sich wegzuschließen. Inzwischen hatte er oder sie sich vermutlich in Sicherheit gewiegt. Umso ärgerlicher war es, dass die Presse mit ihren sofortigen Berichten über den Fund an der *Dune du Pilat* das Überraschungsmoment zerstört hatte, das Raoul gern ausgenutzt hätte.

Auf dem letzten Stück des Wegs ging ihm durch den Kopf,

dass er nun schon dem dritten Weingut innerhalb einer Woche einen Besuch abstattete. Château Pasquet-Castagnol lag ziemlich genau in der Mitte zwischen Château de Venette-Rebeyrol und Château Verdier, und zwar sowohl geografisch als auch architektonisch gesehen. Es war ein klassisches Anwesen aus dem siebzehnten Jahrhundert, cremefarben mit hohen weißen Sprossenfenstern und einer gepflegten, symmetrischen Parkanlage. Raoul rollte einen schneeweißen Kiesweg entlang zum Gästeparkplatz, den eine sorgfältig gestutzte Hecke vom Hauptgebäude trennte.

Er betrachtete die zu akkuraten Kugeln getrimmten Bäumchen in Steinkrügen rechts und links des Eingangsportals und fragte sich, was wohl mit dem Gärtner geschah, wenn er sich bei seinem Werk verschnitt. Im Innern des Gebäudes regierte derselbe gediegene Minimalismus. Wenige, wohlgewählte Gemälde zierten die Wände, helle Farben und klare Formen herrschten vor, ein in sich stimmiger Stil, der die alte Bausubstanz angenehm integrierte.

Raoul trat an den Empfang. Eine junge Frau in weißer Bluse und weinrotem Kostüm stand dort, das blonde Haar mit der gleichen Präzision wie die Grünpflanzen vor der Tür zu einem straffen, tiefen Dutt geformt.

»*Bonjour*, Madame. Raoul Pasquet von der *police nationale*. Ich möchte gern mit Léon Pasquet sprechen.« Sein Ton war freundlich, aber bestimmt. Den Dienstausweis legte er vor sich auf den Tresen aus dunklem Edelholz.

»Das möchten viele. Haben Sie einen Termin?« Kühl sah sie ihn aus einem Gesicht an, das hübsch hätte sein können, wäre es nicht so gefühlsleer gewesen. Raouls Ausweis ignorierte sie geflissentlich.

»Ich denke, das ist für mein Anliegen nicht notwendig.« Ihre arrogante Haltung ärgerte ihn.

»*Je suis désolée.*« Ihr Gesichtsausdruck strafte ihre Worte Lügen. »Ohne Termin kann ich Sie leider nicht anmelden.«

»Wenn Sie mich nun bitte zu ihm führen würden.« Nachdrücklich schob Raoul ihr seinen Dienstausweis direkt vor die Nase.

Widerwillig schaute die junge Frau darauf. Ohne eine Miene zu verziehen, griff sie zum Telefonhörer und drückte auf einen Knopf. »Monsieur Pasquet, hier ist ein Commandant Chénier von der *police nationale* in Bordeaux, der darauf besteht, Sie zu sprechen.« Nach einem Moment des Schweigens sagte sie: »*D'accord,* Monsieur Pasquet.« Sie legte auf und sah Raoul mit unverhohlener Missbilligung an. »Ich soll Sie zu ihm bringen.«

Raoul verzichtete auf eine Antwort, konnte sich aber ein triumphierendes Grinsen nicht verkneifen.

Das Büro von Léon Pasquet lag im ersten Stock. Die Empfangsdame, die auf dem Weg dorthin keine Silbe von sich gegeben hatte, klopfte an die doppelflügelige Holztür und öffnete sie erst, als von drinnen ein kraftvolles »*Entrez!*« erklang.

An einem dunkelbraunen Schreibtisch saß ein Mann Ende fünfzig mit kinnlangem, grau meliertem, welligem Haar, das mit Gel sorgfältig in Form gekämmt war. Mit knappen Worten stellte die unterkühlte Frau Raoul vor.

»*Merci,* Nicole.« Léon Pasquet schien keinesfalls verschreckt oder verängstigt, nicht mal überrascht zu sein, als er sich erhob, um seinen wuchtigen Schreibtisch herumging und Raoul die Hand reichte. Für sein Alter hatte er eine passable Figur. Offenbar achtete er auf seinen Körper genauso penibel wie auf sein Anwesen. »Nehmen Sie doch Platz, *s'il vous plaît.*« Er wies auf zwei Clubsessel zu seiner Linken, die an einem Fenster mit Blick auf die Weinfelder standen.

Raoul setzte sich. »Sie werden effektiv abgeschirmt.«

Léon Pasquet lachte auf. »So muss es sein, Monsieur le Commandant. Wenn jeder x-Beliebige sich zu mir hereinmogeln könnte, würde ich nicht mehr zum Arbeiten kommen. Vermutlich würde ich regelmäßig überfallen oder zumindest bedroht und erpresst.« Er wirkte wie jemand, der sehr sicher und fest in seinem Sattel saß und keinerlei Gefahr fürchtete. »Möchten Sie etwas trinken? Einen Kaffee oder vielleicht ein Glas Wein?«

Die Aussicht auf ein Glas *Grand Cru de Pasquet-Castagnol* war verlockend, aber Raoul lehnte dankend ab. Sein Urteil über den Mann, der Anaïs de Venettes Liebhaber gewesen war, durfte durch nichts weichgezeichnet werden.

Léon Pasquet stützte die Ellbogen auf den Knien ab, faltete die Hände und sah Raoul aufmerksam an. »Was kann ich für Sie tun, Monsieur le Commandant?«

»Wir werden sehen, ob es etwas gibt, das Sie für mich tun können, Monsieur Pasquet.« Raoul lächelte sein Gegenüber jovial an. Er war gespannt, wie dieser auf seinen nächsten Satz reagieren würde. »Zunächst einmal bin ich gekommen, um Sie davon in Kenntnis zu setzen, dass wir Anaïs de Venette gefunden haben.«

»Madame de Venette? *Mais* ... Das ist ja – geht es ihr gut?«

»Leider nein. Sie ist tot.«

»*Mon Dieu.*« Léon Pasquet atmete schwer aus. »Nach all den Jahren ... wo haben Sie sie gefunden?«

»Das ist im Moment unerheblich, Monsieur Pasquet.«

»Aber warum kommen Sie damit zu mir? Sie denken doch nicht, dass ich ...?«

»Was ich denke, Monsieur Pasquet, gründet sich auf dem, was ich bei meinen Ermittlungen herausfinde. Da wir ganz am Anfang stehen, ist das derzeit noch nicht besonders viel.« Raoul beobachtete sein Gegenüber genauestens. »Außer, dass ich gern wissen möchte, wie lange Ihre Affäre schon lief, ehe Madame de Venette verschwand.«

»Affäre? Wovon reden Sie, Monsieur le Commandant?« Der bisher so gelassene Châteaubesitzer brauste auf.

Raoul hob beschwichtigend die Hand. »Monsieur Pasquet, Sie sind ein Mann, ich bin ein Mann – ersparen wir uns dieses Theater. Wie Sie es mit Ihrer Ehefrau halten, interessiert mich nicht.« Ihm war bewusst, dass er einiges riskierte. Was, wenn Marie-Christel sich geirrt hatte? Oder wenn sie gar einen Verdacht auf Léon lenken wollte? Sie war Erics Bekannte, nun gut, aber ansonsten wusste Raoul im Grunde nichts über sie.

Doch Léon Pasquet klappte bereits zusammen. »*Bon* ... Ich habe Anaïs begehrt. Und geschätzt. Nie hätte ich ihr –« Er vergrub das Gesicht in den Händen. Als er wieder aufsah, waren seine Augen feucht. Er räusperte sich. »*Pardon*. Das ist einfach zu viel.«

»Ich verstehe, Monsieur Pasquet. Bitte erzählen Sie mir von Ihrer Beziehung zu Madame de Venette.«

Léon Pasquet lehnte sich in seinem Sessel zurück, sein Blick wanderte aus dem Fenster und verlor sich in den Weinfeldern. »Unsere Geschichte fing vor ziemlich genau fünf Jahren an. Im Oktober 2012. Zum Ende der Saison haben wir wie üblich ein Fest für die Weingüter der Region gegeben. Anaïs' Mann ist – ebenfalls wie üblich – nicht dabei gewesen. Antoine war alles andere als ein Gesellschaftstier. Er lebte recht zurückgezogen, war meist für sich. Anaïs hingegen – sie liebte es, im Mittelpunkt zu stehen, sich auf großen Veranstaltungen zu präsentieren. Sie war eine richtige Diva, mochte Luxus, schöne Dinge – sie hatte Geschmack. Sie hätten das Weingut mal zu ihrer Zeit sehen sollen! Leider ist davon nicht mehr viel übrig.« Ein Ausdruck von Bedauern nistete sich in seinen Zügen ein.

»Sie begannen also auf diesem Fest Ihre Affäre – hatte sich das im Vorfeld abgezeichnet?«

»Eh bien, das ist schwer zu sagen. Anaïs hat gern geflirtet, das habe ich schon früher bemerkt. Ich war mir nicht sicher, wie weit sie gehen würde.« Léon machte eine Pause, sah unverwandt aus dem Fenster. Als würde er in die Vergangenheit blicken. »An jenem Abend haben wir uns gefunden. Es war ... ich hatte nicht gedacht, dass ich mich noch einmal so kopflos verlieben würde. Wie ein Schuljunge.« Er lächelte wehmütig. »Zunächst glaubte ich, es sei ein Strohfeuer, das vorübergehen würde. Als jedoch Antoine plötzlich verstarb, brachte uns das umso enger zusammen.«

Raoul dachte an die Bilder, die er bei seinen Recherchen über das Ehepaar Pasquet im Internet entdeckt hatte. Mathilde Pasquet war eine attraktive und stilvolle Frau Mitte fünfzig, die gut in das Ambiente des Château Pasquet-Castagnol passte. Sie besaß nicht Anaïs de Venettes mondäne und offene Ausstrahlung, und vermutlich war es das gewesen, was Léon Pasquet gereizt hatte.

»Wann haben Sie Madame de Venette das letzte Mal gesehen?«

Léon Pasquet wandte sich wieder Raoul zu. »Genau zwei Wochen vor ihrem Verschwinden. Wir haben uns immer in einer abgelegenen cabane oberhalb der Weinfelder getroffen. Dort hatten wir unsere Ruhe, wenigstens für einige Stunden.« Er seufzte. »Nichts hätte ich mir mehr gewünscht als eine gemeinsame Nacht. Einmal neben dieser Frau am Morgen aufzuwachen – pardon, Monsieur le Commandant, das tut nichts zur Sache, je sais.«

Das Telefonat mit Docteur Salles und die Spermaspuren im Slip kamen Raoul in den Sinn. Falls es nicht etwa eine Vergewaltigung durch einen Unbekannten war, gab es entweder noch einen weiteren Liebhaber, oder aber Léon Pasquet log ihn an. Rasch überlegte Raoul, ob er den Winzer direkt damit konfrontieren sollte. Er entschied sich dagegen. Ein derartiges Wissen konnte das entscheidende Ass im Ärmel sein, das er zum rechten Zeitpunkt ausspielen musste. Stattdessen fragte er: »Wie hat damals Ihr Verhältnis ausgesehen?«

»Genauso intensiv wie die zwei Jahre zuvor. Ich hatte damit gerechnet, dass die Leidenschaft irgendwann abebben würde, doch das ist nicht passiert. Im Gegenteil – unser Verlangen schien eher noch stärker zu werden.« Erneut seufzte er.

Während Raoul ihm zuhörte, behielt er stets im Kopf, dass Léon Pasquet ihm womöglich eine gefühlvolle Masche vorspielte. Der Besitzer eines solch prestigeträchtigen Weinguts mit einem Jahresumsatz in Millionenhöhe und weit über hundert Mitarbeitern war ein mit allen Wassern gewaschener Geschäftsmann. Sollte er tatsächlich blind vor Liebe gewesen sein? Falls nicht, war er jedenfalls ein brillanter Lügner. Raoul beschloss, vorerst mitzuspielen. »Demnach war Madame de Venettes Verschwinden ein ziemlicher Schock für Sie, nehme ich an?«

Das Gesicht des Châteaubesitzers verzog sich in schmerzhafter Erinnerung. »Sie können es sich nicht ausmalen. Von Anfang an war mir klar, dass Anaïs nicht einfach das Land verlassen hat, um irgendwo ein neues Leben zu beginnen, wie es Jeanne Dubos gern darstellt. Ich habe gelitten, durfte mir jedoch nichts anmerken lassen. Ich musste den Schein wahren, Sie verstehen?«

»*Pardon*, Monsieur, ich würde Sie nicht fragen, wenn es nicht für die Ermittlungen von Bedeutung wäre: Weiß Ihre Frau von Ihrer damaligen Affäre?«

Léon Pasquet atmete hörbar aus und sagte erst einmal nichts. Sein Blick glitt aus dem Fenster und wieder zurück. Mit der rechten Hand strich er sich über das gegelte Haar. »Ach, die Frauen, Sie wissen ja auch, wie sie sind«, sagte er schließlich mit einem resignierten Unterton. »Sind Sie verheiratet, Monsieur le Commandant?«

»Dazu ist es bisher noch nicht gekommen.«

Dieses Mal war es Léon Pasquet, der verständnisvoll nickte. »Belassen Sie es dabei, wenn Sie sich einen Gefallen tun wollen. Meine Frau mutmaßt hinter jeder halbwegs attraktiven Frau eine Rivalin und hat mir bereits unzählige Affären unterstellt. Ist es da ein Wunder, wenn es tatsächlich irgendwann passiert? Sie kennen doch die Theorie von der sich selbst erfüllenden Prophezeiung.« Er lächelte zerknirscht und zuckte leicht mit den Schultern. »Um auf Ihre Frage zurückzukommen: Mathilde hat mich nie in flagranti erwischt. Geahnt hat sie gewiss etwas. Zugegeben habe ich nichts.« Léon Pasquet schlug elegant die Beine übereinander und faltete die Hände, an denen ein Siegelring blitzte. »Haben Sie schon mit den Dubos gesprochen, Monsieur le Commandant?«

»Ich bin gestern bei ihnen gewesen.«

»Es ist wirklich eine Schande, was Jeanne Dubos aus Château de Venette-Rebeyrol gemacht hat. Nicht, dass so etwas das Wichtigste ist, das ist und bleibt der Wein. Aber das äußere Erscheinungsbild eines Château, der Stil, die Ästhetik der Einrichtung – diese Dinge sind nun einmal eine Art von Aushängeschild.« Léon Pasquets sentimentaler Ausflug in die Vergangenheit schien endgültig beendet zu sein. »Jeanne Dubos konnte gar nicht schnell genug damit beginnen, alles an sich zu reißen. Wenn ich ehrlich bin, habe ich damals bereits gedacht, dass ihr Anaïs' Verschwinden wohl ganz gelegen kam.«

»Weil sie selbst ein Weingut leiten wollte?« Raoul imitierte die Körperhaltung seines Gegenübers. Den psychologischen Trick der Spiegeltechnik wandte er bei solchen Unterredungen gern an, um unterschwellig Vertrauen und Sympathie aufzubauen.

»Weil Anaïs und sie sich spinnefeind waren. Ich meine, wenn Sie Jeanne getroffen haben – Anaïs verkörperte all das, was Jeanne nicht ist und niemals sein wird. Anaïs hat sich stets genommen, was sie wollte. Und nach Antoines Tod … Jeanne Dubos konnte den Gedanken nicht ertragen, dass das Château de Venette-Rebeyrol, das über Jahrhunderte im Familienbesitz war, von einer in ihren Augen Fremden weitergeführt werden sollte. Von einer Eingeheirateten, die sich einen Adelstitel erschlichen hatte.«

Raoul dachte daran, dass Antoine und Anaïs de Venette keine Nachkommen gehabt hatten. »Haben die Dubos Kinder?«

»Einen Sohn. Der soll natürlich das Weingut übernehmen. Ob er dafür geeignet ist, steht auf einem anderen Blatt.« Léon Pasquet warf einen Blick auf seine Armbanduhr. »Aber nun fürchte ich, dass mich allmählich mein Schreibtisch zurückruft.« Er hob bedauernd die Hände. »Ich muss mich auf einen wichtigen Termin vorbereiten.«

»Ich verstehe.« Raoul erhob sich. »Für den neunzehnten Mai 2014 und die Tage davor bräuchte ich von Ihnen der Vollständigkeit halber noch Angaben, was Sie gemacht beziehungsweise wo Sie sich aufgehalten haben.«

»Selbstverständlich. Ich bin im Mai geschäftlich viel außerhalb des Landes gewesen. Wenn ich mich recht erinnere, war das auch genau zu der Zeit der Fall. Jedenfalls habe ich meine Aktivitäten kalendarisch archiviert und werde sie Ihnen zeitnah zukommen lassen.« Höflich lächelte Léon Pasquet ihn an. »Und wenn Sie weitere Fragen haben, können wir unser Gespräch gern zu einem späteren Zeitpunkt fortsetzen. Sie entschuldigen mich, Commandant Chénier?«

Raoul verließ das Hauptgebäude und beschloss, ehe er die Rückfahrt antrat, eine kleine Erkundungstour auf dem Gelände zu unternehmen. Wenn es sich ergab, wollte er sich mit dem einen oder anderen Mitarbeiter unterhalten.

Sein Weg führte ihn durch die Empfangshalle in den Verkaufsraum, in dem es auch einen Barbereich mit Verkostungsmöglichkeit gab. Doch dieser wirkte verwaist, vermutlich wurde er lediglich für angemeldete Gruppen geöffnet. Und Nicole, die ihn vom Empfang aus argwöhnisch beobachtete, gedachte er nicht danach zu fragen.

Durch einen breiten Torbogen rechter Hand gelangte er in einen hellen Raum mit eleganter, geschäftsmäßiger Einrichtung. Hier fanden gewiss Verhandlungen mit Vertretern statt, nachdem sie sich an der Bar von der Qualität der Weine überzeugt hatten. Zur linken Seite schloss sich ein geräumiger Gang an, der an einer Treppe mit Metallstufen ins Untergeschoss endete. Raoul folgte den Stufen und erreichte das Herzstück der Anlage: den Weinkeller. Allerdings konnte er nur von einer Barriere aus einen Blick hineinwerfen. In all seiner Modernität mutete er jedoch eher wie eine Fabrikhalle an. Interessiert betrachtete Raoul die riesigen hellbraunen Holzfässer mit den Zapfhähnen und Bullaugen. Im Geist verglich er den Raum mit dem rustikalen Keller der Verdiers. Von Gemütlichkeit, wie er sie dort vorgefunden hatte, war in dieser sterilen Atmosphäre nichts zu spüren.

Ein beachtlicher Teil des gesamten Anwesens war frei zugänglich, an manchen Stellen traf Raoul hingegen auf weitere Barrieren und versperrte Tore. Nur Mitarbeitern begegnete er seltsamerweise nicht, als wäre er von einer Aura umgeben, die sie dazu brachte, ihm aus dem Weg zu gehen.

Schließlich kehrte Raoul zum Parkplatz zurück. Er hatte zwar keine Informationen oder Hinweise erhalten, die ihn in seiner Ermittlungsarbeit weitergebracht hätten, aber die Einblicke in ein Weingut dieser Größenordnung waren schon interessant gewesen. Als er seinen Wagen aufschließen wollte, fuhr ein anthrazitgraues Mercedes Cabrio in zackigem Tempo an ihm vorbei. Raoul erhaschte einen Blick auf eine dunkelhaarige Frau am Steuer und war sich ziemlich sicher, in ihr Mathilde Pasquet erkannt zu haben.

Sie parkte nicht auf dem Gästeparkplatz, sondern bog am Ende links ab und verschwand hinter dem Weingut. Raoul spurtete hinterher. Auf der Rückseite gab es einige Privatparkplätze, und gerade als er dort ankam, stieg eine elegant gekleidete Mittfünfzigerin aus dem Wagen.

»Madame Pasquet?«

»Oui?« Sie drehte sich zu ihm um und sah ihn überrascht und interessiert an.

In Situationen wie diesen profitierte Raoul von seinem Kleidungsstil und seinem recht passablen Äußeren. Dadurch hatte sich ihm in der Welt der oberen Zehntausend schon manche Tür geöffnet. Besonders bei betuchten Ehegattinnen, die ihn gewiss anders behandelt hätten, wenn sie von seiner ärmlichen Herkunft gewusst hätten. »Mein Name ist Raoul Chénier. Ich habe soeben eine Unterredung mit Ihrem Mann gehabt. Ich bin Commandant bei der *police nationale*.«

Madame Pasquet hob die Brauen: »Hat er etwas angestellt?«

Raoul bemerkte einen fast amüsierten Unterton. »Wir ermitteln erneut im Fall der verschwundenen Anaïs de Venette.«

Ihr dezent geschminktes Gesicht verfinsterte sich, doch sie sagte kein Wort.

»Ihre Leiche wurde am Montag an der *Dune du Pilat* gefunden. Wir gehen von einem gewaltsamen Tod aus.«

Mathilde Pasquet riss die Augen auf. »Die Mumie? Das war Anaïs?«

»Ich fürchte, ja. Kannten Sie sie gut?« Raoul sah, wie sich ihre Kiefermuskulatur verkrampfte. Offenbar wusste sie über die Affäre Bescheid.

Mit gesenktem Kopf stand Mathilde Pasquet da und klammerte sich mit beiden Händen an ihre Louis-Vuitton-Handtasche.

Raoul schlug einen sanfteren Ton an: »Madame Pasquet, Sie können sich mir anvertrauen.«

Langsam hob Mathilde Pasquet den Blick. »Wenn ich ehrlich bin – als Anaïs verschwunden war, damals, vor drei Jahren, da war ich erleichtert, regelrecht froh.« Ein entschuldigendes Lächeln huschte über ihr Gesicht.

»Sie haben also geahnt, dass Ihr Mann eine Affäre mit Madame de Venette hatte?«

»Ich wünschte, dass sie nie zurückkommen würde. Dass sie durchgebrannt war und fortan anderen Frauen ihre Männer ausspannen würde. Aber dass sie tot sein könnte, habe ich niemals –«, sie brach ab, schlug die Hand vor die Augen.

Raoul räusperte sich. »Madame, ich verstehe, dass das ein heikles Thema ist. Ich würde Sie daher auch nicht mit indiskreten Fragen belästigen, wenn es nicht unumgänglich für meine Arbeit wäre.«

»Es ist in Ordnung. Fragen Sie ruhig.«

»Wie haben Sie davon erfahren?«

Mathilde Pasquet schwieg eine Weile. Schließlich sagte sie zögernd: »Anfangs war es bloß so ein Gefühl, dass etwas nicht stimmte. Dass Léon mir etwas verheimlichte.« Ihr ganzer Körper war angespannt, während sie langsam sprach. »Das war – nichts wirklich Neues. Er hatte schon früher – es war nicht das erste Mal, dass er mich betrog.« Sie stieß die Luft schwer durch die Nase aus. »Sie fragen sich sicher, warum ich diese Demütigungen ertrage und nicht einfach einen Schlussstrich ziehe.«

»Es liegt mir fern, über Sie und Ihr Leben zu urteilen, Madame Pasquet. Jeder Mensch hat seine Gründe für die Wege, die er geht, und die Abzweigungen, die er nimmt oder auch nicht nimmt.«

Sie lächelte ihn traurig an. »Wie wahr. All die verpassten Seitenwege. Aber wenn man einen gewissen Status in dieser Gesellschaft hat ... es ist nicht leicht, ein Neuanfang, als Frau im mittleren Alter, wenn man keine eigene berufliche Karriere vorweisen kann.« Resigniert zuckte sie mit den Schultern. »Ich habe mich wohl für den bequemsten Weg entschieden. Und dafür den Schmerz in Kauf genommen.«

»Ohne mich in Ihre persönlichen Angelegenheiten einmischen zu wollen, Madame Pasquet, doch ich für meinen Teil glaube fest daran, dass ein Ende mit Schrecken dem Schrecken ohne Ende vorzuziehen ist.« Auf ihren verblüfften Gesichtsausdruck fügte er rasch hinzu: »Es tut mir aufrichtig leid, in Ihren Wunden stochern zu müssen, Madame Pasquet.«

Es entstand eine Pause, in der Mathilde Pasquet ihre Gesichtszüge neu sortierte und schließlich betont gleichmütig sagte: »Nur zu, das ist Ihr Job. *Pardon*, ich bin gerade etwas entgleist. Normalerweise habe ich mich besser unter Kontrolle.« Sie straffte die Schultern und fuhr fort: »Wie ich davon erfahren habe, wollten Sie wissen. *Bon*, Léon denkt vermutlich, er sei ein Meister der Geheimhaltung. Doch sein Verhalten ändert sich jedes Mal, wenn er fremdgeht. Und inzwischen erkenne ich die Anzeichen.« Ihre Stimme bekam einen sarkastischen Unterton. »Sein rosiger Teint, wenn er von einem Treffen zurückkommt, das verliebte Strahlen in den Augen, das vor Ewigkeiten einmal mir gegolten hat und nun den anderen. Das penible Kontrollieren seiner Kleidung, ehe sie in der Wäsche landet. Der hektische Griff nach seinem Mobiltelefon, wenn plötzlich eine Nachricht eingeht. Das ebenso hektische Wegdrücken von Anrufen in ungelegenen Situationen.« Mathilde Pasquet hielt inne, den Blick ins Leere gerichtet, und schüttelte kaum merklich den Kopf. Als würde ihr durch diese Aufzählung die Absurdität ihres Ehelebens erst richtig bewusst.

Raoul wartete einen Moment, dann fragte er: »Wenn Sie an den Frühling vor drei Jahren zurückdenken, an die Wochen im März, April und die erste Maihälfte, also bevor Anaïs de Venette verschwand: Gab es etwas Auffälliges?«

»Sie meinen, im Verhalten meines Mannes? Sie denken, er hat seine Geliebte umgebracht aus Angst, ich könne von seiner Affäre erfahren?«

»Wäre das so abwegig?«

Mathilde Pasquet lachte resigniert auf. »Ganz und gar. Léon ist es herzlich egal, ob ich von seinen außerehelichen sexuellen Abenteuern weiß oder nicht.«

Dieses Gefühl hatte Raoul im Gespräch mit dem Châteaubesitzer auch gehabt. »Madame de Venette wurde am Montag, dem neunzehnten Mai 2014, als vermisst gemeldet. Wo haben Sie sich an den vorangegangenen Tagen aufgehalten?«

»Sie verdächtigen mich?« Ihre Stimme war vollkommen ruhig, und ihr Gesicht verriet keine Gemütsregung.

»Bon, die Frau hatte eine Affäre mit Ihrem Mann.«

»Dann müsste ich inzwischen mehrfache Mörderin sein. Diese Schlampe wäre es nicht wert gewesen, dass ich mir dafür die Finger beschmutzt hätte.« Mathilde Pasquet atmete scharf ein. Für einen Augenblick hatten sich ihre Züge verzerrt und ihren Hassgefühlen Platz gemacht. Mit sorgsam geglätteter Fassade fuhr sie beherrscht fort: »Anaïs de Venette stellte keine Gefahr für meine Ehe, für meine Position dar.«

»Auch nicht, nachdem Monsieur de Venette gestorben war? Vielleicht wollte sie, dass sich Ihr Mann von Ihnen trennte?«

Wieder lachte sie auf, jedoch klang es diesmal abfällig. »Sie kennen meinen Mann nicht. Für einen solch radikalen Schritt mit all seinen gesellschaftlichen Konsequenzen ist er zu feige. Léon ist nur mutig, wenn es darum geht, sich in sexuelle Abenteuer zu stürzen.« Mathilde Pasquet sah auf ihre Hände, auf den Ehering mit dem glitzernden Diamanten. »Ich gebe es zu, Commandant Chénier, es gab eine Zeit, da habe ich mir gewünscht, dass jemand ihr wehtut, richtig schlimm. Aber es waren bloß Gedanken einer emotional verletzten Frau. Ich hätte nie – und jetzt, diese Gewissheit zu haben, dass sie ermordet wurde ... in mir ist nichts als eine große Leere.« Sie verstummte, schaute noch einmal auf den Ring, dann wischte sie mit der Hand über ihren Rock, als streife sie die Erinnerung ab an jene vergangene Zeit, da sie und Léon Pasquet glücklich verliebt gewesen waren. »Aus dem Stegreif kann ich Ihnen leider nicht sagen, wie meine Tage damals konkret ausgesehen haben. Das muss ich in meinem Kalender nachsehen. Ich werde es Ihnen schnellstmöglich mitteilen.«

»Das wäre für uns sehr hilfreich.« Raoul reichte ihr seine Karte. »Es ist ohnehin wahrscheinlich, dass wir Sie bald ins Präsidium in Bordeaux zu einer offiziellen Befragung und eventuell auch einem DNA-Test bestellen werden. Es wäre also gut, wenn Sie sich in der nächsten Zeit zur Verfügung halten würden.«

»Ich habe für die kommenden Wochen keine Reisen geplant.«

»Das Gleiche gilt für Ihren Mann.«

»Sagen Sie ihm das doch selbst, s'il vous plaît.« Mathilde Pasquet öffnete ihre Handtasche und nahm einen Schlüsselbund heraus. »Übrigens, falls Sie das noch nicht getan haben, rate ich Ihnen, sich vielleicht einmal ausführlich mit den neuen Besitzern von Château de Venette-Rebeyrol zu unterhalten.«

»Dass Jeanne Dubos und ihre Schwägerin nicht gerade die besten Freundinnen waren, ist mir bekannt. Gibt es darüber hinaus etwas anderes, das Sie mir mitteilen möchten?«

»Neben den persönlichen Animositäten der beiden dachte ich da eher an ihre unterschiedliche Auffassung, ein Weingut zu führen.«

»Auf was genau spielen Sie an, Madame Pasquet?«

»Alors, nach Antoines Tod hatte Anaïs begonnen, auf biologischen Anbau umzustellen. Das scheint Jeanne und ihrem Mann gar nicht gepasst zu haben. Nachdem sie das Château an sich gerissen hatten, machten sie sofort alles rückgängig.«

Raoul zog interessiert die Brauen hoch. Was er da erfuhr, war ein völlig neuer Ansatzpunkt, dem er unbedingt nachgehen musste.

Mathilde Pasquet hob in einer müden Geste die Hände. »Wenn das alles wäre, würde ich nun gern ins Haus gehen. Ich habe einen anstrengenden Tag hinter mir.«

Raoul verabschiedete sich von ihr und lief zum Gästeparkplatz zurück. Auf der Fahrt nach Bordeaux ließ er Cohen schweigen und sortierte in seinem Kopf die Begegnungen mit Léon und Mathilde Pasquet. Jetzt war er froh, dass Eric nicht neben ihm saß und er seinen Gedanken in der Stille des Wagens freien Lauf lassen konnte. Sorgfältig selektierte er seine Eindrücke in vier imaginäre Spalten. Was hatten die Eheleute unabhängig voneinander gesagt? Und wie hatten sie dabei auf ihn gewirkt? Beide hatten ein selbstsicheres Auftreten und waren geübt darin, ihre Emotionen zu beherrschen. Auch traute er ihnen zu, dass sie sie bei Bedarf nutzten, um etwas vorzutäuschen. Raoul zweifelte daran, dass Mathilde Pasquet über Anaïs de Venettes Tod Trauer empfand. Bei ihrem Mann war er sich nicht sicher. Dass dieser ihn hingegen mit der Schilderung seiner Gefühle hatte einwickeln wollen, stand für Raoul felsenfest.

Was für ein lukratives Weingut die beiden da doch bewirtschafteten. Aber machte es sie glücklich? Eine Zweckehe, wie die Pasquets sie führten, war natürlich keine Seltenheit und ganz nebenbei einer der zahlreichen Gründe, weswegen Raoul sein Junggesellendasein bevorzugte. Hier und da eine unverbindliche Begegnung, vielleicht mal eine kleine Liaison, das reichte ihm völlig. Seine letzte längere Affäre lag nun schon eine Weile zurück, damals hatte er noch in Lyon gelebt. Sie war im Sande verlaufen, als er nach Bordeaux gezogen war. Einige Male zu vorgerückter Stunde war Raoul kurz davor gewesen, Daphne eine SMS zu schicken. Er hatte sich beherrscht. Ihre Abmachung hatte darin bestanden, keinerlei Erwartungen aufzubauen und keine Forderungen zu stellen. Daphne hatte sich besser daran gehalten als ihre Vorgängerinnen. Doch bei ihr war es Raoul gewesen, der die emotionale Distanz verloren hatte. Der Wechsel nach Bordeaux war genau zum richtigen Zeitpunkt gekommen.

Raoul lenkte seine Gedanken wieder zum Fall zurück. Nach den Weingutbesuchen vom gestrigen und heutigen Tag war eines jedenfalls klar: In Jeanne Dubos und Mathilde Pasquet hatte er zwei Frauen gefunden, die Anaïs de Venette hassten. Hatten sie sich womöglich zusammengetan? Er musste prüfen, ob es zwischen ihnen eine Verbindung gab.

Nachdenklich betrachtete Léon Pasquet vom Fenster aus seine Frau, wie sie mit raschen Schritten den Parkplatz überquerte. Immer noch schätzte er ihre Gesellschaft, zogen sie an einem Strang, was das Château betraf. Aus ehemals verliebten jungen Leuten waren Partner geworden, die das Geschäftliche und das Bett teilten. Immer noch hatten sie – anders als viele der Ehepaare in ihrem Alter – ein gemeinsames Schlafzimmer. Auch wenn sie darin nunmehr zumeist nebeneinander schliefen, ohne sich zu berühren. Er liebte Mathilde nach wie vor, zwar nicht mehr mit jener feurigen Leidenschaft der stürmischen Jahre, aber mit einer Beständigkeit, die über die Jahrzehnte zwischen ihnen gewachsen war. Sie war sein Fels in der Brandung, der Ruhepol, wenn die Angelegenheiten des Château ihn zu überrollen drohten.

Natürlich hatten sie ihre Konflikte, die nie ganz ausgetragen wurden. Wie oft sie auch schon versucht hatten, sie gemeinsam zu lösen – bei nächster Gelegenheit machte garantiert einer von ihnen alles zunichte.

Seit seiner Jugend war Léon ein großer Fan von Jacques Brel, und in einem seiner Lieblingsstücke, *La Chanson des vieux amants*, erkannte er die Beziehung zwischen ihm und Mathilde wieder, mit all ihren Höhen und Tiefen, all den Phasen von Nähe, Entfremden und erneuter Annäherung. Zugegeben, er hatte so manches Mal Geheimnisse gehabt, und möglicherweise hatte sie einige davon erahnt.

Bestimmt hatte sich Mathilde im Laufe ihres Ehelebens den einen oder anderen Liebhaber genommen. Oder nicht? Machten Frauen so etwas nicht ebenfalls? Sich ihren Leidenschaften hingeben und ausleben, was man im Ehebett nicht einzugestehen und auszuprobieren wagte, weil man den Ehepartner zu sehr respektierte?

Was war mit ihm selbst – scheute er davor zurück, sich Mathilde so zu zeigen, wie er war? Und dann gab es da noch immer wieder die Erkenntnis, dass auch mit einer fremden Frau viele seiner Fantasien nichts als Ideen blieben. Es war, als bemühte er sich, eine Leere zu füllen, doch es gelang ihm nie ganz, und so stürzte er sich von einem Abenteuer ins nächste.

Diese kleinen, harmlosen Geschichten hatten nichts mit Mathilde oder seiner Liebe zu ihr zu tun. Es waren seine Schwächen, seine Defizite, die er nicht zu entschuldigen suchte. Ab und an brauchte er jene Fluchten aus dem Alltag, aus dem allzu starren Korsett aller Pflichten. Danach überfiel ihn jedes Mal ein Gefühl schmerzlichen Versagens. Warum fand er kein anderes Ventil dafür?

Er wandte sich vom Fenster ab. Was hatte Mathilde wohl Commandant Chénier erzählt?

Kapitel 9

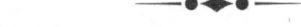

An diesem Abend wollte Claire allein ins *Le Poisson Qui Chasse* fahren.

Unschlüssig stand sie in ihrem Ankleidezimmer. Kleid, Rock oder Hose – was war die ideale Aufmachung für eine Begegnung mit Carlos, dem Sohn des Clubbesitzers? Schließlich entschied sie sich für ein Outfit komplett in Schwarz: Leggings, Oversize-Shirt mit weitem Ausschnitt, darunter ein Top mit Spaghettiträgern. Blieben noch die Schuhe. Claire schwankte zwischen knöchelhohen schwarzen Doc Martens mit Stahlkappen und lackroten Pumps mit Pfennigabsätzen. Beide konnten im Zweifelsfall als Waffe herhalten. Sie wählte die High Heels. Dazu einen Lippenstift in derselben Farbe, die Haare zu einem hohen Pferdeschwanz gebunden, eine schmale, rote Umhängetasche – fertig. Dieses Mal wollte sie statt eines Taxis ihren Wagen nehmen. Es fühlte sich einfach mehr nach reinem Arbeitseinsatz als nach Ausgehen an.

Anderthalb Stunden später betrat Claire den Club, der an diesem Tag deutlich voller war. Sie spähte zur Bar hinüber und entdeckte sogleich Eponine, die Cocktails am laufenden Band mixte. Heute hatte sie Unterstützung von einem jungen Mann mit hellbraunen Locken und weichen Gesichtszügen.

Claire drängte sich zur Theke durch. »*Salut*, Eponine.«

»*Salut!*« Eponine richtete sich auf und wischte sich mit dem Handrücken über die Stirn, dann beugte sie sich zu ihr hin und sagte etwas leiser: »Schön, dich zu sehen, Claire.«

»Na, heute brummt der Laden ja.«

»Kein Wunder. Robin F. spielt mit ihrer Combo. Da ist immer so viel los. Möchtest du was trinken?«

»Ein Bier, gern.«

»*Et voilà.*« Eponine stellte eine Flasche vor Claire auf den Tresen.

»*Merci.*« Claire legte ein paar Münzen auf den Tresen. »Wo finde ich denn den berüchtigten Carlos?«

»Im Hinterzimmer.« Eponine deutete mit dem Daumen zur Wand hinter der kleinen Bühne, auf der eine Frau in einer perfekten Vintage-Boudoir-Aufmachung, umringt von drei Männern im Frack, den Tanzenden einheizte. »Ich muss dich warnen. Er ist heute ziemlich mies drauf. Keine Ahnung, was ihm die Laune verdorben hat.«

»Na, dann kann ich zumindest keine Hochstimmung zerstören.« Claire zwinkerte Eponine zu, doch die blieb ernst.

»Okay, aber pass auf dich auf.«

Claire lächelte sie an. »Das ist mein Job. Da bekomme ich es regelmäßig mit übellaunigen Zeitgenossen zu tun.«

Mit ihrem Bier in der Hand durchquerte Claire den Club. Sie lief an der Tanzfläche entlang und warf immer mal wieder einen Blick auf die Bühne. Die Band war cool und die Sängerin absolut spitze. Sie strahlte eine faszinierende Mischung aus Androgynität und Sex-Appeal aus, dazu schwang in ihrer samtigen Stimme etwas mit, das Claire an eine Katze denken ließ, die darauf lauerte, ihre Krallen auszufahren.

An der Tür, auf die Eponine gezeigt hatte, blieb Claire stehen. Kurz überlegte sie, ob sie anklopfen sollte. Aber bei dem Lärmpegel hier draußen würde sie ein »Herein« sowieso nicht hören. Sie drückte die Klinke runter und öffnete entschlossen die Tür. Der Raum dahinter war klein, fensterlos und mit allerlei Kram vollgestopft. Stickige Luft schlug ihr entgegen. Auf einem abgenutzten Sofa hockten ein Mann und eine Frau. Der Mann trug die dunklen Haare sehr kurz geschnitten und trainierte offensichtlich gern mit Gewichten. Die Frau war stark geschminkt mit auftoupierter Mähne und stellte ihre üppige Figur in einem tief dekolletierten Stretchkleid zur Schau. Ein weiterer Mann saß ihnen in einem fleckigen Ledersessel gegenüber und schob sich mit einer Kreditkarte eine Line Koks zurecht. Claire erkannte in ihm sofort denjenigen wieder, der am gestrigen Abend so interessiert zu Eponine und ihr herübergeschaut hatte. Alle drei fuhren herum, als Claire plötzlich im Türrahmen auftauchte.

»Ich suche Carlos.« Claire schloss die Tür hinter sich und machte zwei selbstbewusste Schritte auf den Tisch zu. »Das bist du, nicht wahr?«

»*Qué demonios!* Wo kommst du auf einmal her?«

»Von dort.« Claire deutete in Richtung Clubraum. »Ich will mit dir reden. Vorzugsweise, ehe du das da konsumiert hast.«

»Tz! Da könnte ja jede daherkommen!« Mit provozierender Gelassenheit perfektionierte Carlos die Pulverlinie vor sich. Ohne Claire anzusehen, sagte er: »Ich bestimme, wann und wo ich mit wem spreche.«

Im nächsten Moment stand Claire neben ihm und setzte ihren rechten Fuß mit einer so raschen Bewegung auf das Koks, dass Carlos zurückzuckte. Sie beglückwünschte sich innerlich zur Wahl ihrer Schuhe – die schweren Doc Martens hätten nicht denselben Effekt gehabt. Betont langsam zog sie die Sohle über die Tischplatte bis zum Rand. Ein Teil des weißen Pulvers rieselte zu Boden.

Carlos sprang auf, als hätte ihn eine Hornisse gestochen. »Bist du irre?«

»Ups!« Ungerührt zuckte Claire mit den Schultern. »Ich habe dir doch gesagt, ich will mit dir reden, ehe du dich zudröhnst. Hättest du dir leicht ersparen können.« Sie sah ihm an, dass er vor Wut kochte, und machte sich darauf gefasst, dass er sie packen und rauswerfen würde. Es war ein riskantes Spiel, dessen war Claire sich bewusst. Allerdings wusste sie auch, dass sie, wollte sie von ihm ernst genommen werden, lediglich eine Chance hatte, wenn sie selbst so taff und krass wie möglich auftrat. Aus ihrer Umhängetasche zog sie ihr Portemonnaie heraus und knallte zwei Scheine auf den Tisch. »Das sollte reichen, oder?«

Ihre Rechnung schien aufzugehen, denn Carlos griff nach den Scheinen und knurrte: »Was willst du?«

»Délia – was weißt du von ihr?«

»Délia? Welche Délia?«

»Die geile Bitch, die vorn an der Bar arbeitet.« Der Typ auf dem Sofa fläzte sich in die Kissen und legte eine Hand auf den Oberschenkel der Frau. »Die Rothaarige, die dich hat abblitzen lassen.« Die beiden wirkten, als amüsierte sie das Schauspiel zwischen Claire und dem Sohn des Clubbesitzers.

»Ach die.« Carlos machte eine wegwerfende Handbewegung. »Ihr glaubt doch nicht ernsthaft, dass ich mit so 'ner arroganten Unitante was anfangen wollte – und so geil sind ihre Titten nun auch wieder nicht. Da ist unsere Estefania hier mal eine ganz andere Hausnummer.« Er feixte in Richtung Sofa. Dann wandte er sich Claire zu, die sich in gutem Abstand zum Tisch positioniert hatte. »Was soll mit der Tussi sein? Die habe ich schon 'ne Weile nicht mehr gesehen. Hat uns übel hängen lassen. Ist einfach nicht zum Dienst erschienen. Keine Absage – nix.«

»Sie ist verschwunden.«

»Und du suchst sie nun?« Carlos Blick wanderte abschätzend an Claire herunter.

»Du hast's erfasst. Wenn du mir also irgendwas sagen kannst, was du –«

»Ich hab dir doch gerade gesagt, dass ich sie schon lange nicht mehr hier gesehen habe.« Carlos' Ton wurde schärfer.

Claire blickte ihm fest in die Augen und hielt innerlich die Spannung. Bei Typen wie ihm durfte man um keinen Preis einknicken, sonst konnte man sich besser gleich aus dem Staub machen. »Ich habe gehört, Délia war ziemlich viel mit deinem Freund Patrice zusammen?«

»Patrice ist nicht mein Freund.«

»Hast du die beiden nun zusammen gesehen oder nicht?«

»Kann schon sein. Keine Ahnung.«

»Dann will ich mit Patrice sprechen.«

»Was du so alles willst, Kleine.« Carlos zog die Mundwinkel nach oben zu einem großspurigen Grinsen. »Hier ist er nicht.« Er deutete in den Raum, als würde er mit einem Kleinkind reden.

»Wie kann ich ihn erreichen?«

»Von mir kriegst du seine Nummer nicht.«

»Steckst du mit ihm unter einer Decke? Wart ihr so gefrustet, dass sie euch nicht rangelassen hat?«

»Hör mal, du Schlampe, ich –«

»*Bof*, dann muss ich wohl doch meinem Kumpel von der Drogenfahndung flüstern, dass er bei euch vorbeischaut. Ich denke, seine Kollegen sind schon ein paarmal da gewesen? Die haben anscheinend nicht gründlich genug gesucht, was?« Claire drehte sich um und machte einige Schritte auf die Tür zu, da spürte sie einen harten Griff im Nacken. Im nächsten Augenblick knallte sie mit dem Oberkörper gegen die Wand.

Carlos hielt sie mit beiden Händen wie in einem Schraubstock. »Dass du es wagst!«

Claire schielte zu Boden. Carlos' Füße in schwarzen Chucks standen dicht hinter ihren. Blitzschnell hob sie den rechten Fuß und donnerte den Pfennigabsatz in den Stoffschuh hinein.

Carlos brüllte auf und ließ sie los. Das Pärchen auf dem Sofa fuhr hoch. Aus den Augenwinkeln sah Claire, dass der Mann ein Klappmesser aus der Tasche zog. Sie hörte das Klicken der herausfahrenden Klinge noch, als sie schon die Tür aufriss und in den Club stürmte.

Instinktiv tauchte sie in die Menschenmenge vor der Bühne ein. Geschmeidig glitt sie zwischen den tanzenden Clubbesuchern hindurch. Vorsichtig linste sie in Richtung Hinterzimmer. Der Sofatyp stand im Türrahmen und suchte den Raum mit seinen Augen ab. Jetzt erschien Carlos hinter ihm und herrschte ihn an. Claire arbeitete sich zum Ausgang hinüber, wobei sie die beiden im Blick behielt, die sich nun im Raum verteilten. Sie passte einen günstigen Moment ab und huschte hinaus.

Draußen angekommen, zog sie ihre Schuhe aus, sprintete zu ihrem Wagen, sprang hinein und brauste los. Erst als sie sicher war, dass ihr niemand folgte, hielt sie an. Ihr Herz schlug heftig in ihrer Brust. Eine solche Aktion hatte sie lange nicht mehr hingelegt. Claires Augen streiften die High Heels, die sie achtlos auf den Beifahrersitz geworfen hatte. Welch goldrichtige Entscheidung es doch gewesen war.

Eponine kam ihr in den Sinn – hoffentlich erinnerte sich Carlos nicht daran, dass Claire gestern Abend bereits dort gewesen war und mit der Barfrau gesprochen hatte. Sie kramte ihr Mobiltelefon aus ihrer Tasche und textete an Eponine: »Musste schnell verschwinden – besser, Carlos erfährt nicht, dass wir uns kennen – pass du auch auf dich auf! CM.«

Claire angelte nach ihren Turnschuhen, die vor dem Beifahrersitz auf dem Boden lagen, zog sie an und fuhr wieder los. Sie hatte fast den Autobahnring erreicht, als ihr Handy klingelte. Es war Eponine.

»Vor ein paar Minuten ist Patrice gekommen. Er ist direkt ins Hinterzimmer durch. Vermutlich hat Carlos ihn angerufen.«

Claire setzte den Blinker rechts und hielt am Straßenrand. »Okay, danke dir. Dann fahre ich zurück zum Club. Reinkommen kann ich allerdings nicht mehr.«

»Schon klar. Ich stehe gerade draußen und rauche eine. Patrices weißer Porsche steht gleich auf der anderen Straßenseite.«

»Perfekt. Tausend Dank, Eponine.«

»*De rien*. Wenn ich irgendwas mitbekomme, geb ich dir Bescheid.«

»Sei vorsichtig.«

»Du auch. Ich rufe dich morgen an.«

»*À demain*.«

Claire legte auf, wendete und fuhr wieder in die Stadt hinein Richtung Club.

Den weißen Porsche fand sie schnell. Er parkte unübersehbar direkt gegenüber vom *Le Poisson Qui Chasse*. Claire hatte Glück: Einige Meter weiter hinten gab es eine Parklücke. Sie war ziemlich eng, selbst für ihren MINI, doch mit behutsamem Anschieben der Autos davor und dahinter schaffte sie es, den Wagen hineinzubugsieren.

Nun begann der triste, ermüdende und nervtötende Teil ihrer Arbeit. Claire fragte sich manchmal, auf welche Summe sie käme, würde sie die Stunden addieren, die sie observierend verbracht hatte. Waren es inzwischen Wochen? Oder gar Monate? Wann immer ihr ein junger Mensch signalisierte, er oder sie habe Interesse an diesem aufregenden Beruf, sagte sie, Geduld zu haben und Langeweile ertragen zu können, seien die wichtigsten Voraussetzungen.

Die Dunkelheit erschwerte heute das eintönige Warten. Zäh zogen sich die Minuten hin, und jedes Mal, wenn Claire auf die Anzeige schaute, war höchstens eine Viertelstunde vergangen. Sobald sich die Tür des Clubs öffnete, fuhr ein Stromschlag durch ihren Körper. Nur um sie danach in noch größerer Mattheit zurückzulassen, wenn sich ein Pärchen eng umschlungen entfernte oder ein Grüppchen ausgelassen herumalbernder Studenten über die Straße lärmte.

Allmählich wurden Claires Augenlider schwer. Krampfhaft bemühte sie sich, die Augen offen zu halten. Sie wühlte im Handschuhfach nach einem ihrer Notfall-Energieriegel, fand jedoch lediglich eine leere Verpackung. Frustriert ließ sie das Plastik zu den High Heels auf den Beifahrersitz fallen. Wie ärgerlich, dass sie nicht daran gedacht hatte, ihren Notvorrat nachzufüllen. Irgendwie musste sie ihren Energielevel wieder nach oben bekommen.

Ihre Gedanken wanderten zu Philippe. Wäre er heute dabei gewesen, hätten seine Worte – mal klug, mal witzig, mal unbegreiflich – sie wach gehalten. Eine Unterhaltung kam ihr in den Sinn, die sie vor ein paar Monaten mit ihm geführt hatte. Sie hatten über unterschiedliche Methoden gesprochen, den Körper mit Energie zu versorgen. Philippe hatte auf seinen Reisen Menschen getroffen, die darauf schworen, sich durch Meditation in der Natur aufzuladen oder durch spezielle Atemtechniken und Körpertraining. In den darauffolgenden Tagen hatte Claire einige der Übungen, die er ihr gezeigt hatte, angewandt, und zweifellos hatte sie sich kraftvoller, energiegeladener und ausgeglichener gefühlt. Doch bis neue Gewohnheiten zur Routine wurden, brauchte es bekanntlich eine gewisse Zeit an Durchhaltevermögen und Disziplin. In der Hinsicht war Claire keine Meisterin, und so hatte sie seine kleinen Tricks rasch wieder vernachlässigt.

Aber das bedeutete ja nicht, dass sie in Ausnahmefällen nicht darauf zurückgreifen konnte. Claire öffnete das Fenster, machte zunächst eine Augenübung und praktizierte dann die sogenannte Feueratmung. Bei dieser aktivierenden Technik atmete man schnell und stoßweise aus und war hinterher erfrischt und wach. Es war, als würde der Kopf dabei frei gepustet. Tatsächlich fühlte sich Claire danach deutlich fitter.

Damit der Effekt nicht sofort wieder verpuffte, wollte sie sich zusätzlich mit Musik pushen. Das Radio stellte zu dieser Stunde keine brauchbare Alternative dar. Zu einschläfernd, zu monoton. Claire stand jetzt der Sinn nach etwas mit Pep und Schwung. Vorsorglich schloss sie das Fenster wieder und wählte auf ihrem Smartphone das Livealbum *Sur la route* von ZAZ aus.

Sie war gerade beim fünften Song, *Éblouie par la nuit*, angelangt, als die Tür des Clubs erneut aufging. Ein junger Mann trat heraus, der vom Äußeren her perfekt in Carlos' Truppe passte. Jeans und schwarzes T-Shirt, das über dem auftrainierten Oberkörper spannte, dunkles, nach hinten gegeltes Haar. Auf dem gebräunten Gesicht lag ein angestrengter Ausdruck. Claire schätzte ihn auf Anfang zwanzig. Sie schaltete die Musik aus und beobachtete ihn in der bangen Hoffnung, die Wartezeit könne endlich ein Ende haben.

Das war das Verrückte an derartigen Observationen. Nie wusste man, wann sie endeten, aber wenn es so weit war, dann peitschte Adrenalin mit der Kraft einer Atlantikwelle den gesamten Körper und schwemmte jegliche Müdigkeit davon.

Mit zügigen Schritten überquerte der Typ die Straße und steuerte tatsächlich auf den Porsche zu. Als er sich umsah, duckte sich Claire unwillkürlich hinter dem Steuer. Doch er stieg gelassen ein, und kurz darauf ertönte das unverkennbare Angebergebrüll eines Sportwagens, den eine gewisse Art von Mann in der Blüte seines Testosterons in Gang setzte.

Claire startete ebenfalls und manövrierte ihren Wagen, so schnell es ging, aus der engen Parklücke. Der Porsche war schon ein gutes Stück entfernt, sie schaltete rasch zwei Gänge hoch und folgte ihm. Es war inzwischen halb zwei, und auf den Straßen herrschte gähnende Leere. Um nicht aufzufallen, hielt sie einen deutlichen Abstand.

An der Garonne bog Patrice rechts ab auf den Boulevard des Frères Moga. Die Uferstraße mündete in den Autobahnring. Sogar zu dieser Uhrzeit waren hier vereinzelte Autos unterwegs, weswegen Claire beschleunigte und etwas näher an ihr Observierungsobjekt heranrückte. Wenn Patrice mit seinem Sportwagen das Tempo anzog, hätte sie keine Chance, an ihm dranzubleiben. Aber zum Glück behielt er den gemäßigten Fahrstil bei. Er hatte ja weder jemanden neben sich auf dem Sitz noch unmittelbar vor sich auf der Straße, den er mit seinem PS-Geschoss beeindrucken konnte.

Sie erreichten das südliche Autobahnkreuz, und Patrice wechselte auf die E 72, die Richtung Toulouse führte. Claire folgte ihm, immer darauf bedacht, nicht zu nah aufzufahren und gleichzeitig nicht zu weit zurückzubleiben. Kaum kam die erste Ausfahrt in Sicht, fuhr er von der Autobahn ab. Claire ließ sich etwas zurückfallen, ehe sie auf die rechte Spur rüberzog und in die Rechtskurve rollte. Vor ihr lag ein begrünter Kreisverkehr. Von Patrices Wagen war nichts mehr zu sehen. Doch als sie sich dem Rondell näherte, sah sie die Rücklichter des Porsches auf der linken Ausfallstraße verschwinden. Sie nahm den gleichen Weg und erkannte die Lichter wieder deutlich vor sich.

Am nächsten Kreisverkehr bog Patrice rechts ab auf eine

schmale Landstraße ohne Beleuchtung. Claire blieb noch weiter zurück. Jetzt musste sie besonders achtgeben, dass Patrice sie nicht bemerkte, denn hier war um diese Zeit außer ihnen tatsächlich keine Menschenseele unterwegs. Aber Patrice schien mit seinen Gedanken beschäftigt zu sein und gar nicht auf die Idee zu kommen, jemand könne ihm folgen. In gemächlichem Tempo setzte er seinen Weg fort. Die Straße zog sich hin. Sie war so eng, dass es schwierig würde, käme ein größeres Gefährt entgegen. Doch damit war um diese Uhrzeit natürlich nicht zu rechnen.

Kurz darauf passierte Claire das Ortsschild von Martillac, und plötzlich waren die Lichter vor ihr erneut verschwunden. Sie gab Gas. Die Straße endete an einer T-Kreuzung. Claire schaute nach links und rechts. Nichts zu sehen. Verdammt! Sie hatte ihn verloren. Vermutlich hatte er gemerkt, dass ihm die ganze Zeit über ein Wagen hinterhergefahren war. Entweder hatte er hinter der Gabelung die Geschwindigkeit ordentlich angezogen, oder er versteckte sich irgendwo in einer kleinen Gasse.

Claire bog nach rechts ab und beschleunigte. Die Fahrbahn wand sich in einer lang gezogenen Kurve und mündete weiter vorn auf eine Schnellstraße. Nirgendwo eine Spur von Rücklichtern. So schnell konnte er sich nicht abgesetzt haben. Sie wendete und fuhr zurück. Diesmal probierte sie die andere Richtung. Hier ging es in den Ort hinein. Die Straße führte schnurgeradeaus. Vor Claire war alles dunkel. Also doch eine der engen Gassen? Ihr Puls begann zu rasen. Sie musste Patrice wiederfinden!

Just in dem Moment, als sie bremsen wollte, um erneut zu wenden, entdeckte sie auf der rechten Seite den weißen Porsche am Straßenrand. Erleichtert setzte Claire zurück, hielt hinter einem klapperigen Renault an und schaltete die Lichter aus. Wohnte Patrice in diesem schmucklosen Reihenhaus mit dem vernachlässigten Vorgarten? Aus einem der Fenster im Erdgeschoss drang der schwache Schein einer Lampe. Die Minuten vergingen. Gerade hatte sich Claire die Adresse notiert und überlegte, was sie jetzt tun sollte, da verließ Patrice das Haus.

Blitzschnell rutschte sie tief in ihren Sitz. Er durchquerte den Vorgarten mit hektischen Schritten. Claire erkannte ein schmales Päckchen in seiner Hand. Rasch griff sie nach ihrem Smartphone und machte ein paar Schnappschüsse. Patrice schaute sich nervös nach allen Seiten um, ehe er die Tür auf der Beifahrerseite öffnete und das Päckchen auf den Sitz legte. Er lief um den Wagen herum, und kurz glitten seine Augen in Claires Richtung. Sie duckte sich noch tiefer. Für einen Moment verharrte sein Blick auf ihrem Wagen. Aber er schien sie nicht entdeckt zu haben, denn er stieg ein und startete den Porsche mit demselben Getöse wie zuvor. Die Anwohner würden sich für diesen nächtlichen Gruß bedanken. Claire ließ ihm einen Vorsprung, bevor sie ebenfalls wieder losfuhr, diesmal zur Sicherheit mit ausgeschalteter Beleuchtung.

Weiter ging es aus dem Ort hinaus. Die Gegend wurde immer einsamer, zu beiden Seiten hin lagen endlose Weinfelder, und Claire fühlte sich mit einem Mal unwohl. Hatte Patrice doch bemerkt, dass er verfolgt wurde? Womöglich lockte er sie in eine Falle? Carlos hatte ihm sicher von ihrem Auftritt erzählt. Sie musste auf der Hut sein und durfte sich keine Unaufmerksamkeit erlauben.

Noch eine ganze Weile dauerte die Fahrt durch die dunkle Landschaft. Als Claire sich gerade zu fragen begann, wie lange Patrice eigentlich fahren wollte, zog dieser links rüber und hielt vor einem schmiedeeisernen Tor. Sie trat sofort auf die Bremse. Aus der Entfernung beobachtete sie, wie nach wenigen Sekunden die Torflügel aufglitten und der Porsche in den Privatweg abbog. Kurz danach schloss sich das Tor erneut. Claire wartete ab, aber nichts geschah.

Als eine Viertelstunde vergangen war, stieg sie aus und pirschte sich an die Toreinfahrt heran. In der Ferne erkannte sie die Umrisse eines Anwesens. Während im Erdgeschoss alles dunkel war, schien im ersten Stock Licht durch ein Fenster. Claire betrachtete die gemauerten Torpfosten. An der rechten Seite war eine Tafel eingelassen. Sie prägte sich die Inschrift ein, dann ging sie zu ihrem Wagen zurück. Morgen würde sie Patrice einen Besuch abstatten.

Jäh wallte die Müdigkeit in Claire auf, als sie sich in den Sitz fallen ließ. Nach der fast einstündigen Verfolgungsjagd fühlte sie sich schlagartig ausgelaugt. Selbst bei einer gemäßigten Fahrt wie heute musste sie doch die ganze Zeit über hochkonzentriert bleiben. Claire schaltete das Navi ein. *Merde* – von hier dauerte es noch mal eine geschlagene Dreiviertelstunde bis zu ihrem Zuhause! »*Alors*«, dachte sie, »noch eine Runde Feueratmung und danach: ZAZ, gib mir Kraft!«

Kapitel 10

Freitag, 15. September

Nach der nächtlichen Aktion gönnte sich Claire den Luxus, auf einen Wecker zu verzichten. In ihrem Beruf war es ausgesprochen wichtig, ausgeschlafen zu sein. Auch wenn manche ihrer Kollegen meinten, rund um die Uhr arbeiten zu müssen, um zu zeigen, wie tief sie sich in ihre Ermittlungen stürzten, sah Claire das anders. Schon ein geringes Schlafdefizit konnte ihre Reaktionen verlangsamen, und das hatte im schlimmsten Fall fatale Folgen.

Schließlich stand sie auf, schwamm ein paar Runden im Pool und bereitete sich ein schnelles Frühstück aus Müsli mit Pfirsichen und Mirabellen zu. Dazu ein guter Kaffee, und sie fühlte sich fit für den Tag. Anschließend ging sie in ihr Arbeitszimmer und startete den Computer.

Sie suchte im Netz nach den beiden Adressen, zu denen sie Patrice in der vergangenen Nacht gefolgt war. Zu dem Reihenhaus in Martillac fand sie keinen Eintrag. Die zweite Station war hingegen ergiebiger. Dort würde sie nachher noch einmal vorbeifahren.

Claire öffnete ihren Facebook-Account und gab in dem Suchfeld Patrices Namen ein, erhielt jedoch kein Ergebnis. Délia war in dem sozialen Netzwerk leider ebenfalls nicht unterwegs, das hatte Claire schon früher überprüft. In diesem Moment fiel ihr etwas ein. Rasch griff sie nach ihrem Block und blätterte in den Notizen, die sie sich vom Gespräch mit dem aufdringlichen Studiengangleiter Monsieur Hourcade gemacht hatte, und tippte *Olive Simonet* in die Suchmaske.

Sie wurde direkt fündig. Nicht nur hatte Délias Kommilitonin ihre Seite mit allen möglichen Infos ausgestattet, darunter eine E-Mail-Adresse und sogar eine Mobilnummer, sondern Claire fand darüber hinaus auch mehrere Bilder, auf denen sie Délia wiedererkannte. Eines davon zeigte die beiden mit einer dritten Frau. Olive hatte sie markiert und mit deren Profil verlinkt. Es handelte sich um Vivienne Tarreau, der zweite Name, den Claire sich notiert hatte. Und sie war ebenfalls mit ihren Kontaktdaten vertreten. Social Media ersparten Claire wie schon oft aufwendigere Nachforschungen.

Sie probierte es zunächst mit Olives Telefonnummer. Es klingelte einige Male, dann sprang die Mailbox an, und Claire legte auf. Bei Vivienne dagegen hatte sie Glück: Bereits nach dem zweiten Läuten antwortete die Studentin. Claire stellte sich vor und erläuterte den Grund ihres Anrufs.

Vivienne erklärte, sie habe sich Sorgen gemacht, weil Délia nicht in der Uni war und auch nicht ans Telefon ging. »Wie kann ich Ihnen helfen?«, fragte sie.

»Vielleicht könnten wir uns morgen kurz treffen? Wäre das für Sie möglich?«

Die Studentin schlug *La Cantine* in *Le Garage Moderne* im Bacalan vor, und sie verabredeten sich für elf Uhr.

»Ach, Vivienne, eine Frage habe ich noch. Kennen Sie einen Mann namens Patrice? Délia hat offenbar mit ihm Kontakt.«

»Patrice ...« Vivienne schien nachzudenken. »Ach ja, so ein Typ aus diesem Club – *Le Poisson Qui Chasse* –, wo Délia arbeitet. Ich habe ihn einmal flüchtig gesehen und ein paar Worte mit ihm gewechselt, als ich Claire dort besucht habe. Wieso, was ist mit ihm?«

»Könnte es sein, dass Délia mit ihm zusammen war?«

»Auf keinen Fall. Das wüsste ich.«

»Es wirkt so, als habe sie mehr mit ihm zu tun gehabt.«

»Echt? Davon hat sie nie etwas erzählt.«

»Was ist dieser Patrice Ihrer Meinung nach für ein Typ?«

»Oh … ich bin ihm nur dieses eine Mal begegnet, und auch da nur sehr kurz.«

»Ein erster Eindruck, ein Bauchgefühl, das reicht mir schon vollkommen.«

»Ich halte ihn für einen Proll. So einer, der sich gern aufspielt, viel Lärm um seine Person macht. Nicht so viel dahinter, im Kopf, meine ich. Überhaupt nicht Délias Kragenweite.«

»*Bon, merci*, Vivienne. Dann sehen wir uns morgen.«

Allmählich wurde es Zeit, zu Patrice rauszufahren. Doch wie und mit welcher Begründung sollte sie in sein Leben platzen? Claire überlegte. Carlos hatte ihm bestimmt ihr Aussehen genauestens beschrieben. Wenn Patrice tatsächlich etwas mit Délias Verschwinden zu tun hatte, war er nun gewarnt und wusste, dass nach ihr gesucht würde.

Sie würde sich maskieren müssen. Als jemand anders auftreten. Claires Blick fiel auf den geöffneten Laptop. Viviennes Profilbild leuchtete ihr entgegen. Sie war Patrice einmal begegnet, flüchtig, hatte sie gesagt. Das könnte eine Möglichkeit sein, an die Claire anknüpfen konnte. Sie schaute genauer hin: Die Studentin trug ihr kastanienbraunes Haar zu einem Bob mit kurzem Pony geschnitten. Hatte Claire nicht eine solche Perücke in ihrem Fundus?

Sie lief in ihr Ankleidezimmer hinüber und öffnete die schwere Holztruhe mit den filigranen Schnitzereien, in der ihre

Großmutter als junge Frau ihre Aussteuerwäsche aufbewahrt hatte. Jedes Mal, wenn Claire es mit neuer Bettwäsche versuchte, die binnen kürzester Zeit die Form verlor, fehlende Knöpfe oder sich öffnende Nahtstellen aufwies, war sie froh, dass sie sich nicht von *grand-mamans* Leinenlaken und den weißen Bettbezügen mit Spitzenbesatz getrennt hatte. Als Claire sie nach ihrem Einzug beim Durchstöbern der alten Erbstücke gefunden hatte, waren sie in die Wandschränke im Flur gewandert.

In der Aussteuertruhe hingegen bewahrte sie nun ihre Perücken auf. Von all ihren Ermittlungen hatte sich mittlerweile eine breite Palette an Farben und Längen angesammelt. Zwischen blonden Engelslocken, einer schwarzbraunen Kurzhaarperücke und unterschiedlichsten Rotvarianten fand Claire den gesuchten kastanienfarbenen Bob. Sie zog ihn heraus und betrachtete ihn prüfend. Tatsächlich ähnelte er Viviennes Frisur enorm. Dazu wählte sie ein ärmelloses, flaschengrünes Minikleid mit weißen Tupfen und Stehkragen und weiße Peep-Toes mit kleinen Absätzen.

Als Claire eine halbe Stunde später geschminkt und mit Perücke vor dem dreiteiligen Spiegel in ihrem Ankleidezimmer stand, erkannte sie sich fast selbst nicht wieder. Jedes Mal war sie aufs Neue davon fasziniert, wie sehr eine Perücke und ein anderer Look einen Menschen doch veränderten. Eingehend überprüfte sie an ihrem Rechner das Foto von Vivienne Tarreau und verglich es mit einigen weiteren Bildern. Zweifellos hatte Vivienne braune Augen. Claire ging ins Badezimmer und zog eine Schachtel hervor, in der sie farbige Kontaktlinsen aufbewahrte. Hoffentlich gab es noch ein Paar in Braun. Blaue musste sie jedenfalls unbedingt nachbestellen, die Letzten hatte sie bei Ermittlungen im Frühjahr verwendet. Zum Glück fand sie welche in einem warmen Rehbraun. Claire setzte sie ein, korrigierte die verwischte Wimperntusche mit einem Q-Tip, packte Block, Stift und ihre üblichen Utensilien in eine weiße Segeltuchtasche und verließ das Haus.

Im Garten traf sie auf Philippe, der die Tomatenpflanzen neu festband.

»*Salut*, Philippe, bist du schon lange da?«

»*Bonjour*, Madame ...«

An seiner überraschten Miene las sie ab, dass er sie nicht erkannte. Sie lachte los.

»Claire? Bist du's?«

»Großartig! Wenn sogar du auf meine Aufmachung reinfällst, wird es bei Patrice garantiert funktionieren.«

»Ich bin beeindruckt.« Er erhob sich, zog seine Handschuhe aus und umarmte sie. Dann sah er prüfend an ihr herunter. »Steht dir, der Look.«

»*Merci*.« Mit einem koketten Augenaufschlag vollführte sie eine halbe Drehung.

»Du kommst also in deinem Fall voran?«

»Mal sehen, wie das heutige Treffen läuft.«

»Und dein Blogpost mit den Bioweinen?«

»Ups.«

»Vergessen?«

»Sagen wir lieber, ich war schwer beschäftigt.« In knappen Sätzen schilderte sie ihm ihren zweiten Besuch im *Le Poisson Qui Chasse*. Vorsichtshalber ließ sie einige Details ihrer Begegnung mit Carlos aus. Trotzdem machte sich auf Philippes Gesicht ein besorgter Ausdruck breit.

»Warum hast du mir nicht Bescheid gesagt? Ich hätte dich begleitet.«

»Hey, ich bin ein großes Mädchen.« Sie zwinkerte ihm zu. »Aber etwas anderes – neulich hast du mir deine Hilfe bezüglich meines Blogartikels angeboten. Was hältst du von einer privaten Weinprobe morgen Abend? Drei Weine zum Testen sind noch da.«

»Ein unwiderstehlicher Vorschlag – ich werde mich hüten, abzulehnen.« Philippe zog seine Handschuhe wieder an. »Du kannst gern so aussehen wie jetzt – das fände ich spannend.«

»Ah, *bon* – mal eine Abwechslung zur devoten Krankenschwester oder züchtigenden Lehrerin?«

Philippe lachte. »Routine schafft Langeweile, und Langeweile gehört verbannt.«

Claire lachte ebenfalls. Sie warf sich die Segeltuchtasche über die Schulter, winkte ihm zu und lief zur Garage hinüber.

Gegen Mittag traf Raoul beim Château de Venette-Rebeyrol ein. Er überquerte den Parkplatz, und sein Blick blieb an den Solarpaneelen auf dem Dach einer Halle hängen. Ihm fielen Mathilde Pasquets Worte bezüglich der Umstellung auf organischen Weinanbau ein und die ablehnende Haltung der Dubos. Die Paneele stammten sicherlich noch aus der Zeit, als Anaïs hier das Zepter geschwungen hatte.

Ehe er das Hauptgebäude betrat, schaute sich Raoul draußen um. Vielleicht hatte er ja Glück, und Jeanne Dubos hielt sich bei den Nebengebäuden auf. Dieses Mal würde er gern den Überraschungseffekt ausnutzen.

So schlenderte er eine Weile über das Gelände des Weinguts. Was für eine Verantwortung es doch war, ein solches Anwesen zu bewirtschaften. Das hatte er bereits gestern gedacht, als er Château Pasquet-Castagnol besucht hatte. Eric hatte recht, die klassifizierten Weingüter besaßen einige nicht zu unterschätzende monetäre Vorteile. Gleichzeitig gab es enorm viel zu beachten, zu kontrollieren und zu regulieren. Nichts durfte dem Zufall – oder der Natur – überlassen werden. Es waren eben keine kleinen Familienbetriebe mehr, sondern Unternehmen mit zig Angestellten. Da ging es gleich um zahlreiche Existenzen, wenn es mal eine Ernte verhagelte.

Raoul lief an Hallen vorbei, in denen aus den Trauben der kostbare Saft gewonnen wurde, bis zum äußeren Rand des Geländes, wo unter einer Überdachung Erntegeräte aller Art standen. Neben einem Traktor hockte ein Mann und schraubte an dem Fahrzeug herum. Er hatte verstrubbeltes weizenblondes Haar und steckte in einer schmutzigen Latzhose samt schweren Arbeitsstiefeln. Raoul trat zu ihm. »Bonjour, Monsieur.«

Ein wettergegerbtes Gesicht undefinierbaren Alters sah fragend von unten zu ihm auf.

»Ich suche Jeanne Dubos. Haben Sie sie vielleicht gesehen?«

»Heut noch nicht.« Der Mann legte den Schraubenzieher beiseite und wischte sich über die Stirn. »Kann von mir aus auch so bleiben.«

»Arbeiten Sie hier?«

»Na, wonach sieht's denn aus?«

Raoul seufzte innerlich. Sosehr er bei der Begegnung mit Frauen wie Mathilde Pasquet im Vorteil war, so sehr stieß er bei einem gewissen Männertyp – älter, dicker, kleiner, haarloser, weniger kultiviert oder beruflich unzufrieden – auf Widerstand. Den es mit Offenheit zu überwinden galt, wenn sich Raoul von einem Gespräch etwas erhoffte. Und von diesem erhoffte er sich etwas, ohne dass er erklären konnte, warum und was genau. Also zwang er sich, freundlich zu bleiben, und lächelte sein Gegenüber kumpelhaft an. »Alors, Monsieur, mein Name ist Raoul Chénier. Ich bin Commandant bei der police nationale, und ich bin hier, weil ich in der Angelegenheit um die frühere Besitzerin ermittle – Anaïs de Venette.«

Die Miene des Mannes erhellte sich. »Madame de Venette –

ach, wäre das schön, wenn sie zurückkommen würde.« Unsicher sah er Raoul an. »Sie kommt nicht zurück, n'est-ce pas?«

Raoul schüttelte den Kopf.

Augenblicklich legte sich ein Schatten über das Gesicht des Arbeiters. »Hab ich mir gedacht. Hat sich alles so lang hingezogen. Konnte ja nicht mehr gut werden.« Er ließ den Kopf hängen, schaute dann aber wieder zu Raoul auf. »Sie dürfen mir nix sagen, vermute ich mal.«

»Keine Details natürlich. Nur das, was offiziell ist. Die Leiche von Madame de Venette wurde an der *Dune du Pilat* gefunden.«

»Die Mumie?« Ruckartig erhob sich der Mann. Er sah fassungslos aus. Einige Momente verharrte er mit eingefrorener Mimik.

»Wir sind dabei, die Ermittlungen wieder aufzurollen.«

Zögernd nickte der Mann, kramte eine Packung Gauloises aus der Brusttasche seiner Latzhose und zog mit zitternden Händen eine Zigarette heraus. Dann hielt er die Schachtel Raoul hin. »Auch eine?«

»Gern, *merci*.« Eigentlich hatte er nach seinem Weggang aus Lyon damit aufgehört. Doch ab und zu – sehr selten – gönnte er sich eine Ausnahme. Außerdem wäre es fatal gewesen abzulehnen, wo das Eis zwischen ihnen gerade zu schmelzen begann.

Schweigend standen sie nebeneinander und rauchten. Zwei Männer, wildfremd, deren Leben bis jetzt keinerlei Berührungspunkte hatten. Die mit einem Mal verbunden waren durch den Tod einer Frau.

Und filterlose Gauloises. Raoul spürte das Beißen in der Lunge bei den ersten Zügen. Im Grunde schmeckte es widerlich. Dann setzte die Entspannung ein. Ach ja, so fühlte sich das an. Erinnerungen an Raucherpausen im *Commissariat* von Lyon stiegen in ihm hoch. An die *Cig* zum Espresso, nach einem guten Essen.

An die im Bett, die er sich mit Daphne teilte, nachdem sie sich geliebt hatten, ihre Haut noch so nah, ihr Duft -

Raoul wischte die Gedanken fort. Er nahm den letzten Zug und trat die Zigarette aus. Keine weitere in den kommenden Wochen. Erneut wandte er sich zu dem Mann neben ihm, den er tatsächlich um gute zehn Zentimeter überragte. Doch Raoul war sich sicher: Das würde jetzt keine Rolle mehr spielen. »Monsieur ...?«

»Fraboulet. René Fraboulet. Ich bin zweiter Traktorist.«

»Monsieur Fraboulet, darf ich Ihnen einige Fragen stellen?«

»*Mais, bien sûr!*«

»Wenn ich Sie richtig verstanden habe, dann haben Sie schon hier gearbeitet, als Madame de Venette das Weingut führte?«

»Ich war schon hier, als ihr Mann noch gelebt hat. Der gute Antoine. Schweigsam, aber grundanständig. Und seine Frau, die Anaïs, die ist von einem ganz anderen Schlag gewesen als – Jeanne Dubos.« Er sprach den Namen voller Verachtung aus. »Die hatte Charakter. Und Power. Und Stil. Und Ideen. Streng, aber fair. Verstehn Sie? Die Dubos sind bloß scharf aufs Geld. Und gleichzeitig geizig. Wollen nix reinstecken in das Weingut, aber möglichst viel rausziehen. Wenn die so weitermachen, wird das alles irgendwann den Bach runtergehen. Eine Schande. Bin schon dabei, mir was Neues zu suchen. Ist aber nicht so leicht. Verstehn Sie?«

Raoul machte eine vage Bewegung mit dem Kopf. Dann fragte er: »Gibt es etwas über die Dubos, das Ihnen aufgefallen ist?«

»Was meinen Sie?«

»Na, irgendwas, das Ihnen seltsam vorkam. Im Zusammenhang mit dem Verschwinden Ihrer ehemaligen Chefin.«

»Ach so, Sie verdächtigen die? Das hat dieser andere Cop vor drei Jahren doch auch schon gemacht. Konnte ihnen aber nix anhängen. Dabei ...« René Fraboulet sinnierte vor sich hin. »Es würd mich nicht mal wundern, wenn sie wirklich was mit dem Tod von

Madame de Venette zu tun hätten. Raffgieriges Pack. Verstehn Sie?«

»Nur zu gut.« Raoul betrachtete den Mann, und die Begriffe *ehrliche Arbeit, mit den Händen, erdverbunden, Anstand, Würde* tauchten in ihm auf. »Irgendetwas aufgefallen ist Ihnen demnach nicht? Ich meine, wenn Sie versuchen, sich daran zurückzuerinnern, als Madame de Venette plötzlich weg war.«

»Herrje, das ist so lange her, das weiß ich nicht mehr. Aber wenn da was gewesen wäre, also, was Merkwürdiges, dann hätte ich das schon damals gesagt.«

Raoul wechselte das Thema. »Ich habe erfahren, dass Anaïs de Venette nach dem Tod ihres Mannes angefangen hat, auf ökologischen Weinbau umzustellen?«

René Fraboulet stieß ein kehliges Lachen aus. »Ach ja, dieses Bioding. Da hat unsere Chefin ganz schön was aufgewirbelt. Nach dem Tod ihres Mannes hat sie losgelegt. Wollte alles umkrempeln. Er war da wohl zu träge für. Ich war ja erst nicht so begeistert von dem Kram, aber dann … Sie hat uns erklärt, wie's um unsere Böden bestellt ist. Um die Insekten und so. Und dass dieses Chemiezeug, das wir auf die Trauben sprühen, auch für uns Menschen schädlich ist. Das hat mir eingeleuchtet. Eine ganz schöne Sauerei! Wir haben dann alle an einem Strang gezogen und sie unterstützt. War echt spannend damals. Hab viel gelernt dabei. Aber die Dubos –« Er machte eine abfällige Handbewegung in Richtung Hauptgebäude. »Die wollen nix davon wissen. Zu teuer. Schön beim Alten bleiben. Ja klar, es dauert natürlich, bis sich so ein Boden erholt hat. Aber erste kleine Erfolge haben wir damals schon gesehen. Die ersten Bienen seit Jahren! Und Schmetterlinge … Alles wieder weg.« Er sah traurig aus. »Ich hab jetzt nur Bewerbungen an Bioweingüter geschickt. Hoffe, es klappt bald.«

»Ich wünsche Ihnen viel Erfolg. Und herzlichen Dank für Ihre Zeit, Monsieur Fraboulet.«

»Da nicht für. Wenn Sie was finden gegen die Dubos, und ich kann von Nutzen sein, sagen Sie Bescheid. Ich bin dabei.«

»Gut zu wissen. Haben Sie eine Nummer für mich?« Raoul zog sein Notizbuch aus der Innentasche seines Sakkos. Er notierte sich die Telefonnummer, die René Fraboulet ihm diktierte, dann gab er ihm seinerseits seine Karte. »Au revoir, Monsieur Fraboulet.«

»Au revoir, Commandant. Ihnen auch viel Erfolg! Dass Sie den Schurken kriegen.«

Raoul lief denselben Weg zurück, den er gekommen war. Eine Frau in einer leuchtend pinken Caprihose verließ gerade eines der Nebengebäude. Unter ihrem einen Arm klemmte ein kleiner Karton, mit der anderen Hand hielt sie einen Korb, in dem sich einige Flaschen befanden. Raoul beschleunigte seine Schritte. Honigblondes halblanges Haar, Pony, füllige Figur – er war sich ziemlich sicher, dass es Jeanne Dubos war, auch wenn ihr Gesicht fast vollständig hinter einer überdimensionalen Sonnenbrille verschwand. Zielstrebig steuerte er auf sie zu. »Bonjour, Madame Dubos.« Er registrierte, dass sie leicht zusammenzuckte.

»Commandant ... Chénier –« Mit fahrigen Bewegungen stellte sie den Korb auf dem Boden ab. Beinahe wäre ihr dabei der Karton weggerutscht. Es gelang ihr gerade noch, ihn mit der freien Hand zu sichern. Mit einem Tonfall, der zwischen unwirsch und unsicher schwankte, fragte sie: »So schnell wieder hier? Dann haben Sie wohl Neuigkeiten bezüglich Anaïs?«

»Allerdings. Können wir einen Moment ungestört reden?«

Jeanne Dubos sah sich nervös um. »Heute ist –« Sie hielt inne, ehe sie in bemüht ruhigem Ton fortfuhr. »Wir können uns hinters

Haus setzen. Dort gibt es eine Veranda, die vom Anwesen abgeschirmt ist. Folgen Sie mir – *s'il vous plaît*.«

Während Raoul gemeinsam mit ihr das Hauptgebäude umrundete, betrachtete er die Châteaubesitzerin von der Seite. Irgendetwas schien sie verstört zu haben. Hatte womöglich Léon Pasquet sie nach Raouls gestrigem Besuch angerufen? Oder seine Frau Mathilde?

Jeanne Dubos führte ihn zu einer weinumrankten, offenen Laube. Unter anderen Umständen, in anderer Begleitung, wäre es ein romantisches Plätzchen gewesen. Solange man vom Kunstblumenstrauß und diversen Hundenippesfiguren absah. Auch hier hatte Jeanne Dubos ihren Kitschstempel aufgedrückt.

»Bitte, setzen Sie sich.« Sie wies auf eine Holzbank und zog sich ihm gegenüber einen Gartenstuhl heran. Selbst jetzt nahm sie ihre Sonnenbrille nicht ab, dabei saßen sie unter einem riesigen Sonnenschirm.

»Madame Dubos, wir haben die Ergebnisse der DNA-Überprüfung bekommen«, begann Raoul. »Bei der toten Frau, die an der *Dune du Pilat* gefunden wurde, handelt es sich zweifelsfrei um Anaïs de Venette. *Mes condoléances*.

Jeanne Dubos seufzte auf. »Ich habe schon damit gerechnet. Es wäre ja auch ein Wunder gewesen, wenn sie plötzlich wieder aufgetaucht wäre.«

»Warum ein Wunder?«

»Nun ja, nach dieser Zeit, drei Jahre, ich meine ...« Jeanne Dubos knetete ihre Hände. Wie bei seinem letzten Besuch, erinnerte sich Raoul.

»Madame Dubos, ich verstehe, dass das alles sehr schwer für Sie sein muss, die Tatsache, dass Ihre Schwägerin offensichtlich Opfer eines Gewaltverbrechens geworden ist.« Raoul machte eine kurze Pause, um eine Reaktion seines Gegenübers abzuwarten.

»Das ist es in der Tat. Ich mag mir gar nicht ausmalen – die arme Anaïs!« Anscheinend merkte Jeanne Dubos selbst, wie hohl ihre Worte sich anhörten, denn sie brach ab und schwieg einen Moment. Schließlich setzte sie neu an, und dieses Mal klang sie aufrichtig. »Hat sie, hat sie ... gelitten?«

»Es sieht so aus, als sei es recht schnell gegangen. Vermutlich war sie gleich bewusstlos.«

Jeanne Dubos verzog das Gesicht.

»Ich weiß, dass das eine belastende Situation für Sie ist«, fuhr Raoul fort. »Trotzdem muss ich Ihnen dazu einige Fragen stellen.«

»Ich verstehe.«

»Vermisst gemeldet haben Sie Ihre Schwägerin am Montag, dem neunzehnten Mai 2014. Wann haben Sie sie davor zuletzt gesehen?«

»Das ist schon eine Weile her gewesen. Damals lebten wir noch in Angoulême. Wir haben uns nicht so häufig gesehen.«

»Wie ist Ihnen überhaupt aufgefallen, dass Anaïs de Venette verschwunden war?«

»An dem Wochenende hatte mein Mann Geburtstag. Wir hatten Anaïs zum Mittagessen eingeladen. Das war Tradition bei uns. Und seit Antoines Tod haben wir das beibehalten. Sie war ja ... sie hatte ja sonst niemanden.« Jeanne Dubos räusperte sich. Sie stand auf, ging zu einem Beistelltisch und goss sich ein Glas Wasser aus einer Karaffe ein, die dort bereitstand. »Möchten Sie auch etwas?«

»Gern.«

Nachdem sie ein Glas vor Raoul gestellt und sich gesetzt hatte, fuhr sie fort: »Als Anaïs nicht kam, habe ich versucht, sie anzurufen. Ihr Handy war ausgeschaltet. Also habe ich es direkt im Château probiert. Dort erfuhr ich, dass keiner sie an dem Tag gesehen hatte. Dann fing man an, auf dem Weingut nach ihr zu suchen.

Am nächsten Tag rief mich ein Angestellter an. Sie sei unauffindbar, niemand wisse, wo sie sei.«

»Und der Wagen von Madame de Venette ist nicht mehr aufgetaucht?«

»Nein.«

»Was war es für ein Wagen?«

»Das habe ich doch alles damals schon angegeben. Haben Sie die Akte denn nicht gelesen?« Jeanne Dubos klang gereizt.

»Natürlich habe ich das. Aber damals war mein Vorgänger zuständig. Und ich höre es lieber noch einmal von Ihnen persönlich.«

»Anaïs fuhr einen schwarzen Alfa Romeo.«

Jetzt war es Raoul, der sich räusperte. »Ich hoffe, Ihnen ist klar, Madame Dubos, dass Sie und Ihr Mann zum Kreis der Verdächtigen zählen.«

Erschreckt sah Jeanne Dubos ihn an. »Aber – wir haben ihr nichts getan! Haben Sie mir eben nicht zugehört? Wir haben versucht, sie zu finden! Wir sind zur Polizei gegangen. Wieso hätten wir ihr etwas antun sollen?«

Je aufgeregter Jeanne Dubos wurde, umso ruhiger bemühte sich Raoul selbst zu bleiben. In gemessenem Ton erklärte er: »Immerhin sind Sie und Ihr Mann durch das Verschwinden Ihrer Schwägerin die neuen Eigentümer von Château de Venette-Rebeyrol geworden. Man erbt nicht alle Tage ein klassifiziertes Château – auch wenn es zunächst einmal vorübergehend war. Und wie mir zugetragen wurde, hatte es Sie nach dem Tod Ihres Bruders bereits gestört, dass eine Eingeheiratete nun das Weingut weiterführte, das sich seit Generationen im Besitz Ihrer Familie befand.«

»Wer behauptet das?«

»Das ist unerheblich.«

»Das ist eine Unterstellung! Eine perfide Lüge!«

»Dann stimmt es also nicht, dass Ihre Schwägerin und Sie sich nicht besonders gut verstanden haben?«

»Ich – wir – Anaïs –« Jeanne Dubos atmete tief durch. »Wir waren keine engen Freundinnen, das ist richtig. Aber das bedeutet noch lange nicht, dass ich sie – dass ich ihr etwas antun würde. Und ja, ich war enttäuscht. Ein Familienbesitz wie dieser ... ich bin hier aufgewachsen, habe meine Kindheit, meine Jugend auf diesem Anwesen verbracht. Und nur weil ich die Tochter war und jünger –« Sie steigerte sich immer stärker in ihre Erklärungen hinein. Mit ausschweifenden Gesten untermalte sie ihre Sätze. »Nie hat es zur Debatte gestanden, ob ich vielleicht Papas Nachfolge antreten wolle. Von Anfang an war klar gewesen, dass das Antoines Aufgabe sein würde.« Vor lauter Aufregung fegte sie eine Terrierfigur vom Tisch.

Raoul wartete auf das Klirren, doch es blieb aus. Offenbar war die Figur aus Plastik. Was auch sonst.

Jeanne Dubos bückte sich, um die Figur aufzuheben. Für den Bruchteil einer Sekunde verrutschte ihre Sonnenbrille, und ein violettroter Bluterguss schillerte Raoul entgegen.

Eindringlich sah Raoul sie an. »Madame Dubos, gibt es etwas, das Sie mir anvertrauen möchten?«

Schweigend schaute Jeanne Dubos zu Boden.

Mit sanfterer Stimme fügte er hinzu: »Ich meine nicht die Angelegenheit mit Ihrer Schwägerin.«

»Ich bin gestürzt.«

»Madame Dubos, Sie brauchen mir nichts vorzuspielen. Ich habe oft genug mit Fällen von häuslicher Gewalt zu tun gehabt.« Raoul streckte vorsichtig die Hand aus, um sie auf ihre zu legen, hielt dann jedoch inne. »Wenn Sie möchten, rufe ich eine Kollegin an, die –«

Energisch hob Jeanne Dubos das Kinn. »Das ist nicht nötig, *merci*. Es war ein Ausrutscher. Wir hatten einen heftigen Streit.«

»Sie und Ihr Mann?«

»Es ist schon wieder erledigt. Gérard ... er ist manchmal etwas heißblütig. Aber er meint es nicht so, ich weiß, dass er mir nicht wehtun will. Ich habe ihn provoziert, und er ist – es ist ein altes Muster, er kämpft dagegen an. Nur ab und zu, da passiert es doch noch mal.«

»Macht Ihr Mann eine Therapie wegen seiner Gewalttätigkeit?«

Jeanne Dubos schwieg erneut.

»Das sollte er tun, wenn er dermaßen die Kontrolle verliert, dass er Sie schlägt.« Raoul spürte in sich eine Mischung aus Zorn und Hilflosigkeit aufwallen, wie immer, wenn er mit Situationen von Gewalt in Familien konfrontiert wurde. In fast allen Fällen deckten, entschuldigten und rechtfertigten die Opfer das brutale Verhalten der Täter. Er bezwang seine Gefühle und sagte so behutsam wie möglich: »Sie sind nicht schuld. Und bitte, nehmen Sie Ihren Mann nicht in Schutz.«

Ein junger Mann mit dunklem, gegeltem Haar erschien in der Torbogenöffnung der Weinlaubwand. »Hier bist du, *maman*, ich habe dich schon gesucht. Wir brauchen dringend den Weißen. Und die Broschüren.«

»Die Sachen stehen dort, nimm sie ruhig schon mal mit.« Jeanne Dubos wies zum Eingang der Laube hinüber. Wie bei ihrem ersten Gespräch zwei Tage zuvor, als unvermutet ihr Mann aufgetaucht war, schnellte ihre Stimme ein wenig in die Höhe. »*Pardon*, ich bin aufgehalten worden, ich komme gleich.«

»*D'accord.*« Ohne weitere Worte nahm der junge Mann Korb und Karton und verschwand.

Jeanne Dubos wandte sich wieder an Raoul. »Das war mein

Sohn. Er betreut den Verkaufsraum. Er unterstützt mich, wo er nur kann.«

Raoul griff in die Innentasche seines Sakkos und holte einen Stapel Visitenkarten hervor. Die meisten davon waren seine, aber daneben hatte er stets ein paar andere dabei mit Telefonnummern und Adressen diverser Anlaufstellen. »*Bon*, Madame, es ist Ihre Entscheidung, was Ihren Mann betrifft. Falls Sie Ihre Meinung ändern ...« Er schaute die Kärtchen durch, zog eines heraus und legte es auf den Tisch. »Hier können Sie sich melden. Auch anonym.«

Jeanne Dubos ignorierte es. »Haben Sie weitere Fragen bezüglich Anaïs?«

»In der Tat, das habe ich.« Raoul verstaute die Visitenkarten wieder in seinem Sakko. Mehr konnte er nicht für sie tun. »Ferner habe ich nämlich erfahren, dass Anaïs de Venette begonnen hatte, auf ökologischen Weinanbau umzustellen. Und dass Ihr Mann und Sie, nachdem Sie das Château übernommen haben, diesen Prozess sofort rückgängig gemacht haben.«

»Ist das etwa ein Verbrechen?«

»Natürlich nicht. Es interessiert mich nur, warum Sie sich zu diesem Schritt entschieden haben.«

»Wir sind nicht überzeugt von diesem ganzen Biogedönse. Jahrzehntelang hat es gut funktioniert, wie es ist. Und nun auf einmal dieses ständige Gerede von wegen keine Chemie. Das ist doch bloß Geldmacherei. Wissen Sie, was so eine Umstellung kostet? Und bis man seine Produkte erst mal »biozertifiziert« nennen darf, dauert es eine kleine Ewigkeit! Bisher haben die Weine schließlich auch geschmeckt, oder etwa nicht? Und krank geworden ist auch niemand davon. Außerdem – ob das wirklich klappt, alles rein natürlich – da sollen keine Schädlinge kommen? *Bof*, wer Anaïs wohl damals diesen Floh ins Ohr gesetzt hat, möchte ich

gern wissen. Zum Glück haben wir das noch verhindern können.«
Im nächsten Moment schien sie zu begreifen, dass der Commandant diese Aussage durchaus gegen sie verwenden konnte. Beschwichtigend hob sie die Hände: »Ich meine, selbstverständlich hat das nichts mit – *alors*, das Verbrechen, das ist ja ganz was anderes. Wir hätten auch, also, wir haben schon vorher mit ihr darüber diskutiert und hätten nicht so ohne Weiteres aufgegeben. Aber wir hätten ihre Entscheidung natürlich letztendlich akzeptiert.« Jeanne Dubos sah verzweifelt aus. »Commandant, ich weiß, es sieht für Sie so aus, als hätten wir ... als wäre das ein Grund für uns, ein Motiv. Aber so war es nicht. Wir haben ihr nichts angetan.«

»*Bon*, ich nehme Ihre Worte zur Kenntnis.« Raoul erhob sich. »Dennoch brauche ich eine Auflistung Ihrer Aktivitäten von den Tagen vor Anaïs de Venettes Verschwinden. Am besten mit Angaben von jemandem, der es bezeugen kann. Das Gleiche gilt für Ihren Mann.« Er hielt einen Moment inne, dann fügte er hinzu: »Und für Ihren Sohn ebenfalls.«

Jeanne Dubos fuhr auf. »Patrice hat nichts getan. Er hat überhaupt gar nichts mit dieser Geschichte zu tun. An dem besagten Wochenende war er nicht mal da.«

»Wenn er unschuldig ist, muss er auch nichts befürchten.« Raoul wandte sich zum Gehen. »Bitte lassen Sie mir Ihre Aufstellung Anfang der Woche zukommen. Sie haben ja meine Kontaktdaten, *n'est-ce pas?*«

Raoul verabschiedete sich, verließ die Weinlaube und kehrte zum Parkplatz zurück. Neben seinem Wagen parkte ein weißer MINI, aus dem soeben eine junge Frau in einem grünen Kleid mit weißen Tupfen ausstieg.

Sein Blick streifte sie kurz, hübsche Silhouette, dachte er

noch, als sie sich zu ihm umdrehte. Überrascht sah sie ihn an und machte einige Schritte auf ihn zu.

Kapitel 11

»Commandant Chénier, dass ich Sie hier treffe!«

»Pardon – kennen wir uns?«

»Claire Molinet – wir sind uns vor ein paar Tagen an der *Dune du Pilat* begegnet.«

Raoul Chénier starrte sie verständnislos an. In dieser Sekunde durchfuhr es Claire siedend heiß. War sie von allen guten Geistern verlassen? Wie konnte sie vergessen, dass sie sich als Vivienne Tarreau zurechtgemacht hatte!

Sie senkte die Stimme: »*Excusez-moi*, ich vergaß, dass ich heute anders aussehe. Ich bin beruflich hier.«

Nächster Fauxpas! Sie hätte einfach vorgeben sollen, dass sie sich geirrt habe. Warum war sie auf einmal so kopflos?

In Raoul Chéniers Gesicht arbeitete es. Schließlich setzte er zögernd an: »Claire Molinet – die Bloggerin?«

»Nein, ja – es ist so ...« Jetzt war es auch schon egal. »Eigentlich bin ich Privatdetektivin. Der Blog ist inzwischen eher ein Alibi.«

»Aha.« Der Commandant sah immer noch aus, als begriffe er nicht.

Claire neigte sich etwas mehr in seine Richtung: »Ich suche eine junge Frau, die seit einer Weile verschwunden ist. Sie hatte

Kontakt mit dem Sohn der Besitzer dieses Weinguts. Wegen ihm bin ich hier.«

»Patrice? Sieh mal an.«

»Sie kennen ihn?«

»Nicht wirklich. Aber Sie haben Glück, ich habe ihn eben erst gesehen. Ich denke, Sie werden ihn im Verkaufsraum im Hauptgebäude finden. Gleich hinter dem Empfangsbereich.«

»*Merci.*« Claire lächelte ihn an. Commandant Chénier hatte heute wohl seine schroffe Seite zu Hause gelassen. Oder lag es daran, dass sie ihn mit ihrer Verkleidung ungewollt überrumpelt hatte?

»*Bon*, da sind Sie ja so etwas wie … eine Kollegin.« Er kniff die Augen leicht zusammen, um den Mund zeigte sich ein amüsierter Zug. »Das erklärt immerhin Ihre Fachkenntnisse bei unserer Dünenbegegnung.«

»Und was führt Sie hierher? Hat es mit der Mumie zu tun?«

»In der Tat.« Raoul Chénier senkte die Stimme. »Ihnen muss ich ja nicht erklären, dass ich Details nicht nennen darf.«

»Allerdings ist es schon eigenartig, dass sowohl Ihr Fall als auch meiner zu diesem Château führen.«

»Sie meinen, dass es da eine Verbindung gibt?«

Claire zuckte vage mit den Schultern. »Wir wissen beide aus unserer Arbeit, dass nichts ausgeschlossen ist, *n'est-ce pas?*«

»Ich sehe zwar derzeit keinen roten Faden, aber vielleicht haben Sie recht. Möglicherweise sollten wir uns austauschen.«

»Wenn Sie das vorschlagen, Monsieur le Commandant, sage ich gewiss nicht *non.*« Claire schenkte ihm einen koketten Augenaufschlag.

Zu ihrer Überraschung fragte Raoul Chénier: »Wie wäre es heute Abend?«

»Ich habe Zeit. Was schlagen Sie vor?«

»Was halten Sie davon, wenn wir uns im *A Cantina Corse Comptoir* treffen und eine Kleinigkeit zusammen essen? Falls das Etablissement den Ansprüchen einer Foodbloggerin genügt.«

Claire lachte auf. »Ich habe es vor einer Weile getestet und für empfehlenswert befunden.«

»Na, da bin ich ja beruhigt. So gegen acht?«

»Wenn Sie den Tisch reservieren, werde ich da sein.«

»Abgemacht.« Raoul machte zwei Schritte auf seinen Wagen zu, drehte sich aber noch einmal um. »Ach, Madame Molinet?«

»*Oui?*«

»Kompliment für Ihren Look. Ich hätte Sie von allein nicht erkannt.«

Claire lief in Richtung Hauptgebäude. Nachdem der Commandant an ihr vorbeigerollt und sein Dienstwagen außer Sicht war, blieb sie stehen. Es irritierte sie, dass Raoul Chénier es mit seiner bloßen Präsenz geschafft hatte, sie derartig durcheinanderzubringen. Unvermutet aus der Rolle zu fallen, so etwas war ihr bisher noch nie passiert.

Sie versuchte sich wieder auf ihre Aufgabe zu konzentrieren. Wenigstens wusste sie dank des Commandant nun schon einmal, wo sie Patrice finden würde. Jetzt galt es, ihn in ein Gespräch zu verwickeln und hoffentlich irgendetwas über Délia herauszufinden. Als Vivienne Tarreau. Claire nahm sich Zeit, abermals in ihre falsche Identität hineinzuschlüpfen. Sobald sie das Gefühl hatte, sie in sich verankert zu haben, schaute sie sich aufmerksam um. Sie hatte bereits viele Weingüter im Bordelais besucht, doch das Château de Venette-Rebeyrol war nicht dabei gewesen. Ein imponierendes Anwesen im französischen Kolonialstil, eine architektonische Richtung, die ihr gefiel, anders als die zugehörige Politik. Weniger sagte ihr das Interieur zu. Claire war überrascht und leicht schockiert, als sie die Eingangshalle betrat und sich mit diversem Kitsch und wild zusammengewürfelten Stilen konfrontiert sah. Über Geschmack konnte man wirklich unterschiedlicher Ansicht sein, aber das hier tat dem Sehnerv einfach nur weh.

Sie verdrängte das in ihr aufwallende Missbehagen und blickte sich nach dem Verkaufsraum um. Schräg hinten rechts schien er zu liegen, hinter der viktorianisch angehauchten Lobbyecke. Claire durchschritt den Empfangsbereich und gelangte durch einen Torbogen in einen hellen, quadratischen Raum, in dem auf deckenhohen Regalen Weinflaschen und Minifässer ausgestellt waren. Daneben gehörten auch *Gelées de Vin*, *Crème de Saumon*, *Rillettes de Thon* und viele weitere Delikatessen zum Sortiment. An einer kleinen Bar im Hintergrund standen zwei Touristen im Rentenalter bei einer jungen Angestellten, die ihnen verschiedene Weine erklärte.

Claire entdeckte den Gesuchten sofort hinter dem Verkaufstresen auf der linken Seite: »Patrice, *salut!*« Mit einem gewinnenden Lächeln, das sie aus ihren Augen strahlen ließ, trat sie auf den dunkelhaarigen Mann zu. Bis auf die Gelfrisur sah er vollkommen anders aus als in der vergangenen Nacht. In seinem weißen Hemd, hoch geknöpft, aber mit aufgekrempelten Ärmeln, einer schwarzen Stoffhose und polierten Lederschuhen wirkte er durch und durch anständig. Der Halbstarkenlook war wohl sein zweites Gesicht.

»*Bonjour* ...« Patrice klang unsicher, als versuche er, sie irgendwo zu verorten, ohne dass es ihm zu gelingen schien.

»Ich bin Vivienne. Wir sind uns mal im *Le Poisson Qui Chasse* begegnet. Ich studiere mit Délia zusammen.«

Für einen winzigen Augenblick entglitten ihm die Gesichtszüge, ehe er mit professioneller Freundlichkeit sagte: »Ach ja, stimmt. *Ça va, toi?*«

Doch Claire hatte sie gesehen, die Angst, die in diesem kurzen Moment in seinen Augen aufgelodert war. »*Bien, merci.* Ich wollte mir gern euer Weingut ansehen. Und natürlich Wein kaufen. Was kannst du mir empfehlen?«

»Magst du lieber Weißen oder Roten?«

»Hm, von jedem eine Flasche, dachte ich.«

»Und soll es für einen bestimmten Anlass sein? Zu einem Essen? Oder einfach so, als purer Trinkgenuss?«

Er gab sich Mühe, seine Nervosität hinter gelassener Beratertätigkeit zu verstecken. Aber sein zuckendes rechtes Auge und der latent bemühte Ton erzählten etwas anderes.

»Ich weiß es noch nicht genau. Also am besten eher neutral.«

»In Ordnung, dann lass uns erst mal an die Bar gehen, und ich gebe dir was zum Testen.«

Sie gesellten sich zu den Touristen, und Patrice schenkte Claire Probiergrößen von vier verschiedenen Weinen ein. Fachlich fundiert präsentierte er ihr die unterschiedlichen Sorten.

»Der Rote hier schmeckt mir besonders gut. So vollmundig und erdig.« Claire trank den letzten Schluck. »Eigentlich hatte ich Délia fragen wollen, ob sie mit mir zu euch rausfährt. Doch ich konnte sie nicht erreichen.« Sie sah Patrice mit Unschuldsblick von der Seite an. »Du hast nicht etwa von ihr gehört?« Sie registrierte, dass sich seine Muskulatur in Schultern und Nacken verkrampfte. Er strengte sich immer stärker an, unbefangen zu wirken. Ganz eindeutig verheimlichte er ihr etwas. »Na, ich sehe sie bestimmt nächste Woche in der Uni. In den letzten Tagen ist sie nicht dort gewesen. Allerdings ... ewig kann sie ja nicht verschwunden bleiben.« Den letzten Satz sagte sie leichthin und ließ Patrice dabei nicht aus den Augen.

Er ging jedoch darüber hinweg und wies auf die Weißweine. »Beide sind zu zwei Dritteln Sauvignon Blanc und einem Drittel

Sémillon. Dieser ist ein 2014er«, er deutete auf das rechte Glas. »Ein Jahr, das wettertechnisch ein ziemliches Auf und Ab war. Der andere ist von 2015 – ein richtig guter Jahrgang. Aber versuche gern selbst.«

Claire kostete die Weine. »Der hier gefällt mir«, sie zeigte auf den linken. »Frisch und fruchtig zugleich. Ich schmecke Pfirsich und Akazien. Und darunter eine herbe Note von Rosmarin.«

»Also einmal den de Venette 2014 und dazu noch den Rebeyrol 2015.« Patrice lief zu dem hohen Regal hinüber und kam mit den entsprechenden Flaschen zurück.

»*Exactement.* Der Weiße ist genau nach Délias Geschmack. Doch das weißt du ja bestimmt.«

»Nee, weiß ich nicht. Du musst da irgendwas missverstanden haben.«

»Was meinst du?«

»Na, so gut kenne ich deine Freundin nicht.«

Stoisch legte er die beiden Weinflaschen in einen Karton mit Aufdruck des Châteauemblems.

»Falls du von ihr hörst –«

»Ich wüsste nicht, warum sie sich bei mir melden sollte. Sie arbeitet im Club von Carlos' Vater. Ich seh sie halt, wenn ich da bin und sie Dienst hat, aber sonst habe ich nichts mit ihr zu tun.« Mit einem Mal war sein Ton schneidend, und zwischen den Brauen grub sich eine steile Falte in seine Stirn.

»Nichts?« Claire sah ihn mit gespielter Naivität an und hielt den Blick. Ein alter Trick aus Bewerbungsgesprächen, den sie von ihrem Vater gelernt hatte: »Wenn dir jemand ein unverschämt niedriges Gehalt anbietet, wiederhole die Summe, und dann – schweige. Kein Wort, halte das Schweigen, halte es aus. Selbst wenn es dauert und sich für dich wie eine Ewigkeit anfühlt. In der

Regel kommt irgendwann irgendeine Antwort. Wichtig ist, dass du nicht diejenige bist, die zuerst spricht.«

Der Trick funktionierte auch in Situationen wie diesen. Nach einer Weile begannen Patrices Augenlider zu flackern. Er strich sich nervös über die gegelte Haarpracht, blickte zur Seite und wieder zu ihr, doch eher schräg an ihrem Gesicht vorbei. Schließlich sagte er: »Okay, im Club, da habe ich ab und zu – mich mit ihr unterhalten, aber mehr auch nicht. Und wo sie ist, weiß ich wirklich nicht.«

»Na ja, vielleicht weiß Carlos was.« Claire zahlte, klemmte sich den Karton unter den Arm und ging in Richtung Ausgang. Als sie sich noch einmal umblickte, sah sie, dass Patrice ihr hinterherschaute. Doch kaum trafen sich ihre Blicke, schaute er schnell weg.

Claire wandte sich wieder nach vorn und wäre beinahe mit einer fülligen blonden Frau zusammengestoßen, die mit ihrem geschmacklosen Kleidungsstil perfekt zur Inneneinrichtung passte. »Oh, *Pardon*, Madame.« Claire machte einen Schritt zur Seite.

»Ah, Sie sind fündig geworden? Wie schön.« Mit einem aufgesetzten Lächeln deutete die Frau auf den Weinkarton. »Ich habe Sie vorhin mit Commandant Chénier gesehen. Kennen Sie ihn gut?«

»Äh … was meinen Sie, bitte?«

»Draußen, beim Parkplatz, der Mann, mit dem Sie geredet haben.«

»Ach so. Keine Ahnung, wie er heißt. Ich habe ihn nur auf seinen Wagen angesprochen. Ich stehe auf so schicke Oldtimer.«

Claire verließ den Verkaufsraum. Ob das Patrices Mutter war? Eine eigenartige Person. Irgendetwas stimmte hier nicht.

Kapitel 12

Raoul schlenderte an der Église Saint-Pierre de Bordeaux vorbei und bog in die Rue des Bahutiers ein, die sich zwischen eng aneinandergedrängten Altbauten mit graubraunen Fassaden hindurchschlängelte. Im Viertel um die Kirche herum gab es zahlreiche Lokale unterschiedlicher Richtungen. Das A Cantina Corse Comptoir mit seinem Angebot an korsischen Tapas hatte er erst vor einigen Monaten entdeckt. Schön, dass es der Foodbloggerin Claire Molinet ebenfalls gefiel. Der getarnten Privatdetektivin, die es offensichtlich liebte, sich zu maskieren.

Ehe er das Commissariat verlassen hatte, war Raoul durch die Datenbanken der wenigen Studiengänge gesurft, die der Staat für private Ermittler anbot. Seit 2006 war der Beruf des Privatdetektivs in Frankreich geschützt, und lediglich zwanzig Auserwählte wurden jedes Jahr zum Studium zugelassen. Tatsächlich hatte Raoul Claire Molinet unter den Absolventen gefunden. Sogar mit Auszeichnung hatte sie abgeschlossen.

Während er nun die Restaurants und Weinbars passierte, die die schmale Straße zu beiden Seiten säumten, schmunzelte er in sich hinein. Welch ein Zufall, dass sie sich bei dem Weingut wiederbegegnet waren. Gleichzeitig begriff er immer noch nicht, was in ihn gefahren war. Er kannte diese Frau überhaupt nicht, hatte sie nur zweimal getroffen. Und jetzt verabredete er sich mit ihr zum Abendessen. Raoul hatte erwogen, das Treffen wieder abzusagen, hatte schon das Telefon in der Hand gehabt. Ein simpler Kaffee würde es schließlich auch tun. Dann hatte er entschieden, einfach mal spontan und unvernünftig zu sein. Wenn Frida Salles wüsste, dass er ausging, obwohl er mitten in einem Fall steckte! Doch die Worte waren wie von selbst aus seinem Mund herausgeperlt. Als hätte er danebengestanden, und jemand anders hätte für ihn diese Entscheidung getroffen.

Raoul näherte sich dem Eingang des Restaurants mit der türkisblauen Fassade, da erklang hinter ihm eine Stimme:

»*Bonsoir*, Monsieur le Commandant.«

Er drehte sich um. Claire Molinet kam aus der entgegengesetzten Richtung auf ihn zu. Sie trug einen schmal geschnittenen olivgrünen Overall mit einem roten Gürtel und hatte die langen dunkelblonden Haare zu einem lockeren Zopf geflochten. Dezentes Make-up, eine dünne, goldene Halskette, ansonsten keinerlei Schmuck. Nicht zu sexy, nicht zu romantisch oder elegant, eher ein lässiges, sommerliches Outfit. Raoul schätzte Claire als eine Frau ein, die die Wahl ihrer Kleidung bewusst traf. »*Bonsoir*, Madame Molinet. Man kann die Uhr nach Ihnen stellen.«

Sie lächelte ihm verschmitzt entgegen. »Wäre das hier ein Date, wäre ich natürlich erst in frühestens zehn Minuten aufgetaucht. Aber es ist ja ein Geschäftsessen, *n'est-ce pas?*«

Ihre freche Art gefiel ihm.

»*Absolument.*« Er öffnete ihr die Tür. »*Après-vous.*«

Kurz darauf saßen sie sich an einem Tischchen am Fenster gegenüber und studierten die Karte.

»*Vous avez choisi?*« Der Besitzer des Lokals, ein Korse mit markanter schwarzer Brille und dunklem, kurzem, leicht schütterem Haar, lächelte sie freundlich an.

Nachdem sie ihre Bestellung aufgegeben und ihren Wein erhalten hatten, hob Raoul sein Glas und sah Claire an. »Dann halte ich mal fest: Sinn und Zweck unseres heutigen beruflichen Essens ist es, nach einem möglichen roten Faden unserer aktuellen Fälle zu suchen, die beide mit dem Château de Venette-Rebeyrol beziehungsweise seinen Bewohnern zu tun haben. Richtig, Madame Molinet?«

»Ich hätte es nicht besser zusammenfassen können, Monsieur le Commandant.« Sie prostete ihm zu. »Wollen Sie beginnen?«

»Ich bitte Sie – Schönheit vor Alter.«

»Aha, ein Kavalier der alten Schule – soll ich knicksen?« Amüsiert zog sie eine Augenbraue hoch, ehe sie begann, ihm mit prägnanten Worten von dem Fall um die verschwundene junge Frau zu berichten. Raoul hörte ihr aufmerksam zu. Je länger sie sprach, umso mehr musste er anerkennen, dass sie ihre Hausaufgaben gemacht hatte.

Schließlich lehnte sich Claire auf ihrem Stuhl zurück. »*Bon*, so weit bin ich gekommen. Irgendwelche Anmerkungen Ihrerseits, Monsieur le Commandant?«

»Was ist zum jetzigen Ermittlungsstand Ihr Bauchgefühl?«

»Patrice verheimlicht etwas, das liegt auf der Hand. Eventuell hängt auch Carlos mit in der Sache drin.«

»Dieses Päckchen, das Patrice mitten in der Nacht abgeholt hat – klingt für mich ziemlich nach Drogen.«

»Na, da war gewiss kein Poesiealbum drin.«

»Kann es sein, dass Ihre Vermisste in dubiose Rauschgiftgeschäfte involviert ist?«

»Das wäre eine Möglichkeit.« Claire griff nach ihrem Weinglas. »Morgen treffe ich mich mit einer Studienfreundin von Délia. Da werde ich hoffentlich Einzelheiten über sie erfahren, die mich weiterbringen. Jedenfalls fand ich die Reaktion von dieser

Frau auf dem Weingut mehr als merkwürdig – ich vermute mal, es war Patrices Mutter.«

»Blondes glattes Haar, halblang mit Pony, vollschlank und furchtbarer Kleidergeschmack?«

»*Bof* – furchtbar ist gar kein Ausdruck! *Mais, oui* – genau die meine ich.«

»Das ist Jeanne Dubos, Patrices Mutter. Mir gegenüber verhält sie sich auch eigenartig, und ich weiß noch nicht, warum. Ob sie bloß nervös ist, weil sie mit der Polizei zu tun hat. Oder ob sie Angst hat, man könne ihr das Weingut wieder wegnehmen, doch darauf komme ich später.«

In diesem Moment erschien eine junge Bedienung mit ihren Tapas. Als sie die diversen kleinen Teller auf dem Tisch arrangiert und sich entfernt hatte, sah ihn Claire erwartungsvoll an. »Nun bin ich aber echt gespannt, Monsieur Maigret, was es mit Ihrem Fall auf sich hat.«

Raoul lächelte und kostete einen Bissen von seinem *thon rouge mariné aux herbes du maquis.* »Mmh, köstlich, so etwas Gutes hatte ich ewig nicht mehr. *Pardon,* es fällt mir schwer, diesen Genuss mit meinem profanen Gerede zu stören. *Alors,* nicht, dass ich Ihnen meinen Fall vorenthalten möchte ...«

»Ja, ja, machen Sie's ruhig spannend! Hinhaltetechniken gehören zur Ausbildung, wenn ich mich nicht irre?« Lachend schnitt Claire eine der kleinen, mit Gambas und Speck gefüllten Frühlingsrollen auf. »Wir können auch erst einmal in Ruhe essen und den geschäftlichen Teil auf danach verschieben. Zum Espresso oder Digestif – oder was Sie so nehmen.«

»Gern beides. Dafür überspringe ich für gewöhnlich das Dessert.«

»Ist das Ihr Ernst? Sie lehnen die hehre Welt der Süßspeisen ab?« Claire sah ihn so entsetzt an, dass Raoul lachen musste.

»Ablehnen ist vielleicht zu hoch gegriffen. Ich würde eher sagen, es fehlte die Überzeugungskraft.«

»Ah, welch ein Jammer! Wenn es stimmig komponiert ist, kann ein Dessert eine enorme Bandbreite an Geschmacksnuancen bereithalten. Und besonders in der Aquitaine gibt es solch exquisite Nachspeisen und Backwaren – wenn ich da an *canelés* denke, an *Dunes de Blanche*, an karamellisierten Apfelkuchen, an … Die Liste lässt sich beliebig verlängern.«

»Ich sehe schon, Sie nehmen die Herausforderung an.« Raoul schnitt sich ein weiteres Stück vom marinierten Thunfisch ab. »Woher stammt Ihr Interesse an der kulinarischen Welt, Madame Molinet?«

»Ach, ich bin durch meine Familie quasi in diese Dunstkreise hineingeboren.«

»*Je comprends.* Deswegen der Foodblog?«

»Der Blog war eine Art Verlegenheitslösung. Nach der Schulzeit, als ich noch sehr mit Suchen und Finden beschäftigt war.«

»Haben Sie sich inzwischen gefunden?«

Claire schenkte ihm ein schelmisches Lächeln. »Und Sie? Oder ist es nicht eher ein lebenslanger Prozess?«

»Jedenfalls strebe ich danach, nie völlig anzukommen.«

»Denn am Ende des Weges wartet der Tod, *n'est-ce pas?*«

»Sozusagen.« Raoul trank einen Schluck Wein. »Doch immerhin, wenn man bis dorthin gekommen ist, liegt ein langes und hoffentlich erfülltes Leben hinter einem. Dann ist es in Ordnung, Gevatterchen Tod gegenüberzutreten, finde ich. Wir beide wissen ja leider durch unsere Berufe, dass es oftmals anders kommt.« Er nahm sich ein Stück geröstetes Brot und bestrich es mit *Foie Gras de Canard*. »Stammen Sie aus Bordeaux?«

»Ich wohne erst seit zwei Jahren hier.«

»Das ist ja interessant – ich ebenfalls.«

Claires Blick hatte etwas Verbindendes. »Wo waren Sie vorher?«

»In Lyon. Davor Clermont-Ferrand. Ich habe den größten Teil meines Lebens abseits der Küste im Industriegrau verbracht – eine Ewigkeit, nicht nur gefühlt. Kurz gesagt: Es wurde Zeit für eine Ortsveränderung. Und Sie?«

»Ich bin in Deutschland geboren. Eine Zeit lang pendelte ich zwischen Düsseldorf und Biarritz.«

»Und was sprach ausgerechnet für Bordeaux?«

»Es waren ... eher pragmatische Gründe.« Bei diesen knappen Worten veränderte sich ihre Stimme, und ein Schatten verdunkelte ihre ebenmäßigen Züge.

»*Pardon*, Madame Molinet, ich wollte nicht indiskret sein.«

»Passt schon. Das Haus, in dem ich wohne, gehört meinem Vater. Nach dem Abschluss an der Universität von Melun hing ich in der Luft. Er brauchte jemanden, der auf das Anwesen aufpasste. Ich brauchte einen Neustart.«

»Das kenne ich. Also, das mit dem Neustart. Das mit dem Haus am Strand leider weniger.« Raoul hatte den Satz kaum beendet, da merkte er, wie sich Claire verspannte.

»Ich will ehrlich zu Ihnen sein, Monsieur Chénier. Ich fühle mich nicht besonders wohl damit, von meinem Vater abhängig zu sein.«

»Ach, ich finde, man darf sich ruhig freuen, wenn das Schicksal es gut mit einem meint. Außerdem wirkt es auf mich, als profitiere auch Ihr Herr Papa von dem Deal – immerhin verteidigen Sie sein Hab und Gut gegen die bösen Schurken von Arcachon.«

Claire lachte, und der trübe Schleier löste sich auf.

Raoul lächelte sie an. »Darf ich Sie etwas Persönliches fragen?«

»Ich bin nicht sicher, ob das bei einem Geschäftsessen wirklich zulässig ist, aber … *bon*, lassen wir mal fünf gerade sein. Fragen Sie.«

»Ist Ihre Mutter katholisch oder evangelisch?«

»Oha, was bringt Sie ausgerechnet darauf?«

»Erklärung folgt gleich auf Ihre Antwort.«

»Evangelisch. Kommt jetzt die Gretchenfrage?«

Nun lachte Raoul. »Keine Sorge – ich ziele auf etwas anderes ab. Jedenfalls dachte ich mir das schon.« In plauderndem Erzählton fuhr er fort: »Ich habe da so meine Theorien zu protestantisch geprägter Erziehung.«

»Die da wären?«

»Bloß nicht stolz auf etwas sein, oder es zumindest nicht zeigen, Orientierung an der Leistung, Ehrgeiz … da bleibt wenig Platz für das Kollektiv. Ich meine, es ist doch sozusagen *mein Gott und ich*. Die perfekte Basis für den Individualismus. Und natürlich den Kapitalismus. Für mich ist der Protestantismus die Religion der Superlative.« Er schob die letzten dicken, grünen Bohnen, die den Thunfisch begleitet hatten, auf seine Gabel.

»Sind Sie protestantisch aufgewachsen? Oder woher kommt Ihr Interesse an diesem Sujet?«

»Es gab diverse Male Berührungspunkte. Vieles färbt unbewusst ab, wie in allen Bereichen. Aber irgendwann sind mir feine Unterschiede aufgefallen, und ich habe eine Linie erkannt.«

»Ehrlich gesagt, ich habe noch nie darüber nachgedacht.« Claire sah ihn nachdenklich an. »Vielleicht sollte ich mich mal näher damit beschäftigen – auf jeden Fall eine spannende These. Womit befassen Sie sich sonst so?«

»Ach dies und das, was gerade so zu mir findet.« Raoul überlegte kurz, wie viel Privates er Claire anvertrauen wollte. »Momentan sind es Gedichte von Lorca.«

»Der ist als junger Mann zu Beginn des spanischen Bürger-kriegs ermordet worden, *n'est-ce pas?*«

»So ist es.« Dass sie das gleich parat hatte, überraschte Raoul. »Selbst wenn man das in Spanien bis 1975 geleugnet hat. Er ist derzeit mein Lieblingspoet.«

»Ein gedichtelesender Commandant – Sie sind jetzt aber nicht auch noch Opernliebhaber?« Claire zwinkerte ihm zu.

»Überhaupt nicht mein Genre.« Raoul winkte ab. »Da ziehe ich jemanden wie Leonard Cohen vor. Eigentlich bin ich genau durch ihn auf Lorca gestoßen. Nicht ohne Grund hat er seiner Tochter dessen Namen gegeben.« Raoul griff nach einem weiteren Stück Brot. »Es gibt diese fantastische Rede, ich bin zufällig im Internet darüber gestolpert. Cohen hat den Prinz-von-Asturien-Preis ver-liehen bekommen, ich glaube, es war 2011, und seine Dankesrede – dadurch habe ich viel besser verstanden, wie alles zusammen-hängt. Wie er seine ganz eigene Stimme gefunden hat, den spani-schen Einfluss in seiner Musik, und welche Bedeutung Lorca ...« Plötzlich fiel ihm auf, dass Claires Gesichtsausdruck sich erneut gewandelt hatte. Sie sah ernst aus, beinahe abwesend.

»Pardon, Madame Molinet, wenn ich etwas Unpassendes ge-sagt habe.«

»Wie bitte? Oh, *non*, es ist alles in Ordnung.« Es war, als sei sie unvermittelt abgetaucht, in irgendeine ferne Erinnerung, aus der er sie herausgerissen hatte. Sie strich sich eine Haarsträhne, die sich aus dem Zopf gelöst hatte, aus dem Gesicht. »Es ist nur ... Sie haben mich gerade an jemanden erinnert. Nicht so wichtig.«

An der Art und Weise, wie sie dies sagte, merkte Raoul, dass es durchaus wichtig war. Doch er beließ es dabei. Wenn Claire nicht darüber sprechen wollte, dann ging es ihn auch nichts an.

Die Bedienung näherte sich ihrem Tisch. »Haben Sie noch ei-nen Wunsch?«

Claire bestellte einen traditionellen korsischen Kuchen und einen *Liqueur du Maquis*, Raoul einen Espresso und einen korsischen Whisky »vintage«.

Sobald die junge Frau ihre leeren Teller weggeräumt hatte, beugte sich Claire nach vorn. »Jetzt aber, *s'il vous plaît* – Geschäftsessen! Bitte, erzählen Sie. Was führte Sie zu Château de Venette-Rebeyrol?«

Raoul schwenkte den Wein in seinem Glas. Kurz dachte er daran, dass das, was er im Begriff war zu tun, eigentlich ein absolutes No-Go war. In Lyon hatte vor Jahren ein jüngerer Kollege mit ermittlungsrelevanten Details vor seinen Kumpels geprahlt. Raoul hatte davon Wind bekommen und ihn dermaßen verbal zusammengestaucht, samt Androhung einer Abmahnung, dass der Typ am Ende buchstäblich zu Kreuze gekrochen war. Wollte er nun selbst auf einmal gegen seine Prinzipien handeln? Er schaute über den Tisch in Claires wachsame grüne Augen, in ihr unbestreitbar schönes und zugleich kluges Gesicht und musste sich eingestehen: Es war wohltuend, mit dieser Frau hier zu sitzen. Bei ihrem Zusammentreffen an der Düne wäre diese Vorstellung ausgeschlossen gewesen. Wie sehr ihn doch sein erster Eindruck getäuscht hatte. Im nächsten Moment öffnete er den Mund und begann, von seinen Ermittlungen zu berichten. Während des Redens setzten sich vor seinem inneren Auge bildhaft die einzelnen Teile dieses noch ungelösten Puzzles zusammen. An den entscheidenden Stellen blieben deutliche Lücken.

Gerade, als er geendet hatte, erschien der Chef des Lokals und servierte ihnen ihre Bestellung.

»Mögen Sie einmal kosten?« Claire schob Raoul den Dessertteller entgegen.

»Bon ...«

»Na los, trauen Sie sich! Der Kuchen beißt nicht.«

Raoul probierte ein Stück. Es war eine Art Käsekuchen, jedoch nicht zu vergleichen mit jenen, die er in seinem Leben gegessen hatte. Fluffig-cremig schmeckte er, harmonisch süß und zitronig mit einer herben Nuance, die er nicht zuordnen konnte. »Wow – Sie haben recht! Was für eine vollkommene Geschmackskomposition.«

»Nehmen Sie mehr.«

Raoul aß einen weiteren Bissen. »Ich sehe schon, ich habe viel nachzuholen. Wie heißt dieses Meisterwerk?«

»Fiadone. Es ist gar kein schwieriges Rezept. Das Geheimnis liegt in der Mischung von Brocciu, einem korsischen Käse, mit Zitrone und wahlweise Myrtenlikör oder einem klassischen *Eau de Vie*. Und natürlich in der Qualität der Zutaten. Aber das ist im Grunde bei jedem Rezept so.« Claire teilte sich ein wenig mit der Gabel ab. »Bevor ich jetzt in einen Koch- und Backmonolog abschweife, fahren Sie doch bitte fort.«

Als Raoul mit seinen Ausführungen geendet hatte, sah sie ihn nachdenklich an. »Warum haben Sie eigentlich den Liebhaber von Madame de Venette nicht gleich zu einem DNA-Test vorgeladen?«

»Das habe ich gestern unmittelbar nach der Unterredung mit ihm bei meinem Vorgesetzten eingeleitet. So etwas dauert leider seine Zeit. Richterlicher Beschluss, postalische Vorladung … Sie wissen schon. Mit viel Glück ist der Brief an Léon Pasquet heute rausgegangen.« Resigniert zuckte Raoul mit den Schultern. »Und da kein dringender Tatverdacht gegen ihn besteht, lässt sich das Prozedere kaum beschleunigen.«

»Und wenn man einen Gegenstand, den er verwendet hat, ein Glas oder so, vom Weingut mitnimmt und untersucht? Falls die Spuren identisch sind, hätten Sie den Beweis, dass er lügt.«

»Das ist wohl wahr. Allerdings könnte ich das Beweismittel vor

Gericht nicht verwenden, sollte ich auf unredlichem Weg darangekommen sein.«

»Ah, diese ganzen Behördenvorschriften machen mich manchmal irre!« Claire verdrehte die Augen. »Nun gut, denken wir lieber über einen plausiblen roten Faden nach.« Sie trank den letzten Schluck ihres Likörs.

»Nur schade, dass schon alles aufgegessen ist.« Raoul schaute auf ihren Tisch mit den leeren Tellern hinunter. »Und bloß noch Reste in den Gläsern. Möchten Sie noch einen Wein?«

»Wie wäre es, wenn wir dazu ins Au 4 coins du vin umziehen? Das liegt gleich um die Ecke.« Claire blitzte ihn schalkhaft an. »Oder macht man das nicht bei einem Geschäftsessen – mit Theologieexkurs?«

»Ah – Pardon! Manchmal ist es besser, seinen Mund zu halten und dumm zu erscheinen, als ihn zu öffnen und alle Zweifel auszuräumen.« Raoul rieb sich die Hände. »Auf in die Weinbar!«

»Lorca, Cohen und jetzt Twain. Und mit welchen Überraschungen warten Sie dort auf? Mit dem kategorischen Imperativ?«

Beide lachten so, dass die Gäste am Nebentisch sich zu ihnen umdrehten.

Raoul winkte die Bedienung heran. »L'addition, s'il vous plaît.« Er wandte sich an Claire. »Darf ich Sie einladen?«

»Eigentlich …«

»Ich bitte Sie – das geht auf das Commissariat von Bordeaux.« Raoul zwinkerte ihr zu. »Ist doch schließlich ein Geschäftsessen.«

»Also gut, in dem Fall dürfen Sie die Rechnung begleichen. Merci.« Claire erhob sich. »Ich bin gleich zurück.«

Raoul sah ihr nach, wie sie selbstsicher und mit natürlicher Eleganz den Raum durchschritt in Richtung Toiletten. Dass sie sogar das Twain-Zitat erkannt hatte! Noch dazu schien sie sich der Wirkung ihrer Ausstrahlung absolut bewusst zu sein, ohne dass sie auch nur einen Hauch damit angab. All das, was Raoul sich Stück für Stück hatte erobern müssen, war ihr in der Welt, in die sie hineingeboren und in der sie aufgewachsen war, gewiss mühelos und spielerisch zugeflogen. Obwohl es anscheinend auch dort Schattenseiten gab.

Jedenfalls freute er sich, dass der Abend noch nicht so bald enden würde. Das euphorische Gefühl, das er gerade empfand, kannte er nur zu gut. Dennoch – er sollte vorsichtig sein, sich bremsen, nicht zu viel wagen. Irgendetwas in ihm raunte ihm zu, dass es besser war, im Umgang mit Claire nicht zu leichtsinnig zu sein.

Wenig später saßen sie in zwei über Eck platzierten, gemütlichen Ledersofas. Claire mochte die Weinbar mit dem außergewöhnlichen Konzept. An einer Längsseite des Lokals befanden sich auf massiven Schränken silberne Automaten mit großer Glasfront, in denen sich Weinflaschen aneinanderreihten. Jeder Gast bekam eine Guthabenkarte mit dreißig Euro. Damit konnte man sich an den Zapfstellen bedienen. Zur Auswahl standen drei verschiedene Füllhöhen, und die jeweiligen Preise wurden elektronisch angezeigt.

Claire wählte einen Grand Cru Château Pontet-Fumet 2007, während Raoul sich für einen Château Plaisance 2013 entschied.

»Da haben wir ja beide zu Rotweinen aus Saint-Émilion gegriffen. *Santé*, Monsieur le Commandant.« Claire hob ihr Glas.

»Bitte – den Titel dürfen Sie gern weglassen.« Raoul stützte sich mit den Ellbogen auf den Oberschenkeln ab und neigte den Oberkörper etwas nach vorn. »Und wo wir schon dabei sind: Wollen wir nicht dieses lästige ›Sie‹ abschaffen?« Er prostete ihr zu. »Claire?«

»*D'accord*. Raoul.«

»Santé!« Sie sagten es gleichzeitig und sahen sich dabei an. Claire spürte den Sog, der von seinen meerblauen Augen ausging. Es kostete sie mehr Kraft als in nüchternem Zustand, sich davon loszureißen. Sie durfte sich nicht fallen lassen. Abrupt richtete sie sich auf. »Alors, spinnen wir doch mal ohne Titel vor uns hin.« Sie lehnte sich im Sofa zurück und schlug die Beine übereinander. »Was für mögliche oder unmögliche Verbindungen zwischen unseren Fällen kommen uns in den Sinn?«

»Bon.« Auch Raoul ließ sich nach hinten sinken. »Wir suchen einen Mörder und einen Entführer. Entschuldige bitte, dass ich mir die weibliche Form spare, die inkludiere ich jetzt einfach.«

»Damit kann ich ausnahmsweise leben.«

»Die Frage, die sich nun stellt, ist natürlich: Könnte es sich um ein und dieselbe Person handeln?«

Claire trank von ihrem Wein, der rund und kräftig und lieblich zugleich schmeckte. »Wenn wir einmal Patrice nehmen: Käme er als Mörder von Madame de Venette, die ja immerhin seine Tante war, in Betracht?«

»Um seiner Mutter zu helfen, an das begehrte Château zu kommen, auf dem sie aufgewachsen ist.«

»Und es vor der Umwandlung in ein Bio-Weingut zu bewahren«, ergänzte Claire.

»Völlig abwegig wäre das nicht. Wir haben allerdings noch kein Motiv, warum ihm das Verschwinden von Délia wichtig war – falls die beiden Fälle wirklich zusammenhängen.« Raoul sinnierte vor sich hin. »Ich denke immer noch, dass die Geschichte mit ihr eher mit jenem Päckchen zu tun hat.«

»Das wäre dann die Drogenschiene.«

»Was, wenn Patrice nur der Mittelsmann ist und die Fäden bei diesem Carlos und dem Club zusammenlaufen. Womöglich reichten Délia die Einnahmen von ihrem Barjob nicht, und sie wollte sich zusätzlich ein bisschen Geld auf schnellem Weg dazuverdienen.«

»Indem sie Drogen vertickte?«

»Wer weiß? So eine Universität kann ein lukratives Absatzfeld sein.«

»Zu dem Carlos durch Délia Zugang findet.« Claire überlegte, ob das eine mögliche Richtung sein konnte, die zu verfolgen es sich lohnte. »Lassen wir das mal für einen Moment so stehen. Welche weiteren Verdächtigen haben wir?«

Raoul stellte sein leeres Glas auf den Tisch. »Was den Mord an Anaïs de Venette angeht: natürlich Jeanne Dubos selbst. Dazu ihren Mann, der offensichtlich eine Tendenz zur Gewalttätigkeit zeigt.«

»Es könnten auch beide zusammen gewesen sein.« Claire rutschte auf die Kante des Sofas vor und lehnte sich nach vorn. »Den Liebhaber nicht zu vergessen. Wie war doch gleich sein Name – Léon ...«

»Pasquet. Genau. Plus einen möglichen zweiten Liebhaber, so seine Aussage stimmt, dass er sie zwei Wochen vor ihrem Tod zuletzt getroffen hat. Soll ich uns nachfüllen?«

»Gern.« Sie reichte Raoul ihr Glas. »Ich nehme noch einmal denselben.«

»Na, dann werde ich den auch mal probieren.«

Als er mit dem Wein zurückkam, sah Claire ihn nachdenklich an: »Könnte jemand vom Château de Venette-Rebeyrol der Täter sein? Von den Mitarbeitern? Oder vielleicht haben wir es auch mit einem Eifersuchtsdrama zu tun, falls dieser unbekannte zweite Liebhaber von seinem Rivalen erfahren hat.«

»Der größte Teil der Tötungsdelikte geschieht im Kreis nahestehender Personen. Also Familie inklusive enge Kontakte, Beziehungen, Affären ...« Raoul winkte ab. »*Pardon*, das weißt du natürlich. Und es stimmt schon, die anderen Angestellten des Châteaus dürfen wir nicht außer Acht lassen. Was ich bis jetzt über Anaïs de Venette herausgefunden habe, ergibt das Bild einer dominanten Persönlichkeit, einer sehr selbstbewussten Frau, die gern im Rampenlicht steht, ihren eigenen Weg geht, sich nimmt, was ihr gefällt. Als Chefin soll sie streng, aber gerecht gewesen sein. Doch gewiss hat sie sich mit ihrem straffen Führungsstil nicht nur Freunde gemacht.«

»Du denkst, jemand könne sich von ihr ungerecht behandelt gefühlt haben?«

»Wer weiß? Ich werde noch einmal mit Monsieur Fraboulet und den anderen Mitarbeitern sprechen. Ich brauche detailliertere Einblicke in die Zeit, in der Anaïs de Venette das Zepter auf dem Weingut allein geschwungen hat.«

Sie verbrachten ein weiteres Glas Wein damit, Theorien in diese oder jene Richtung zu spinnen. Claire genoss den völlig freien, unzensierten Gedankenaustausch. Es war wie ein Brainstorming. Nur dass ihr Gehirn sich allmählich in eine Schicht weicher Watte einzuhüllen begann. Ein wohlig-prickelndes Gefühl breitete sich in ihr aus. Während der Alkohol sich wie eine dämpfende Daunendecke über ihren alarmierten Verstand legte. Inzwischen saßen sie dicht nebeneinander in den Ecken der beiden Sofas. Nur wenige Zentimeter trennten ihre Unterarme auf den Lehnen voneinander. Raoul hatte die Hemdsärmel hochgekrempelt. Haut neben Haut, zu nah, um die Energie des anderen nicht zu spüren. Claire schaffte es nicht, sich wieder zurückzulehnen.

»*Excusez-moi*, Madame, Monsieur – wir schließen gleich.«

Verblüfft blickte Claire sich um. Tatsächlich waren sie die letzten Gäste im Lokal. Sie sah auf ihre Uhr – es war zehn vor zwölf. Die vergangenen zwei Stunden waren nur so vorbeigeflogen. Claire hatte vergessen, dass das *Au 4 coins du vin* zu den Bars gehörte, die bereits um Mitternacht schlossen. Allerdings hatte sie auch nicht damit gerechnet, dass das Treffen mit dem Commandant derart ausufern würde.

Raoul sang leise »It's closing time«.

»Cohen, vermute ich?«

»The one and only.«

Claire nahm beide Guthabenkarten vom Tisch. »Ich revanchiere mich bei der police nationale.«

Kurz darauf standen sie auf dem immer noch belebten Platz.

»Wo hast du geparkt?« Raoul streifte sein Sakko über.

»Ich nehme mir ein Taxi.«

Verwundert sah Raoul sie an.

»Eine Angewohnheit von mir. Ich fahre nicht, wenn ich getrunken habe.«

Für einen Moment schwebte das Unausgesprochene zwischen ihnen.

Doch Raoul nickte und sagte: »Ich glaube, der nächste Taxistand liegt an der Place de la Bourse. Oder an der Porte Cailhau.«

»Ach, die können ruhig hierherkommen. Schließlich verdienen die an so einer Fahrt ganz ordentlich.« Claire zog ihr Smartphone heraus und suchte die Nummer des Taxirufs, die sie gespeichert hatte.

»Dann warte ich mit dir.«

Sie führte ein kurzes Telefonat und verstaute ihr Telefon wieder in der Umhängetasche. »In drei Minuten an der Ecke Rue Emile Duployé und Rue de la Cour des Aides.«

Gemeinsam umrundeten sie die Église Saint-Pierre. Raoul schaute von der Seite zu ihr herüber mit einem Blick, den Claire nicht deuten konnte.

»Was ist?«

Er schüttelte leicht den Kopf, ein mildes Lächeln auf den Lippen. »Du überraschst mich. Einerseits schlägst du mir unkonventionelle Wege vor, um an Beweismaterial zu kommen. Andererseits bist du, was beispielsweise Alkohol am Steuer angeht, vorbildlicher als viele, die ich kenne.«

Sie schlenderten durch eine enge Gasse und erreichten die Straßenecke genau in dem Moment, als vor ihnen ein Taxi von den Quais an der Garonne einbog.

Raoul machte zwei Schritte auf sie zu. »*Bonne nuit, Claire, et merci.* Es war ein sehr angenehmer Abend mit dir.«

»Danke, ebenso.« Es wäre der richtige Augenblick gewesen, wieder das Geschäftsessengeplänkel zu starten. Claire hätte damit sofort die Distanz aufgebaut, die sie eigentlich zu dem Commandant wahren wollte.

Stattdessen ließ sie nicht nur zu, dass Raoul sich zu ihr beugte, um ihr die obligatorischen *bisous* zu geben. Sie neigte sich ihm sogar entgegen und legte ganz kurz, ganz sacht, ihre Hand auf seinen Oberarm, fühlte Haut und Muskeln durch den Stoff seines Hemdes. Sie spürte seine Lippen schmetterlingszart an ihrer Wange, ein Hauch bloß. Sehnsucht, Enttäuschung, Erleichterung wirbelten in ihr durcheinander.

Entschlossen trat Claire einen Schritt zurück, sah ihn an, lächelte und zog die Mauer in sich wieder hoch. »*Bonne nuit, Raoul.*«

Kapitel 13

—◆—

Samstag, 16. September 2017

Friedlich und ruhig lag das Meer vor Claire, in einem verwaschenen Jeansblau der frühen Morgenstunden. In das die Sonnenstrahlen, die sich zwischen den Wolken hindurchstahlen, türkisfarbene Streifen hineinmalten. Sanft kräuselte sich das Wasser, ehe es aufs Festland traf. In einigen Wochen, wenn die Herbststürme einsetzten, würde von dieser beschaulichen Stimmung nichts mehr zu spüren sein. Doch Claire mochte auch die wilde, raue Seite des Ozeans. Der Wind, der ihr bei Spaziergängen den Kopf frei pustete, und die manchmal meterhohen Wellen, die mit ungebändigter Kraft ans Land schlugen und hemmungslos Gischt versprühten.

An diesem Morgen war Claire ungewohnt früh aufgewacht und konnte nicht wieder einschlafen. Der gestrige Abend hatte widersprüchliche Gefühle in ihr aufgewühlt. Um zu Ruhe und Klarheit zu gelangen, hatte sie beschlossen, schwimmen zu gehen. Jedoch nicht im Pool, sondern im Atlantik. Zu dieser Stunde war es herrlich am Strand, keine Touristen, allerhöchstens ein vereinzelter Jogger oder Surfer.

Claire schlüpfte in ihren Badeanzug, streifte eine orientalisch gemusterte Tunika darüber, griff nach ihrer Strandtasche, die im

Eingangsbereich bereitstand, und verließ das Haus. Barfuß lief sie durch den Garten. Das Grundstück war von einer niedrigen Mauer mit einem Törchen umgeben, durch das man über ein paar Treppenstufen direkt an den schmalen Sandstreifen gelangte. Bei Flut reichte das Wasser bis zum Treppenabsatz, sodass man auf den Stufen sitzend die Füße im Wasser baumeln lassen konnte.

Heute früh war Ebbe, und wie Claire geahnt hatte, war keine Menschenseele weit und breit zu sehen. Der Strand gehörte ihr allein. Einige Boote dümpelten auf dem Wasser. Der Sand war noch angenehm kühl. Später am Tag heizte er sich oft derartig auf, dass es unmöglich war, ohne Schuhe hindurchzulaufen. Jetzt hingegen massierten die feinen Körnchen Claires Fußsohlen. Nach wenigen Metern erreichte sie den Bereich, auf dem die Füße nicht länger einsanken. Und gleich danach den wasserumspülten Saum, an dem sich Muscheln, Algen und verschiedenstes Treibgut sammelten – fließende Trennlinie zwischen Meer und Land.

Die Wogen umspülten sacht und beißend zugleich ihre Knöchel. Jedes Mal kostete es Claire immense Überwindung, sich dieser Kälte zu stellen, ihren Körper von ihr umschließen zu lassen. Schritt für Schritt tastete sie sich voran, und als sie bis zu den Oberschenkeln im Wasser stand, gab sie sich einen Ruck und schwamm los. Fast war es ein Schock, wie die Fluten sie packten, ihr kurz den Atem nahmen. Claire kraulte, vorwärts, nur vorwärts, ein zügiges Tempo, das das eisige Gefühl vertrieb. Sie schwamm zwischen den Booten in Strandnähe hindurch. Sobald sie sich an die Temperatur gewöhnt hatte, wurde ihr Rhythmus gleichmäßiger.

Schließlich legte sie sich auf den Rücken und ließ sich treiben. Die Ohren im Wasser, den Blick in den leer gefegten, puristisch klaren Himmel gerichtet, war sie ganz für sich, abgeschottet vom Rest der Welt.

Das Gedankenkarussell begann zu kreisen, zunächst mit Eindrücken des gestrigen Abends. Von beruflicher Seite her war es ein gelungenes Treffen gewesen: Der Austausch über ihre Fälle hatte gut funktioniert, und ihr Brainstorming über mögliche Täter, Motive und Zusammenhänge hatte Claire inspiriert. Schon oft hatte sie sich jemanden gewünscht, mit dem sie Theorien aufwarf und diese gemeinsam von unterschiedlichen Blickwinkeln beleuchtete. Mit Commandant Raoul Chénier konnte sie sich eine solch fruchtbare Zusammenarbeit vorstellen.

Schwieriger war jedoch der zwischenmenschliche Aspekt. Es erschreckte Claire, wie leicht sie ins Schwanken gekommen war. Reichten tatsächlich zwei, drei Gläser Wein aus, um ihr Alarmsystem abzuschalten? Es gab so viel Ähnlichkeit zwischen dem Commandant und Stéfane. Besonders, als Raoul über Leonard Cohen gesprochen hatte. Cohen, dessen Lieder Stéfane allesamt auswendig konnte. Und jene Rede, die Raoul gestern erwähnt hatte – sie hatten sie angesehen, Stéfane und sie, wieder und wieder, bestimmt fünf, sechs Mal. Einer der letzten gemeinsamen Abende. Nie hätte Claire sich damals ausmalen können, dass kurz danach ein Schicksalsschlag, eine Katastrophe ihre Beziehung in Scherben schlagen würde.

Stéfane – immer noch unglaublich nah, obwohl sich Claire so sehr anstrengte, ihn und alles, was in jenem Herbst geschehen war, zu vergessen. Was wollte ihr das Leben damit sagen, dass ihr nun ein Mann wie Raoul über den Weg lief? Vermutlich sollte sie sich endlich ihrer Vergangenheit stellen und einen Weg suchen, die Ereignisse angemessen zu verarbeiten. Aber dazu würde sie sich Zeit nehmen müssen. Und die gab es gerade nicht. Nach dem Fall vielleicht.

Claire wusste, dass es eine billige Ausrede war, dass sie im Grunde vor sich selbst weglief. Sie konzentrierte sich auf das tiefe

Blau über ihr und dachte daran, was Philippe ihr beigebracht hatte: »Deine Gedanken sind wie Wolken am Himmel. Beobachte sie, ohne sie zu bewerten, lass sie vorüberziehen, ohne dass sie dich vereinnahmen, dich steuern. Du bist nicht deine Gedanken. Du bist du.«

Allmählich fiel die Anspannung von Claire ab, und sie kam zur Ruhe. Nach einer Weile drehte sie sich wieder auf den Bauch und kraulte mit langen, kräftigen Zügen zurück. Sie musste sich anstrengen, denn das zurückfließende Wasser zog sie automatisch mit sich.

Als sie den Strand erreichte, setzte sie sich auf die Treppenstufen und atmete tief durch. Ihre Hautoberfläche prickelte, ihr gesamter Organismus war wie einmal frisch durchgespült und mit den Energien dieser Naturkraft aufgetankt. Eingehüllt in ihr Handtuch, lief sie zum Haus hoch. Oben angekommen, duschte sie, zog sich an und aß auf der Terrasse Joghurt mit Lavendelhonig und saftigen Feigen aus dem Garten.

Mit ihrer Kaffeetasse ging Claire hinauf in ihr Arbeitszimmer. Nachdenklich stand sie vor der Ermittlungswand. In den vergangenen Tagen hatte sie diverse Zettel und Fotos dort festgepinnt. Eponine, Vivienne, Olive, Patrice, Carlos, Monsieur Hourcade, Monsieur Blanchard. Zu allen hatte sie sich Stichworte notiert, die in farbigen Post-its an den Bildern klebten. Auf einem Plakat hatte sie eine Chronologie angelegt, um den Zeitraum von Délias Verschwinden einzugrenzen. Am Mittwoch, dem dreißigsten August, hatte die Studentin das letzte Mal im Club gearbeitet, und eine Woche später, also am sechsten September, war sie nicht zu ihrem Dienst erschienen. Einen Tag davor hatte Madame Blanchard nach Aussage ihres Mannes bereits vergeblich versucht, die Tochter zu erreichen. Was war in den Tagen zuvor geschehen?

Der Anruf von Monsieur Blanchard bei Claire lag nun auch fast eine Woche zurück. Und bis jetzt hatte sie nichts wirklich Nennenswertes vorzuweisen. Bald würde es an der Zeit sein, die Polizei hinzuzuziehen. Doch im Unterschied zu Kindern oder Jugendlichen, bei deren Verschwinden die Polizei sofort aktiv wurde, empfahl man den Angehörigen vermisster Erwachsener für gewöhnlich, erst einmal abzuwarten.

Es gab einige Ansatzpunkte, die Claire mit Vivienne besprechen wollte. In den letzten Tagen hatte sie sich sehr auf Patrice und den Club konzentriert. Aber noch war es zu früh, sich festzulegen. Noch musste sie den breiten Überblick über alle Möglichkeiten behalten. Und während Claire die Wand betrachtete, wurde ihr klar: Sie wusste zu wenig über die Differenzen zwischen Vater und Tochter.

In diesem Moment klingelte ihr Handy, das auf dem Schreibtisch lag.

»Allô?«

»Claire Molinet? *C'est* Eireen Blanchard, Délias Mutter.«

»*Bonjour*, Madame Blanchard.« Was für ein Zufall! Ein Wink des Schicksals? Claire trat ans Fenster und sah auf den Ozean, der nun, da sich die Wolken verzogen hatten, einen Farbton irgendwo zwischen Türkis und goldenem Ocker angenommen hatte. Die Farben des Meeres änderten sich hier rasch, und besonders im Herbst mit seinem malerischen Licht besaßen sie die größte Vielfalt.

»Mein Mann hat Sie ja kontaktiert – wegen unserer Tochter. Ich wollte … Haben Sie schon etwas herausgefunden?« Die Sorge um Délia schwang hörbar in ihren Sätzen mit.

»Madame Blanchard, ich versichere Ihnen, dass ich in den vergangenen Tagen bereits viele Schritte unternommen habe, um zu Klarheit über Délias Verbleib zu gelangen. Es gibt einige Fäden, denen ich folge, sowohl über die Universität als auch im Privaten.

Bis jetzt jedoch«, Claire zögerte. Es fiel ihr unendlich schwer, in Worte zu fassen, dass sie derzeit keine glückliche Lösung liefern, ja, noch nicht einmal einen Hoffnungsstreifen am Horizont aufblitzen lassen konnte. »Sobald ich etwas von Bedeutung herausfinde, gebe ich Ihnen unverzüglich Bescheid.«

»Ich verstehe.«

Eine Stille folgte, die aufgeladen war mit den unausgesprochenen Ängsten und Fragen einer zutiefst beunruhigten, aus dem Gleichgewicht geratenen Mutter. Mit dem innigen Wunsch, alles möge doch bitte wieder gut werden. Und ihr die Tochter zurückbringen. Ihre einzige Tochter.

»Bitte interpretieren Sie das nicht falsch – ich habe gestern bei der Polizei angerufen. Nicht, dass ich Ihre Kompetenzen anzweifle, Madame Molinet, ich habe natürlich auch gesagt, dass wir Sie beauftragt haben – es ist nur ...« Eireen Blanchards Stimme versagte.

»Madame Blanchard, Sie brauchen sich nicht zu erklären, wäre es meine Tochter, hätte ich garantiert genauso gehandelt. Wie hat die Polizei reagiert?«

»Sie haben es aufgenommen, mir aber zugleich keine großen Hoffnungen gemacht.« Die Worte kamen stockend. »Solange es keine konkreten Hinweise auf – ein Verbrechen gebe – ein erwachsener Mensch habe das Recht, seinen Aufenthaltsort frei zu wählen. Aber Délia ... sie ist doch noch ...« Sie brach ab und begann zu schluchzen.

Vergeblich suchte Claire nach tröstenden Worten, die nicht hohl oder halbherzig klangen. Den Schmerz einer Mutter konnte sie sich ausmalen und versuchen vorzustellen, doch wirklich fühlen würde sie ihn wohl erst, wenn sie selbst Kinder haben sollte. Falls.

Daher setzte sie sanft an: »Es ist gut, Madame Blanchard, dass

Sie mich anrufen. Gerade eben hatte ich nämlich auch überlegt, dass ich gern mit Ihnen sprechen würde. Ich hätte einige Fragen an Sie, die mich weiterbringen könnten.«

»Bitte, stellen Sie sie.«

An Eireen Blanchards gefassterem Tonfall erkannte Claire, dass ihre Methode die richtige gewesen war. »Wie sieht es generell mit Délias Freundschaften aus?«

»Also, aus Schulzeiten gibt es da eine Handvoll Mädchen. Allerdings sind die meisten zum Studium weggegangen. Délia ist die Einzige, die an der Universität von Bordeaux studiert. Ich bin froh, dass sie nicht so weit fortgezogen ist – erst wollte sie nach Paris, zusammen mit zwei Freundinnen, aber das konnten wir ihr zum Glück ausreden.« Sie seufzte kurz auf. »Ihre Studienfreundinnen habe ich bisher nicht kennengelernt. Délia hat manchmal von zweien erzählt, mit denen sie sich gut versteht. Sie lernen wohl auch gemeinsam. Ich glaube, sie heißen Vivienne und Olive.«

»Hat Délia von Beziehungen gesprochen?«

»Mit Männern?«

Fast hätte Claire spontan ein »oder mit Frauen« hinzugefügt, doch sie hielt sich zurück. »*Oui.*«

»Nicht so ausführlich. Nicht so, wie man es mit Freundinnen macht. Aber ich wusste schon, wenn es jemanden gab, den sie traf.«

»Gab es jemanden in der Zeit, ehe sie verschwand?«

»*Non.*«

»Hat Ihre Tochter Ihnen gegenüber mal einen Patrice erwähnt?«

»Patrice – der Name sagt mir gar nichts. Wer – ist denn das?«

»Ein Stammgast in dem Club, in dem Délia arbeitet. Er ist mit dem Sohn des Besitzers befreundet und wurde einige Male mit Ihrer Tochter gesehen.«

»Délia hat in einem Club gearbeitet?« Eireen Blanchard klang alarmiert.

»Seit Anfang des Jahres.«

»Was für ein Club?«

»Er heißt *Le Poisson Qui Chasse*. Gemischtes Publikum, die meisten Studenten. Es finden regelmäßig Konzerte statt, die –«

»Aber warum hat sie mir nicht gesagt, dass sie Geld brauchte! Wir hätten sie doch unterstützt!« Eireen Blanchard seufzte erneut. »Es erschreckt mich, was ich alles nicht mitbekommen habe, wie viel sie mir verheimlicht hat. Warum nur? Wir haben uns immer so gut verstanden. Ich war immer für sie da – weshalb schließt sie mich plötzlich aus ihrem Leben aus? Ich durfte sie nicht mal in ihrer Wohnung besuchen kommen! Ich hätte ihr so gern beim Einrichten geholfen.« Sie machte eine kleine Pause, ehe sie bedrückt hinzufügte: »Und natürlich beschäftigt mich die Frage: Was gibt es da noch, von dem ich nichts weiß?«

Claire hatte keine Lust, ihr zu erklären, dass ihre Tochter sich unabhängig machen wollte. Vermutlich würde es die umsorgende und klammernde Mutter auch gar nicht verstehen. Sie räusperte sich. »*Pardon*, Madame Blanchard, ich muss Sie das fragen: Ihr Mann hat bereits angedeutet, dass das Verhältnis zwischen ihm und Délia seit Längerem angespannt ist. Dasselbe wurde mir bei meinen Ermittlungen bestätigt. Ich wäre dankbar, wenn Sie mir Ihre Einschätzung mitteilen würden.«

Anderthalb Stunden später parkte Claire ihren MINI auf der Rue des Étrangers nahe von *Le Garage Moderne*. In der alten Industriehalle konnte man sein Fahrrad oder Auto unter Anleitung eines professionellen Mechanikers selbst reparieren. Außerdem fanden regelmäßig Konzerte, Ausstellungen und andere kulturelle Events statt. Claire mochte das Konzept genauso wie das alternative Ambiente mit dem Flair vergangener Zeiten.

Während sie die wenigen Meter dorthin zurücklegte, dachte sie an das Gespräch mit Délias Mutter. Es hatte sie nicht sonderlich weitergebracht. Laut Eireen Blanchards Schilderungen handelte es sich bei den Schwierigkeiten zwischen ihrem Mann und ihrer Tochter um »typische Differenzen in der Pubertät, wenn sich das Kind von den Eltern abzunabeln versucht«. Auf Claires Einwand bezüglich der Einmischung ihres Mannes in Délias Berufswahl hatte sie mit hilflos klingender Stimme gesagt, dass er nur das mache, was er selbst zu Hause erlebt habe. »Wenn ich ihn auffordere, sich zu erinnern, wie er sich damals gefühlt habe, läuft das Gespräch komplett ins Leere. Da hält er mir bloß entgegen, dass es für ihn zwar schwer gewesen sei, doch auf lange Sicht gesehen hätten seine Eltern recht behalten. Heutzutage sei er ihnen dankbar dafür. Und er wolle sich später einmal nicht vorwerfen müssen, sich nicht genügend um die Zukunft seiner Tochter gekümmert zu haben.«

Nichtsdestotrotz hatte Claire das Bild von Monsieur Blanchard an der Pinnwand mit einem dicken Fragezeichen versehen. Es wäre nicht das erste Mal, dass eine Mutter ihren Ehemann deckt, anstatt zu ihrem Kind zu halten. Eventuell würde Claire auch noch mit Nachbarn der Blanchards und mit Délias früheren Schulfreundinnen sprechen müssen. Jedenfalls konnte sie sich nun ausmalen, wie sehr Mutter und Vater Blanchard beide auf ihre Weise die Heranwachsende eingeengt hatten. Kein Wunder, dass sie sich als Studentin so abgegrenzt und nicht mal ihre Adresse preisgegeben hatte. Délia hatte sich ihre eigene Welt schaffen wollen. Aber was war dann passiert?

Als Claire die Straße überquerte und durch die Toreinfahrt trat, kam ein Mann in weißem Hemd und graublauer Hose aus der

Halle und lief genau in ihre Richtung. Ihre Blicke trafen sich, und Claires Herz machte unwillkürlich einen winzigen Hopser. »Commandant Chénier, so schnell sieht man sich wieder. *Bonjour.*«

»Tja, Bordeaux ist ein Dorf! *Bonjour,* Madame Molinet. *Pardon:* Claire. Ich habe dunkle Erinnerungen an ein paar Gläser Wein im *Au 4 coins du monde* und ein ›Du‹, *n'est-ce pas?*« Er zwinkerte ihr zu. »Oder vielleicht war ich ja schon betrunken, oh, mein Gott, habe ich betrunken gewirkt?«

»Ach, wenn man davon absieht, dass DU zweimal vom Stuhl gefallen bist und den Ausgang bei den Toiletten gesucht hast.«

Raoul lachte los. »Touché! Was führt dich her? Für einen Morgenkaffee ist es von Pilat Plage aus doch etwas weit.«

»Für einen guten Kaffee sollte einem kein Weg zu lang sein.«

»Wohl wahr. Und da bist du hier an der richtigen Adresse. Tatsächlich ist es an den Wochenenden mein erster Anlaufpunkt. Ich wohne ganz in der Nähe.« Er deutete die Straße entlang in Richtung *Bassin à flot,* der Hafenbeckenanlage.

»Auch nicht übel. Ist ja inzwischen ein echtes Szeneviertel geworden. Ich treffe mich hier mit einer Freundin von Délia. Genau genommen mit jener, als die ich mich für den Weingutbesuch verkleidet habe.«

Raoul sah kurz über seine Schulter zu den Tischen und Stühlen im Schatten einiger Bäume. »Sie ist noch nicht da. Drinnen auch nicht.« Er wies auf die Halle, in der sich die *Cantine* der *Garage Moderne* sowie weitere Sitzmöglichkeiten befanden. »Ein Glück übrigens, sonst wäre ich vermutlich hingegangen, hätte mich zu ihr gesetzt und gesagt: ›Na, Claire, du hier?‹«

Bei der Vorstellung musste Claire lachen. »Sie wäre wohl ziemlich überrascht gewesen.«

»Sie hätte gedacht, sie hätte es mit einem Verrückten zu tun.«

»Oder mit jemandem, der sie anmachen will.« Claire sagte es

leichthin, doch dann waren da wieder diese Augen, die Tiefe in dem Blau der Iris. Darin Splitter von Türkis, feine, goldene Tupfen, ein marineblauer Rand rundherum. Der Blick zwischen ihnen dauerte etwas zu lang, und Claires Mund wurde trocken. Abrupt machte sie zu. »War nett, dich so schnell wieder getroffen zu haben.«

»Ganz meinerseits.« Er lächelte sie an, so offen, so herzlich. »Ach, Claire?«

»*Oui?*«

»*Bon*, ich hoffe, du bist dir des Risikos bewusst, wenn du eine reale Person für deine Ermittlungen benutzt? Ich meine, das Risiko für die echte Vivienne – falls Patrice wirklich in illegale Geschäfte verwickelt ist.«

Für einen Moment sah Claire ihn perplex an. Dieser Gedanke war ihr noch gar nicht gekommen. »Du hast recht. Das habe ich nicht bedacht.« Betroffen sagte sie: »Wie unüberlegt von mir.«

»Es kam mir gerade in den Sinn.« Raoul lächelte sie an. »Aber was ich eigentlich sagen wollte: Es war sehr angenehm, gestern Abend, mit dir. Unser … Geschäftsessen. *À la prochaine!*« Er winkte ihr kurz zu, ehe er in Richtung des *Bassin à flot* davonschlenderte.

Claire riss sich zusammen. Bloß nicht noch einmal umschauen, um zu sehen, ob er es tat. Es war rein beruflich. Es sollte so bleiben. Am vergangenen Abend wären ihre Gefühle fast mit ihr durchgegangen. Was am Alkohol gelegen hatte, an der gelösten Stimmung. Der Kontakt zu einem Commandant der *police nationale* konnte ihr bei ihren Ermittlungen nur hilfreich sein. Und mehr würde sich da nicht entwickeln.

Entschlossen lief Claire zur Industriehalle und sah hinein. Raoul hatte recht gehabt. Vivienne war noch nicht da. Claire bestellte sich einen Cappuccino, kehrte zurück in den Innenhof und setzte sich an einen der freien Tische im Schatten der Bäume.

Keine fünf Minuten vergingen, und die Studentin kam durch das Eingangstor. Sie trug einen orangefarbenen, bedruckten Minirock, ein weißes Top und eine kurze, taillierte Jeansjacke. Suchend wanderte ihr Blick zu den Tischen herüber. Claire erhob sich und trat auf sie zu. Sie hatte das Gefühl, in ihr gestriges Spiegelbild zu schauen. »Salut. Sie müssen Vivienne Tarreau sein. Ich bin Claire Molinet.«

»Madame Molinet, salut. Wie haben Sie mich erkannt? Ach, stimmt, Sie sind ja Detektivin.«

»In diesem Fall war das allerdings keine große Herausforderung. Über Facebook habe ich alles Mögliche über Sie herausgefunden: Telefonnummer, Ihr Aussehen …«

»Hach, ich vergesse immer, so was auf Privatsphäre zu setzen.« Viviennes braune Augen huschten ein weiteres Mal über die besetzten Stühle und blieben kurz an zwei jungen Männern hängen, die am äußersten Rand saßen.

»Sollten Sie vielleicht tun. Besonders bei Fotos und persönlichen Daten. Auch wenn es mir meine Arbeit erschwert.« Claire lächelte sie an. »Was möchten Sie trinken?«

»Einen grünen Tee, bitte.«

Claire ging nach drinnen und bestellte. Als sie mit dem Tee zurückkehrte, fuhr sich Vivienne durch die Haare und warf einen raschen Blick in Richtung der beiden jungen Männer. Schmunzelnd stellte Claire die Teetasse vor der Studentin ab und nahm ihr gegenüber Platz.

»Merci.« Vivienne stützte den linken Ellbogen auf dem Tisch ab und schaute Claire aufmerksam an. »Sie suchen also nach Délia?«

»Das ist richtig. Wann haben Sie sie zuletzt gesehen?«

»Das ist schon eine Weile her, wir hatten ja Semesterferien.

Ich war die meiste Zeit bei meinen Eltern in Menton und bin erst kurz vor Unistart nach Bordeaux zurückgekommen.«

»Hatten Sie den ganzen Sommer über keinerlei Kontakt?«

»Hin und wieder haben wir uns per WhatsApp geschrieben. Und Fotos geschickt. Patrice war nirgends drauf, und in ihren Nachrichten erwähnte Délia ihn auch nicht.« Vivienne nippte an ihrem Tee. »Wieso denken Sie eigentlich, dass sie mehr mit ihm zu tun haben könnte?«

»Eponine, eine Kollegin von Délia aus dem Club, brachte mich darauf. Und als ich Patrice auf Délia angesprochen habe, hat er merkwürdig reagiert.«

»Sonderbar. Wie gesagt, ich habe nichts davon mitbekommen. Aber das muss nichts heißen. Délia hat selten von der Arbeit im Club erzählt.«

»Worüber haben Sie sich denn für gewöhnlich unterhalten?«

»Ach, viel übers Studium – wir haben zusammen gelernt, gemeinsam mit Olive, einer anderen Kommilitonin.«

»So etwas hat Ihr Studienleiter, Monsieur Hourcade, bereits angedeutet.«

»Der alte Widerling – hat er Sie auch angemacht?«

»*Bon*, ich kann nicht behaupten, dass er außerordentlich distanziert gewesen wäre. Extrem aufdringlich und unangenehm hat er sich verhalten.«

»Habe ich mir gedacht.« Vivienne nickte wissend.

»Dagegen sollten Sie etwas unternehmen, am besten alle Studentinnen als Kollektiv. Verbünden Sie sich.« Claire sah Vivienne eindringlich an. »Jedenfalls meinte er, dass Délia am Ende des letzten Semesters verändert war, dass sie beispielsweise unpünktlicher war als gewöhnlich. Haben Sie ebenfalls Veränderungen bei Ihrer Freundin bemerkt?«

»Nun ja, es stimmt schon, Délia kam im Frühjahr hin und wieder zu spät zum ersten Kurs. Besonders an den Donnerstagen.«

»Weil sie mittwochs in der Bar arbeitete.«

»Genau. Ehrlich gesagt, ich dachte mir bloß: endlich mal!«

»Ich verstehe nicht ganz.«

»Endlich mal wird sie ein wenig lockerer. Ist nicht mehr so hundertprozentig korrekt.«

»Ist Délia das sonst?«

»Na, sie ist schon eine ziemliche Musterstudentin. Ausgehen war anfangs nicht so ihr Ding, das mussten Olive und ich ihr regelrecht beibringen. So ist sie ja überhaupt an den Job gekommen.« Sie lachte und zwirbelte sich eine Haarsträhne um den Finger, dabei wanderte ihr Blick erneut in Richtung der beiden jungen Männer. Einer von ihnen schaute herüber und zwinkerte ihr zu. Demonstrativ wandte sich Vivienne wieder an Claire, als habe sie es nicht bemerkt. »Ich glaube, Délia bekommt von zu Hause massiven Druck.«

»Ich habe bereits gehört, dass Monsieur Blanchard nicht glücklich über den Studienfachwechsel seiner Tochter war.«

»Eine dezente Untertreibung. Er hat permanent versucht, sie zu den Betriebswirten zurückzuscheuchen. Und die Mutter klammert wie sonst was. Ruft ständig an, will vorbeikommen und so ein Mutter-Tochter-Ding durchziehen.« Vivienne verdrehte die Augen. »Deswegen hat Délia ihren Eltern ja sogar verschwiegen, wo sie wohnt. Auch von dem Job in der Bar wissen die nichts. Délia wollte endlich selbst über ihr Leben entscheiden.«

Claire fühlte sich in ihren Eindrücken bestätigt. Vivienne war nur wenige Jahre jünger als sie und hatte einen ähnlichen Blickwinkel. Ob sich der so stark veränderte, wenn man älter wurde und eigene Kinder hatte? Oder war es eine Frage der Generation? »Haben Sie Monsieur Blanchard kennengelernt?«

»Einmal, kurz. Da war er ganz nett. Viel umgänglicher, als ich ihn mir nach Délias Schilderungen vorgestellt habe. Aber klar, die Konflikte werden ja nicht vor Fremden ausgetragen.« Nachdenklich rührte die Studentin in ihrer Tasse. »Sie denken, Délias Vater könnte mit ihrem Verschwinden zu tun haben?«

»Ich muss alles in Erwägung ziehen.« Claire dachte an Raouls Worte, dass in den meisten Fällen die Täter im nahen Umkreis des Opfers zu finden waren. Konnte Monsieur Blanchard etwas zu verbergen haben, obwohl er derjenige war, der Claire beauftragt hatte? Doch womöglich war genau das seine Strategie, um von sich abzulenken. »Gibt es sonst noch irgendetwas, das letztes Semester in Délias Leben anders war? Es können Kleinigkeiten sein … Dinge, die Ihnen belanglos erscheinen.«

Vivienne überlegte. »Sie hat angefangen, sich bei so einer Umweltorganisation zu engagieren. Allerdings ging das schon Ende vorigen Jahres los.«

Claire horchte auf. »Was für eine Organisation ist das?«

»Oh, keine Ahnung. Den Namen habe ich mir nicht gemerkt. Ich bin zwar einmal mitgegangen zu einem solchen Treffen, fand es jedoch ziemlich öde.«

Die beiden jungen Männer erhoben sich und steuerten auf den Ausgang zu. Kurz vor dem Tor drehte sich der eine um und lächelte Vivienne an. Sie schickte einen lasziven Augenaufschlag in seine Richtung.

Das uralte Spiel, dachte Claire, und doch immer wieder reizvoll. Sie kannte es selbst so gut. Vivienne war genau wie sie im Jagdalter, und sie schien es voll auszukosten.

Claire wartete einen Moment, dann fragte sie: »Wo fand dieses Treffen statt?«

Vivienne überlegte. »Der Verein sitzt auf dem Gelände vom Darwin Écosystème. Ach, jetzt erinnere ich mich … wir haben damals einen Vortrag besucht, in dem es um den Einsatz von Pestiziden im Weinbau ging. Eigentlich nicht uninteressant, das Ganze, wenn der Redner nicht stinklangweilig gewesen wäre. Hat permanent über irgendwelche Chemikalien geredet, deren Namen unaussprechlich sind. Ich habe irgendwann abgeschaltet, obwohl das Thema bestimmt wichtig ist. Délia dagegen fing sofort Feuer. Sie ist seitdem wohl recht regelmäßig da gewesen. Jedenfalls hat sie ab und an davon erzählt und wollte mich noch mehrmals mitnehmen. Aber mein Ding ist das irgendwie nicht.« Vivienne schlug die Beine übereinander. »Ich habe sie auch gewarnt.«

»Inwiefern?«

»Na, man liest doch immer mal wieder von so krassen Aktionen, bei denen Umweltschützer verhaftet werden, weil sie sich an Bahngleise oder Ölplattformen ketten oder so. Oder diese Greenpeace-Aktion bei den Kanarischen Inseln vor ein paar Jahren, bei der es sogar Verletzte gab. Und ich glaube, einmal ist jemand von einem Fischer mit einer Harpune ins Bein getroffen worden.«

»Hat Délia denn irgendwelche Pläne erwähnt, die in so eine Richtung gehen?«

»Das eigentlich nicht, aber man weiß ja nie, was solche Gruppen aushecken. Und ich bin mir nicht sicher, ob Délia es mir erzählen würde, falls sie in so was verwickelt wäre.«

Claire nahm sich vor, der Sache mit dieser Umweltorganisation nachzugehen. »Kurz noch mal zu Délias Barjob. Haben Sie das Gefühl, dass ihr das Geld, das sie damit verdient, nicht reicht? Machte sie den Eindruck, finanzielle Probleme zu haben?«

Wieder überlegte Vivienne, ehe sie antwortete: »Geld ist ja bei uns Studenten generell eher knapp. Für Délia ist es hingegen ein recht neues Phänomen, seit sie versucht, von ihren Eltern unabhängig zu werden. Es ist ja immer welches da gewesen. Zum ersten Mal in ihrem Leben muss sie sich beschränken. Und selbst Geld verdienen, weil sie Mama und Papa nicht darum bitten möchte. Ich bin da völlig anders aufgewachsen, für mich war es von jeher normal, mir jede Ausgabe zu überlegen.« Sie machte eine kurze Pause, dann fuhr sie fort: »Ich hatte nicht das Gefühl, dass es Délia existenziell belastet.«

»Ich frage jetzt mal ganz direkt: Könnte es sein, dass Délia irgendwelche Drogen nimmt? Oder irgendwie damit zu tun hat?«

»Délia? Niemals! Die ist so was von clean – nicht mal 'nen Joint fasst sie an. *Alors*, nicht dass ich so was, also, ich meine ...«

Claire lachte. »Keine Sorge, ich bin nicht mit der Drogenfahndung verbandelt.«

»Und wenn Sie erwägen, ob Délia dealt, um ihr Budget aufzubessern ... das kann ich mir beim besten Willen nicht vorstellen. Dafür lege ich meine Hand ins Feuer.«

So hatte sich schon mancher übel verbrannt, ging es Claire durch den Kopf, doch sie ließ Viviennes Aussage unkommentiert stehen. Stattdessen erkundigte sie sich, ob Délia in den vergangenen Monaten Dates hatte oder sich gar regelmäßig mit jemandem getroffen hatte.

»Ah, *oui* – ab und zu ist sie mit irgendwem ausgegangen. Selten ein zweites Mal.«

»Haben Sie sich denn nicht als Freundinnen darüber unterhalten? Also, über Typen, die einem gefallen?«

»Klar haben wir das. An der Uni gibt es ein paar, die sie interessant findet, höhere Semester. Allerdings nichts Konkretes.« Vivienne zögerte, ehe sie weitersprach. »Im Frühjahr gab es kurz einen Schweden, der ihr sehr gefiel, er hieß Daniel Nyström. Er verbrachte seinen Urlaub in Bordeaux. Da wurde jedoch nichts draus. Wie sich herausstellte, war er bereits liiert.«

»Hat Délia es schwergenommen?«

»Ein bisschen, zunächst. Sie war enttäuscht. Aber Realistin genug, um zu verstehen, dass eine Beziehung mit jemandem in Stockholm ohnehin kompliziert geworden wäre. Ich glaube, Délia verliebt sich einfach nicht so schnell. Sie ist da viel vorsichtiger mit ihren Gefühlen als ich. Wir haben mal so einen Test in einem Frauenmagazin gemacht, also, was für ein Typ man ist. Ich war ein Schmetterling. Délia ein Schwan.«

»Könnten Sie mir eine Liste mit den Namen derjenigen machen, mit denen Délia in den vergangenen Monaten ausgegangen ist? Und dann am besten eine zweite mit denen, die sie hat abblitzen lassen?«

»Ja, klar. Das geht in Ordnung. Ich werde mit Olive zusammen überlegen.«

»*Merci*.« Claire ging im Geist ihren Fragenkatalog durch. »Gibt es sonst noch etwas, das ich über Ihre Freundin wissen sollte? Irgendetwas Auffälliges oder Besonderes?«

»Puh, im Grunde ist Délia eine ganz normale Studentin. Außer, dass sie in Sachen Musikgeschmack ziemlich old-fashioned ist. Sie steht auf Sting, Bowie, Pink Floyd und sogar die Beatles – all so was, das meine Eltern sich angehört haben.« Vivienne lachte auf. »Und sie kauft tatsächlich noch CDs!«

Claire hatte sogleich das CD-Regal aus Délias Wohnzimmer vor Augen.

»Ich habe immer noch eine Bruce-Springsteen-CD von ihr«, fuhr Vivienne fort. »So eine, die zu einer kompletten Box gehört.«

»Bestimmt *The Collection* 1973-84.« Claire besaß die dunkelrote Box mit den acht Alben ebenfalls, ein Geschenk von Stéfane.

»Kann sein. Sie hat mir mal eines der Lieder vorspielen wollen, sie meinte, die Botschaft darin würde sie beschäftigen. Irgendwas von wegen, dass jeder ein Geheimnis mit sich rumträgt, etwas, das man vor sich selbst versteckt. Und dass manche ihr

Leben lang versuchen, es zu verbergen und ... den Rest weiß ich nicht mehr. Jedenfalls liegt die Scheibe seither hüllenlos in meiner Wohnung rum. Ich habe immer Angst, dass sie verkratzt oder zerbricht oder so was.«

Als Claire wenig später zu ihrem Auto zurücklief, ließ sie das Gespräch in sich nachreifen. Die quirlige, lebenslustige Vivienne hatte Délia ins Nachtleben von Bordeaux gezogen. Das konnte ein Mädchen aus bisher extrem behüteten Verhältnissen ganz schön durcheinanderbringen. Aber Délia hatte in ihren studentischen Leistungen, zumindest, was die Prüfungen betraf, nicht nachgelassen. Ihr Engagement in einer Umweltorganisation war hingegen etwas Neues. Und dass sie ausgerechnet über einen Vortrag zu Pestiziden im Weinbau dazugestoßen war, hatte Claire aufhorchen lassen. Lag da eine Verbindung zu Raouls Fall? Sie zog ihr Telefon hervor, um auf der Seite des Darwin Écosystème nach einer entsprechenden Organisation zu suchen. Das Display zeigte einen entgangenen Anruf von Eponine an. Claire wählte ihre Nummer.

»Allô – Eponine? Claire hier. Du hattest versucht, mich anzurufen?«

»Claire, ça va? Ich wollte hören, wie es vorgestern mit Patrice gelaufen ist. Klingt bestimmt albern, aber ich war ein bisschen ... besorgt.«

»Merci. Ich bin ihm bloß hinterhergefahren. So konnte ich ihn gestern zu Hause besuchen. Wusstest du, dass seine Eltern ein Weingut besitzen?«

»Tatsächlich? Nee, das wusste ich nicht. Hätte ich gar nicht gedacht, so prollig, wie er auftritt.«

»Ich war auch überrascht. Ist sogar ein Château mit klassifizierten Weinen.«

»Oh, là, là – da ist Patrice ja eine richtig gute Partie.« Eponine schwieg einen Moment. »Bist du denn weitergekommen, was Délia angeht?«

Claire horchte in sich hinein. Was sagte ihr Bauchgefühl? Konnte sie Eponine vertrauen? Oder gehörte sie zu den Verdächtigen? Sie entschied sich für Ersteres und berichtete in knappen Worten von ihrer Begegnung mit Patrice.

»Hm, klingt in der Tat, als wisse er etwas. Was willst du jetzt tun?«

»Vermutlich werde ich ihn weiter beschatten müssen.«

»Es gäbe auch noch eine andere Möglichkeit.«

»Die da wäre?«

»Sein Handy. Er bestreitet, mit Délia näheren Kontakt gehabt zu haben. Ich weiß, dass er lügt. Ich habe ihn oft genug mit ihr gesehen. Ich bin mir sicher, dass da mehr war – in irgendeiner Form. Sollten auf seinem Telefon Nachrichten sein, von ihm an sie oder umgekehrt, haben wir was gegen ihn in der Hand.«

»Nur dass ich erst mal an sein Handy kommen muss. Was wohl nicht so leicht werden wird.«

»Ich kann dir helfen. Wenn er wieder hier ist, könnte ich es mir ... ausleihen.«

»Ich will nicht, dass du dich in Gefahr bringst.«

»Ach, das ist keine große Sache. Patrice ist ziemlich nachlässig mit seinem Smartphone. Ist so 'n sperriges Teil, das nicht in die Hosentasche passt. Er legt es immer irgendwo im Hinterzimmer hin. Auf den Tisch, aufs Sofa, auf irgendeine Ablage.«

»Eponine, das kann echt brisant werden. Wir wissen noch nicht, wie weit das alles reicht.«

»Ich passe auf, versprochen. Sobald er auftaucht, meld ich mich bei dir.«

Kapitel 14

— •◆• —

Dass es Samstag war, hielt Raoul nicht davon ab, ins Büro zu fahren. Nachdem er seinen Cappuccino im *Le Garage Moderne* getrunken hatte, machte er sich auf den Weg zum Commissariat.

Unterwegs dachte er über den Abend mit Claire nach. Sie gefiel ihm, als Sparringspartnerin ebenso wie als Frau. Selbstbestimmt, nicht auf den Mund gefallen, clever und noch dazu attraktiv – eine solche Mischung fand sich selten. Raoul freute sich über die aufkeimende Zusammenarbeit zwischen ihnen. Dennoch würde er vorsichtig sein müssen. Die Entscheidung, allein durchs Leben zu gehen, hatte er vor vielen Jahren getroffen. Damals, als er den Glauben an große Gefühle und lange, glückliche Beziehungen verloren hatte. Nach dem radikalen Absturz und der ernüchternden Erkenntnis, dass er sich abgrundtief getäuscht hatte. Die Begegnung mit Daphne hatte seine Mauern kurzfristig und unbeabsichtigt ins Wanken gebracht. Er wollte sich auf keinen Fall gleich ein zweites Mal gefährden. Sosehr er den gestrigen Abend genossen hatte, würde er künftige Treffen mit Claire stärker auf das Berufliche beschränken.

Wenig später betrat Raoul sein Büro. Während der Computer startete, blätterte er durch die Notizen, die er sich gestern gemacht hatte, ehe er zu Bett gegangen war. Er musste mehr über das Château de Venette-Rebeyrol und seine Angestellten herausfinden. Auch um nach einer möglichen Verbindung zu Claires Ermittlungen um die verschwundene junge Frau zu suchen – wenngleich das streng genommen eigentlich nicht seine Aufgabe war.

Raoul rief beim Château an und fragte nach einer Liste aller Mitarbeiter. Er bat darum, diejenigen zu markieren, die schon dort beschäftigt gewesen waren, als Anaïs de Venette noch gelebt hatte, und erhielt die Zusage, dass ihm ein solches Dokument zeitnah zugemailt werden würde.

Tatsächlich traf bald darauf eine Nachricht ein. Achtundfünfzig Menschen waren auf dem Weingut angestellt, dazu kamen in Saisonzeiten noch einmal rund fünfzig Erntearbeiter.

Kurzerhand druckte Raoul die Mail aus, dann fuhr er den Computer runter, packte seine Unterlagen zusammen und verließ das Büro. Bei *Le Fournil de Nina* kaufte er sich ein *Sandwich jambon et fromage*, das er auf dem Weg zu seinem parkenden Wagen verspeiste. Er stieg ein und fuhr los – auf ein Neues in die Graves!

Eine gute halbe Stunde später erreichte Raoul das rosenholzfarbene Château. Zunächst unternahm er einen Streifzug über das Gelände, das er nach seinem gestrigen Besuch nun schon etwas kannte, und sprach jeden an, der ihm unterwegs begegnete. Darunter waren einige Saisonarbeiter, aber auch mehrere Festangestellte. Die meisten von ihnen hatten erst in dieser oder der letzten Saison angefangen, hier zu arbeiten. Es waren überwiegend recht junge Leute, und in Raoul wuchs der Verdacht, dass die Dubos dadurch ihre Kosten senken wollten. Er nahm sich vor, René Fraboulet darauf anzusprechen.

In der Nähe des Weinkellers traf er auf zwei Mitarbeiter, die bereits länger auf dem Weingut beschäftigt waren. Er unterhielt sich eine Weile mit ihnen, und sie bestätigten ihm, was er bisher über Anaïs de Venettes Führungsstil erfahren hatte: streng, aber gerecht. Ansonsten wussten sie nichts Neues über ihre ehemalige Chefin zu berichten, und auch zum Thema ökologischer Weinanbau äußerten sie sich eher zaghaft. Zu den Dubos wollten sie gar nichts sagen, und Raoul wurde das Gefühl nicht los, dass sie von ihren Arbeitgebern angehalten worden waren, sich der Polizei gegenüber zurückhaltend zu geben.

Raoul lief an der Weinlaube vorbei, wo er sich am Tag zuvor mit Jeanne Dubos unterhalten hatte, und kehrte zum Hauptgebäude zurück. Er steuerte auf das Eingangstor zu, als eine aufgebrachte Stimme hinter ihm ertönte.

»Commandant Chénier – ich erwarte, dass Sie mich zumindest darüber in Kenntnis setzen, wenn Sie meine Mitarbeiter vernehmen!« Jeanne Dubos kam von den Lagerhallen her über den Hof auf ihn zu, heute gewandet in ein goldenes, zwei Nummern zu kleines Etuikleid. Das blaue Auge hatte sie mit einer dicken Schminkschicht zu kaschieren versucht, und tatsächlich erkannte man es auf ein paar Meter Entfernung kaum mehr.

»Nur noch einmal zu Ihrer Information, Madame Dubos, ich ermittle in einem Tötungsdelikt. Das – ob es Ihnen nun passt oder nicht – mit Ihrem Weingut verknüpft ist.«

»Haben Sie überhaupt einen Durchsuchungsbefehl?«

»Ich bin überrascht, Madame, dass meine Arbeit hier Sie so stört. Sind Sie etwa nicht daran interessiert, dass wir denjenigen finden, der Ihrer Schwägerin das Leben genommen hat?«

Jeanne Dubos' Gesicht wurde rot.

»Oder haben Sie vielleicht eher Interesse daran, dass die Wahrheit nicht ans Licht kommt?«

»Das ist eine Unterstellung!« Demonstrativ stemmte sie die Fäuste in die nicht vorhandene Taille.

Raoul zwang sich zu einem gelasseneren Ton. »Bon, dann schlage ich vor, dass ich mit meinen Befragungen fortfahre. Ich gebe mir größte Mühe, Ihre Angestellten nicht über Gebühr von der Arbeit abzuhalten, falls das Ihre Sorge sein sollte.«

»Haben Sie eigentlich eine neue Mitarbeiterin, Monsieur le Commandant?« Jeanne Dubos reckte das Kinn nach vorn und sah ihn herausfordernd an.

»Wen meinen Sie?«

»Nun, diese junge Frau, mit der Sie auf dem Parkplatz geredet haben, als Sie gestern hier waren.«

»*Bof* ... bloß eine flüchtige Bekannte.«

»So?« Jeanne Dubos' Blick wurde argwöhnisch.

Raoul beschlich das ungute Gefühl, in eine Falle getappt zu sein. Er hätte sich besser mit Claire abstimmen sollen. Doch weitere Erklärungsversuche würden nur alles verschlimmern. Stattdessen bediente er sich eines unbeteiligten Lächelns und eines Tons, der keinen Widerspruch duldete: »Ist es gestattet, dass ich mit meinen Ermittlungen fortfahre?«

»Ich werde Sie nicht davon abhalten. Trotzdem fände ich es angenehm, wenn Sie mir beim nächsten Mal Ihre Anwesenheit kurz mitteilen würden.« Demonstrativ schaute sie auf ihre protzige Armbanduhr, die sicher so viel gekostet hatte wie ein Kleinwagen. »Ich muss jetzt jedenfalls los, ich habe gleich einen wichtigen Termin.«

Kopfschüttelnd sah Raoul ihr hinterher, wie sie auf ultrahohen Leoparden-High Heels davonstakste.

»*Excusez-moi*, Monsieur?«

Raoul drehte sich um. Einige Meter von ihm entfernt stand eine mächtige Platane, die eine aus rohen Holzscheiten gezimmerte Bank umgab. Ein Mann kam von dort auf ihn zu, unscheinbar und schmal mit einer silbernen Brille im glatt rasierten Gesicht. Nervös blickte er sich um, ehe er Raoul mit leiser Stimme ansprach: »Ich habe Ihr Gespräch mit Madame Dubos mitbekommen. Nicht, dass ich lauschen wollte ...« Offenbar hatte er auf der Rückseite des Baumes gesessen. »Sie sind hier wegen Madame de Venette, *n'est-ce pas?*«

»Das ist richtig. Ich bin Raoul Chénier, Commandant bei der *police nationale* in Bordeaux. Wie heißen Sie?«

»Mein Name ist Francis Abellard.« Mit seinen dünnen flachsblonden Haaren, der hellen Haut und dem beigefarbenen Hemd erinnerte er Raoul an seinen ehemaligen Steuerberater aus Lyon. Lediglich die korrekt gebundene Krawatte fehlte.

»Monsieur Abellard ...« Raoul überflog seine Liste und fand ihn schnell. »Ah, Sie haben also schon damals auf dem Weingut gearbeitet.«

»Ich bin seit neun Jahren auf Château de Venette-Rebeyrol. Als *assistant administratif* der Geschäftsführung.« Der Verwaltungsassistent nahm die Brille ab, zog ein kariertes Taschentuch hervor und begann umständlich, die Gläser zu putzen.

Raoul war gespannt, was der Mann ihm mitteilen wollte. »Dann haben Sie ja diverse Umbrüche erlebt, nach dem Tod von Antoine de Venette und später, als die Dubos die Leitung übernommen haben.«

»Es war beide Male sehr speziell.«

»Könnten Sie das bitte etwas näher ausführen?«

»Monsieur de Venette war ein guter Mann. Ein ruhiger, besonnener und großzügiger Chef. Allerdings war er ein Traditionalist und hatte wenig Interesse daran, Prozesse zu ändern. Oder kritisch zu hinterfragen.« Francis Abellard setzte die Brille wieder auf und steckte das Taschentuch zurück in die Hosentasche. »Verstehen Sie mich nicht falsch, er war nicht unintelligent, nur ... bequem. Seine Frau hingegen – sie ist ja nicht mit dem Weinbau aufgewachsen und hat alles mit deutlich mehr Abstand betrachtet. Sie war es, die darauf gedrängt hatte, die Anbaumethoden zu überdenken und nach neuen, umweltschonenderen Wegen zu suchen.«

»Das hat gewiss zu Konflikten zwischen den Eheleuten geführt?«

»Mag sein. Darüber weiß ich nichts. Solange Monsieur de Venette lebte, hat sie sich zurückgehalten und sich in die geschäftlichen Belange nicht eingemischt. Sie hat eher das Weingut nach außen hin repräsentiert. Doch insgeheim muss sie ihren Mann genau beobachtet und von ihm gelernt haben. Denn nach seinem Tod hat sie sich binnen kürzester Zeit zu einer brillanten Geschäftsfrau gemausert. Viele waren davon überrascht.«

»Aber Sie nicht?«

»Ihre Energie und Tatkraft habe ich schon vorher bemerkt. Und als sie nun allein dastand, hat sie losgelegt. So in der Art wie Präsidentengattinnen, die nach der Amtszeit ihrer Männer ihre eigene politische Karriere starten. Ich glaube jedoch, es hat ihr auch sehr dabei geholfen, die Trauer zu überwinden. Ein neues Château de Venette zu schaffen war ihr Antrieb, das hat sie aufrecht gehalten.«

»Wie standen Sie zu diesen Veränderungen?«

»Ich fand es großartig. Endlich war da jemand, der nicht nur erkannte, was wir da eigentlich mit der Natur und unserer Gesundheit anstellten, sondern der auch aktiv wurde. Etwas ändern wollte. Früher hatten wir ideale Böden – überlegen Sie mal, schon die Römer haben hier Wein angebaut! Und wir haben es geschafft, diesen natürlichen Kreislauf innerhalb kürzester Zeit vollkommen zu zerstören.« Francis Abellard machte eine Pause, dann fuhr er nachdenklich fort: »Manche haben gemurrt, dass sie umdenken und Neues lernen mussten. Ihnen fiel es schwer, zu akzeptieren, dass die Methoden, die sie über Jahrzehnte angewendet hatten, plötzlich nicht mehr gut sein sollten. Besser gesagt – nie gut gewesen sind. Auf einmal ging es nicht mehr darum, möglichst sämtliche Schädlinge der Reben zu eliminieren. Sondern darum, die Pflanzen an sich mit Mitteln aus der Natur zu stärken und zu nähren. Es ist erstaunlich, was man mit einem Aufguss aus hiesigen Wildkräutern, wenn man sie denn wachsen lässt, alles bewirken kann.«

»Können Sie konkretisieren, wer sich gegen Madame de Venettes Ideen gesträubt hat? Gab es jemand Bestimmten?«

»Auf jeden Fall die Leute, die sich um die Pflege der Weinstöcke kümmern. Die mussten sich am meisten umstellen. Und besonders der erste Traktorist hatte es ganz schön schwer, sich an die neuen Vorgaben zu gewöhnen. Er war ...« Francis Abellard zögerte. »Ich habe ein paarmal erlebt, dass er sich heftig mit Madame de Venette gestritten hat.«

»Wie lautet denn sein Name?«

»Yanis Loustalot. Aber dort werden Sie ihn nicht finden.« Er deutete auf die Liste in Raouls Hand. »Madame de Venette hat ihn ersetzt.«

Raoul horchte auf. »Wann ist das gewesen?«

»Lassen Sie mich nachdenken. Das müsste ...« Grübelnd schob Francis Abellard seine Brille ein Stück nach oben. »Ich bin mir ziemlich sicher, dass es im Winter war, zu Jahresbeginn 2014.«

Das war wenige Monate vor Anaïs de Venettes Tod gewesen. »Wissen Sie, was er seither macht?«

»Wenn ich mich richtig erinnere, hat er woanders eine neue Stelle als Traktorist gefunden. Genaueres weiß ich leider nicht.«

Über diesen Yanis Loustalot musste Raoul mehr erfahren. Auch dazu konnte er René Fraboulet befragen, schließlich waren die beiden enge Kollegen gewesen. »Und wie sieht es mit den Reaktionen der umliegenden Weingüter aus? Gab es von der Seite her eventuell Anfeindungen?«

»*Bon*, ich kann mir vorstellen, dass nicht alle der anderen Weinbauern in der Region unbedingt davon begeistert waren.« Francis Abellard rieb sich die Stirn. »Die Kleinen können sich so eine Umstellung zumeist nicht leisten. Sie hangeln sich Saison um Saison durch, und wehe, es verhagelt mal eine Ernte. Da sind die kargen Reserven rasch aufgebraucht. Falls sie überhaupt welche haben – einige kämpfen quasi jedes Jahr ums Überleben, viele sind überschuldet. Sie würden sicher gern zur pestizidlosen Produktion übergehen, doch das würde drei Jahre Verlust bedeuten, und das ist bei den wenigsten drin. Und die großen Häuser ... *bon*, manche von ihnen haben tatsächlich etwas geändert. Die meisten jedoch haben ihr Image, es geht darum, die bestehende Marke zu sichern.« Er zuckte mit den Schultern. »Ihre Erzeugnisse sind nicht selten schon ausverkauft, wenn der Wein noch in den Fässern lagert. Sie wissen ja, wie es ist ... leider. Kurzfristiges Profitdenken bestimmt unsere Geschäftswelt. Um einen Änderungsprozess in Gang zu setzen, müssen entweder die Finanzen bedroht sein. Oder aber jemand mit Idealismus und Weitblick wie Anaïs de Venette gerät in eine Position, Entscheidungen treffen zu können.« Der Angestellte sinnierte einen Moment vor sich hin, ehe er ergänzte: »Um auf Ihre Frage zurückzukommen – von konkreten Anfeindungen oder Drohungen seitens anderer Weinbauern gegen Madame de Venette habe ich nichts mitbekommen.«

»Haben Sie eine Ahnung, wer oder was Madame de Venette zu den Änderungen motiviert und inspiriert hat?«

Francis Abellard dachte einen Moment nach. »Ich denke, für sie spielte der Skandal von Villeneuve-des-Graves eine große Rolle.«

Raoul wurde hellhörig. »Ich weiß nichts darüber, bitte erzählen Sie mir mehr, Monsieur Abellard.«

»*Alors*, das alles begann vor vier Jahren. Es gibt eine Schule, die –«

»Ah, hier sind Sie, Monsieur Abellard.« Im Stechschritt erschien Gérard Dubos, grobschlächtig und mit finsterer Miene. Bestimmt hatte seine Frau ihn hierhergeschickt. »Ich brauche Sie jetzt wegen der Stundenaufstellungen der Saisonarbeiter. Sie entschuldigen, Monsieur le Commandant.« Er machte auf dem Absatz kehrt. Im Weggehen fügte er, ohne sich noch einmal umzudrehen, hinzu: »Es ist dringend!«

Francis Abellard senkte die ohnehin schon leise Stimme und raunte kaum hörbar: »Rufen Sie mich heute Abend nach zehn privat an – haben Sie einen Stift?«

Raoul zog seinen Kugelschreiber aus dem Sakko und notierte die Telefonnummer neben seinem Namen auf der Liste. Hastig verabschiedete sich der *assistant administratif* und eilte seinem Arbeitgeber hinterher.

Einige weitere Gespräche mit Mitarbeitern lieferten Raoul keine neuen Ergebnisse. René Fraboulet hatte heute frei. Ehe Raoul sich auf den Rückweg machte, erfragte er dessen Rufnummer bei dem jungen Mann am Empfang.

Als er in seinem Wagen saß, dachte er über das nach, was er bei seinem heutigen Besuch erfahren hatte. Er lehnte sich in seinem Sitz zurück und ließ den Blick über die Weinfelder schweifen, auf denen die Ernte in vollem Gang war. Ihm fiel Jeanne Dubos' Nachhaken bezüglich einer angeblichen neuen Mitarbeiterin wieder ein. Spontan rief er Claire an.

»Allô?«

»Claire, *c'est* Raoul. Ich muss dir rasch etwas berichten.« Er fasste seine kurze Begegnung mit der Weingutsbesitzerin zusammen. »Jedenfalls fürchte ich anhand ihrer Reaktion, einen Fehler gemacht zu haben, als ich vorgab, du seiest eine flüchtige Bekannte.«

Am anderen Ende blieb es still. Schließlich sagte Claire: »Meine Version war, dass ich dich nicht kenne und dich nur auf deinen Wagen angesprochen habe.«

»Zut!«

»Du konntest es nicht wissen. Ich hätte es dir erzählen sollen. Hast du denn etwas herausgefunden?«

Raoul berichtete von seinem Gespräch mit Francis Abellard. Dann erkundigte er sich nach Claires Treffen mit Vivienne.

»Ich habe erfahren, dass Délia sich in einer Umweltorganisation engagiert, die sich unter anderem gegen den Pestizideinsatz im Weinbau starkmacht. Ich gehe dem nach und halte dich auf dem Laufenden.«

Ehe er sich verabschiedete, sagte Raoul: »Du musst es Vivienne sagen, dass du dich für sie ausgegeben hast.«

Vom Fenster in seinem Büro aus betrachtete Léon Pasquet die Frau, die umständlich aus ihrem anthrazitgrauen SUV kletterte, ihr Kleid glatt strich und äußerst unelegant auf zu hohen Schuhen in Richtung Eingang stakste. Ein eng geschnittenes Kleid aus goldenem Glanzstoff, jedes Pölsterchen noch einmal extra betont – was für ein Selbstbild hatte Jeanne Dubos bloß von sich? Fand sie sich in einem solch grotesken Aufzug wirklich schön? Vermutlich versuchte sie, ihrer mondänen Schwägerin nachzueifern, aber das Resultat blieb schlicht und ergreifend billig. Egal, wie viel ihre Garderobe auch gekostet haben mochte.

Er wandte sich ab und ging zum Schreibtisch. Was sie wohl von ihm wollte? Gestern Abend hatte sie ihn angerufen und um ein Treffen gebeten. Als Präsident der UCG hatte er schlecht ablehnen können.

Mathilde, die neben ihm auf der Terrasse gesessen und das Telefonat mitbekommen hatte, ohne zu wissen, wer die Anruferin war, hatte ihn mit argwöhnischem Gesichtsausdruck angesehen. Und nichts gefragt. Kurz hatte er in Erwägung gezogen, ihr zu sagen, dass es Jeanne Dubos gewesen war. Dann hatte er es gelassen. Er hatte derzeit keine Affäre, musste nichts verstecken, spielte kein doppeltes Spiel. Es war eh fraglich, ob sie ihm die einfache Wahrheit geglaubt hätte. Die bisher angenehme Stimmung zwischen ihnen an diesem lauen Spätsommerabend hatte sich abgekühlt, ihr Gespräch war nicht wieder richtig in Gang gekommen, und wenig später war Mathilde ins Haus gegangen.

Léon spürte noch immer einen dumpfen Groll in sich, als er Jeanne Dubos dort unten auf dem Parkplatz sah. Mit ihrem Anruf hatte sie so viel Ungesagtes geweckt, das in letzter Zeit friedlich geruht hatte. Er hatte überhaupt keine Lust, sich mit diesem geschmacklosen Weib auseinanderzusetzen. Doch Jeanne Dubos hatte darauf bestanden, unbedingt mit ihm sprechen zu müssen. Den Grund hatte sie ihm am Telefon nicht sagen wollen.

Kapitel 15

—◆—

»Et voilà!« Philippe stellte einen breiten Weidenkorb auf den Tisch. Wie üblich erschien er gut zwanzig Minuten nach der vereinbarten Zeit. Auch daran war Claire inzwischen gewöhnt. Ging es um wichtige Termine, schaffte er es in der Regel, pünktlich zu sein. Aber zu Verabredungen bei ihr zu Hause kam er immer deutlich zu spät. Claire hatte es aufgegeben, sich darüber aufzuregen. Stattdessen hatte sie sich angewöhnt, mit dem Kochen erst zu beginnen, wenn er eingetroffen war. So konnte sie ihn gleich zum Gemüseschnippeln oder Ähnlichem einspannen.

Doch heute Abend würde sie kein mehrgängiges Menü auffahren. Zur Weinprobe sollte es bloß ein paar Kleinigkeiten geben. Claire hatte bereits die Flaschen geöffnet, um den Wein atmen zu lassen. Nun packte sie Philippes Mitbringsel aus: frisches dunkles Brot in Form eines großen Kringels – das sogenannte Couronne –, drei verschiedene Käsesorten, foie gras de canard, rillettes de poulet rôti und eine bis oben hin gefüllte Tüte mit Weintrauben.

»Bin heute bei Bekannten auf deren Weingut bei der Lese eingesprungen.« Er zwinkerte ihr zu. »Und ja – WEINtrauben sind natürlich keine Esstrauben, aber ich finde, sie schmecken ziemlich gut. Oder was meinst du?«

Er steckte Claire eine der kleinen, schwarzblauen Früchte in den Mund, und sie musste ihm recht geben. Wen störten schon die etwas dickere Schale und der geringere Fruchtfleisch-Anteil, wenn der Saft dafür so unglaublich süß und konzentriert war.

Gemeinsam richteten sie alles auf dem wuchtigen Esstisch an, wobei ihre Handgriffe nahtlos ineinander übergingen, ohne dass sie sich absprechen mussten.

Zuletzt stellte Claire eine malvenfarbene Vase mit Sonnenblumen mittig auf den Tisch.

»Na, das kann sich sehen lassen!« Anerkennend nickte Philippe ihr zu.

»Das wird sich gleich zeigen.« Claire griff nach ihrer Kamera, die auf einer Kommode bereitlag, und machte einige Fotos. Im Display überprüfte sie Schärfe und Ausschnitt. »Kannst du mal den Wasserkrug ein Stück nach links schieben?«

Es dauerte eine Weile, bis sie sämtliche Gegenstände an der richtigen Position arrangiert hatten, aber schließlich war Claire zufrieden. »Da ist genug dabei, was ich für den Artikel und auch für Instagram verwenden kann.«

»*Bof* – das ist ja echt aufwendiger, als ich gedacht habe.« Philippe steckte sich eine Weintraube in den Mund.

Claire legte den Apparat behutsam zurück in die Fototasche. »Wenn du das Bloggen seriös betreiben willst, musst du hochwertiges Bildmaterial benutzen. Mit Schnappschüssen kommst du da nicht weit. Ich bin froh, dass es mittlerweile nur noch ein angenehmer Zeitvertreib ist. Doch natürlich muss ich weiterhin professionelle Maßstäbe anwenden, wenn ich mal etwas veröffentliche.« Sie goss ihnen vom ersten Testwein ein und reichte Philippe ein Glas.

»Mit welch edlem Tropfen beginnen wir denn?« Er ließ die rubinrote Flüssigkeit kreisen und roch dann daran. »Lässt mich jedenfalls an einen Herbstspaziergang im Wald denken.«

Claire tat es ihm nach. »Hier haben wir einen Château Bardins

Rouge, Jahrgang 2009, aus Pessac-Léognan im Graves-Gebiet. Ein feines Familienunternehmen, wo noch komplett mit der Hand geerntet wird. Sie setzen total auf Nachhaltigkeit.« Claire probierte den ersten Schluck und ließ ihn im Mund herumwandern. »Oh, là, là – das ist mal ein Start! Mild und würzig, weiche Tannine – was meinst du?«

Philippe nahm sich Zeit, ehe er ihr antwortete. »Ich schmecke Brombeeren, Kirsche und – Holunder.«

Claire trank einen weiteren Schluck. »Und Veilchen – definitiv. Plus ein Hauch dunkle Schokolade.« Sie angelte nach Schreibblock und Stift, die auf dem Stuhl neben ihr bereitlagen, und machte sich ein paar Notizen. »Kannst du mir mal die Rebsorten diktieren?«

»Une seconde ...« Philippe griff nach der Flasche und las das Etikett auf der Rückseite. »Fünfzig Prozent Merlot und jeweils fünfundzwanzig Cabernet Sauvignon und Cabernet Franc. Brauchst du noch mehr Angaben für deinen Artikel?«

»Alles, was ich finden kann! Die Homepages geben schon einiges her. Ich möchte aber noch mal persönlich mit den Leuten sprechen. Am besten wäre es, ich fahre überall vorbei – wenn ich irgendwann dazu komme.«

»Apropos, wie sieht's denn inzwischen mit deinem Fall aus?«

Claire stellte das Glas auf dem Tisch ab. »Heute habe ich erfahren, dass Délia sich bei einer Umweltorganisation engagiert, die im Darwin Écosystème sitzt.«

»Dabei kann es sich eigentlich nur um die BAPC handeln. Steht für *Bonne Action pour la planète et les créatures*.« Philippe schnitt sich ein Stück *Saint-Nectaire* ab. »Göttlicher Käse!« Er trank einen Schluck Wein dazu.

Claire nahm sich eine Scheibe Brot und bestrich sie mit Foie Gras. »Was weißt du über diese Organisation?«

»Ihr Vorsitzender heißt Sylvain Ferrand. Er ist Anfang vierzig und setzt sich seit seiner Jugend für den Umweltschutz ein. Die BAPC hat er vor zwanzig Jahren gegründet. Beim diesjährigen Tag der offenen Tür haben sie das Jubiläum ausgiebig gefeiert.«

»Kennst du diesen Sylvain Ferrand persönlich?«

»Ich habe ihn ein paar Male getroffen und mich mit ihm unterhalten. Ganz sympathischer Typ. Er wollte mich unbedingt für seinen Verein gewinnen.«

»Und du? Das ist doch genau dein Thema.«

»Schon, aber ...« Ein Lächeln, das sich irgendwo zwischen schuldbewusst und erklärend einordnen ließ, schlich sich in seine Mundwinkel. »Du weißt ja, ich mache mich nicht so gern von irgendwas oder irgendwem abhängig. Das gilt auch für Vereine und Organisationen.«

»Unverbesserlich unverbindlich, ich verstehe.« Claire kostete mehr von dem Wein. Er war wirklich ausgezeichnet. »*Bon*, dann schaue ich gleich morgen bei denen vorbei.«

Sie plauderten eine Weile über verschiedene Dinge, bis Claire schließlich aufstand und zur Küchenanrichte hinüberging, auf der zwei weitere Weine warteten. Mit einem davon kam sie zurück. »Als Nächstes hätten wir da den Château Saint Ahon aus dem Haut-Médoc, selber Jahrgang. Ebenfalls ein Familienbetrieb. Zusätzlich zu den drei Rebsorten von unserem ersten Wein wird dort auch noch Petit Verdot angebaut, eine sehr spät reifende Rotweinsorte. In kleinen Mengen hinzugefügt, verleiht sie dem Wein mehr Stärke und Langlebigkeit.« Sie goss zwei Fingerbreit davon in frische Gläser und nahm wieder Philippe gegenüber Platz.

»*Santé*.« Sie sahen einander an, und für einen Moment durchfuhr es Claire, wie es wohl wäre, mit Raoul hier zu sitzen. Schnell schob sie den Gedanken beiseite, während sie den Wein kreisen ließ.

Ein Klingelton durchschnitt die angenehme Stille des Raumes.

Philippe setzte sein Glas auf dem Tisch ab. »Dein Telefon oder meines?«

»Meines.« Claire stand auf und eilte in den Flur. Für gewöhnlich stellte sie ihr Smartphone stumm, wenn sie Besuch hatte. Doch da Eponine angekündigt hatte, sie würde sich melden, sobald es etwas Neues bezüglich Patrice gab, hatte sie heute darauf verzichtet.

Tatsächlich war es die junge Barfrau. »Claire? Er ist hier. Patrice. Ich habe gerade sein Handy eingesteckt. Kannst du herkommen?«

Nachdem sie aufgelegt hatte, bestellte sich Claire sogleich ein Taxi, ehe sie ins Wohnzimmer zurückkehrte. »Philippe, *je suis désolée* – aber wir müssen unsere Weinprobe abbrechen. Ich muss sofort nach Bordeaux.« Während sie von dem kurzen Telefonat mit Eponine berichtete, warf sie sich eine Jacke über und steckte Schlüssel und Telefon in die Taschen.

Energisch erhob sich Philippe. »Dieses Mal komme ich mit. Keine Widerrede.«

Raoul saß mit einem Glas Château Verdier Blanc auf seiner Terrasse. Vor ihm auf dem Tisch lagen der Zettel mit Francis Abellards Telefonnummer sowie sein Notizbuch samt Stift. Es war drei Minuten nach zehn, als er die Nummer eintippte. Der *assistant administratif* nahm sogleich ab.

»Allô?«

»*Bonsoir*, Monsieur Abellard, *c'est* Raoul Chénier. Ich hoffe, es passt bei Ihnen?«

»Absolut!« Die aufgeräumte Stimme am anderen Ende hatte wenig gemein mit dem zurückhaltenden Mann auf dem Weingut.

»Als wir unser Gespräch beenden mussten, erwähnten Sie einen Skandal vor sechs Jahren. Ich würde gern mehr darüber erfahren.«

»Alors, es gibt eine Schule, die liegt am Rande von Villeneuve-des-Graves, das ist ein kleiner Ort mitten im Graves-Weingebiet. Einige Weinfelder grenzen daran, allerdings keine von uns. Eines Tages, alle Kinder waren draußen, zog eine Wolke in Richtung Schulgelände. Die Felder waren frisch gespritzt worden. Kurz darauf klagte ein Großteil der Schüler über Übelkeit, Kopf- und Magenschmerzen. Manchen wurde schwindelig, sie bekamen rote Augen und Hautausschläge. Einzelne kollabierten, eine Lehrerin kam sogar ins Krankenhaus. Großer Rettungseinsatz, aber danach passierte von offizieller Seite her nichts. Die Rektorin fing an nachzuforschen, welche Mittel verwendet worden sind und was für Nebenwirkungen sie haben könnten. Schnell war für sie klar, dass es einen Zusammenhang geben musste zwischen der Reaktion der Kinder und den in den Spritzmitteln enthaltenen Pestiziden. Doch ihr Protest stieß auf taube Ohren.«

Raoul hatte sich hastig Notizen gemacht. Jetzt ließ er den Stift sinken. »Das ist ja nicht zu fassen! Hat denn keiner die Vergiftungen der Polizei gemeldet?«

»Offenbar nicht.«

»Laut Gesetz sind ›unangemessene‹ Sprühungen in den Weinbergen strafbar. Bis zu sechs Monate Gefängnis und hundertfünfzigtausend Euro Geldbuße können verhängt werden.«

»Ich weiß.« Francis Abellard seufzte. »Der traditionelle Weinbau ist nun einmal tief verankert in unserer Region und einer der wichtigsten Wirtschaftszweige. In den kleinen Dörfern sind viele von den Weingütern abhängig. Das schreckt ab, Missstände zu melden.«

»Und Sie vermuten, dass dieser Skandal der Grund war, weswegen Anaïs de Venette auf ökologischen Weinanbau umgestellt hat?«

»Sie hat schon vorher darüber geklagt, dass diese Gifte, die ständig gespritzt werden, nicht gut seien. Und gemeint, es müsse doch Alternativen geben, die keine Risiken bergen. Dann erfuhr sie von dem Schulskandal. Sie suchte die Rektorin auf und wollte sie unterstützen.«

»Kennen Sie den Namen der Schulleiterin?« Raoul zückte den Stift von Neuem.

»Geneviève Castaing. Ihr Engagement ist enorm. Sie lässt nicht locker, egal, wie viele Steine ihr in den Weg gelegt werden.«

Raoul beschloss, so bald als möglich Kontakt zu Madame Castaing aufzunehmen. »Eine Sache noch, Monsieur Abellard – welches Weingut war denn für diesen Skandal verantwortlich?«

Eine knappe Stunde später trafen Claire und Philippe vor dem *Le Poisson Qui Chasse* ein. Claire hatte Eponine vom Taxi aus angerufen, als sie vom Quai de Paludate in die Rue de Saget eingebogen waren, und die Barfrau hatte sie gebeten, zum seitlichen Personaleingang zu kommen. Patrices weiße Porsche parkte am Straßenrand gleich vor einem schummrig beleuchteten schmalen Weg zwischen den Häusern. Dort musste der Personaleingang sein. Sie hatten gerade eine dunkelgrüne Metalltür mit der Aufschrift PRIVÉ erreicht, als sich die Tür öffnete und Eponine herausspähte.

»Ah, du bist da – *parfait!*« Sie drückte Claire ein Smartphone in die Hand. »Ich habe vorhin auf der Toilette schon mal reingesehen – ich hatte recht. Es gibt eine Menge Messages zwischen den beiden. Und auch Fotos. Was ist dein Plan? Ich muss schnell wieder rein.«

»Wow – Eponine. Das ist echt eine große Sache. Aber ...« Claire betrachtete das Gerät. »Hast du etwa den Code?«

»131294.«

Claire tippte die Ziffern ein, und auf dem Display erschien ein Bild des Rappers Rohff. Verblüfft sah sie die Barkeeperin an. »Okay – und woher kennst du den?«

Nicht ohne Stolz strahlte Eponine sie an. »Ich beobachte gern. Kleine Alltagsdinge, mit denen ich meinen Kopf trainiere. Es ist keine hohe Kunst, so was rauszukriegen, wenn jemand die Hand nicht mit der anderen beim Tippen bedeckt. Und – by the way – es ist Patrices Geburtsdatum.«

»Bist du insgeheim eine Hackerin?«, schaltete Philippe sich dazwischen, der sich bisher im Hintergrund gehalten hatte.

Eponine sah ihn verwundert an. Sie hatte ihn wohl noch gar nicht registriert. Claire stellte die beiden einander vor.

»Enchanté.« Philippe lüftete einen imaginären Hut.

»Ganz meinerseits.« Eponine warf einen Blick durch die Tür ins Innere. »Jetzt muss ich aber wieder rein. Sonst muss ich meinen Kollegen verklickern, ich hätte 'ne Blasenentzündung oder so, weil ich so oft aufs Klo renne. Alors – wie willst du mit dem Ding verfahren?« Sie deutete aufs Smartphone.

»Ich werde von den wichtigsten Sachen Fotos machen, als Beweismaterial. Danach können wir es unauffällig zurückschmuggeln. Hoffen wir, dass er bis dahin nichts merkt.«

»Alles klar. Ruf mich einfach an, wenn ihr so weit seid.« Eponine nickte ihnen zu, dann verschwand sie, und die Tür schloss sich hinter ihr.

Claire betrachtete das Telefon in ihrer Hand. »Ich denke, wir suchen uns dafür eine andere Ecke, nicht, dass uns hier jemand überrascht.«

»Unmittelbar bevor uns das Taxi abgesetzt hat, sind wir an einem kleinen Platz mit Bäumen und Bänken vorbeigekommen«, schlug Philippe vor.

»Okay, lass uns dorthin gehen.« Als Claire zur Straße blickte, sah sie gerade noch eine Gestalt verschwinden. Ein Mann, der in ihre Richtung geschaut hatte. Oder hatte sie sich das bloß eingebildet?

Bald darauf saßen die beiden auf einer Bank unter einer ausladenden Kastanie. Als Erstes schaute Claire in Patrices Telefonbuch nach und fand direkt einen Eintrag unter dem Namen DÉLIA. Sie suchte in den gespeicherten SMS, doch dort gab es keine Konversation mit ihr. Dafür wurde Claire bei den WhatsApp-Nachrichten fündig.

»Ha, jetzt haben wir dich!«, entfuhr es ihr, als sich auf dem Display eine lange Unterhaltung aufrollte. Meist waren es kurze Sätze wie: »*morgen 16h am mirroir d'eau?*« oder »*2nite im le p?*« Anfänglich war es Patrice gewesen, der den Kontakt gesucht hatte, aber irgendwann hatte Délia von sich aus begonnen, Verabredungen vorzuschlagen.

Ab und zu hatten sie sich Fotos geschickt. Claire entdeckte ein paar Schnappschüsse, die Délia im Club zeigten, sowie Bilder von Patrice beim Sport und mit seinem Auto.

Die letzten Nachrichten stammten vom Donnerstag, dem einunddreißigsten August. Patrice hatte geschrieben: »*bis morgen halb 3*«, und Délia hatte geantwortet: »*perfekt*☺«.

Claire blickte Philippe an. »Das ist der Beweis, dass Patrice gelogen hat. Die beiden haben sich regelmäßig getroffen, und das sogar noch kurz vor Délias Verschwinden.«

Sie zog ihr eigenes Telefon aus der Jackentasche und fotografierte einen Großteil der Nachrichten plus manche der Bilder, darunter auch ein Selfie von Délia und Patrice. Nun öffnete Claire den Ordner mit den Fotos und sah diesen durch. Es gab eine so einige, auf denen Délia zu sehen war. Claire klickte eines an, auf dem die Studentin mitten in einem Weinfeld stand, und scrollte weiter nach unten. »Dieses ist auf Château de Venette-Rebeyrol aufgenommen. Mann, wie ich diese moderne Technik liebe.« Sie schaute Philippe an. »Das hier ist Gold wert.«

Er runzelte die Stirn. »Wir sollten uns etwas beeilen, denke ich.«

»Du hast recht – Eponine hat schon genug riskiert.« Claire machte noch ein paar Beweisfotos, dann erhob sie sich. Also los, bringen wir's zurück.«

Während sie die kurze Strecke zum Club zurückliefen, versuchte Claire vergeblich, Eponine zu erreichen.

»Vielleicht bedient sie gerade und kann nicht rangehen.« In Philippes Stimme hatte sich ein besorgter Unterton geschlichen, den er überspielen wollte, doch dafür kannte Claire ihn zu gut.

Sie beschleunigte ihre Schritte. »Ich habe ein ungutes Gefühl.« Noch einmal probierte sie es, aber Eponine nahm nicht ab.

Kapitel 16

— ●◆● —

Das letzte Stück rannten Claire und Philippe. Gerade als sie den Club erreichten und in den schmalen Weg zwischen den Häusern einbogen, flog die Tür des Personaleingangs auf, und Carlos stürmte heraus. Er zog Eponine am Arm hinter sich her.

»Was hast du mit diesen beiden zu schaffen? Hast du ihnen was vertickt? So jemanden wie dich können wir hier nicht gebrauchen!« Er packte Eponine hart an den Oberarmen und schüttelte sie. Die linke Gesichtshälfte der Barkeeperin war geschwollen, ihre Lippe aufgeplatzt.

»Lass sie sofort los!« Philippe schritt gelassen und bestimmt zugleich auf sie zu.

Carlos' Kopf schnellte herum. »Scher dich zum Teufel! Das geht dich nichts an. Das ist intern.«

»Es geht mich durchaus etwas an, wenn ein Mann eine Frau schlägt.«

Carlos ließ Eponine los und kam drohend auf Philippe zu. »Pass mal gut auf – du drehst dich jetzt um und ziehst mit deiner *putain* wieder ab. Misch dich nicht in meine Angelegenheiten. Und ich vergesse, dich hier gesehen zu haben.«

»Garantiert nicht.« Philippe blieb stehen, wich jedoch keinen Millimeter zurück. Mit der erstaunlichen inneren Ruhe, um die

Claire ihn besonders in einer solchen Situation beneidete, schaute er dem vor Wut schäumenden Carlos selbstbewusst ins Gesicht.

»Du hast es nicht anders gewollt.« Carlos stürmte auf Philippe zu und versuchte ihn mit einem Schlag zu Boden zu strecken. Eponine schrie auf und drückte sich an die Mauer. Geschickt wich Philippe seinem Angreifer aus. Carlos stolperte, fing sich aber im letzten Moment und stürzte sich erneut auf Philippe. Diesmal erwischte er ihn fast, doch Philippe wich abermals aus, sodass Carlos lediglich seine Schulter mit der Faust streifte.

Philippe wirbelte herum und bekam mit der rechten Hand Carlos' rechten Arm zu fassen. Er beugte sich kurz nach vorn, streckte den linken Arm durch und zog ihn gegen Carlos' Oberkörper und Hals gedrückt nach oben und hinten weg. Carlos landete auf dem Rücken, rappelte sich jedoch sofort wieder hoch. Wild vor Wut stürmte er auf ein Neues los.

Während Claire die beiden beobachtete, wandelte sich ihre anfängliche Furcht zu einer Faszination. Carlos, der Philippe an Muskelkraft gewiss überlegen war, besaß keine Chance gegen dessen tänzelnde Taktik und das präzise Kalkül. Während der eine von Testosteron und Emotionen aufgeladen blind drauflosdrosch, bewegte sich der andere geschmeidig und hoch konzentriert im Kreis um seinen Gegner herum und setzte seine Schläge gezielt ein.

Eponine war in den schattigen Hintergrund zurückgewichen, hockte nah der Mauer und hielt sich die Hände schützend vors Gesicht.

Carlos schwächelte sichtlich, war aber noch nicht bereit aufzugeben. Mit aller Kraft versuchte er nun in einer Salve aus nicht enden wollenden Boxschlägen, seinen Gegner zu bezwingen. Doch Philippe wand sich abermals schlangenartig weg, um Carlos blitzartig einen Tritt gegen den Unterschenkel zu versetzen. Carlos ging augenblicklich brüllend zu Boden. Während er keuchend und wie gelähmt dalag, huschte Eponine entlang der Mauer an den beiden vorbei zu Claire.

Philippe atmete durch und schüttelte seine Arme aus, dann trat er neben Carlos, der vergeblich probierte, auf alle viere zu kommen. Mit einer Stimme, die aus einem unbekannten Abgrund aufzusteigen schien, sagte er: »Beim nächsten Mal mache ich Ernst.« Damit kehrte er zu den beiden Frauen zurück.

»Bist du verletzt?« Besorgt sah Claire ihn an.

»Durch so eine Nullnummer? Nichts als heiße Luft.« Er wandte sich Eponine zu und betrachtete prüfend ihre Verletzungen. »Aber um dich müssen wir uns kümmern.«

Vorsichtig betastete Eponine ihr Gesicht und sah erschrocken auf ihre blutigen Finger.

»Deine Lippe ist aufgeplatzt.« Claire zog ein Taschentuch aus einer Jackentasche und reichte es ihr. »Wir müssen die Schwellung kühlen. Lass uns von hier verschwinden.« Sie drehte sich noch einmal um, und in diesem Moment erblickte sie Patrice, der im Türrahmen stand und fassungslos auf den am Boden kauernden Carlos starrte. Sie fasste Philippe am Ärmel und wies auf Patrice. »Das ist er.«

Mit wenigen Sätzen war Philippe bei ihm und verstellte den Eingang zum Club. »Und du kommst jetzt mal mit.«

»Aber ...«

»Von aber sind wir meilenweit entfernt.« Philippe deutete auf Carlos. »Dein Kumpel ist mindestens eine weitere Viertelstunde kampfunfähig. Das passiert, wenn man einen Vitalpunkt trifft. In diesem Fall den Wadenmuskel. Hätte ich drei Punkte gleichzeitig bearbeitet, wäre er ohnmächtig geworden. Bei vieren können Organe beeinflusst oder der Gegner gar getötet werden. Muss ich noch deutlicher werden?«

Für den Bruchteil einer Sekunde blitzte etwas in Patrices Augen auf, und sein Körper spannte sich an. Doch Philippes bestimmte Haltung, seine Worte und der seltsame Klang seiner Stimme setzten sich durch.

Widerwillig folgte Patrice ihm. »Was ist denn überhaupt los?« Unsicher schaute er in Eponines verletztes Gesicht, ehe er rasch den Blick senkte.

»DAS war dein liebreizender Kumpel!« Claire musste sich zusammenreißen, so sehr hatte das alles sie aufgewühlt. Sanft legte sie Eponine eine Hand auf die Schulter.

Ohne dass sie sich abgesprochen hätten, liefen sie in Richtung des kleinen Platzes, auf dem Claire und Philippe zuvor Patrices Handy durchkämmt hatten. Sie nahmen ihn in die Mitte, während Eponine auf Claires anderer Seite ging.

Zu Claires Überraschung kam Patrice ihrer Aufforderung, sich auf eine der Bänke zu setzen, anstandslos nach. Philippe blieb nahe bei ihnen stehen, Eponine ließ sich auf die Nachbarbank sinken. Immer noch drückte sie Claires Taschentuch auf ihre Lippe.

»Und was wollt ihr jetzt von mir?« Patrice streckte die Beine aus und versuchte, einen gelangweilten Eindruck vorzutäuschen.

»ICH bin es, die etwas von dir wissen will.« Claire hatte sich ihm zugewandt und beobachtete ihn genau. »Wo ist Délia?«

»*Merde!* Seid ihr denn alle übergeschnappt? Was habt ihr bloß ständig mit der Bitch – steckt ihr etwa mit dieser Vivienne unter einer Decke? Ich weiß nicht, wo Délia ist.«

»Du hast behauptet, dass du keinen näheren Kontakt zu ihr hast. Dass ihr euch lediglich flüchtig aus dem Club kennt.«

»Ist ja auch so. Aber das –«

»Lüg mich nicht an.«

»Ich lüge nicht.«

»Merkwürdig«, begann Claire langsam, »und wie erklärst du dir die Nachrichten und Fotos auf deinem Telefon, *eh*?« Sie zog Patrices Handy aus der Jackentasche.

»*Mais* ... wie hast du -? Woher hast du – wieso kennst du meinen Code? Gib mir mein Phone zurück! Du hast kein Recht –« Patrice ballte die Fäuste.

Claire rechnete mit einem Ausbruch, womöglich gar mit einem Angriff, doch der blieb aus. »Erst die Wahrheit!«

»Da kannst du lange warten, *salope*.«

»Aber bitte – hat dir deine Mutter keine Manieren beigebracht?«, schaltete sich Philippe mit strengem Ton dazwischen. »Falls du übrigens auf Unterstützung von deinem Kumpel hoffst, der wie ein missglücktes Soufflé zusammengefallen ist – da muss ich dich enttäuschen. Sein kleiner Schwächeanfall hält noch eine Weile an, also solltest du besser mit uns kooperieren.«

»Und wenn du nicht mit mir sprichst, liefere ich das Ding eben bei der Polizei ab. Die werden sicher hellhörig werden, wenn sie von deinen Lügen erfahren – wo Délia bei ihnen bereits als vermisst gemeldet ist.« Claire steckte das Telefon wieder ein und machte Anstalten, sich zu erheben.

»Okay, okay – wir haben uns getroffen.« Patrice atmete hörbar aus. »Ich ... Délia ist eine Wahnsinnsfrau. Alle Typen im Club fanden sie heiß. Und als sie sich für mich zu interessieren begann – das war schon ziemlich nice. Ich meine – von solchen Frauen laufen nicht viele rum in Bordeaux.«

»Ihr habt euch also regelmäßig verabredet. Und dann?«

»Nichts dann. Das war's.«

»Wart ihr zusammen?«

»Wenn du wissen willst, ob wir ein Paar waren, so mit Händchenhalten und so – nee, das ist nix für mich.«

»Ihr habt euch einfach so ab und zu getroffen?«

»Na, so, wie man das eben macht, *boy and girl*, wenn man aufeinander steht und Spaß miteinander hat.« Patrice feixte. »Und den hatten wir. Nach außen hin war sie ja immer so die korrekte, feine Dame. Dabei stand sie im Bett auf ...« Er brach ab, als er Philippes Blick auffing. »Aber mit ihrem Verschwinden habe ich nichts zu tun, ehrlich.« Seine Augen huschten von Claire zu Philippe und wieder zurück. »Kriege ich jetzt mein Phone?«

»Ich bin noch nicht fertig. Das letzte Mal gesehen habt ihr euch am Freitag, dem ersten September?«

»Kann schon sein. Weiß ich nicht mehr so genau. Da müsste ich nachsehen. Aber das kann ich ja gerade nicht.«

»Das habe ich bereits für dich getan. Es war der erste September. Am Abend vorher hast du ihr geschrieben, du würdest gegen halb drei zu ihr kommen.«

»Dann wird das wohl auch so gewesen sein.« Patrice faltete die Hände, streckte die Arme durch und ließ die Fingergelenke knacken.

»Jetzt schmeiß gefälligst dein Hirn an, und denk nach. Ich habe keine Lust, die ganze Nacht hier zu verbringen.«

»Na, da war ich vermutlich an dem Nachmittag bei ihr.«

»Und das wäre wo genau?

»In ihrer Wohnung an der Place Saint-Projet.«

»Und was habt ihr gemacht?«

»Wir hatten Sex.«

»Und danach?«

»Noch mal.«

Patrices unverschämtes Grinsen ging Claire auf den Geist, doch sie riss sich zusammen. »*Alors*, habt ihr die Wohnung auch verlassen?«

»*Non.*«

»Und dann?«

»Was dann?«

»Du bist also irgendwann wieder gefahren?« Claire erhöhte das Tempo. Sie musste Patrice dazu bringen, spontaner zu antworten.

»Oui.«

»Wann war das?«

»Also, wenn du jetzt die genaue Uhrzeit wissen willst, da muss ich passen.«

»War es am Abend oder am nächsten Morgen?«

»Am Abend. Ich hatte noch was vor.«

»Und was?«

»Das geht dich nichts an.« Gereizt kickte Patrice einen Kiesel fort.

»Solange Délia nicht wieder da ist, schon.«

»Ich war mit Carlos im Club verabredet.« Er verdrehte genervt die Augen. »Bist du endlich fertig?«

Claire wählte einen beiläufigen Ton, als sie ihm die nächste, verminte Frage servierte: »Was hat es eigentlich mit diesem Päckchen auf sich, das du vorgestern Nacht in Martillac abgeholt hast?«

Mit einem Mal sah Patrice alarmiert aus. »Was meinst du? Ich weiß nichts von einem –«

»Ich habe dich gesehen.« Claire ließ ihn nicht aus den Augen.

»Du musst dich geirrt haben.«

Jetzt holte Claire ihr eigenes Telefon heraus. Sie blätterte in den Fotos, bis sie das entsprechende Bild gefunden hatte, und hielt es Patrice unter die Nase. »Nun raus mit der Sprache – was war das für eine Aktion?«

Patrice zupfte an einem Stück abblätternder Farbe der Bank. »Das sollte ich für Carlos abholen. Keine Ahnung, was drin war.«

»Ich glaube dir kein Wort.«

»Wenn ich's dir doch sage, frag Carlos.«

»Weiß er etwas über Délias Verschwinden?«

»Keine Ahnung.«

»Wo ist Délia?«

»Ich weiß es nicht!«

»Wieso hast du eigentlich nicht von Anfang an zugegeben, dass ihr euch getroffen habt? Das ist doch kein Verbrechen.«

»*Bof* … das war Abwehr, Schutz, instinktiv. Wir sind ja kein Paar, also, das zwischen uns war … privat.«

»Warum durfte es keiner wissen?«

»Das wollten wir beide so.«

»Aber weshalb?«

»Es war einfach so.« Patrice verschränkte die Arme vor der Brust. »Außerdem – ich hatte Angst, dass – wenn ich der Letzte war, den sie getroffen hat, würde ich automatisch verdächtig wirken.«

»Dass dich deine Lügen erst verdächtig gemacht haben, ist dir schon klar?«

Patrice schwieg, und Claire merkte, dass sie heute nicht mehr aus ihm herausbekommen würde. Sie holte sein Smartphone hervor. »Ich habe Beweise gesichert. Und deine Telefonnummer. Ich melde mich bald wieder bei dir, falls dir doch noch etwas einfällt.«

Auffordernd streckte Patrice die Hand aus, aber Claire zog ihre weg. »Ach, übrigens: Ich bin es gewesen, die dich auf eurem Weingut besucht hat. Ich habe mich als Vivienne ausgegeben.«

»Was?« Patrice sah sie perplex an. »Das warst du?«

»Yep. Und – by the way – ist deine Mutter immer so nervös?«

»Wieso denn jetzt plötzlich meine Mutter?«

»Keine Ahnung – sag du es mir?«

»Ich habe dir alles gesagt, was ich weiß.«

»Was nicht besonders viel war. Du hörst von mir.« Claire erhob sich und reichte ihm langsam sein Smartphone.

Patrice griff danach, dann stand er ebenfalls auf. »Tu, was du nicht lassen kannst.« Ohne ein weiteres Wort entfernte er sich.

Wenig später saßen sie im Taxi. Philippe hatte sich vorn neben den Fahrer gesetzt. Auf dessen erstaunten Blick angesichts Eponines Zustand hatte er erklärt: »Unsere Freundin ist gerade gestürzt.«

Claire drehte sich zu Eponine. »Wenn du möchtest, kannst du mit zu mir kommen. Oder sollen wir dich ins Krankenhaus bringen?«

»Kein Krankenhaus – das ist nicht nötig.« Eponine lehnte sich im Sitz zurück. »Dein Angebot – das wäre ... ich will niemandem zur Last fallen.«

»Das tust du nicht. Ich habe genug Platz. Außerdem bist du nur meinetwegen in diesen Schlamassel geraten.«

»Es war meine Entscheidung.« Eponine lächelte gequält. »Aber okay. Du hast vermutlich recht. Es ist wohl besser, wenn ich jetzt nicht allein bin.« Kaum hatten sie die Stadtgrenze passiert, fielen ihr die Augen zu.

Claire betrachtete das geschundene Gesicht der Barkeeperin, dann ließ sie sich ebenfalls nach hinten sinken. Nun, da die Anspannung von ihr abfiel, empfand sie keine Wut mehr, sondern nur noch eine immense Mattigkeit. Sie schloss die Augen und erwachte erst wieder, als sie an der Abzweigung zur *Dune du Pilat* vorbeifuhren.

Eponine war ebenfalls wach geworden und schaute verwundert aus dem Fenster. »Wo sind wir?«

»In wenigen Minuten in Pilat Plage.«

»Da wohnst du?«

»Ich verwalte sozusagen das Haus meines Vaters.«

»Verstehe.« Eponine verstummte und sah gebannt auf die Villen im neobaskischen Stil.

Es war eine Bauchentscheidung gewesen, sie mitzunehmen, und in Claire regte sich ein leiser Zweifel, ob es wirklich eine gute Idee gewesen war.

Kurz darauf erreichten sie ihr Ziel. Claire zahlte das Taxi, dann stiegen sie aus.

»Ich fahre nach Hause. Ist besser, wenn ihr beiden jetzt unter euch seid.« Philippe umarmte Claire.

»Ich danke dir, Philippe. Ohne dich hätte das heute Abend ganz schön ins Auge gehen können.« Eine Welle der Zuneigung überrollte sie.

»Hey, das ist doch selbstverständlich.«

»Ich meine es ernst. Als ich dich so in Aktion gesehen habe – krass. Kann ich Unterricht bei dir nehmen?«

Philippe lachte auf.

»Ich würde mich auch anmelden.« Eponine machte einen zögernden Schritt auf ihn zu. »*Merci mille fois.*« Sie blickte betreten zu Boden. »Das war sehr mutig von dir. Nicht jeder hätte so reagiert.«

Philippe umarmte auch Eponine. »Du hast etwas Besseres verdient als diesen Club. Vergiss das nicht.« Er lächelte den beiden noch einmal zu, dann ging er zu seinem Fahrrad hinüber.

»Einen tollen Freund hast du da.« Eponine sah ihm hinterher.

»Ja, Philippe ist ein besonderer Mensch.« Claire gab den Code für das Eingangstor ein, dann liefen sie gemeinsam um die Villa herum und die Treppe hinauf zur Eingangstür.

»Wow – das ist ja der Wahnsinn!« Eponine blieb ehrfürchtig am oberen Absatz stehen. »Ist das etwa das Meer?« Sie deutete in die Dunkelheit, in der unter einem malerischen Sternenhimmel ein silbriger Streifen glänzte. Langsam ging sie bis zur Mitte der Terrasse. »Ich kann es hören«, flüsterte sie.

Wie immer in solchen Situationen schämte sich Claire für den unverdienten Reichtum, mit dem sie gesegnet war. Ihr Brustkorb verengte sich. Sie zwang sich, tief durchzuatmen, sodass der jäh aufwallende, vertraute Impuls, sich rechtfertigen zu müssen, wieder abebbte. »Komm, gehen wir rein.« Claire schloss die Tür auf und ließ Eponine eintreten. »Und nun kümmern wir uns erst mal um dein Gesicht.« Sobald sie Schuhe und Jacke ausgezogen hatte, holte sie Desinfektionsmittel, Wattepads und Pflaster aus einem Medizinschränkchen in einer dem Flur angegliederten Abstellkammer.

»Oje ... da habe ich euch zwei wohl bei einem romantischen Abend gestört?« Eponine hatte den Wohnraum betreten und betrachtete die gedeckte Tafel.

»Ach, nicht wirklich.« Claire desinfizierte Eponines aufgeplatzte Lippe sowie einige weitere kleine Verletzungen. »Wir haben bloß ein paar Weine getestet. Apropos – möchtest du ein Glas? Ich kann auf die Aufregung jetzt was gebrauchen.« Sie ging in den Küchenbereich hinüber, nahm ein Kühlpad aus dem Eisfach, wickelte es in ein sauberes Küchenhandtuch und gab es Eponine.

Eponine sah sich unsicher in der geräumigen und stilvoll eingerichteten Wohnetage um, während sie das Pad vorsichtig an ihre geschwollene Wange drückte. »Ja, gern.«

Claire goss vom Château Bardins in zwei Gläser ein und reichte Eponine eines davon. Dann holte sie zwei Wassergläser und füllte sie aus dem auf dem Tisch stehenden Krug. »Wenn du Hunger hast, greif bitte zu.«

Zaghaft setzte sich Eponine und trank zunächst das Wasserglas leer, ehe sie einen Schluck Wein kostete. »Wow – der ist gut!« In ihrem Gesicht mischten sich Unsicherheit und Scham. »Danke,

Claire. Ich weiß, du hast mich gewarnt. Es war … ich war zu leichtsinnig.«

»Aber es war nicht umsonst. Ich danke dir wirklich für deinen Einsatz, Eponine! Nun habe ich den Beweis dafür, dass Patrice bezüglich Délia gelogen hat. Wobei ich noch nicht weiß, wohin das führen wird.«

»Ich gebe zu, der Preis dafür war höher, als ich erwartet habe. Nicht nur – Carlos' Angriff …« Eponine zog die Schultern zusammen, als fröstelte sie. »Keine Ahnung, wie alles weitergehen soll. Ich meine, ohne den Job im Club. Wenn ich jetzt allein in meiner Wohnung sitzen würde …«

»Du hast recht. Daran habe ich noch gar nicht gedacht.« Betroffen stellte Claire ihr Glas zurück auf den Tisch. Sie schwieg einen Moment, ehe sie neu ansetzte: »Mein Vater pflegt zu sagen: Es gibt immer Alternativen.« Aufmunternd lächelte sie sie an.

Eponine nahm ein Stück Brot und schnitt sich etwas vom *Breuil* ab, dem baskischen Schafskäse, den Claire liebte. »In deiner Welt vielleicht. Aber für jemanden wie mich?«

»Ich weiß, dass hört sich leicht dahergesagt an. Ich habe keine finanziellen Sorgen gehabt, das stimmt wohl. Dafür gab es andere Barrieren, die mir den Blick auf meine Zukunft verstellt haben.« Claire lehnte sich nach vorn, stützte die Ellbogen auf die Tischplatte und sah Eponine auffordernd an. »Also, wenn du einfach frei wählen könntest – was würdest du mit deinem Leben anfangen, Eponine?«

Kapitel 17

Sonntag, 17. September 2017

Es war bereits Viertel nach zehn, als Claire aufwachte. Sie streckte sich genüsslich im Bett, dann fiel ihr wieder ein, dass sie ja einen Gast hatte. Rasch stand sie auf, öffnete die Tür zum Flur und lauschte. Alles war still. Ob Eponine noch schlief?

Claire schlüpfte in einen moosgrünen Kimono und lief zur Wendeltreppe hinüber. Die Tür zu Eponines Gästezimmer stand offen, das Bett war leer. Auch im Wohnzimmer traf Claire sie nicht an. Dafür wäre sie auf der Schwelle zur Terrasse beinahe mit ihr zusammengeprallt.

Eponine trug das auberginefarbene Oversize-Shirt, das Claire ihr geliehen hatte. »Bonjour!« Trotz ihrer geschwollenen und inzwischen rotviolett verfärbten Gesichtshälfte machte sie einen ausgeruhten und munteren Eindruck. »Ich war vorhin schon am Meer – das ist ja der absolute Traum hier! Ach, trinkst du morgens eigentlich Tee oder Kaffee?«

»Unbedingt Kaffee.«

»Super – der steht da in der Kanne.« Sie deutete nach draußen. Erst jetzt bemerkte Claire den gedeckten Tisch. Sie trat auf die Terrasse und betrachtete die große Schüssel mit Fruchtsalat, den Käseteller, Brotkorb, Marmeladen. »Wow – was für ein Service.«

»Na, das ist wohl das Mindeste – bei deiner Gastfreundschaft.« Eponine füllte zwei Schalen mit dem Fruchtsalat. »Oder bist du eher so richtig französisch und nimmst morgens nichts außer einer Tasse Kaffee und einem Stück Baguette?«

Claire lachte. »Mit einer deutschen Mutter, die Köchin ist, und einer Kindheit im Rheinland – definitiv nicht.« Sie goss Naturjoghurt über die Früchte und sah Eponine fragend an. »Du auch?«

»Gern.«

»Und woher kommt es, dass du auf so üppiges Frühstück stehst?«

»Bevor ich in der Bar gearbeitet habe, war ich eine Zeit lang Aushilfe im *Hôtel de Normandie* – kennst du das?«

»Liegt das nicht an der Place de Quinconces?« Claire setzte sich.

»Genau. In der Hochsaison habe ich geholfen, das Frühstücksbüfett zu betreuen und nachzufüllen. Da bin ich auf den Geschmack gekommen.« Sie schenkte Kaffee in zwei Tassen ein, stellte Claire eine hin und nahm ebenfalls Platz. »Apropos – ich habe darüber nachgedacht, was du mich gestern Nacht gefragt hast, also, bezüglich meiner beruflichen Zukunft.«

Claire trank den ersten Schluck Kaffee, und sogleich erwachten ihre Lebensgeister. »Magst du's mir erzählen?«

»*Bon*, wenn man so aufgewachsen ist wie ich, dann – es gibt nicht so viele Wahlmöglichkeiten. Ich wollte eben nie Verkäuferin werden. Oder Sekretärin.« Eponine gab Milch in ihren Kaffee, rührte in der Tasse, ohne daraus zu trinken, und schwieg eine Weile. Schließlich setzte sie neu an. »Aber wenn ich wählen könnte – also, was ich echt spannend fände ...« Sie zögerte. Mit leiser Stimme fuhr sie fort: »Ich mag es, zu recherchieren. Und ich – ich glaube, ich kann ganz passabel formulieren. In der Schule war ich jahrelang Mitglied der Redaktion der Schülerzeitung.«

»Du würdest gern als Journalistin arbeiten?«

»Ich weiß, das klingt albern und unrealistisch.«

»Überhaupt nicht.«

»Ich liebe die Artikel und Beiträge von Marie-Monique Robin, Élise Lucet und Aurore Gorius. Das sind natürlich die ganz Großen – nicht, dass ich da mithalten könnte – als Inspiration, meine ich. Oder solche investigativen Berichte wie die *Panama Papers* letztes Jahr zum Beispiel.« Sie bestrich eine Scheibe Brot mit Aprikosenmarmelade. »Bei uns zu Hause gab es keine Zeitungen. Erst in der Schule habe ich Zugang dazu bekommen. Ich hatte eine Lehrerin, die mochte meine Aufsätze. Irgendwann hat sie angefangen, mir ihre Tageszeitung zu geben. Später bin ich dann oft in Cafés gegangen, wo die aktuellen Ausgaben auslagen.«

Claire hörte Eponine aufmerksam zu. Wie wenig sie doch über die junge Frau wusste. Und dennoch – dafür, dass sie sich kaum kannten, fühlte es sich überraschend vertraut zwischen ihnen an. Im Geist ging Claire ihren Freundeskreis durch und überlegte, wer davon Kontakt zur Medienwelt hatte.

Nach dem Frühstück suchte Eponine das Gästebad auf, um zu duschen. Währenddessen stöberte Claire im Internet nach der Umweltorganisation BAPC. Auf der Seite des Darwin Écosystème fand sie einen Link zu deren Homepage und dort wiederum eine Telefonnummer. Sie rief an und hatte Glück: Der junge Mann, mit dem sie sprach, sagte zwar, Sylvain Ferrand sei gerade weggefahren. Doch er versicherte ihr, dass er bald zurückkommen und dann bis zum frühen Nachmittag da sein würde.

»Soll er dich zurückrufen?«

»Das ist nicht nötig, *merci*. Ich komme bei euch vorbei.«

Claire bot Eponine an, sie mit nach Bordeaux zurückzunehmen, aber diese lehnte dankend ab.

»Wo ich schon mal hier bin, nutze ich die Gelegenheit und verbringe ein paar Stunden am Strand. Ich fahre später mit dem Regionalzug zurück. Scheint ja noch mal ein richtiger Sommertag zu werden.«

»Du hast recht, das muss man ausnutzen. Wo doch normalerweise spätestens ab Mitte September die Regenzeit einsetzt.«

Also fuhr Claire mit ihr stattdessen an der Plage des Abatilles vorbei, am Eingang des Beckens von Arcachon. Von dort hatte man einen herrlichen Blick auf das Cap Ferret. Claire spazierte ein Stück mit Eponine an der Promenade entlang. Ehe sie sich verabschiedeten, fragte sie: »Sag mal, kennt Carlos eigentlich deine Adresse?«

»Na ja, sie steht garantiert in meiner Personalakte.«

»Wenn du lieber noch ein paar Tage bei mir bleiben möchtest, das wäre kein Problem.«

Eponine lächelte. »Danke. Ich glaube nicht, dass er bei mir auftaucht.«

»Okay, aber falls etwas passiert oder du dich zu Hause nicht mehr sicher fühlst – bitte, zögere nicht, mich anzurufen.«

Auf der rechten Seite der Garonne, gegenüber vom *Parc aux Angéliques*, wo Claire sich neulich mit Eponine getroffen hatte, lag das Areal der ehemaligen Kaserne Niel. Seit 2012 hatten sich hier über hundert Unternehmen, Vereine und Stiftungen angesammelt, die Sozialverantwortung, ökologische Innovationen und Nachhaltigkeit auf ihre Fahnen schrieben und durch einen bewussten Umgang mit den Ressourcen dem Klimawandel entgegenwirken wollten. Ihre Philosophie fand in Cafés, Restaurants, Street Art und zahlreichen Events Ausdruck. Es gab lokal gebrautes Bier, einen Bio-Supermarkt, eine Buchhandlung, eine Urban-Farm, Coworking-Spaces, eine Skatehalle und vieles mehr. Dabei hatten sich die Gründer des Darwin Écosystème von bereits renovierten Industrieruinen anderer Metropolen inspirieren lassen.

Claire mochte die Atmosphäre, die sie an die bunte, alternative Graffitiszene in Berlin-Kreuzberg erinnerte. Sie betrat das Gelände und passierte linker Hand zunächst zwei sanierte, mehrstöckige Kalksteingebäude. Eine hohe Überdachung aus Lamellen hatte die Fläche dazwischen in eine geschützte Terrasse verwandelt. Mit Secondhandmöbeln, Palettenbänken und zahlreichen Pflanzen ausgestattet, verbreitete der Platz einen gemütlichen Charme. Claire blieb einen Moment stehen und bewunderte die überdimensionale Designkonstruktion *Vortex* im Hintergrund an der Decke. Sie bestand aus unzähligen langen, schmalen Holzlatten und hatte etwas von einem quer liegenden Baumstamm, dessen Wurzeln in den einen Gebäudekomplex ragten, während der Stamm in den anderen wuchs.

Bei einer vorbeigehenden jungen Frau, die ein Skateboard unter den Arm geklemmt hatte, erkundigte sich Claire, wo sie die BAPC finden könne.

Die Skaterin wies den breiten Asphaltpfad zwischen den ehemaligen Kasernengebäuden entlang. »Wenn du hier einfach geradeaus weitergehst, kommst du auf der rechten Seite an einigen Lagerhallen mit großen Graffiti vorbei. In einer davon – ich glaube, es ist die mit dem Frauenkopf drauf – triffst du die BAPCler. Gegenüber liegt die Skatehalle. Du kannst es gar nicht verfehlen.«

Claire bedankte sich und ging in die angegebene Richtung weiter. Schnell erreichte sie die Hallen, die die Skaterin ihr beschrieben hatte. Mit der Bezeichnung »große Graffiti« hatte sie dezent untertrieben. Die kompletten Vorderseiten zierten gigantische Sprayer-Kunstwerke. Auf der Front der zweiten Halle prangte auf blau gemustertem Hintergrund das Schwarz-Weiß-Konterfei einer jungen Südamerikanerin. Tatsächlich war die BAPC zusammen mit einigen anderen Vereinen darin untergebracht. Wie überall auf dem Gelände standen auch hier Bänke und Tische aus unbehandeltem Holz vor den Gebäuden. Auf einer davon saß ein schlanker Mann in grauen Stoffhosen und einem karierten Hemd.

Lächelnd trat Claire auf ihn zu. »*Salut*. Ich suche Sylvain Ferrand.«

»Du hast ihn schon gefunden.« Der Vorsitzende der BAPC sah sie aus einem hageren Gesicht mit lebhaften braunen Augen an.

»Ich bin Claire. Monsieur Ferrand, ich ...«

»Sylvain, *s'il te plaît*. Wir duzen uns hier – ist das okay für dich?«

»Na, absolut, Sylvain.«

»*Bon*, Claire«, er fuhr sich durch das mattbraune Haar und lächelte ebenfalls, »Thom hat dich bereits angekündigt. Setz dich doch. Was führt dich her? Willst du bei uns einsteigen?«

»Kein schlechter Gedanke.« Claire nahm auf der Holzbank ihm gegenüber Platz und holte ihren Notizblock sowie einen Stift aus ihrer Tasche. »Aber heute bin ich erst mal wegen einer anderen Sache da.«

Sylvain zog ein verknittertes Päckchen Tabak aus der Jackentasche. »Rauchst du?«

»*Non, merci*.«

»Ich weiß, das passt nicht zusammen – also, die Ökoschiene und das hier. Passt nicht zusammen.« Schuldbewusst begann er sich eine Zigarette zu drehen. »Ich kann auf alles Mögliche verzichten – Fleisch, Milchprodukte, Lederschuhe –, doch diese Sucht werde ich einfach nicht los. Was ich nicht schon probiert habe – Nikotinpflaster, Kaugummis, Tabletten, Akupunktur, langsamer Entzug, Schlusspunkt-Methode –, es ist hoffnungslos. Oder vielmehr bin ich es.« Sarkastisch verzog er die Mundwinkel, während er ein Feuerzeug aus dem Tabakpäckchen nahm.

Claire lächelte ihn nachsichtig an. Sie war fast beruhigt, wenn

Mustermenschen wie Sylvain Ferrand wenigstens ein Laster hatten. »Na, solange du deine Kippen angemessen entsorgst.«

»Auf jeden Fall!« Genüsslich zog er an der Zigarette. »Neulich erst habe ich eine Studie gelesen – wusstest du, dass beim Müll in den Ozeanen und an Stränden der Anteil der Zigarettenfilter bei dreißig bis vierzig Prozent liegt? Rückstände von den Kippenresten werden inzwischen bei siebzig Prozent aller untersuchten Seevögel nachgewiesen. Siebzig Prozent!«

»*Bof*, dass es ein solches Problem ist ... Allerdings – ich erinnere mich: In Cannes haben sie mal eine Glasbox an der Strandpromenade aufgestellt, über zwei Meter hoch und komplett gefüllt mit Zigarettenstummeln. Ich glaube, es war eine knappe Viertelmillion – die Ausbeute, die man innerhalb von zwei Monaten aufgesammelt hat, damit die Dinger nicht im Meer landen.«

»Hast du 'n Foto davon?«

»Ich schicke dir eines. Fand ich echt erschreckend.«

»Cool. Das werde ich für unsere Pinnwand und unser neues Magazin benutzen. Auch wenn ich mir dann gleich wieder bissige Kommentare von den anderen hier über meine Sucht und meine Vorbildfunktion anhören kann.« Demonstrativ inhalierte Sylvain den Rauch. »Aber zurück zu deinem Anliegen. Womit kann ich dir helfen?«

»Ich schreibe einen Foodblog, *Gourmande française*.« Claire legte eine Visitenkarte auf den Tisch. »Aktuell arbeite ich an einem Artikel über Bioweine. Da geht es natürlich auch um den Anbau und um die Unterschiede zu konventionellen Methoden.« Sie blätterte in ihrem Notizblock nach einer freien Seite.

»Da bist du bei mir genau richtig.« Er nahm ihre Karte in die Hand und betrachtete sie, dann schob er sie in seine Hosentasche. »Die Verwendung von Pestiziden im Weinbau ist eines meiner Herzensthemen. Ich referiere regelmäßig darüber, und das jetzt seit über zehn Jahren.« Sylvain drückte seine Zigarette in einem Aschenbecher aus. »Es ist unfassbar, dass diese Giftcocktails aus dem Arsenal der Agro-Chemie nach wie vor legal sind. Dabei gelten laut den EU-Richtlinien zu gefährlichen Substanzen viele davon als krebserregend. Andere können zu Unfruchtbarkeit führen, Nerven oder gar Föten schädigen. Wieder andere werden als Mutagene eingestuft.«

»Mutagene?« Claire sah ihn aufmerksam an.

»Das sind Stoffe, die das menschliche Erbgut verändern.« Er stützte sich mit den Ellbogen auf der Tischplatte auf, verschränkte die Hände und lehnte sich nach vorn. »Die EU hat inzwischen strenge Pestizid-Grenzwerte für Tafeltrauben erlassen. Und noch viel strengere für Biotrauben. Konventionelle Weintrauben hingegen dürfen höher belastet sein. Das Fatale ist jedoch: Grundsätzlich existieren keine verbindlichen Grenzwerte für konventionellen Wein als Endprodukt. Die EU hat sie schlichtweg nie festgelegt. Auf den Etiketten der Flaschen finden sich deshalb auch keinerlei Angaben. Würden die Weine genauso kontrolliert wie Trinkwasser, dürften von den konventionellen Weinen kaum noch welche verkauft werden. Einige der Weine waren durch Rückstände von Pestiziden kontaminiert, deren Konzentration bis zu dreitausendfach über den gesetzlichen Grenzwerten für Leitungswasser lag. Dreitausendfach! Und keine Gesundheitsbehörde schreit auf.«

»Du meine Güte!« Dass die Problematik so gravierend war, damit hatte Claire nicht gerechnet.

»Obwohl unser Weingebiet nur drei Prozent der gesamten französischen Agrarfläche ausmacht, kamen hier bis vor Kurzem noch zwanzig Prozent aller in ganz Frankreich versprühten Schädlingsbekämpfungsmittel zum Einsatz. Auf einer so kleinen Fläche – fast ein Viertel! Die Winzer hingegen haben die Gefahr lange

Zeit heruntergespielt, indem sie und auch die Behörden behaupteten, Grenzwerte nicht zu überschreiten. Dabei gab es diese Werte ja gar nicht!« In einer Geste der Empörung streckte er die Handflächen nach außen. »Hier im Bordelais waren irgendwann fast sämtliche Insekten verschwunden, es gibt kaum noch Fledermäuse – alles wegen der Pestizide!«

»Wie furchtbar.« Eigentlich war Claire nur wegen Délia hergekommen und hatte den Blog als Alibi nutzen wollen. Nun erhielt ihr kleiner Artikel über Bioweine plötzlich eine ganz andere Brisanz.

»»Die toxischen Rückstände hinterlassen eben überall rund um die Châteaux ihre Spuren. Nicht nur in den Flaschen.« Resigniert sah Sylvain sie an. »Ob du die Böden nimmst, die Luft, das Wasser der Garonne, sogar die Austernbänke. Wenn du die Haare von Weingutarbeitern untersuchen lässt, von Anwohnern und deren Kindern. Oder den Boden von Schulhöfen, den Teppich vom Wohnzimmer. Den Urin von sozusagen jedem Menschen im Bordelais. Überall findest du diese Rückstände. Warte mal, ich hole schnell was.« Er erhob sich und verschwand im Innern der Lagerhalle.

Claire ließ seine Worte in sich nachhallen. Dass die Situation so dramatisch war, hatte sie nicht ansatzweise geahnt. Ihr Blick schweifte über das Gelände des Darwin Écosystème. Es war bestimmt manchmal enorm frustrierend, zu versuchen, so umweltbewusst und klimaschonend wie möglich zu leben, wie es die Menschen hier praktizierten. Missstände zu durchschauen und nichts dagegen tun zu können. Während der größte Teil der Bevölkerung weiterhin gedankenlos vor sich hin konsumierte. Und die Politik derartige Skandale sogar billigte.

Wenige Minuten später kehrte Sylvain zurück. Er legte einen dicken Stapel Papier vor Claire hin. »Dass das alles nicht nur das

Geschwätz von ein paar Umweltheinis ist, wie man es uns anfangs gern vorgeworfen hat, kannst du hier nachlesen.«

Claire warf einen Blick auf das oberste Blatt. *Studie über die Effekte von Pestiziden auf die Gesundheit* stand darauf. Sie blätterte den Stapel durch. »Hat sich denn dadurch etwas im Weinanbau geändert?«

»Auf den Wirbel, den die Umweltschützer und ein Teil der Presse, auch im Ausland, seit einigen Jahren in regelmäßigen Abständen auslösen, hat eine Reihe der Weinbauern mittlerweile reagiert. Die Situation hat sich also durchaus leicht verbessert. Doch noch lange nicht so, dass wir uns zurücklehnen könnten. Es gibt nach wie vor zu viele, die an den konventionellen Praktiken festhalten. Der Winzerverband rät seinen Mitgliedern lediglich, im Umgang mit Pflanzenschutzmitteln die Regeln zu beachten.«

»Dem müsste von offizieller Seite endlich mal ein Riegel vorgeschoben werden.«

Sylvain lachte höhnisch auf. »Solange die Präfektur unseres Départements weiterhin enge Beziehungen zu gewissen Weingütern und deren Händlern pflegt, wird da nichts draus werden. Der Wein ist einfach ein zu lukratives Gut für unsere Region, da hängt enorm viel dran, sogar auf nationaler Ebene. Enorm viel. Und die Lobby der Chemiekonzerne ist ebenfalls nicht zu unterschätzen. Wir bräuchten dringend verlässliche Langzeitstudien, die die Auswirkungen dieser Substanzen auf unseren Körper untersuchen würden.«

In lässigem Ton wechselte Claire zu ihrem eigentlichen Thema. »Ich bin durch eine Bekannte auf euch aufmerksam geworden. Délia heißt sie, Délia Blanchard.«

»Délia!« Das Gesicht des Vorsitzenden hellte sich auf. »Wie geht es ihr? Ich habe sie schon eine ganze Weile nicht mehr gesehen. Macht sie Urlaub?«

»Gute Frage, ich habe auch länger nichts von ihr gehört. Wir haben eher flüchtig miteinander zu tun. Allerdings dachte ich, dass sie regelmäßig bei euch ist?«

»Und ob sie das ist. Jedenfalls bis vor ein paar Wochen.« Sylvain kratzte sich am Kinn. »Ich hoffe bloß, sie hat nicht …«

»Sie hat nicht was?«

»Ach, sie war da einer Sache auf die Spur gekommen, der sie nachgehen wollte.«

»Was für eine Sache?«

»Délia ist Ende letzten Jahres zu uns gestoßen, als ich einen meiner Vorträge über Pestizide im Weinanbau und deren Auswirkungen auf Bodenbeschaffenheit, Pflanzen- und Tierwelt und natürlich den Menschen gehalten habe. Im Anschluss hat sie mich angesprochen, und wir hatten eine lange Unterhaltung. Sie ist damals mit einer Freundin hier gewesen – ich glaube, die hat sich ziemlich gelangweilt.«

Claire hätte ihn gern unterbrochen und nachgehakt, auf was für eine Sache er angespielt hatte. Doch da sie keinen Verdacht erwecken wollte, ermunterte sie den Vorsitzenden mit interessiertem Gesichtsausdruck zum Weiterreden.

»Danach ist sie häufiger bei uns aufgetaucht und hat auch angefangen, sich für unsere Projekte zu engagieren.« Sylvain verschränkte die Finger ineinander.

»Was für Projekte sind das denn so? Macht ihr auch Aktionen, bei denen es gefährlich werden kann?«

»Wir sind keine radikale Gruppe und bevorzugen den gewaltfreien Protest. Also eher Demonstrationen, mal eine Sitzblockade, Petitionen und so was. Aber ich gebe zu, dass die Grenzen manchmal fließend sind. Und natürlich hängt viel von der Gesinnung unserer Mitglieder ab.«

»Kam es schon mal vor, dass jemand euch zu radikal wurde?«

»Ein paarmal mussten wir Mitgliedern nahelegen, unsere Organisation zu verlassen. Doch das ist lange nicht mehr vorgekommen. Lange nicht mehr.«

»Du hast vorhin erwähnt, Délia sei auf eine Sache gestoßen – geht's dabei auch um die Pestizide im Weinbau?«

»Im Grunde schon. Hast du mal von dem Skandal von Castres-les-Graves gehört?«

»Nein, was hat es damit auf sich?«

»Es handelt sich um einige Saisonarbeiter, die, nachdem sie einer hohen Dosis an Pestiziden ausgesetzt waren, an Parkinson erkrankt sind.«

»Wie bitte – Parkinson?« Claire schaute den Vorsitzenden der BAPC fassungslos an. »Und es ist medizinisch nachgewiesen, dass die Pestizide der Auslöser waren?«

»Definitiv.« Sylvain sah jetzt sehr ernst aus. »Epidemiologen haben so stichhaltige Beweise für den Zusammenhang mit den Pestiziden ermittelt, dass die französische Sozialversicherung es inzwischen als Berufskrankheit anerkennt. Sie rechnen sogar damit, dass rund sieben- bis zehntausend Menschen, also Weingutarbeiter sowie Anwohner, als Spätfolge einer Vergiftung mit neurotoxischen Pestiziden von Parkinson betroffen sein könnten.

Claire sah ihn entsetzt an. »Allmählich fehlen mir die Worte für all das.«

»Ich verstehe genau, wie es dir geht. Deswegen liegt mir das Ganze ja selbst so am Herzen.« Er hielt einen Moment inne, ehe er fortfuhr: »Jedenfalls haben diese erkrankten Arbeiter beschlossen, dass für ihr Leid jemand zur Verantwortung gezogen werden müsse. Seither kämpfen sie vor Gericht um ihre Rechte und eine angemessene Entschädigung. Aber es hat etwas von David gegen Goliath. Die ›kleinen Hände‹, wie diese Kräfte genannt werden, haben eben wenig Möglichkeiten, sich gegen die großen Weingüter durchzusetzen. Wir unterstützen sie zwar, doch sie können sich dennoch keine Anwälte leisten, die denen der gegnerischen Partei das Wasser reichen.«

»Und was genau hat diese Angelegenheit mit Délia zu tun?«

»Sie hat von dem Prozess erfahren, und nachdem sie mal als Zuschauerin bei Gericht dabei war, hat sie angefangen, sich da richtig reinzuhängen. Hat viel recherchiert und mit Betroffenen geredet. Und versucht, einen internen Zugang zu den Châteaus zu bekommen, die darin verwickelt sind. Délia ist davon überzeugt, dass belastendes Beweismaterial der Schlüssel für die Opfer ist, der ihnen zum Prozesssieg helfen könnte.« Sylvain fuhr sich über die Stirn. »Irgendwann kurz vor Ende des letzten Semesters erzählte sie mir, sie habe jemanden getroffen, der von einem großen Weingut stammt, ganz in der Nähe von Castre-les-Graves. Sie wollte versuchen, unauffällig mehr über diese Angelegenheit herauszufinden.«

Da war er endlich, der Hinweis auf Patrice. Der Grund, weshalb Délia begonnen hatte, sich mit ihm zu verabreden. Claire bemühte sich, weiter gelassen zu wirken. »Aber sind denn auch Arbeiter von diesem Weingut betroffen?«

»Einer ist darunter. Einer bloß. Doch das Problem ist, dass er in manchen Jahren für andere Güter gearbeitet hat.«

»Und die übrigen Fälle hängen alle mit einem einzigen Château zusammen?«

»Mit dreien. Allesamt aus der näheren Umgebung.«

»Gibt es irgendwelche Unterlagen über Délias Nachforschungen?«

»Sie hat mir mal ein paar Dokumente gezeigt. Ich vermute, sie hat sämtliche Gesprächsnotizen auf ihrem Rechner gespeichert.« Sylvain runzelte die Stirn. »Ich habe Délia jedenfalls geraten, vorsichtig zu sein, nichts auf eigene Faust zu riskieren.« Ein besorgter Ausdruck breitete sich auf seinem Gesicht aus. »Menschen scheuen vor nichts zurück, wenn es darum geht, ihr Kapital zu schützen.«

Kapitel 18

— ◆ —

Wie schon am Tag zuvor fuhr Raoul nach seinem morgendlichen Kaffee ins Commissariat. Dort recherchierte er zunächst nach Yanis Loustalot, dem ehemaligen ersten Traktoristen von Château de Venette-Rebeyrol, den Anaïs dem Verwaltungsassistenten zufolge entlassen hatte. Vergeblich suchte er im öffentlichen Telefonbuch nach einem Eintrag. Stattdessen stieß er auf der Homepage eines Châteaus im Médoc auf ein Foto, das einen Mann auf einem Traktor sitzend inmitten eines Meers an Weinreben zeigte. »Unser erster Traktorist Yanis Loustalot bei der Arbeit auf den Weinfeldern«, stand unter dem Bild. Raoul betrachtete den Mann genauer. Mittleres Alter, durchtrainiert, kernige Züge – nicht unattraktiv. Vielleicht waren die Differenzen mit seiner vorherigen Chefin ja gar nicht beruflicher Natur gewesen? War Raoul hier womöglich auf einen weiteren ehemaligen Liebhaber von Anaïs gestoßen? Auf jeden Fall noch ein Weingut, dem er einen Besuch abstatten musste. Allerdings würde er den auf den Wochenanfang verschieben.

Nun gab er in den *PagesBlanches* den Namen Geneviève Castaing ein. Diesmal hatte er Glück und fand eine Telefonnummer. Als er der Schulleiterin am Telefon sein Anliegen schilderte, bat sie ihn sogleich, zum Schulgebäude in Villeneuve-les-Graves rauszukommen.

Da es Sonntag war und Raoul eigentlich freihatte, gönnte er sich den Luxus, seinen Privatwagen zu nehmen. Mit geöffnetem Verdeck folgte er dem Verlauf der Garonne zu den Klängen von Cohens *Amen* bis zum Pont François Mitterrand im Süden der Stadt. Er nahm die A630, fuhr aber schon bei der ersten Ausfahrt wieder ab. Über schmale Straßen durch ein Industrieviertel gelangte er in ein Seengebiet, das wiederum in eine idyllische Wald- und Wiesenlandschaft überging. Schließlich erreichte er Villeneuve-des-Graves, einen kleinen Ort inmitten von Weinfeldern.

Geneviève Castaing empfing ihn auf dem Schulhof. Nach ihrem kurzen Telefonat hatte Raoul vergeblich versucht, sich ein Bild von der Direktorin zu machen. Ihre Stimme hatte zwar energisch geklungen, jedoch zu neutral, um sie alterstechnisch einordnen zu können. Dennoch stellte er sich automatisch eine jener angegrauten, autoritären Lehrkräfte vor, wie sie seine eigene Schulzeit geprägt hatten. Umso überraschter war er, eine Frau mit dunkelrot gerahmter Brille in kurzärmliger Bluse derselben Farbe und knielangem beige karierten Rock anzutreffen, die nur wenige Jahre älter zu sein schien als er selbst.

Raoul begrüßte sie freundlich. »*Merci*, dass Sie sich am heiligen Sonntag für mich Zeit nehmen.«

»Aber ich bitte Sie, Monsieur le Commandant, das ist doch selbstverständlich.« Die Schulleiterin lächelte ihn aus einem sommersprossigen Gesicht an. »Setzen wir uns unter die Kastanie.« Sie deutete auf einen mächtigen Baum in der Mitte des Hofes mit einer Holzbank rundherum.

Nachdem sie sich unter dem Blätterdach niedergelassen hatten, in dessen Grün sich bereits die ersten gelben Tupfer mischten, knüpfte Geneviève Castaing am Gesprächsbeginn an. »Natürlich nehme ich mir die Zeit – immerhin geht es um Anaïs. Sie hat so viel für uns getan. Das bin ich ihr schuldig.«

»Wie gut kannten Sie Madame de Venette?«

»Nicht gut genug – dafür hatten wir zu wenig Gelegenheit.«

»Wie meinen Sie das?«

»*Bon*, sie war eine interessante Persönlichkeit – ihr Ehrgeiz, ihre Ambitionen. Und auch ihr Mut. Ich hätte mich gern mit ihr angefreundet.« Geneviève Castaing lächelte melancholisch. »Und ich habe immer noch auf ein Wunder gehofft. Dass sie plötzlich wiederauftauchen würde. Aber nach drei Jahren ...« Sie machte eine kleine, hilflose Geste. »Ihre Nachricht, Monsieur le Commandant, kam daher nicht völlig überraschend.«

Raoul zog Stift und Notizbuch aus seinem Sakko, dann setzte er sich so, dass er die Lehrerin von der Seite anschauen konnte. »Wenn ich richtig informiert bin, hat Madame de Venette Sie bezüglich dieses Pestizidskandals unterstützt?«

»*Exactement*. Ohne ihre Hilfe wäre ich überhaupt nicht so weit gekommen. Ich bin ja überall auf Gegenwind gestoßen. Dass der Winzerverband sich sperren würde, damit hatte ich gerechnet. Aber dass es nicht einmal Unterstützung von der Seite der Lokalpolitik her gab! Hier geht es schließlich um die Gesundheit der Kinder dieses Ortes! Ich werde nie begreifen, dass Konsumgüter und Gewinn in dem System, in dem wir leben, wichtiger sind als Menschenleben. Ich will es auch gar nicht begreifen. Und erst recht nicht akzeptieren. Selbst wenn ich mit dieser Einstellung oft auf verlorenem Posten kämpfe.« Geneviève Castaing atmete aus und schüttelte ihre Handgelenke, als könnte sie dadurch die Empörung von sich abstreifen. Mit ruhigerer Stimme fuhr sie fort: »Deswegen war es für mich so etwas Besonderes, als Anaïs auftauchte und sich für diese Sache einsetzte.«

»Wie hat sie von dem Skandal erfahren?«

»Durch einen Artikel in der lokalen Presse. Einen Tag später tauchte sie hier auf. Sie hat viele Fragen gestellt und Fotos gemacht, sie wollte alles ganz genau wissen.«

»Wie sah ihre Unterstützung im Detail aus?«

»Zunächst versuchte sie, sich beim Winzerverband für mich starkzumachen.«

Raoul dachte an Léon Pasquet, der ja der Präsident des Verbandes war. Mit ihm musste er sich unbedingt einmal unterhalten.

»Doch auch sie konnte da nichts ausrichten. Der Verband stellte sich stur.« Vielsagend zog die Schulleiterin eine Augenbraue hoch. »Daraufhin haben wir Unterschriften gesammelt, ärztliche Atteste angefordert und nach wissenschaftlichen Studien zu solchen Pestiziden geforscht. Stichhaltiges Material für eine Klage zusammenzutragen, mit der man vor Gericht eine Chance hat, war nicht so einfach. Viele örtliche Einrichtungen, sogar Ärzte, haben sich nicht bereit erklärt, öffentlich zu uns zu stehen. Da ist der Lobbydruck zu groß – das hatte ich in der Form nicht erwartet.« Resigniert strich sie sich ihre knapp auf die Schulter reichenden, goldblonden Haare aus dem Gesicht. »Wir haben sogar Haarsträhnen von Weingutsarbeitern und Anwohnern untersuchen lassen. Anaïs ist für die Kosten aufgekommen.«

»Wie waren die Resultate?«

»Im Durchschnitt fand man sechs bis sieben verschiedene Pflanzenschutzmittel im Haar der Arbeiter. Bei den Anwohnern die Hälfte davon.«

Raoul machte sich Notizen. »Ist es schließlich zu einem Prozess gekommen?«

»Anaïs hat mir einen Anwalt besorgt. Sie wollte ihn sogar bezahlen.« Geneviève Castaing lächelte matt. »Einige Zeit nachdem alles eskaliert war, bin ich an einem Montagmorgen hier angekommen und dachte, mich trifft der Schlag: Sie hatten übers Wochenende sämtliche Weinreben entfernt, die direkt an der Grenze zum Schulgelände standen, und einen Schutzkorridor angelegt.« Sie zeigte auf das Ende des Schulhofes. Auf der anderen Seite des Zaunes wuchs mit deutlichem Abstand eine Reihe von Bäumen. Noch waren sie klein, aber in ein paar Jahren würden sie eine natürliche Grenze zu den Weinfeldern bilden. »Damit hatte sich die Grundlage für den Prozess quasi in Luft aufgelöst. Gemeinsam mit Anaïs haben wir überlegt, ob wir trotzdem weitergehen sollten. Denn das da«, sie deutete in Richtung der Baumreihe, »das reicht bei Weitem nicht aus. Erst, wenn diese Pestizide nicht länger eingesetzt werden dürfen, ist das Problem wirklich gelöst. Anaïs wollte versuchen, an die Untersuchungsergebnisse aus dem Krankenhaus zu gelangen. Darin müssten ja die konkreten Stoffe auftauchen, die die Vergiftung ausgelöst haben. Doch dann verschwand sie, und ohne ihren Rückhalt habe ich den Gedanken an ein Gerichtsverfahren zunächst einmal aufgegeben. Die Weinlobby ist einfach zu stark. Die bremst solche Prozesse gnadenlos aus. Inzwischen sind hier im Ort vier Kinder an Krebs erkrankt. Das ist von der Statistik her deutlich zu viel für ein Dorf mit gerade mal zweitausend Einwohnern. Ich denke darüber nach, eine eigene Initiative zu gründen.«

»Tun Sie das. Unbedingt.« Raoul sah sie aufmerksam an. »Erzählen Sie mir mehr von Anaïs de Venette. Welche Erinnerungen haben Sie an sie?«

Die Schulleiterin nahm sich einen Moment Zeit, ehe sie antwortete. »Anaïs – sie strahlte von innen heraus. Das färbte auf die Menschen um sie herum ab. Dazu war sie zielstrebig, hat mit viel Energie die Dinge in die Hand genommen, konnte die Leute mitreißen. Eine richtige Führungspersönlichkeit. Vermutlich war es nicht nur leicht, unter ihr als Chefin zu arbeiten. Sie konnte bestimmt ziemlich streng mit ihren Mitarbeitern sein. Aber ich bin sicher, sie war immer fair. Ging es hingegen um Ungerechtigkeiten, kannte sie kein Pardon. Sie hätte gewiss eine gute Juristin abgegeben.«

Das deckte sich mit dem, was alle anderen bisher über Anaïs de Venette erzählt hatten.

»Dazu war sie äußerst attraktiv und wusste das auch«, fuhr die Schulleiterin fort. »Man könnte schon sagen, dass sie ihr Aussehen und ihre weibliche Raffinesse eingesetzt hat, um zu bekommen, was sie wollte.«

»Madame de Venette war ja Witwe geworden, kurz bevor Sie sich kennenlernten.«

»Das war ein schwerer Schlag für sie. Manchmal erwähnte sie ihren verstorbenen Mann, und ich habe gespürt, wie sehr sie mit diesem Verlust kämpfte. Doch ich glaube, sie hat ihre Trauer bewältigt, indem sie sich in ihre Projekte stürzte. In erster Linie natürlich das Château. Sie wollte unbedingt alles umstellen auf Nachhaltigkeit, einen sich selbst regenerierenden Kreislauf, weg von den Giften.« Geneviève Castaing strich sich abermals eine Haarsträhne aus dem Gesicht. »Einmal habe ich sie auf ihrem Weingut besucht. Ich war beeindruckt von ihren Plänen und Ideen. Wenn bloß mehr Menschen so denken und handeln würden wie sie.«

»Davon ist dort leider nichts mehr übrig.« Raoul dachte daran, in welchem Zustand sich Château de Venette-Rebeyrol dank Jeanne Dubos und ihrem Mann befand. »Dabei fällt mir ein: Mir sind Gerüchte über Madame de Venettes Privatleben zu Ohren gekommen. Wissen Sie etwas über eine neue Beziehung, nachdem Madame de Venettes Mann verstorben war?«

»Darüber kann ich Ihnen nichts sagen. Wir haben weder Zeit noch Möglichkeit gehabt, unseren Kontakt in diese Richtung zu vertiefen. Also keine Frauengespräche über Privates. Die kann ich Ihnen zu meinem Bedauern nicht liefern.«

»Wie sah es Ihrer Meinung nach mit Madame de Venettes Gegnern aus?«

»Ach – natürlich hat sie sich mit ihrem Engagement in dieser Sache alles andere als beliebt gemacht. Beim Winzerverband ist sie auf ordentlichen Widerstand gestoßen. Ob ihre Kollegen sie deswegen jedoch gleich haben verschwinden lassen ...« Zweifelnd blickte Geneviève Castaing ihn an.

»Wissen Sie denn, ob sie konkret bedroht worden ist?«

Die Schulleiterin dachte nach. »Es ist so lange her – wir haben damals sehr intensiv über die Schule und den Prozess geredet. Da blieb wenig Raum für anderes. Doch wenn ich jetzt gezielt zurückdenke ...« Sie zögerte einen Moment, und ihr Gesicht bekam einen angestrengten Ausdruck. Schließlich sprach sie langsam weiter: »Eine Sache fällt mir ein. Ich hatte es, ehrlich gesagt, vergessen, weil es so beiläufig geschah. Einmal hat sie erwähnt – und das aber auch nur nebenher –, dass sie einen merkwürdigen Brief bekommen habe. Sie wisse nicht, von wem er sei, aber darin würde sie unmissverständlich aufgefordert, ihre Unterstützung für mich einzustellen.«

»Jemand hat ihr anonyme Drohbriefe geschickt?« Raoul sah überrascht von seinem Notizbuch auf. Das war etwas ganz Neues.

»Ob es mehrere waren, weiß ich nicht.«

»Haben Sie besagten Brief denn gesehen?«

»Non. Und Einzelheiten, wie und womit ihr gedroht wurde, weiß ich leider auch nicht. Anaïs schien dem einfach keine große Bedeutung beizumessen.«

Nachdem sich Raoul von Geneviève Castaing verabschiedet hatte, schaute er sich die Weinfelder in direkter Nachbarschaft des Schulgeländes noch einmal an, dann lief er zu seinem Wagen hinüber. Ehe er losfuhr, wählte er Claires Nummer. Doch er erreichte lediglich ihre Mailbox, und so bat er sie, sich bei ihm zu melden. Nachdenklich fuhr er zurück nach Bordeaux. Anaïs de Venette war also bedroht worden. Was war aus dem oder den Briefen geworden? Er brauchte dringend einen offiziellen Durchsuchungsbefehl für Château de Venette-Rebeyrol.

Nach ihrem Gespräch mit Sylvain Ferrand aß Claire eine Kleinigkeit im *Le Magasin Général* im Eingangsbereich des Darwin Écosystème. Ihre Aufmerksamkeit war noch so stark auf die vorangegangene Unterhaltung mit dem Vorsitzenden der BAPC und die neuen Informationen über Délia gerichtet, dass sie hinterher nicht mehr sagen konnte, wie ihr Sandwich überhaupt geschmeckt hatte. Davon war sie selbst überrascht, denn normalerweise achtete Claire strikt darauf, sich mit allen Sinnen auf eine Mahlzeit zu konzentrieren und sich dabei nicht ablenken zu lassen. Schon gar nicht von Beruflichem. Als sie zu ihrem Wagen zurücklief, den sie am Straßenrand vor dem Darwin Écosystème geparkt hatte, stand für sie fest: Sie musste noch einmal in Délias Wohnung gehen und nach den Unterlagen suchen, die diese Sylvain zufolge gesammelt hatte.

Claire wählte den Weg über den Pont Jacques Chaban-Delmas. Die Bewohner von Bordeaux bezeichneten die Brücke auch gern als Pont BB, stellvertretend für die beiden Viertel Bastide und Bacalan, die sie verband. Ihren offiziellen Namen trug sie zu Ehren von Jacques Chaban-Delmas, von 1947 bis 1995 Bürgermeister der Stadt und zwischendurch auch französischer Premierminister.

Während Claire die ultramoderne Hebebrücke überquerte, fiel ihr Blick auf eine Reihe alter Lagerhallen zu ihrer Linken, letzte Relikte jener Zeit, in der der Seehafen noch in der Stadt gelegen hatte. Jacques Chaban-Delmas hatte als Achtzigjähriger nach fast einem halben Jahrhundert Bürgermeisterdasein entschieden, nicht erneut zu kandidieren. Unter der nach wie vor andauernden Amtszeit seines Nachfolgers Alain Juppé hatte sich das äußere Stadtbild gewandelt, und einer der ersten Beschlüsse des neuen Stadtoberhauptes war es gewesen, Bordeaux wieder zum Fluss hin zu öffnen. Bis zu diesem Zeitpunkt hatten sich jene Lagergebäude dicht an dicht das ganze Ufer entlanggereiht. Das damalige Hafengebiet war düster und alles andere als einladend zu einem Spaziergang gewesen. In der Tat spielte sich seit dem Abriss der Hallen und der Umgestaltung des Viertels ein großer Teil des öffentlichen Lebens wieder am Uferbereich ab.

Ebenfalls unter Alain Juppé war die Innenstadt von Bordeaux, besonders der alte Stadtkern, verkehrsberuhigt worden. Deswegen konnte Claire nicht direkt bis zur Place Saint-Projet fahren, sondern musste sich einen Parkplatz an der Rue du Loup suchen und das letzte Stück laufen. Wenig später stand sie abermals vor der Wohnungstür der Vermissten. Erneut hatte sie Glück gehabt, dass sie unauffällig ins Haus hineinhuschen konnte, als ein Bewohner mit Dackel herausgekommen war. Sicherheitshalber klingelte Claire noch einmal, doch wie erwartet öffnete niemand. Vorsichtig blickte sie sich nach allen Seiten um, ehe sie sich dem Schloss mit ihrem Dietrichset näherte.

Sie betrat das Appartement, das sie in demselben Zustand vorfand wie bei ihrem letzten Besuch, und ging gleich ins Wohnzimmer. Anders als damals wusste sie heute genau, wonach sie Ausschau hielt, und konzentrierte sich vornehmlich auf den Sekretär. Ein weiteres Mal durchstöberte sie alle Schubladen, wurde jedoch nicht fündig. Sie kontrollierte das Bücherregal auf Ordner und lose Blätter und sah sogar in den großen Bildbänden nach, ob Délia vielleicht dort etwas versteckt hatte.

Nichts. Nirgendwo ein Hinweis auf Dokumente über die Recherchen zum Pestizidskandal. Suchend blickte Claire in dem Zimmer umher. Wo war bloß Délias Computer? Vermutlich benutzte sie ein Notebook und hatte es mitgenommen, wohin auch immer sie aufgebrochen war. Doch wenn es sich wirklich um so wichtiges Material handelte, hatte Délia bestimmt Sicherheitskopien gemacht.

Claire begann, in alle Schachteln und Kartons zu schauen, die es in der kleinen Wohnung gab. Nirgends fand sie Papiere, USB-Sticks oder eine externe Festplatte.

Schließlich landete sie wieder im Wohnzimmer. Unschlüssig sah sie sich um. Ohne es erklären zu können, sagte ihr eine innere Stimme, dass irgendwo in diesem Raum die Lösung lag. Claires Augen glitten ein weiteres Mal über das Bücherregal, jede einzelne Reihe entlang, Fach für Fach, Buchrücken für Buchrücken, dann weiter zum Schreibtisch. Ratlos drehte sie sich um. Sie hatte überall gesucht.

Auf einmal geriet das CD-Regal in ihren Fokus. Dort hatte sie noch nicht nachgeschaut. Wie bei ihrem ersten Besuch huschte ihr Blick über die Cover. Sting, Bowie, Pink Floyd, The Beatles – plötzlich stoppte sie. Bruce Springsteens *The Collection 1973-84*. Viviennes Worte fielen ihr ein. Fast war es Claire, als höre sie deren Stimme erneut: »Ich habe immer noch eine Bruce-Springsteen-CD von ihr, so eine, die zu einer kompletten Box gehört ... die Scheibe liegt seither hüllenlos in meiner Wohnung rum. Ich habe immer Angst, dass sie verkratzt oder zerbricht oder so was.«

Claire trat an das Regal und nahm die dunkelrote CD-Box mit der weißen Aufschrift heraus. Erinnerungen an Abende in ihrer eigenen Studentenwohnung drängten sich hoch, Abende, an denen sie diese Musik mit Stéfane zusammen gehört hatte.

Der Song, der Délia so bewegt hatte, dass sie die CD mit zu Vivienne genommen hatte, hieß *Darkness On The Edge Of Town* und war gleichzeitig der Titel eines der Alben. Auch Stéfane hatte ihn sehr gemocht. Welches Cover war es noch gleich? Claire suchte das Album heraus. Richtig, der junge Bruce Springsteen vor dem hellen Hintergrund einer Lamellenjalousie. Doch was war das? Claire betastete die Hülle. Eigentlich hätte sie leer sein müssen. Aber das war sie nicht. Es steckte eine CD darin. Claire zog sie hervor. Es war eine selbst gebrannte Scheibe, auf die Délia *Darkness on the edge of THIS town* geschrieben hatte. Allerdings war es keine CD. Es war eine gebrannte DVD.

Léon Pasquet goss warme Milch in ein Kännchen und stellte es neben die Espressotasse auf das Tablett. So mochte Mathilde ihren Kaffee besonders gern. Heute war er extra zu ihrer Lieblings-pâtisserie nach La Brède gefahren, um *canelés* zu besorgen, jene karamellisierten Gebäckstückchen, die aussahen wie Mini-Gugel-hupfe. Kaum jemand wusste heutzutage noch, dass sie einst als Resteverwertung bei der Weinherstellung entstanden waren. Damals hatte man zum Klären von Wein noch Unmengen an Eiweiß verbraucht. Aus den übrigen Eigelben wurden, wenn man den Wein auf Flaschen zog, die *canelés* gebacken.

Behutsam nahm Léon die kleinen Köstlichkeiten aus der Schachtel und legte sie auf einen der filigranen Porzellanteller aus Mathildes Familienerbe. Er wollte die latent angespannte Stimmung zwischen ihnen auflösen. Es war so angenehm gewesen in der letzten Zeit, und das sollte auch so bleiben. Von Jeanne Dubos würde er sich das nicht kaputt machen lassen.

Eigentlich war es hierzulande nicht üblich, dem Nachmittag bei Kaffee und Kuchen zu frönen. Als ihre älteste Tochter Véra ein Jahr in München studiert hatte, war Mathilde regelmäßig zu ihr gefahren, und dort hatte sie diesen Brauch lieben gelernt. Seither pflegten sie an den Sonntagen einen deutsch angehauchten Kaffeeklatsch abzuhalten.

Léon stellte den Gebäckteller ebenfalls auf das breite Holztablett und trug alles auf die Terrasse hinaus. Seine Frau saß in ihrer Lieblingsecke auf dem Sofa und blätterte in einer Illustrierten.

»Madame – es ist angerichtet.« Er platzierte das Tablett vor ihr auf dem niedrigen Holztisch.

Mathilde sah auf. »Oh – du hast *canelés* besorgt?« Ihre Züge wurden weicher. Sie legte die Zeitschrift beiseite und nahm sich eines vom Teller. »Von Jonathan Nègre?«

»*Oui.*«

Ihr glücklicher Gesichtsausdruck rührte etwas tief in seinem Innern. Léon griff nach seiner Tasse. Mit milder Stimme setzte er an: »Wegen vorgestern Abend, also, dieses Telefonat –«

Mathildes Gesichtszüge verdunkelten sich schlagartig, und Léon begriff, dass es keine gute Idee gewesen war, davon anzufangen. Trotzdem sprach er weiter, zügig, in der Hoffnung, das Ruder wieder herumreißen und diese Sache leicht aus der Welt schaffen zu können.

»Es war Jeanne Dubos. Sie wollte etwas besprechen, was ihr Weingut betrifft. Mit mir als Vorsitzendem des Winzerverbandes. Deswegen war sie gestern hier.«

»Du brauchst dich nicht für deine Telefongespräche zu rechtfertigen.« An ihrem kühlen Ton merkte er, dass sie ihm gar nicht richtig zugehört hatte.

Verunsichert starrte er auf das Tablett. »Möchtest du etwas mehr Milch in deinen Kaffee?«

»Gern. *Merci.*« Abgehackte, einzelne Wörter. Kein Blick.

Schweigend aßen sie weiter.

Schließlich wurde es ihm zu viel. »Was ist denn los? Das war beruflich. Wenn du mir nicht glaubst, dass –« Seine Worte klangen lauter und schärfer, als er es beabsichtigte.

»Dass du mit Jeanne Dubos ins Bett steigst, glaube ich nun wirklich nicht.«

Fassungslos sah Léon seine Frau an. So hatte sie noch nie mit ihm gesprochen. Und vor allem hatte sie dieses Thema noch nie angeschnitten.

»Warum sind sie und ihr Mann eigentlich zum konventionellen Anbau zurückgekehrt?« Eine ihm fremde Angriffslust lag in Mathildes Blick und in ihrer Stimme.

»Jetzt fängst du auch noch damit an. Hat dich dieser Polizist aufgestachelt – dieser Commandant Chénier?«

»Oder wollte Jeanne einfach alles ändern, was Anaïs auf den Weg gebracht hat?«

Anaïs. Der Name war seit Jahren nicht zwischen ihnen gefallen. Nun schwebte er über ihnen wie Gewitterwolken kurz vor der Weinlese.

Léon wagte kaum zu atmen aus Angst, das ganze fragile Beziehungsgebilde, an das sie sich seit Jahrzehnten klammerten, könne mit einem Mal in sich zusammenfallen. »Sie hat an der Tradition ihrer Familie festhalten –« Es war im Grunde völlig egal, was er sagte. Mathilde hörte ihm nicht zu. Wollte ihm nicht zuhören. Abwesend sah sie auf ihre Hände, wie gefangen in ihren eigenen, quälenden Gedanken.

Abrupt legte sie das angebissene *canelé* auf den Teller zurück. »Ich habe keinen Appetit mehr.« Sie erhob sich und verließ mit hastigen Schritten die Terrasse.

Verunsichert blickte Léon ihr nach. Sollte er ihr hinterhergehen? Er zögerte. Vermutlich war es besser, sie eine Weile in Ruhe zu lassen. Von ihren früheren Auseinandersetzungen wusste er, dass es zwischen ihnen dann meist erst richtig eskalierte. Allerdings ließ sich die heutige Situation mit nichts vergleichen, was sich bisher zwischen ihnen abgespielt hatte. Es war keine ihrer üblichen Streitereien, es war etwas untergründig Schwelendes, das ihm Angst machte.

Léon schaute auf die traurigen Reste der abgebrochenen Kaffeetafel. Etwas zwischen ihnen war kaputtgegangen, gerade eben. Ein Riss in dem Gewebe, das sie verband. Mit einem Mal lag jener Abgrund offen, den sie all die Jahre stillschweigend überbrückt hatten.

Kapitel 19

—— • ◆ • ——

Sobald Claire nach Hause kam, lief sie gleich in ihr Arbeitszimmer hoch, startete den Computer und schob die DVD ins Laufwerk. Hoffentlich erkannte ihr Rechner den Datenträger. Nach bangen Momenten des Wartens tauchte auf dem Bildschirm das DVD-Symbol auf. Sie klickte es an, und in dem sich öffnenden Fenster erschienen zwei Ordner, die Délia CG-1 und CG-2 getauft hatte. Also hatte Claires Instinkt sie nicht getäuscht, als sie die DVD mitgenommen hatte.

In CG-1 befanden sich drei Unterordner mit den Namen PRESSE, INTERVIEWS und FOTOS. Der Presseordner enthielt verschiedene Zeitungsartikel, teils eingescannte, teils PDF-Versionen von online erschienenen Berichten über den Pestizideinsatz und seine Folgen in Castre-les-Graves. Claire überflog einige und gewann so einen besseren Überblick über den Skandal, von dem ihr Sylvain Ferrand bereits in groben Zügen berichtet hatte.

Im Interviewordner hatte Délia mehrere Sprachaufzeichnungen gespeichert. Claire klickte die erste an. Es war ein Mitschnitt eines Gesprächs, das Délia mit einer betroffenen Arbeiterin geführt hatte. Die Frau hieß Yveline Montagne. Sie erzählte, wie sie vor sechs Jahren bei der Arbeit in den Weinfeldern der massiven Dosis einer Pestizidwolke ausgesetzt gewesen und im Anschluss erkrankt sei. Ihr damaliger Arzt jedoch habe von dem Thema Pestizide nichts wissen wollen. Erst zwei Jahre später stellte ein Neurologe der Universitätsklinik in Bordeaux bei ihr Parkinson fest. »Ich war total geschockt«, hörte Claire die Frau auf der Aufnahme sagen, »aber endlich gab es eine Diagnose. Endlich wurden meine Beschwerden und Symptome ernst genommen.« Es fanden sich eine Handvoll weitere Arbeiter mit ähnlichem Schicksal. Sie schlossen sich zusammen und reichten eine Klage gegen ihre Arbeitgeber ein. So etwas war bisher noch nicht vorgekommen. Nach dem, was Claire dem Interview entnahm, dauerte der Rechtsstreit noch an. Die Winzer behaupteten, alle nötigen Schutzmaßnahmen getroffen zu haben. »Sie bekommen stets Rückhalt aus der Politik. Gegen diesen Lobbyismus haben wir wenig Chancen«, kommentierte Yveline Montagne, und Claire hörte die Resignation in ihrer Stimme. »Dabei bin ich nie darüber informiert worden, womit wann wo gespritzt worden ist. So etwas wie Schutzkleidung gab es nicht, nicht einmal Handschuhe.« Nie habe sie eine Schulung über mögliche Risiken erhalten – wie es eigentlich Vorschrift wäre. Stattdessen seien die Pestizide im selben Raum gelagert worden, in dem sie sich umgezogen habe. Die Frau machte eine Pause, dann erzählte sie: »Vor drei Jahren hat es einmal kurzzeitig einen Lichtblick gegeben. Das war, ehe ich mich mit den anderen Betroffenen zusammengetan habe. Damals stand ich völlig allein da. Eine Frau rief mich an, sie wollte sich mit mir treffen. Sie sagte, sie habe von meiner Geschichte gehört und wolle mir helfen. Zu der Zeit war ich so verzweifelt, selbst die kleinste Kleinigkeit kam mir wie der rettende Strohhalm vor.«

»Wissen Sie noch den Namen dieser Frau?«, tönte die junge Frauenstimme aus dem Lautsprecher, die Délia gehören musste. Claire drückte auf Pause und ließ die Stimme in sich nachhallen. Selbstbewusst. In sich ruhend. Und dabei doch melodiös. Sie dachte zurück an jenen introvertierten Teenager, den sie einst in

Cannes kennengelernt hatte und mit dem die jetzige Délia nicht mehr viel gemein zu haben schien.

Schließlich spielte sie die Aufnahme weiter ab und hörte Yveline Montagne sagen: »Leider habe ich mir nicht gemerkt, wie sie hieß. Ich erinnere mich lediglich, dass sie gesagt hat, sie sei vom Château de Venette-Rebeyrol. Das ist ja bekannt, und ich hatte plötzlich Hoffnung, wenn ich von jemandem von der Seite der Winzer Hilfe bekomme, könnte das die Lösung sein. Ein winziger Spalt in der undurchdringlichen Mauer, gegen die ich nun schon so lange ankämpfte. Aber nach dem Anruf habe ich nie wieder etwas von dieser Frau gehört.«

Parkinson durch Pestizide – da war es wieder! Delia hatte sogar Kopien der medizinischen Gutachten gespeichert, nach denen ein Zusammenhang zwischen der neurologischen Schädigung und dem Einsatz der Spritzmittel im Bordelais bestand. Claire lehnte sich auf ihrem Schreibtischstuhl zurück und ließ die Informationen sacken. Sie versuchte sich die Situation dieser Menschen vorzustellen. Mit einer solchen Diagnose leben zu müssen. Und während die reichen Châteaubesitzer im Luxus schwelgten, waren die arbeitsunfähigen Opfer auf Sozialhilfe angewiesen. In Claire stieg die Wut hoch, wenn sie sich diese Ungerechtigkeiten in ihrer ganzen Dimension ausmalte. Anaïs hatte davon erfahren und sich dagegen engagiert. Bis sie ermordet wurde.

Aufgewühlt wandte sich Claire wieder dem hochbrisanten Material zu, das Délia zusammengetragen hatte. Es gab weitere Gesprächsaufnahmen mit anderen Betroffenen, deren Geschichten sich alle ähnelten. Claire erfuhr, dass in solchen Fällen »die Beweispflicht beim Antragsteller« liege. Nur wenige Erkrankte brachten überhaupt die Kraft auf, die Prozedur von sich aus anzugehen.

Im Fotoordner befanden sich Unterordner mit den Namen der

drei involvierten Weingüter. In jedem Ordner fand Claire Bilder von Weinfeldern, auf denen man Traktoren inmitten von Sprühnebeln sah. Es waren Schnappschüsse, und Claire begriff, dass Délia sie unbeobachtet gemacht haben musste. Sie schien eine sehr gute Kamera mit einem Teleobjektiv zu besitzen, denn auf einigen Detailaufnahmen hatte sie an die Traktorfahrer herangezoomt. Allesamt trugen sie Gasmasken, wie Claire sie von Bildern aus Kriegsgebieten kannte.

Sie schloss das Fenster und dachte über die Kamera nach. In Délias Wohnung hatte sie keine gefunden. Hatte die Studentin sie sich für die Aktionen geliehen? Von der BAPC gewiss nicht, dann hätte Sylvain ihr das bestimmt erzählt. Hatte sie sie vielleicht mitgenommen, genauso wie ihr Notebook? Was in der Konsequenz bedeutete, dass Délia vermutlich zu einer weiteren verdeckten Ermittlung aufgebrochen war. Von der sie nicht zurückgekehrt war. Mit einem Mal fürchtete Claire, dass ihr womöglich nicht mehr viel Zeit blieb, die junge Frau zu finden.

Rasch wandte sie sich dem Ordner CG-2 zu. Er enthielt lediglich zwei Unterordner. Der erste hieß ANALYSEN und beinhaltete eine Liste von Substanzen mit unaussprechlichen Namen wie Carbendazim, Mancozeb, Spiroxamin, Procymidon und Natriumarsenit, die zur Schädlingsbekämpfung im Weinbau zum Einsatz kamen. Zu jeder Chemikalie gab es Laboranalysen und Forschungsergebnisse. Die Schäden, die sie hervorrufen konnten, erinnerten Claire an das, was Sylvain ihr erzählt hatte. Beispielsweise galt Carbendazim laut EU-Gefahrenkennzeichnung als giftig und umweltschädlich und stand im Verdacht, erbgutverändernd und reproduktionstoxisch zu wirken. Procymidon wirkte zusätzlich wie ein Antiandrogen, was bedeutete, dass männliche Sexualhormone gehemmt wurden. Die EU hatte es zwar, genauso wie Natriumarsenit, bereits seit Längerem verboten, doch Spätfolgen waren durchaus möglich. Letzteres wurde auch das »Asbest der Winzer« genannt. Man rechnete damit, dass sogar 20 bis 40 Jahre vergehen konnten, ehe es Krebs auslöste.

Claire dachte an all die Weine, die sie in ihrem Leben schon getrunken hatte. Der Anteil an biologisch angebauten war verschwindend gering. Ab jetzt würde sie komplett auf Bioweine umsteigen.

Der zweite Unterordner trug den Titel PATRICE. Darin fand Claire einige Word-Dokumente sowie weitere Gesprächsmitschnitte, von denen manche mehrere Stunden dauerten. Claire klickte den Ersten an. Schnell begriff sie, dass Délia neben Patrice im Auto saß. Es gab eine Menge belanglosen Small Talk und lange Pausen. Offenbar hatte sie ohne Patrices Wissen bei ihren Treffen die Funktion am Smartphone aktiviert und einfach alles aufgenommen.

Claire wählte die letzte Aufnahme aus, die vom sechsundzwanzigsten August stammte, einem Samstag – genau eine Woche bevor die Studentin verschwunden war. Sie ließ den Mitschnitt laufen, während sie sich das übrige Material ansah. Délia hatte genauestens dokumentiert, wann sie Patrice getroffen hatte, welche Sprachnachricht dazugehörte und welche Informationen darauf enthalten waren. Auch Carlos erwähnte sie in einem Dokument. Mit ihrer Theorie, er könne Délia zum Dealen in der Uni animiert haben, hatte Claire zwar falschgelegen, dass er jedoch im Club mit Drogen handelte, war ihr ebenfalls aufgefallen. Fast konnte Claire den sarkastischen Unterton zwischen den Zeilen lesen, in denen Délia feststellte, sobald sie mit dem Pestizidthema durch sei, könne sie ja mit der Drogengeschichte weitermachen.

Ab und zu ertönten aus dem Lautsprecher des Rechners kurze Sätze, doch es waren lediglich Belanglosigkeiten. Den Hintergrundgeräuschen nach schienen die beiden bei diesem Treffen draußen unterwegs gewesen zu sein, vielleicht hatten sie einen Spaziergang gemacht. Claire hatte Mühe, Patrices Stimme zu verstehen.

Mit einem Mal hörte sie Délia sagen. »Alors, deine verschollene Tante, die war also dabei gewesen, auf bio umzustellen?«

Ein genuscheltes »Ich glaub schon«.

»Warum haben denn deine Eltern wieder Pestizide verwendet?«

Aus der verschwommenen Antwort meinte Claire, etwas wie »Was weiß ich – so was interessiert mich nicht« herauszuhören.

»Schon seltsam, dass sie einfach so verschwunden ist. Deine Tante, meine ich. Weißt du da irgendwas darüber?« Délia klang, als wäre ihr dieser Gedanke völlig nebenbei gekommen, als wäre er nicht weiter wichtig.

Ein Rauschen überdeckte Patrices Reaktion. Claire stoppte die Aufnahme, drehte die Lautstärke des Rechners hoch und klickte ein Stück zurück. Sie beugte sich nah an das Gerät heran und startete erneut. Ganze vier Male spielte sie die Stelle noch ab, ehe sie sicher war, dass Patrice gesagt hatte, ihm komme das auch sonderbar vor, aber das sei in der Familie ein Tabuthema, an dem man sich bloß die Finger verbrenne.

Claire drückte auf Pause. Es gab sie also wirklich – die konkrete Verbindung zu Anaïs de Venette. Nicht nur hatte Délia eine Menge Material zu dem Pestizidskandal zusammengetragen, sie hatte auch angefangen, Patrice zum Verschwinden seiner Tante auszuhorchen.

Sie musste sofort mit Raoul sprechen. Apropos – wo war eigentlich ihr Telefon? Suchend sah sich Claire auf dem Schreibtisch um. Lag es etwa noch im Auto? Sie konnte sich nicht daran erinnern, wann sie es zuletzt gesehen hatte. Seit sie nach Hause gekommen war, hatte sie nur an die DVD gedacht.

Eilig lief sie nach draußen, und tatsächlich hatte sie es im Wagen liegen gelassen. Sie schaute aufs Display. Ein entgangener Anruf, eine Sprachnachricht und eine SMS – allesamt von Raoul. Claire las zunächst die SMS, die, typisch männlich, sachlich war und bloß aus wenigen Wörtern bestand: »Hast du kurz Zeit?« Sie war vor fünf Minuten eingegangen. Der Anruf war schon länger her, sie musste ihn verpasst haben, als sie in Délias Wohnung gewesen war. Claire hörte Raouls Nachricht auf der Mailbox ab, in der er sie ebenfalls bat, sich bei ihm zu melden. Hastig wählte sie seine Nummer.

Seit dem islamistisch motivierten Attentat auf die Redaktion der Satirezeitschrift *Charlie Hebdo* 2015 und den ebenso in Paris verübten Terroranschlägen im November desselben Jahres galten auch im Commissariat der *police nationale* in Bordeaux verschärfte Sicherheitsbestimmungen für Besucher. Schon am Eingang wurde Claire von einer Polizistin kontrolliert und musste ihre Tasche vorzeigen. Am Empfangsschalter nannte sie ihren Namen, zeigte ihren Pass und trug ihr Anliegen vor. Anschließend setzte sie sich in den Wartebereich. Bei ihrem kurzen Telefonat hatten Raoul und sie schnell festgestellt, dass es einfacher wäre, sich rasch zu treffen, und Raoul hatte sein Büro vorgeschlagen.

Nach wenigen Minuten erschien der Commandant, wie gewohnt in einem gut geschnittenen Anzug mit weißem Hemd. Er begrüßte Claire freundlich mit den üblichen *bisous*, dann führte er sie durch nüchterne Gänge zu einem Fahrstuhl, der sie in den zweiten Stock zu Raouls Büro brachte.

»Hast du an diesem Wochenende Bereitschaftsdienst?« Claire sah sich um. Er schien sich den Raum mit einem Kollegen zu teilen.

»Eigentlich nicht. Aber wenn ich in einem Fall stecke, komme ich her, wann immer es mir nötig erscheint.«

Claire war davon überzeugt, dass Raoul wie sie selbst Single war. Möglicherweise aus denselben Gründen – vielleicht verstanden sie sich deshalb so gut?

»Ab einem gewissen Dienstgrad gesteht einem der Arbeitgeber ein größeres Büro mit einem zusätzlichen Kommunikationsplatz zu.« Mit einem spöttischen Lächeln deutete er auf einen schlichten quadratischen Tisch mit zwei Plastikstühlen, die an der Wand links von Claire standen. »Bitte, setz dich.«

Claire nahm auf einem der Stühle Platz. »Alors, dieses Mal fängst du an.«

»Dein Wunsch sei mir Befehl.« Raoul berichtete von seinem Telefonat mit Francis Abellard am vergangenen Abend und dem heutigen Treffen mit Geneviève Castaing.

Als er von dem Pestizidskandal an der Schule erzählte, glaubte Claire kaum ihren Ohren zu trauen. »Und das war in Villeneuve-des-Graves, sagst du?«

»Exactement. Anaïs de Venette scheint sich da ordentlich reingehängt zu haben. Die Schulleiterin meinte –« Er brach ab und sah Claire aufmerksam an. »Was hast du?«

»Bei unserem letzten Gespräch habe ich eine Umweltorganisation erwähnt«, begann Claire langsam.

»Sprich weiter«, ermunterte er sie.

»Nun, die Leute von der BAPC setzen sich gegen die Verwendung von Pestiziden im Weinbau ein. Laut Vivienne hat sich Délia bei ihnen stark engagiert. Also bin ich dort gewesen.« Sie berichtete Raoul von ihrem Treffen mit Sylvain Ferrand, ihrem anschließenden erneuten Besuch in Délias Wohnung und dem Fund der DVD mit dem Material über den Skandal von Castre-les-Graves.

Jetzt war es Raoul, der sie verblüfft ansah. »Warte mal, ein Pestizidskandal in Castre-les-Graves? Also ein zweiter Skandal?« Er stand auf und ging zu einer großen Doppel-Landkarte hinüber, die an der Wand gegenüber hing. Auf der linken Seite war das Département Gironde abgebildet, das in sechs Arrondissements unterteilt war. Die rechte Seite zeigte vergrößert das Arrondissement Bordeaux mit der Stadt Bordeaux in der Mitte und den umliegenden Gemeinden. »Hier ist Villeneuve-des-Graves«, mit einem roten Filzstift zog er einen Kreis um eine kleine Ortschaft im Südosten. »Und irgendwo hier müsste ...« Seine Hand mit dem Stift verharrte in der Luft. »Ah, da ist es ja. Castre-les-Graves.« Er kreiste ein zweites Dorf ein, das sich ein Stück westlich davon befand.

Claire trat neben ihn und betrachtete die Karte. »Krass – mir war gar nicht bewusst, dass die beiden Orte so nah beieinanderliegen.«

»Da haben wir also zwei Pestizidskandale in einem Umkreis von unter fünf Kilometern, die sich ungefähr im gleichen Zeitraum abgespielt haben.« Raoul zog die Brauen zusammen. »Der Schulskandal war vor vier Jahren.«

»Die Vorfälle mit den erkrankten Arbeitern begannen vor sechs Jahren.«

»Und Anaïs de Venette hat von beiden gewusst.«

»Und ist verschwunden, nachdem sie Kontakt zu Yveline Montagne aufgenommen hatte.«

Claire sah Raoul an, und dieser sprach aus, was sie selbst in diesem Moment dachte. »Sie hat einen Zusammenhang zwischen den beiden Fällen erkannt.«

Für einen Augenblick schwiegen sie, und Claire betrachtete die grau gefärbten Flächen, die die Ortschaften umgaben. »Welches Weingut ist denn bei dem Schulskandal eigentlich betroffen? Oder sind es mehrere? Vielleicht gibt es ja Überschneidungen.«

Raoul räusperte sich. »Die Felder, die direkt an das Schulgelände grenzen, gehören teils zum Château Labrouche, teils zum Château Pasquet-Castagnol.«

»Warte mal – Pasquet? Aber das ist doch –«

»Léon Pasquet, der Präsident des Winzervereins und damalige Liebhaber von Anaïs de Venette.«

Claire wandte sich Raoul zu. »Der gleichzeitig der Besitzer eines der drei Weingüter ist, die in den Skandal von Castre-les-Graves verwickelt sind.«

»Zut!« Raoul verzog das Gesicht, als mache er sich Vorwürfe. Wie zur Bestätigung sagte er denn auch: »Du hast recht gehabt. Wir müssen dringend Léon Pasquets DNA überprüfen.«

»Das heißt, du hast meinen unkonventionellen Vorschlag nicht umgesetzt?« Claire bemühte sich um einen lockeren Ton, doch Raoul sah sie betreten an.

»Ich hatte gehofft, es auf legalem Wege durchziehen zu können. Aber allmählich wird es eng mit der Zeit. Diese Behördenmühlen mahlen zu langsam – das kommt mir nicht zum ersten Mal in die Quere.« Genervt schüttelte er den Kopf.

»*Alors*, falls du jemanden brauchst, der für dich das Material vom Weingut sichern soll ...« Claire stieß ihn leicht mit dem Ellbogen an. »Lass mich wissen, wenn ich dir behilflich sein kann.«

»*Merci*.« Raoul lächelte sie an. »Wer weiß, vielleicht komme ich wirklich noch auf dein Angebot zurück. Erst mal werde ich gleich morgen früh Druck machen, was die Vorladung angeht.«

Kapitel 20

— ◆ —

Montag, 18. September 2017

Wie jeden Morgen hatte Léon Pasquet gleich nach dem Aufstehen und noch vor dem Frühstück einen Spaziergang durch seine Weinfelder gemacht. Die Ernte war fast vorbei. Es lag keine exzellente Saison hinter ihnen, aus der Spitzenweine wie 2009 oder in den vergangenen zwei Jahren hervorgehen würden, aber trotzdem eine sehr gute. Am kommenden Wochenende sollte das große Erntefest stattfinden. Momentan war Léon zwar nicht nach Feiern zumute. Doch bis dahin würde sich gewiss alles wieder eingerenkt haben. So ganz konnte er sich selbst allerdings nicht überzeugen.

Beim Aufwachen hatte Mathildes Bettseite mit der glatt gestrichenen Decke wie unberührt ausgesehen. So wie am Abend zuvor, als er sich schlafen gelegt hatte. Mathilde war nicht zum Abendessen erschienen. Er hatte nach ihr gesucht und sie in ihrem privaten Lesezimmer gefunden. Sie wolle allein sein. Und nein, sie sei nicht hungrig. Léon hatte sich ein paar Sandwiches gemacht. Sie hatten nicht geschmeckt. Später hatte er an ihrer Tür geklopft und gefragt, ob sie auch müde sei. Sie würde bald nachkommen, hatte Mathilde gesagt.

Als Léon die Haustür öffnete und die Eingangshalle betrat, stolperte er beinahe über zwei riesige Reisekoffer. Wie vor den

Kopf geschlagen, verharrte er mitten im Türrahmen. Er blickte auf die Koffer zu seinen Füßen, und ein ihm fremdes Gefühl der Panik überfiel ihn.

Ein Knacken von der Treppe her ließ ihn aufblicken. Mathilde stand dort, schaute ihn an, blass, unter ihrem sorgfältigen Make-up schimmerten dunkle Augenringe durch.

»Du … verreist?«

»Ich verlasse dich.« Ihre Stimme klang hohl.

Léon sah sie an und hoffte inständig, sie würde es zurücknehmen. Doch gleichzeitig fühlte er sich wie ein Sack Sand mit einem großen Riss im Boden, aus dem gerade in Windeseile der komplette Inhalt herausrieselte. »Aber … wieso?«

»Das fragst du mich ernsthaft?«

»Warum jetzt?«

Kaum merklich zuckte Mathilde mit den Schultern. »Man weiß es einfach, wenn die Zeit gekommen ist.« Langsam stieg sie die restlichen Stufen nach unten. Am Treppenabsatz blieb sie wieder stehen.

Léon wurde schwindelig. Er lehnte sich gegen den hölzernen Türrahmen. »Du willst das hier alles wegwerfen? Du willst … uns wegwerfen?«

»Du hast uns weggeworfen. Als du mich das erste Mal betrogen hast. Und jedes Mal danach. Immer ein Stückchen mehr. Als du mit Isabelle geschlafen hast, mit Christine, und was weiß ich, wie sie alle heißen. Und mit – Anaïs.«

Léon schloss die Augen.

»Ich könnte es kein weiteres Mal ertragen.«

»Aber seither – ich habe nicht – es wird nicht noch mal – und überhaupt, es – es hatte eigentlich nur mit mir zu tun.« Fast flüsternd fügte er hinzu: »Ich kann mich ändern, ich verspreche es dir.«

Regungslos stand sie ihm gegenüber. Vergeblich wartete Léon darauf, dass sie doch noch schreien würde, toben, alles rauslassen. Und dann könnten sie sich vertragen. Neu beginnen.

»Mag sein«, sagte sie langsam. »Aber kann ich mich darauf verlassen, was du in der Zukunft tun wirst? Wenn ich nicht dabei bin und eine jüngere Frau dich doch wieder reizt?«

Als Léon zu einem Widerspruch ansetzte, winkte seine Frau müde ab.

»Ein weiteres Mal durch all das durchzugehen und so zu tun, als hätte ich keine Ahnung – das würde ich nicht schaffen.« Sie klang nicht wütend oder aufgebracht. Sondern erstaunlich ruhig. Leise fügte sie hinzu: »Das ist mir letzte Nacht klar geworden. Es geht nicht anders.«

Seine Stimme zitterte. »Überdenke es noch einmal. Ich bitte dich. Gib mir noch eine Chance. Gib uns noch eine Chance!«

»Uns gibt es doch schon lange nicht mehr.«

»Siehst du das tatsächlich so? Ist alles andere, was zwischen uns gewesen ist, nichts wert?«

»Ich habe mir etwas vorgemacht, so viele Jahre. Indem ich mir immer wieder sagte, dass deine kleinen Bettgeschichten unbedeutend sind. Verglichen damit, was uns ausmachte. Aber ich habe mich geirrt. Mein Vertrauen in dich ist zerstört. Die Wunden sind zu tief. Ich habe sie nie richtig ausheilen lassen. Ich muss gehen, um mich selbst zu schützen.«

Léon machte ein paar unsichere Schritte in den Raum hinein. »Es gibt nichts, wirklich nichts, womit ich dich halten kann?« Die Verzweiflung schnürte ihm fast die Luft ab.

Mathilde schwieg. Sie schaute ihn an, unbewegt. Eine Fremde, in deren Zügen er vergeblich nach etwas Vertrautem suchte.

Léon sah auf seine Hände hinunter. Sah wieder hoch, in Mathildes Gesicht. Doch ihr Blick wich seinem aus. Er räusperte sich.

»Was ist mit Lucie?«

»Sie kommt mit.«

»Mit – wohin?«

»Nach Toulouse. Erst mal können wir bei meiner Schwester unterkommen.«

»Aber – Lucie macht im nächsten Jahr ihr Abitur ...«

»Das kann sie auch dort. Es gibt ein breites Angebot an *lycées* mit sehr gutem Ruf. Ich habe vorhin mit zwei Direktionen telefoniert, Lucie könnte sofort anfangen.«

»Du hast das alles schon organisiert.«

Mathilde schwieg erneut.

»Du hast dich also entschieden? Es ist – endgültig?« Er musste es hören, aus ihrem Mund, auch wenn es ihn innerlich zerriss.

»*Oui.*«

Léon schluckte, spürte Tränen in seinen Augen. Mathilde trat auf die Koffer zu.

Dass ein kleines Wort, nur eine Silbe, von so großem Gewicht sein konnte. Wie damals, bei der Hochzeit. Nur ein Wort. Das sie verbunden hatte. Und jetzt, dasselbe Wort. Das sie trennte.

Die Haustür fiel schwer hinter ihr ins Schloss.

Auf dem Weg ins Commissariat ging Raoul im Kopf alle Punkte durch, die heute anstanden. Zunächst einmal natürlich die Vorladung von Léon Pasquet zum DNA-Test. Auch seine Alibifrage stand noch im Raum. Der Winzer hatte verschiedene Auslandsreisen im Mai 2014 erwähnt, aber bisher hatte er ihm noch keine Auflistung darüber zukommen lassen. Doch vielleicht wartete eine entsprechende E-Mail ja schon in Raouls Postfach.

Dann galt es, jenen ersten Traktoristen zu überprüfen. Raoul musste wissen, worum es bei seinen Streitereien mit Anaïs de

Venette gegangen war. Und warum sie Yanis Loustalot entlassen hatte. Außerdem wollte er nachforschen, ob es eine Verbindung zwischen Mathilde Pasquet und Jeanne Dubos gab, von der er noch nichts wusste. Wer weiß, ob sich die beiden nicht gegen ihre Erzfeindin verbündet hatten? Womöglich steckten sie – oder eine von ihnen – hinter dem Drohbrief, den die Schulleiterin Geneviève Castaing erwähnt hatte? Der Tag würde nicht langweilig werden.

Raoul hatte gerade das Büro betreten, Eric begrüßt und ihn nach seinem Wochenende gefragt, als das Telefon läutete.

Eric nahm das Gespräch an. »Für dich.« Er reichte Raoul den Hörer. Auf dessen fragenden Gesichtsausdruck fügte er hinzu: »Docteur Salles.«

Gespannt setzte Raoul sich an seinen Schreibtisch. »*Bonjour*, Docteur Salles, das nenne ich Timing. Ich bin soeben angekommen.«

»Als hätte ich es gespürt.« Die Gerichtsmedizinerin lachte kurz, dann wurde sie wieder ernst. »Es gibt Neuigkeiten. Für ein Mittagessen ist es ja noch zu früh, aber bis dahin will ich nicht warten. Die Resultate der weiteren Untersuchungen von Anaïs de Venettes Leichnam sind vor ein paar Minuten eingetroffen, und ich denke, Sie sollten sich das sofort anschauen.«

Raoul erhob sich und griff nach seiner Jacke. »In einer Viertelstunde bin ich bei Ihnen. *À toute à l'heure.*«

Nach ihrem gestrigen Treffen mit Raoul hatte Claire noch am Abend alle neuen Informationen in die Aufstellung an ihrer Pinnwand integriert. Nachdenklich stand sie nun davor und betrachtete das Spinnennetz aus Bildern, Schlagwörtern und bunten Fäden, die sie zwischen den Fotos gespannt hatte. Sie wandte sich der chronologischen Übersicht zu und ergänzte sie. Immerhin, der Zeitraum ließ sich einengen.

Da war der letzte Gesprächsmitschnitt vom Samstag, dem sechsundzwanzigsten August. Laut Patrice hatten sie sich am Freitag danach, also dem ersten September, in Délias Wohnung getroffen. Am Dienstag darauf hatte Eireen Blanchard ihre Tochter nicht mehr erreicht. Was war an jenem Wochenende passiert?

Mit einem Mal fiel Claire ein, dass sie das Ende der Aufnahme noch gar nicht kannte. Sie hatte ihr Telefon aus dem Auto geholt und über Raouls Nachrichten ganz vergessen weiterzuhören. Schnell fuhr sie ihren Computer hoch und suchte in den Ordnern nach der entsprechenden Datei. Nach kurzem Herumklicken fand sie die Stelle, an der sie am Vortag aufgehört hatte: Patrices genuschelte, schwammige Aussage über seine verschwundene Tante. Danach folgten einige Minuten, in denen lediglich die Schritte der beiden ertönten. Claire rechnete bereits damit, dass nichts Weiteres mehr kommen würde, da hörte sie Délias Stimme von Neuem: »Wie wär's nächstes Wochenende mit einem kleinen Trip – nur du und ich? Muss ja gar nicht weit weg sein – einfach ein bisschen – zusammen sein? Ich habe frei und würde gern mal aus der Stadt rauskommen.«

»Ich bin dabei!« Selbst bei dieser schlechten Tonqualität konnte Claire Patrices Freude über ihren Vorschlag deutlich hören. »Und ich habe auch schon eine Idee, wohin wir fahren können.« Kurz darauf endete die Aufnahme.

Claire schaltete den Computer aus und packte in Windeseile ihre Sachen zusammen. Sie musste auf der Stelle noch einmal mit Patrice sprechen. Jetzt konnte er sich nicht mehr rausreden.

Einen Moment lang überlegte sie, ob sie Philippe anrufen und ihn fragen sollte, sie noch mal zu begleiten. Dann entschied sie sich dagegen. Wenn sie damit anfing, ihn regelmäßig einzubinden, riskierte sie, sich zu sehr von ihm abhängig zu machen. Gewiss, am Samstag hatte er sie aus einer brenzligen Situation gerettet. Doch ihre früheren Fälle hatte sie auch allein bewältigt. Sie war als Privatdetektivin ohne Assistenten oder sonstige Angestellte bisher bestens klargekommen. Philippe würde sowieso in ein paar Wochen wieder auf Reisen sein.

Stattdessen rief sie Eponine an und erkundigte sich, ob sie gestern gut nach Hause gekommen sei und wie es ihr heute gehe.

Anschließend machte sich Claire ein weiteres Mal auf den Weg in die Graves.

Das *Centre Hospitalier Universitaire de Bordeaux*, kurz CHU genannt, war ein weitläufiges Areal mit mehreren Zufahrten, zahlreichen Gebäudekomplexen, Straßen, Parkplätzen und Grünanlagen. Raoul kam das Gelände wie eine Stadt in der Stadt vor. Zum Glück lag das *institut médico-judiciaire* nur unweit des Haupteingangs hinter der Kinderklinik. Er fuhr an dem Gebäude mit dem vom Bordelaiser Künstler Jofo fröhlich-bunt gestalteten Eingang vorbei, stellte seinen Dienstwagen auf dem Parkplatz vor der Pathologie ab und lief die wenigen Meter zum Eingang hinüber.

Frida Salles erwartete ihn bereits in ihrem Büro. Als Raoul eintrat, warf sie einen Blick auf die Uhr. »*Bonjour*, Monsieur le Commandant – Sie haben nicht zu viel versprochen.« Sie erhob sich und lächelte ihn erfreut an.

»Ich werde mich hüten, Sie warten zu lassen. *Bonjour*, Docteur Salles.«

Sie wechselten noch ein paar obligatorische Small-Talk-Floskeln, dann bat die Gerichtsmedizinerin ihn, Platz zu nehmen. Sie selbst setzte sich ebenfalls wieder. Vor ihr auf dem Tisch lagen einige Papiere mit mehreren rot markierten Stellen.

»Die Kollegen im Labor haben die Kleidung der Leiche untersucht und konnten dort weitere DNA-Spuren sicherstellen«, begann Frida Salles ernst. »Genauer gesagt, handelt es sich um zwei fremde Spuren. Dabei deckt sich eine davon mit der DNA der Spermaspuren. Was mich nicht sonderlich überrascht.«

Raoul dachte an Léon Pasquet, der behauptet hatte, Anaïs de Venette zwei Wochen vor ihrem Tod das letzte Mal getroffen zu haben. Gab es am Ende doch einen zweiten Liebhaber? Womöglich jener Traktorist, den er noch nicht überprüft hatte? Oder hatte Léon schlicht und ergreifend gelogen? Wenn nur bald seine Vorladung zum DNA-Test feststehen würde! Auf der Fahrt zum Universitätsklinikum hatte Raoul seinen Vorgesetzten angerufen und ihn gebeten, dringend nachzuhaken, wie es um den Termin bestellt sei.

»Die zweite Spur – und das finde ich um einiges interessanter«, fuhr Frida Salles fort, »stimmt mit der DNA der Partikel überein, die sie auf dem Nachthemd und der Haarbürste der Toten gefunden haben.«

Verblüfft sah Raoul sie an. Dieses Ergebnis eröffnete völlig neue Dimensionen. »Vielen Dank, Docteur Salles, dass Sie mir gleich Bescheid gegeben haben. Das sind wirklich hilfreiche Erkenntnisse.«

»Ich dachte mir, dass Sie das so sehen würden.« Frida Salles lächelte ihn an. »Ach, Commandant Chénier – ich hoffe, dass aufgeschoben nicht aufgehoben bedeutet, was unser gemeinsames Mittagessen anbelangt?«

Grübelnd verließ Raoul das gerichtsmedizinische Institut. Ehe er zu seinem Wagen zurückkehrte, lief er zum Hauptgebäude, der sogenannten Tripode, hinüber und holte sich dort einen Kaffee in der Kantine.

Die Schlussfolgerung aus dem, was Frida Salles ihm gerade mitgeteilt hatte, sprang ihm förmlich ins Gesicht.

Er erinnerte sich an seinen ersten Besuch auf Château de Venette-Rebeyrol zurück, an Jeanne Dubos' Worte zu Anaïs' persönlichen Dingen. Angeblich hatte es einen Wasserrohrbruch gegeben, weswegen sie ihr Schlafzimmer leer geräumt hatten.

Wenn also die Spuren auf Nachthemd und Haarbürste übereinstimmten mit den Spuren auf der Kleidung, die Anaïs de Venette am Tag ihres Todes getragen hatte, gab es Grund zu der Annahme, dass sie die Person, die diese Sachen später eingepackt hatte, am Todestag getroffen hatte. Und bei dem Treffen musste dieser Mensch ihr so nahe gekommen sein, dass es DNA-Spuren auf der Kleidung gab. Bei einer eleganten, stilvollen und gepflegten Frau, wie Anaïs de Venette es den Beschreibungen nach gewesen zu sein schien, konnte sich Raoul kaum vorstellen, dass sie wochenlang dieselben Kleider trug.

Laut Jeanne Dubos war ihre Schwägerin zu einer Einladung zum Mittagessen nicht erschienen. Überhaupt hatten sie sich in jener Zeit angeblich nur selten gesehen, da die Dubos' ja noch in Angoulême gelebt hatten. Raoul musste erfahren, wer genau die Sachen eingepackt hatte. Hatte Jeanne ihn angelogen? Oder steckte am Ende der gewaltbereite Gérard hinter allem?

Kapitel 21

—•◆•—

Vom Gang, der in Richtung Wohnräume und Küchentrakt führte, summte eine Fliege heran und setzte sich auf Léons Hand. Ein kurzes Wedeln genügte, um sie zu verscheuchen. Zu mehr war er ohnehin gerade nicht in der Lage. Er wusste nicht, wie lange er mittlerweile hier verharrte, in dem alten Ledersessel neben der Treppe, dessen Federn bei der geringsten Bewegung ächzten. Der seit Generationen zu diesem Château gehörte und in dem schon sein Großvater gesessen hatte. Hugues Pasquet hatte das Weingut wie die Familie mit strengem Regime durch zwei Weltkriege geführt.

Léon war in eine bleierne Leere abgetaucht, starrte einfach nur auf die gegenüberliegende Wand. Schlichter weißer Putz mit zwei gerahmten Ölgemälden, Abbildern seiner Vorfahren, deren mahnender Gesichtsausdruck ihn über die Jahrhunderte hinweg für sein Versagen zu tadeln schien.

Irgendwann rutschte sein Blick von den in Öl erstarrten Zügen ab, glitt nach unten und blieb an den alten Holzdielen hängen. Er betrachtete die Ritzen zwischen den Dielenbrettern, die Kratzer und Flecken von jahrzehntelanger Benutzung. Vor seinem inneren Auge sah er sich selbst, wie er als kleiner Junge hier entlanggehüpft war, gesprungen, gerannt, immer in Aktion, so voller Energie, die Welt zu entdecken. Er sah sich als Schuljungen, wie er den

Ranzen genau dort zwischen den Bildern auf den Boden gepfeffert hatte und zu seiner Mutter in die Küche gelaufen war. Und später dann, als er bei der Ernte mitgeholfen und seine dreckigen Stiefel dort ausgezogen hatte. Erinnerungen an eine Zeit, als sein moralischer Kompass noch intakt gewesen war. Wann und wie war ihm der bloß kaputtgegangen?

Léon studierte die feine Maserung im Holz der Bretter, Schichten eines gelebten Baumlebens mit guten und schlechten Jahren. Dieser Gedanke schenkte ihm seltsamerweise eine tiefe Ruhe. Nein, es würde nicht wieder alles gut werden. Aber es würde weitergehen. Irgendwie.

Eine gefühlte Ewigkeit später riss ihn ein Geräusch von der Tür her aus seiner Erstarrung. Vor ihm stand Nicole und schaute ihn beunruhigt an. »Monsieur Pasquet – fühlen Sie sich nicht wohl?«

Augenblicklich setzte er sich zurecht und seinem Gesicht einen aufmerksamen Ausdruck auf. »*C'est bon.*« Er dachte daran, wie er es bei ihr probiert hatte, als sie neu bei ihnen angefangen hatte. Mit ihrer Vorgängerin, Isabelle, da hatte Mathilde vollkommen richtiggelegen, hatte Léon über Jahre hinweg eine klassisch-klischeehafte Chef-Sekretärin-Affäre geführt. Doch Nicole hatte ihm gleich bei seinen ersten Annäherungsversuchen kühl mitgeteilt, dass sie an allem, was über das Berufliche hinausgehe, nicht interessiert sei. Falls er damit ein Problem habe, würde sie sich eine andere Stelle suchen. Er hatte ihre klare Haltung respektiert, und zwischen ihnen hatte sich ein hervorragendes Arbeitsverhältnis entwickelt. Als er jetzt an ihren Start zurückdachte, bedauerte er, dass nicht mehr Frauen Nicoles Standfestigkeit besessen und ihn in seine Schranken gewiesen hatten.

Nicole sah ihn unterdessen unverwandt an, und in ihrem Gesichtsausdruck lag ehrliche Besorgnis.

»Es ist wirklich alles in Ordnung, Nicole, machen Sie sich keine Sorgen.«

»*Bon*, wenn Sie einen Tee oder Kaffee haben möchten ... oder etwas Stärkeres – lassen Sie es mich nur wissen.«

»*Merci*, Nicole.« Er zog die Mundwinkel nach oben und hoffte, dass der Ausdruck einem Lächeln nahekam.

»Ich habe es zunächst in Ihrem Büro versucht, Monsieur Pasquet, und da Sie nicht dort waren ...«

»In zehn Minuten bin ich wieder einsatzbereit.« Léon erhob sich und merkte sofort, dass er viel zu lange in diesem altertümlichen und alles andere als ergonomisch geformten Ungetüm gehockt hatte.

»Da wäre noch eine Sache.« Nicole sah ihn mit verlegenem Gesichtsausdruck an. »Eben ist ein Brief für Sie angekommen. Per Einschreiben. Ich habe ihn auf Ihren Schreibtisch gelegt.«

Ehe Raoul am CHU losfuhr, telefonierte er mit seinem Vorgesetzten und meldete Jeanne Dubos' Vernehmung samt DNA-Test an. Commissaire Aguerre informierte ihn gleichzeitig, er habe bezüglich Léon Pasquets DNA-Überprüfung von der Staatsanwaltschaft Bescheid bekommen. Der Termin war für morgen Vormittag um zehn Uhr angesetzt. Bis dahin musste Raoul bei Jeanne Dubos etwas erreicht haben.

Er machte einen Schlenker beim Commissariat vorbei, trank einen schnellen Kaffee bei Nina und aß ein Sandwich. Als er den Empfang seiner Dienststelle betrat, wartete das offizielle Formular zur Vorladung seiner Verdächtigen dort bereits auf ihn. Dass die Dinge – wenn es darauf ankam – manchmal doch reibungslos und unkompliziert laufen konnten, überraschte ihn jedes Mal aufs Neue.

Auf direktem Weg fuhr er nun zum Château de Venette-Rebeyrol. Unterwegs rief er Eric an und bat ihn, alles für die Vernehmung vorzubereiten. Zum Glück hatte ihm Nathanel Aguerre seinen Partner endlich wieder an die Seite gestellt.

Der Himmel war heute wolkenverhangen, was die Landschaft, durch die Raoul einmal mehr seinen Wagen lenkte, schlagartig trostloser wirken ließ. Die inzwischen kahlen Weinfelder trugen ihren Teil zur tristen Atmosphäre bei. Vermutlich war das Wochenende, das hinter ihm lag, das letzte sommerlich anmutende gewesen, ein letztes Aufbäumen, ehe die nahende dunkle und kühle Jahreszeit das Regiment übernahm. Raoul sah dem Herbst und dem Winter mit gemischten Gefühlen entgegen. Gewiss, in seiner neuen Wohnung musste er wenigstens nicht frieren und die undichten Fenster mit Stofflappen abdichten. Aber es war auch die Zeit, in der er sich manchmal einsam fühlte.

Eine halbe Stunde später erreichte er das Château de Venette-Rebeyrol. Raoul hatte Glück, er traf Jeanne Dubos vor dem Haupteingang an. Gemeinsam mit ihrem Sohn Patrice schleppte sie Kisten mit Weinflaschen, sicher für den Laden. Als sie ihn erblickte, verdüsterte sich ihr Gesicht.

»Monsieur le Commandant – *encore une fois?*«

»Madame Dubos, ich möchte Sie bitten, mich zum Präsidium zu begleiten.«

Sie stellte ihren Karton auf den Boden und verschränkte die Arme vor der Brust. »So, und mit welcher Begründung?«

»Für eine offizielle Vernehmung.« Er hielt ihr das Formular hin. »Ist Ihr Mann hier?«

»Gérard ist nach Angoulême gefahren. Er kommt erst morgen zurück.« Immer noch war der Bluterguss um ihr Auge herum zu erkennen, auch wenn er sich allmählich ins Gelbgrünliche verfärbte. »Ich habe Ihnen alles gesagt, was ich weiß.«

»Ich denke nicht, Madame.« Er machte eine Geste mit der

Hand in Richtung Parkplatz. »Wenn Sie jetzt bitte mitkommen würden.«

Jeanne Dubos blickte zu ihrem Sohn, dann wieder zu Raoul. Zum ersten Mal zeigte sich ein ängstlicher Ausdruck auf ihrem Gesicht. »Bin ich – nehmen Sie mich gerade fest?«

»Sollten Sie sich weigern, werde ich das veranlassen müssen. Darum lege ich Ihnen nahe, freiwillig mitzukommen.«

»Ich bin also ...«, sie stockte, »bin ich ... eine Verdächtige?«

»Es liegt in der Tat ein Verdacht gegen Sie vor, Madame Dubos. Dem muss ich nachgehen, und deshalb bitte ich Sie zur Vernehmung und zum Abgleich von DNA-Daten ins Präsidium.«

Jeanne Dubos wandte sich ihrem Sohn zu. »Patrice, ruf Papa an, d'accord? Und mach dir keine Sorgen, es ... es wird alles in Ordnung kommen.«

Ein eigenartiger Ausdruck von Panik mischte sich unter Patrices bestürzte Gesichtszüge und ließ Raoul aufmerken. In dieser Familie schien einiges in Unordnung zu sein. Das es nun aufzudecken galt.

Der Weg in sein Büro führte Léon unweigerlich durch den Wohntrakt. Doch anders als erwartet überfielen ihn keine schmerzlichen Erinnerungen an die gemeinsamen Jahre mit Mathilde. Stattdessen sah er mit nüchternem Blick gediegene, stilvoll eingerichtete Räume. Als würde sein Inneres ihn von Bildern, die Gefühle weckten, schützend fernhalten. Etwas in ihm hatte auf Autopilot geschaltet. Er musste funktionieren. Jetzt mehr denn je.

Léon kam an der Küche vorbei, und ihm fiel ein, dass er heute noch nichts gegessen hatte. Aber da er keinerlei Appetit verspürte, ging er einfach weiter.

In seinem Büro setzte er sich aufrecht in seinen Schreibtischsessel und betrachtete den aufgeräumten Tisch. Über viele Jahre hinweg hatte er an einem funktionierenden Sortier- und Ablagesystem gefeilt. Den Durchbruch hatte er erzielt, als er sich die Regel auferlegt hatte, kein Blatt Papier – wahlweise Mail oder Dokument – mehr als einmal anzufassen beziehungsweise zu öffnen. Man könnte ihn mitten in der Nacht wecken und nach einer Korrespondenz, einer Rechnung, einem Vertrag oder Beleg fragen, Léon wüsste sofort, in welchem Ordner er nachsehen müsste.

Mittig auf der Schreibtischunterlage pflegte Nicole seine Post abzulegen. Heute waren es drei Briefe. Zweimal Werbung – Léon warf sie gleich in den Papierkorb – und jenes Einschreiben, das sie erwähnt hatte. Als er den Absender las, stockte er. Das hatte ihm gerade noch gefehlt! Er hatte den Brieföffner schon angesetzt, da hielt er inne und betrachtete den Umschlag eine Weile. Schließlich legte er ihn einfach beiseite. Die Regel gebrochen – zum ersten Mal.

Stattdessen wandte er sich einem ordentlichen Stapel rechts von ihm zu. Dort warteten die Aufgaben, die es in dieser Woche zu erledigen galt. Léon blätterte ihn durch und schaute in seinen Terminkalender. Um fünfzehn Uhr hatte er einen Skypetermin mit einem Großkunden in Österreich.

Sein Blick wanderte abermals zu dem Briefumschlag. Er zögerte. Ein Einschreiben von der *police nationale*. Eine innere Stimme flüsterte ihm zu, dass das nichts Gutes bedeutete. Am Freitag sollte überdies der Prozess wegen dieser leidigen Pestizidgeschichte erneut fortgesetzt werden.

Und Mathilde war nicht mehr da. Sein Ruhepol, sein Fels in der Brandung. Ehe er es verhindern konnte, stürmten die quälenden Gedanken wieder auf ihn ein. Léon ließ sich in seinem Stuhl zurücksinken. Wie sollte es weitergehen? Wie sollte er es ohne sie schaffen? Von einem Moment auf den anderen war ihm alles aus den Händen geglitten.

Das Weingut – seit er von seinem Vater mit der Leitung betraut worden war, hatte er es zusammen mit Mathilde geführt. Was hatte das jetzt noch für einen Sinn?

All die Jahrzehnte – sein ganzes Leben hatte er hier verbracht. Nie hatte er seinen Weg infrage gestellt. Nie hatte er es als Belastung empfunden, an ein Stück Land gebunden zu sein. Heute spürte er zum ersten Mal die Fesseln, die das Château mit seinen Ländereien um ihn geschlungen hatten.

Léon erhob sich, lief zum Fenster hinüber und öffnete es. Atmen, die Lungen mit Sauerstoff füllen, den würzig-frischen Duft mit seiner prächtigen Aromenvielfalt genießen, in dem all das enthalten war, was sich später im Wein wiederfand. Er verharrte dort und wartete, dass die erhoffte Entspannung einsetzte. Die Reihen der abgeernteten Rebstöcke dehnten sich bis zum Horizont aus. In den kommenden Monaten stand die Produktion des Weines an, danach würde alles wieder von Neuem beginnen – eine Endlosschleife, und er allein in der Verantwortung, in der Entscheidungshoheit. Ohne die vertraute Partnerin an seiner Seite, auf deren Halt und Unterstützung er stets gesetzt hatte. Die Gedankenkette zog sich enger um seinen Hals zusammen und schnürte Léon die Luft ab. Er schloss das Fenster, drehte sich um und blickte hilflos in dem Raum umher, in dem er den größten Teil seines Berufslebens verbracht hatte. Stunde um Stunde um Stunde an diesem Schreibtisch, immer darum bemüht, das Bestmögliche für das Weingut herauszuholen.

Mit einem Mal stieg Wut in ihm hoch, eine Wut, die alles andere überlagerte. Jeanne Dubos! Hätte sie ihn nicht mit ihrem Anliegen behelligt – sein Leben wäre noch in Ordnung. Er würde gleich wie gewohnt mit seiner Frau zu Mittag essen, sie würden sich erzählen, womit sie sich am Vormittag beschäftigt hatten und welche Aufgaben am Nachmittag anstanden. Gemeinsam das

Erntefest planen ... alles zerstört. Unwiederbringlich vorbei. Der Lauf der Zeit, die Dinge änderten sich eben, *n'est-ce pas?* Léons Zorn wuchs. Er ballte die Fäuste. Das konnte er so nicht hinnehmen. Das würde er nicht auf sich sitzen lassen. Er würde Jeanne Dubos dafür büßen lassen. Er musste sich ohnehin noch darum kümmern, herauszufinden, was sie mit ihren seltsamen Andeutungen zu ihrem Sohn gemeint haben könnte. Und warum sie am Ende Anaïs erwähnt hatte. Was diese geschmacklose Person genau von ihm gewollt hatte, bei jenem Treffen – Léon hatte es nicht recht begriffen.

Und Mathilde – was fiel ihr ein, ihn so zu behandeln? Ihn wegzuwerfen wie ein Paar ausgelatschte Schuhe. Hatte sie ihm nicht alles zu verdanken? Als er sie kennengelernt hatte, war sie bloß eine unbedeutende Erntehelferin gewesen. Eine Studentin aus einfachem Haus, die sich hier während der Saison etwas dazuverdiente. Sein Vater hatte getobt, als er gemerkt hatte, dass sich zwischen ihnen mehr entwickelte als eine harmlose Liebelei. Aber Léon hatte darauf bestanden: Mathilde oder keine. War das nicht auch eine Art von Treue? Dass er immer zu ihr gehalten, ihr jeden Wunsch erfüllt hatte? Wenn er an diese dämlichen Loungemöbel auf der Terrasse dachte, kam ihm die Galle hoch. War das der Dank, den er für all das erhielt? Wie wollte sie jetzt ihren Lebensstil weiterführen?

Léon erschrak. Natürlich würde sie versuchen, so viel wie möglich für sich rauszuschlagen. So, wie er seine Frau einschätzte, mit dem Standard, an den sie sich über Jahrzehnte hinweg gewöhnt hatte, würde es eine ekelhafte Scheidung werden, eine entwürdigende Schlammschlacht. Die ihn, da war er sich sicher, am Ende einen erheblichen Teil seines Vermögens kosten würde. Dazu noch der laufende Prozess und obendrein dieser Brief von der Polizei ...

Léon wurde schwindelig. Er ließ sich in seinen Schreibtischsessel fallen. Die Ellbogen auf die Tischplatte gestützt, die Stirn in die Hände gelegt, versuchte er sich zur Ruhe zu zwingen. Er musste sich zusammenreißen, um wieder klarsehen zu können. Kühl und rational alles durchdenken, damit er eine Entscheidung treffen konnte. Es gab immer einen Ausweg, hieß es nicht so? Er musste ihn nur finden.

Mathilde wollte von jetzt an ihren eigenen Weg gehen. Nun gut, dann würde er das auch tun. Seinen Weg. Seinen ganz eigenen. Nicht einen, auf den er keinen Einfluss hatte. Der sich vollkommen absehbar vor ihm ausgebreitet hatte. Bloß weil er zufälligerweise in diese Familie hineingeboren war.

Léon erhob sich erneut und ging zu der gegenüberliegenden Regalwand. Er bemühte sich, nicht durchs Fenster auf die Weinfelder zu sehen. Mit sicherem Griff nahm er vier Ordner heraus und stellte sie auf seinen Schreibtisch. Nun zahlte es sich aus, dass er so gut organisiert war. Es gab noch einiges, was er zu erledigen hatte, aber er wusste genau, welche Punkte es waren. In seinem Kopf hatte er bereits eine Liste parat. Und danach würde er in sein neues Leben starten.

Kapitel 22

—●◆●—

Wie vereinbart, hatte sich Eric um alles gekümmert. Als Raoul mit Jeanne Dubos im Commissariat eintraf, wurde bei ihr als Erstes ein Wangenabstrich gemacht, der unverzüglich ins Labor des *institut médico-judiciaire* gebracht wurde. Raoul rief Frida Salles an und bat sie, diese Probe mit absoluter Priorität zu untersuchen, mit den vorherigen Resultaten zu vergleichen und ihn zu benachrichtigen, sobald das Ergebnis feststand.

»Sie können sich auf mich verlassen, Monsieur le Commandant«, versprach ihm die Gerichtsmedizinerin.

Und nun saßen Eric und er Jeanne Dubos in einem jener nüchternen Räume gegenüber, die sie für Vernehmungen und eidesstattliche Aussagen nutzten.

Nachdem Eric sie über ihre Rechte aufgeklärt und das Aufnahmegerät gestartet hatte, begann Raoul mit der Befragung.

»Fangen wir bei einem Gespräch an, das wir beide kürzlich auf Château de Venette-Rebeyrol geführt haben.« Raoul tat so, als würde er in seinem Notizbuch nach der fraglichen Stelle blättern, dabei hatte er die Frage längst parat. »Ah, da ist es ja ...« Er hob den Kopf und schaute sein Gegenüber mit harmlos-interessiertem Blick an. »Madame Dubos, Sie hatten mir gesagt, Sie hätten Madame de Venettes Schlafzimmer ausgeräumt, weil Sie einen Wasserrohrbruch gehabt hätten?«

»Das stimmt, ich kann Ihnen die Handwerkerrechnung zeigen, wenn Sie mir nicht glauben.«

»Fanden Sie es nicht pietätlos, die persönlichen Sachen Ihrer Schwägerin einzulagern, obwohl Sie noch gar nicht wussten, was geschehen war?«

»*Bon*, in erster Linie wollten wir verhindern, dass etwas davon kaputtging oder so – wir mussten sie ja wegräumen, weil doch die Handwerker kamen.«

»Sie haben also Ihren Mann die Nachtwäsche Ihrer Schwägerin einpacken lassen?«

Jeanne Dubos sah ihn verständnislos an. »Gérard hat nichts von den Sachen angefasst – das habe ich natürlich selbst übernommen.«

Raoul nickte Verständnis vortäuschend. »Das ändert die Sachlage selbstverständlich entscheidend.« Er machte eine Pause und beobachtete Jeanne Dubos, deren rechtes Auge zu zucken begann. Offenbar war sie nicht sicher, ob Raoul seinen letzten Satz ironisch gemeint hatte und worauf er überhaupt hinauswollte – genau wie beabsichtigt. »Das heißt, nur Sie allein haben die Sachen Ihrer Schwägerin in die Kartons gepackt?«

Ein zögerndes, gedehntes »*Oui* ...« kam aus ihrem Mund mit den pink angemalten Lippen. »Beim Tragen der Kisten, also, da hat mir Gérard dann geholfen.«

»Das gehört sich ja auch für einen Gentleman.« Raouls Worte troffen vor Ironie angesichts eines prügelnden Ehemanns.

Jeanne Dubos schien das ebenfalls zu begreifen. Unruhig schaute sie im Raum umher, bemüht, einen Blickkontakt zu vermeiden.

Mit hintergründigem Lächeln fragte Raoul wie beiläufig: »Warum haben Sie eigentlich behauptet, Ihre Schwägerin sei am

Sonntag, dem achtzehnten Mai, nicht bei Ihnen zum Mittagessen erschienen?«

»Aber das ist sie ja auch nicht. Stundenlang haben wir gewartet, und im Château wusste ja auch niemand, wo sie war – das habe ich Ihnen doch alles bereits erzählt.«

»Daran erinnere ich mich. Nur habe ich inzwischen den Beweis, dass Sie gelogen haben.« Wieder legte Raoul eine Pause ein, um seine Worte wirken zu lassen.

Jeanne Dubos wurde rot und begann, ihre Hände zu kneten.

»Ich weiß, dass Sie Anaïs an dem Tag, als sie verschwunden und – wie nun feststeht – getötet worden ist, noch begegnet sind.«

»Eine haltlose Beschuldigung, die Sie da von sich geben! Ich lasse mich von Ihnen nicht dazu bringen, etwas einzugestehen, was sich so nicht zugetragen hat.« Empört streckte Jeanne Dubos ihr Kinn nach vorn.

»Dann erklären Sie mir doch einfach, warum Ihre DNA-Spuren an Anaïs' Kleidung gefunden wurden.«

»Das muss ein Irrtum –«

»Madame Dubos, ersparen wir uns bitte diese Peinlichkeiten. Sie wollen nicht ernsthaft die Laborergebnisse anerkannter Forensiker anzweifeln.« Raoul sprach zu ihr, als habe er ein kleines Kind vor sich. »Und nun erzählen Sie mir, was an diesem Tag wirklich geschehen ist.«

Abgeerntete Weinfelder, die vom Ausklang der Saison zeugten. Hier und da hingen noch Trauben an den Reben. Sie würden bis Ende Oktober weiterreifen und erst wenn die Edelfäule sie befallen hatte, zu Süßweinen verarbeitet werden.

Zwischen den Feldern eingebettet die Châteaus, Laubwälder, verschlafene Ortschaften, hier und da ein Pinienhain. Die Landschaft, durch die Léon fuhr, war ihm über die Jahrzehnte hinweg zu einer zweiten Haut geworden. Seit seiner Geburt hatte er hier gelebt, bis auf Urlaube und Geschäftsreisen hatte er jeden Tag in dieser so vertrauten Umgebung verbracht. Nie hatte er bisher den Wunsch verspürt, woanders leben zu wollen.

Zu seiner Überraschung ließ ihn der Anblick nun kalt. Léon hatte damit gerechnet, gegen aufwallende Heimatgefühle an-kämpfen zu müssen. Normalerweise erfüllte ihn ein warmes Ge-fühl der Zugehörigkeit, wenn er diese Straßen entlangfuhr. Statt-dessen breitete sich eine pragmatische Haltung in ihm aus. Si-cher, es war ganz nett hier, aber mal ehrlich, war es nicht im Grunde ziemlich langweilig? Immer bloß Weinfelder, die sich so ähnlich waren, dass es selbst den Besitzern schwerfallen würde, ihre eigenen zu erkennen, wenn man ihnen Detailbilder vorlegen würde. Und all diese Dörfer – eines glich dem anderen –, wo blieb da die Abwechslung?

Léon hatte die alte Haut abgestreift. Sich neu ausgerichtet. Er-staunlich, wie schnell das ging. Bis auf das Geld auf dem Konto, das er mit Mathilde gemeinsam führte, hatte er sein gesamtes Ver-mögen auf ein Offshore-Konto in Singapur transferiert. Vor Jah-ren hatte er das eröffnet und gelegentlich etwas dort eingezahlt. Schwarzgeld, für Notfälle, hatte er damals gedacht, falls es mal zu einem Zerfall der Eurozone und damit einhergehender Infla-tion kommen sollte oder irgendetwas in dieser Richtung. Seine nebulösen Vorstellungen von einst – er hatte nicht wirklich damit gerechnet, dass eine Notsituation eintreten würde, in der er von dem Konto Gebrauch machen müsste. Und erst recht hatte er nicht erwartet, dass es mit Mathilde zusammenhängen würde. Welch ein Glück, dass sie sich nie um Finanzielles gekümmert hatte.

Im Kofferraum seines Lexus lagen zwei große Reisetaschen und ein kleiner Trolley. Die übrigen Koffer hatte ja Mathilde mitgenommen. Bis Bilbao waren es bloß ein paar Stunden Fahrt. Zunächst würde er William Evers besuchen, einen Weinhändler, mit dem er seit Jahren eng befreundet war. Léon hatte ihn vorhin angerufen. Dort würde er erst einmal unterkommen. Und danach ... die ganze Welt stand ihm offen.

Léon lächelte in sich hinein. Er hatte die Haustür hinter sich geschlossen, war zu seinem Wagen gelaufen und weggefahren. Sollte sich doch jemand anders – irgendjemand – wer auch immer – um dieses Stück Land kümmern. Genügend Erben hatte er schließlich produziert. Er hatte einen Brief mit klaren Anweisungen verfasst, den er am Flughafen einwerfen würde.

Kein Blick zurück. Wie unfassbar leicht es doch war, fortzugehen und alles hinter sich zu lassen.

»Sie haben recht.« Ununterbrochen knetete Jeanne Dubos ihre Hände. »Ich habe Anaïs an jenem Tag gesehen.«

Raoul lehnte sich auf seinem Stuhl nach vorn. »Madame de Venette ist am achtzehnten Mai 2014 also doch zum Mittagessen bei Ihnen gewesen?«

Jeanne Dubos nickte und schwieg.

»Warum haben Sie uns das nicht gleich erzählt?«

»Ich ... hatte Angst, dadurch verdächtig zu wirken.«

»Dass es Sie nun, da wir es herausgefunden haben, noch viel verdächtiger macht, ist Ihnen schon bewusst?«

»Es war nicht gut, das verstehe ich, aber es ... es hatte ja nichts mit Anaïs' Verschwinden zu tun.«

»Das behaupten Sie. Woher soll ich wissen, dass das keine Lüge ist?«

»Aber ich sage die Wahrheit.«

»Wie soll ich Ihnen jetzt noch Glauben schenken?« Raoul atmete schwer aus. »Okay, was ist an diesem Tag passiert?«

»Es war ein ganz normales Mittagessen – nichts Außergewöhnliches.«

»Madame Dubos, ich glaube Ihnen nicht.« Raouls Stimme wurde schärfer. »Ist Ihnen klar, dass Sie mir gerade eine Vorlage liefern, mit der ich Sie in Untersuchungshaft stecken kann?«

»Nein – bitte!« Ihr Blick bekam etwas Flehendes. »Anaïs ist an jenem Sonntag bei uns gewesen, allerdings verspätet, und ich habe wohl schon deswegen schlechte Laune gehabt. Ich hatte ein *bœuf bourguignon* vorbereitet – ich muss Ihnen nicht sagen, was für ein Aufwand das ist, *n'est-ce pas*? Es war der Geburtstag meines Mannes, es ging einfach mal nicht um sie, aber wie immer stellte sie sich trotzdem gleich in den Mittelpunkt.« Sie fuhr sich über die Stirn. »Wir haben uns damals nicht besonders gut verstanden. Ich meine, eng waren wir nie, doch nach Antoines Tod ... ich habe es versucht, aber wir waren nun mal zu verschieden. Und was das Weingut betraf: Ich konnte es nicht ertragen, dass sie alles umkrempelte, was meine Familie dort aufgebaut hat.«

»Sie haben sich also um die Zukunft des Châteaus gestritten?«

»An diesem Tag ... weil es doch Gérards Geburtstag war ... ich hatte ihm versprochen, das Thema nicht anzuschneiden. Aber Anaïs konnte einen zur Weißglut treiben mit ihrem ewigen Beharren auf bio, bio, bio. Wenn sie einmal damit angefangen hatte, war sie nicht mehr zu stoppen. Und im Diskutieren – sie war – sie hat –« Jeanne Dubos' Stimme wurde immer schriller. »Andere Meinungen zählten einfach nicht. Sie WUSSTE, was das RICHTIGE war, und wer da nicht mithielt, der war auf der FALSCHEN Seite. Sie konnte einen in Grund und Boden reden.«

»Aber sie war die rechtmäßige Besitzerin.«

»Weil sie meinen armen Bruder um den Finger gewickelt und verführt hat mit ihrem – Charme.« Das letzte Wort sprach sie voller Verachtung aus.

»Und weil Sie ihr mit Worten nicht das Wasser reichen konnten, haben Sie sie schließlich körperlich attackiert?«

»Nein!«

»Sie haben sie nicht berührt?«

»Nein.« Dieses Mal klang es unsicher. Jeanne Dubos' rechtes Auge zuckte heftig.

Raoul sah sie eindringlich an. »Ich sage Ihnen, was ich denke: Sie haben sich gestritten, und Sie fühlten sich Ihrer wortgewandten Schwägerin schon wieder unterlegen. Da sind Sie auf sie losgegangen und –«

»So war es nicht!«

»Wie war es dann?«

Für einen Moment schwieg Jeanne Dubos. Dieses Mal war sie es, die schwer ausatmete. Schließlich setzte sie von Neuem an: »Gérard ... er war im Keller gewesen, um eine Flasche Wein zu holen. Als er zurückkam, war der Streit zwischen uns eskaliert. Er stand im Türrahmen und hat sich angehört, wie wir uns angeschrien haben. Irgendwann lief er quer durch den Raum und knallte die Flasche so heftig auf den Tisch, dass ich Angst kriegte, sie würde zerbrechen. Da habe ich gemerkt, dass er gleich die Beherrschung verlieren würde. Ich kenne doch die Anzeichen ... wenn diese Wut auf seinem Gesicht erscheint.« Sie schluckte und sah zu Boden.

Raoul dachte an ihr blaues Auge, an den gewalttätigen Gérard Dubos. Langsam sagte er: »Hat Ihr Mann Anaïs angegriffen?«

Auf dem Weg zum Château de Venette-Rebeyrol legte Claire sich eine Strategie zurecht. Dieses Mal brauchte Patrice ihr gar nicht erst mit seinen Lügen und Ausflüchten zu kommen. Dieses Mal hatte sie ihn in der Hand. Alles in Délias Wohnung sprach dafür, dass sie einen Kurztrip geplant hatte. Und nun hatte Claire die

Bestätigung sogar als Gesprächsmitschnitt vorliegen. Allerdings durfte sie nicht leichtsinnig sein. Patrice war ihr physisch überlegen. Und er war zweifelsohne wütend auf sie.

Sicherheitshalber hatte sie ihre Pistole dabei, eine Lady Hawk 9 mm. Sie nahm sie nur in Ausnahmesituationen mit, und auch, wenn sie in regelmäßigen Abständen damit trainierte, hatte sie noch nie im Ernstfall davon Gebrauch machen müssen.

Claire hatte vor, Patrice direkt mit den nackten Tatsachen zu konfrontieren. Etwas musste bei diesem gemeinsamen Wochenende vorgefallen sein. Hatte er etwa von Délias Recherchen erfahren?

Sie überlegte, Raoul über die Neuigkeiten zu informieren. Als sie über ihren gestrigen Besuch im Commissariat nachdachte, fiel ihr auf, dass sie vor lauter Austausch über die Pestizidskandale ganz vergessen hatte, von den Ereignissen am Samstag mit Carlos und Patrice vor dem Club zu berichten. Kurz entschlossen wählte Claire Raouls Nummer, doch gleich nach dem ersten Klingeln sprang die Mailbox an. In wenigen Sätzen fasste sie das Wesentliche zusammen und ergänzte dann auch ihre aktuellen Erkenntnisse. Sie schloss mit den Worten: »Nun wissen wir jedenfalls definitiv, dass Patrice bezüglich Délia gelogen hat, und ich werde ihn jetzt damit konfrontieren.«

Gerade hatte sie die Einfahrt zum Weingut erreicht. Sie setzte den Blinker und bog ab. Als sie den Kiesweg entlangfuhr, kam ihr ein silberner SUV entgegen. Der Wagen preschte auf sie zu, sodass Claire zur Seite ausweichen musste und beinahe im angrenzenden Weinfeld gelandet wäre.

Kapitel 23

—◆—

Jeanne Dubos schwieg. In ihrem Gesicht arbeitete es. Sie schien mit sich zu ringen, was sie auf Raouls Frage nach ihrem Mann antworten sollte.

Raoul schaute kurz zu Eric hinüber, und dieser reagierte direkt: »Madame Dubos, jetzt ist wirklich nicht der Moment, um Ihren Ehemann in Schutz zu nehmen. Es geht hier um schwere Anschuldigungen. Haben Sie Ihre Schwägerin angegriffen, oder war es Ihr Mann?«

»Ich ... es war ...« Immer noch knetete sie ihre Hände, ihr Blick irrte durch den kleinen Raum. Schließlich richtete sie ihre Augen erst auf Eric, dann auf Raoul. »Er wäre sicher auf sie losgegangen, wenn ich nicht dazwischengegangen wäre. Es war meine Schuld, dass Anaïs und ich uns gestritten hatten. Immerhin hatte ich Gérard versprochen ... ich wollte um jeden Preis eine Eskalation verhindern. Da habe ich sie rausgeworfen. Das war ... das letzte Mal, dass ich sie gesehen habe.« Ihre Schultern sackten nach unten, ihre Hände lagen schwer auf ihren Schenkeln.

Raoul und Eric sahen sich an. Was jenen Sonntag betraf, schien Jeanne Dubos alles gesagt zu haben.

In diesem Moment vibrierte Raouls Telefon. Es war Frida Salles. Er hatte ihr seine Handynummer gegeben, damit sie ihm sofort Bescheid geben konnte, wenn sie die Ergebnisse der DNA-Untersuchung hatte.

Raoul erhob sich. »Wir machen eine kleine Pause.« Sobald er den Raum verlassen hatte, nahm er das Gespräch an.

»Docteur Salles – na, das ging aber zügig.«

»Ihnen zuliebe habe ich den Turbo angeworfen.«

»*Merci mille fois*, Docteur Salles. Damit stehe ich in Ihrer Schuld.« Im nächsten Moment biss er sich auf die Zunge.

»Das tun Sie in der Tat, Monsieur le Commandant«, kam es prompt von der anderen Seite. »Wenn Sie Ihren Fall gelöst haben, komme ich darauf zurück.«

»FALLS ich ihn noch lösen werde«, unkte Raoul.

»Ach, ich bitte Sie. Wer, wenn nicht Sie. Außerdem, die Probe, die Sie mir geschickt haben, *alors*, von wem auch immer sie stammt, es handelt sich dabei um dieselbe Person, deren Spuren wir auf Nachthemd und Haarbürste und auch in der Kleidung der Toten identifiziert haben.«

Raoul verabschiedete sich und legte auf. Jetzt hatte er die Bestätigung, dass er mit seinem Verdacht richtiggelegen hatte. Aber hatte Jeanne Dubos ihm wirklich schon alles erzählt? Oder gab es da noch mehr, das sie zurückhielt?

Er wollte das Telefon bereits wieder einstecken, da entdeckte er eine Sprachnachricht. Sie war von Claire. Sicherheitshalber hörte er sie ab. Als er von ihrem spätabendlichen Zusammentreffen mit Carlos und Patrice erfuhr, schüttelte er den Kopf. Das hätte verdammt noch mal ins Auge gehen können. Die Neuigkeiten von der Aufnahme über Patrice kamen hingegen wie gerufen. Jedoch beunruhigte Raoul der Gedanke, dass Claire Patrice völlig allein aufsuchte.

Als er den Vernehmungsraum wieder betrat, trank Jeanne Dubos gerade ihren letzten Schluck Kaffee. Auch an seinem Platz stand ein dampfender Becher.

»*Merci*, Eric.« Raoul setzte sich, schlug eine freie Seite in seinem Notizbuch auf, schrieb darauf: »J.D.'s DNA bestätigt« und schob das Buch seinem Kollegen hin. Dieser spähte kurz auf das Blatt und nickte ihm kaum merklich zu. Ohne dass sie sich hätten absprechen müssen, begann nun Eric, Fragen zu stellen.

»Madame Dubos, als Sie Ihre Schwägerin vor drei Jahren vermisst meldeten, haben Sie gemeinsam mit Ihrem Mann die vorübergehende Leitung von Château de Venette-Rebeyrol übernommen, ist das richtig?«

»*Oui*. Aber das wissen Sie doch. Antoine und Anaïs hatten ja keine Kinder.« Die Unruhe schien erneut Jeanne Dubos' ganzen Körper zu erfassen.

»Aus welchem Grund haben Sie eigentlich all die Maßnahmen, die Ihre Schwägerin nach dem Tod Ihres Bruders eingeführt hatte, sofort rückgängig gemacht? Sie wussten doch gar nicht, ob Anaïs nicht bald wieder auftauchen würde. Auf mich wirkt das so, als hätten Sie sich schon als die zukünftigen Besitzer betrachtet.«

Raoul sah seinen Kollegen überrascht von der Seite an. Dass er da nicht selbst längst mal nachgehakt hatte!

»*Bon*, ich … wir haben nicht sofort alles geändert.«

»Aber Sie haben es geändert, obwohl Sie bloß stellvertretend die Leitung innehaben – nach wie vor«, machte Eric weiter.

Etwas aus dem Gespräch mit Léon Pasquet ploppte in Raoul auf. Er schaltete sich dazwischen: »Oder könnte es womöglich daran liegen, dass Sie davon ausgegangen sind, Ihre Schwägerin hätte das Land verlassen, um irgendwo ein neues Leben zu beginnen? So, wie Sie es Léon Pasquet, dem Präsidenten des Winzerverbandes, gegenüber dargestellt haben.«

»Wie bitte? Ich soll das behauptet haben?« Entrüstet richtete sich Jeanne Dubos auf. »Er war es doch, der diese Theorie in die Welt gesetzt hat! Als er mir mit dem Papierkram für die Behörden geholfen hat. Mehrmals hat er davon gesprochen, wie Anaïs ihm gesagt hat, diese ganze Verantwortung will sie eigentlich nicht länger, jetzt, wo Antoine nicht mehr leben würde. Sie würde viel lieber etwas völlig anderes machen. Irgendwo, wo sie keiner kennen würde. Und wo sie mit ihren Biogedanken nicht ständig gegen Betonwände rennen würde.«

»Das hat Ihnen Léon Pasquet erzählt?«

»Nicht nur einmal. Am Ende ... habe ich es irgendwie selbst geglaubt.«

Raoul überlegte. Wieso verdrehte Léon Pasquet die Tatsachen? Jeannes Ausbruch war so prompt gekommen, dass er nicht daran zweifelte. Dennoch war da ein Haken, etwas, das sie ihm verschwieg. Er dachte darüber nach, wie spinnefeind sich Anaïs und Jeanne angeblich immer gewesen waren. Hätte Anaïs wirklich riskiert, dass ausgerechnet ihre verhasste Schwägerin das Château übernehmen durfte? Sie war erst Anfang fünfzig gewesen, aber eben eine kinderlose Witwe, und im Falle ihres Todes wären die nächsten Angehörigen die automatischen Erben des Weinguts. Langsam setzte er an: »D'accord, gehen wir mal davon aus, dass es so gewesen ist. Dann hätten Sie trotzdem noch damit rechnen müssen, dass es irgendwann einen neuen Besitzer hätte geben können.«

»Wieso das?« Jetzt wirkte Jeanne Dubos alarmiert.

»Als Sie das Gut übernommen haben, sind Sie da in den Unterlagen Ihrer Schwägerin irgendwo auf ein Testament gestoßen?«

»Anaïs' Testament?« Jeanne Dubos schaute Raoul verunsichert an. »Wieso das jetzt auf einmal?«

»Nun, es ist ja durchaus möglich, dass Ihre Schwägerin Vorkehrungen getroffen hatte, was die Zukunft des Weinguts betraf.

Immerhin haben nur Kinder einen Anspruch auf einen Pflichtteil. Nicht Geschwister.«

»Ich möchte zu dem Thema nichts sagen.«

Raoul und Eric wechselten einen vielsagenden Blick.

»Das ist Ihr gutes Recht, Madame Dubos.« Eric lehnte sich auf seinem Stuhl zurück. »Allerdings müssen Sie dann davon ausgehen, dass wir uns anderweitig nach dem letzten Willen von Madame de Venette erkundigen.«

»Bei Léon Pasquet, beispielsweise«, fügte Raoul hinzu. »Schließlich ist er nicht nur der Vorsitzende des Winzerverbandes, sondern auch der ehemalige Liebhaber Ihrer Schwägerin.«

Jeanne Dubos wurde blass. »Ist das Ihr Ernst?«

»Sie haben das nicht gewusst?«

»Ich ... nein ... ich hatte keine Ahnung.«

»Nun, wir vernehmen Monsieur Pasquet ohnehin sehr bald. Wenn Sie uns nichts erzählen ...«

»Überlegen Sie es sich gut, Madame Dubos«, warf Eric ein. »Noch haben Sie die Chance, als Erste zu dem Thema auszusagen. Wenn wir erst Monsieur Pasquet dazu befragt haben ...«

Jeanne Dubos schaute von einem zum anderen. In ihrem Kopf schien es zu arbeiten. »Sie haben recht«, sagte sie schließlich mit gesenkter Stimme. »In Anaïs' Büro gab es ein Testament. Es war schockierend. Sie hatte ... sie wollte um jeden Preis verhindern, dass Gérard und ich das Château erben würden. Regelrecht ausmanövriert hatte sie uns – mich. Eigentlich hatten unsere Eltern verfügt, dass in einem solchen Fall das Gut in der Familie bleiben sollte. Aber Anaïs hat es geschafft, Antoine umzukrempeln. Er hat ihr alles überschrieben.«

Claire ging zunächst in den Laden des Weinguts, in der Hoffnung, Patrice dort anzutreffen. Zu ihrer Überraschung war jedoch niemand da, genauso wie am Empfang. Verwundert lief sie um das Gebäude herum. Auf der Rückseite des Haupthauses kam sie an einer mit Wein bewachsenen überdachten Terrasse vorbei. Fast wäre sie weitergelaufen, erst im letzten Moment entdeckte sie hinter den üppigen Ranken eine Gestalt.

In einem Korbsessel saß Patrice, in sich zusammengesunken, und starrte auf den Tisch vor ihm. Claire wollte ihn gerade ansprechen, da merkte sie, dass er telefonierte. Rasch ging sie hinter einigen wuchtigen Tongefäßen in die Hocke und spähte zwischen den Blättern hindurch.

»*Maman* soll einen DNA-Test machen! Und verhört werden!«

Diese Neuigkeit überraschte Claire. Was hatte Raoul zu einem solchen Schritt bewogen? Er musste seit ihrem Treffen gestern Abend irgendetwas Entscheidendes herausgefunden haben.

»Ich hab keine Ahnung, was das alles soll –« Patrice hielt inne, hörte offenbar zu. Dann setzte er wieder an: »Wegen Tante Anaïs … damals … ich war doch gar nicht da, ihr habt gesagt …« Erneut brach er ab. Oder wurde unterbrochen. Einige Male hörte sie ihn noch »hm, hm« sagen. Schließlich legte er auf. Regungslos blieb er sitzen. Mit einem Mal sprang er aus dem Sessel auf und begann, in der Laube hin und her zu laufen. »*Au nom du ciel!* Ich habe nicht … ich wollte nicht … sie hat mich doch nur schützen wollen. Wenn sie jetzt meinetwegen Schwierigkeiten bekommt …« Er blieb stehen, ballte die Fäuste, dann ließ er die Arme wieder sinken. »Sie hat doch immer zu mir gehalten. Immer. Hat sich zwischen Papa und mich gestellt, wenn er wieder mal … sie hat so oft die Prügel kassiert, die für mich bestimmt waren – und jetzt kann ich ihr gar nicht helfen.« Mit aller Wucht trat er gegen einen Plastikeimer auf dem Boden, der quer über den Hof flog. »Jetzt habe ich sie sogar noch mit reingezogen in diesen Schlamassel mit dieser *putain!*« Er ließ sich erneut in den Korbsessel fallen, schlug sich mit beiden Fäusten gegen den Hinterkopf und blieb in sich zusammengesunken sitzen.

Vorsichtig kroch Claire einige Meter rückwärts, bis sie hinter einer Mauer außer Sicht war. Sie richtete sich auf und lief zurück zur Laube. »Patrice?«

Er schreckte hoch. Seinem verwirrten Gesichtsausdruck entnahm Claire, dass er sie zunächst nicht einordnen konnte. Gerade, als sie ansetzte, etwas zu sagen, erkannte er sie doch noch.

»Du ... ausgerechnet.« Patrice wirkte, als stünde er unter Schock. »Die Tussi mit dem Schlägertypen.« Einen Moment lang sinnierte er vor sich hin, dann sah er sie an. »Ausgerechnet du tauchst jetzt hier auf. Genau wenn alles ...« Er schüttelte den Kopf und fing mit einem Mal hysterisch an zu lachen.

»Was ist passiert?«

»Steckst du mit ihm unter einer Decke? Wollt ihr mich in die Ecke zwingen, bis ich irgendwann ... aber da könnt ihr lange warten!« Abrupt sprang er auf und stieß den Tisch um, an dem er gesessen hatte. Im nächsten Augenblick blieb er mit hängenden Armen stehen, wie ein Ballon, aus dem sämtliche Luft entwichen war.

Claire hätte ihn am liebsten geschüttelt oder geohrfeigt, um ihn zur Vernunft zu bringen. »Eigentlich bin ich wegen ...« Sie erkannte, dass sie ihre Strategie anpassen musste. In diesem Zustand würde sie keine schlüssige Antwort von ihm bekommen. »Erzähl mir doch einfach, was los ist.«

»Verschwinde.« Er klang nicht aggressiv, sondern nur matt. »Wieso sollte ich mich ausgerechnet dir anvertrauen?«

»Berechtigte Frage.« Claire zuckte mit den Schultern. »Vielleicht schlichtweg deshalb, weil ich gerade da bin – und dir etwas passiert zu sein scheint, bei dem du Hilfe brauchst.«

Patrice schnaubte. »Du kannst mir nicht helfen! Niemand

kann mir helfen!« Suchend schaute er über sie hinweg in den Hof. »Wo hast du eigentlich deinen Kumpel gelassen? Wartet er im Auto auf seinen Einsatz?«

»Ich bin allein gekommen. »Ich muss etwas mit dir besprechen. Und es wäre klüger, du würdest mit mir reden.«

»Willst du mir etwa drohen?« Patrice richtete sich auf.

Intuitiv wollte Claire zurückweichen, doch sie blieb stehen. »Du hast mich schon einmal unterschätzt, was belastende Informationen angeht.«

»Was willst du damit sagen?«

»Ich habe inzwischen noch mehr über dich herausgefunden. Sparen wir uns das Gerede. Bist du bereit, mir zu helfen? Oder muss ich andere Schritte gegen dich einleiten?«

Ohne ein Wort von sich zu geben, starrte Patrice sie an.

»Alors, was hat Commandant Chénier gesagt?«

»Woher weißt du, dass er hier war?«

»Dein Geschrei von eben hat man bis nach Bordeaux gehört.«

Er senkte den Blick, kickte einen Kiesel weg. Schließlich sah er Claire an, und zum ersten Mal las sie Furcht in seinen Zügen.

Betont ruhig sagte sie: »Du hast Angst, deine Mutter könnte etwas mit dem Tod deiner Tante zu tun haben?«

»Nie im Leben hat sie das! Ich meine, ich weiß auch nicht, was damals – versuch bloß nicht, ihr irgendwas in die Schuhe zu schieben!« Und schon blitzte er sie wieder wütend an.

»Hey, nun mach mal halblang, ich bin nicht von der Polizei.« Bereits in jungen Jahren hatte Claire gemerkt, dass sie Menschen dazu bringen konnte, sich ihr anzuvertrauen. Sogar in Situationen, in denen es auf den ersten Blick vollkommen unlogisch erschien. So war ihre Art, zuzuhören und sich dem Gegenüber bei Bedarf anzupassen wie weiche Knetmasse, zu einer wichtigen Säule ihrer Arbeit geworden.

Sie zog sich einen schlichten Holzstuhl heran und setzte sich neben ihn. In leichtem Ton erzählte sie: »Auf dem Zufahrtsweg hätte mich beinah so 'n Kerl in einem silbernen SUV in den Graben gekickt. Mann, hatte der 'nen Zahn drauf. Was war das für ein Typ?«

Patrice hatte von Neuem begonnen, auf die Tischplatte zu starren. »Das war Léon Pasquet.«

»Léon Pasquet?« Claire stutzte. »Was wollte er hier?«

»Er ist hier aufgetaucht, kurz nachdem dieser Commandant *maman* mitgenommen hat. Sie hatte ihn vor zwei Tagen aufgesucht, wegen … einer Sache, bei der sie seine Hilfe braucht.«

»Was für eine Sache?«

»Ach, was weiß ich. Er hat ihr schon damals geholfen, als Tante Anaïs verschwunden ist und es darum ging, diesen ganzen behördlichen Kram zu regeln. Damit wir das Weingut weiterführen konnten.«

Claire versuchte, all das, was sie inzwischen über den Vorsitzenden des Winzerverbandes wusste, zu einem stimmigen Bild zusammenzufügen. »Was hat er im Detail zu dir gesagt?«

»Oh, eine Menge. Er – hat mir gleich angesehen, dass – etwas passiert ist. Und mir dann erzählt, dass seine Frau ihn heute Morgen verlassen hat. Wir sind – in einer ähnlichen Situation, hat er gemeint. Also, einer ausweglosen.«

»Und was genau wollte er nun hier?«

Patrice sah sie an. »Ehrlich – ich habe keine Ahnung. Irgendwie hat er – merkwürdige Fragen gestellt.«

Claire musste sich zur Geduld zwingen. Sie hatte plötzlich ein unbehagliches Gefühl, was Léon Pasquet betraf, nach allem, was sie seit gestern Abend über ihn wusste. Und Patrice ließ sich jedes Wort aus der Nase ziehen. Sie hätte gern mehr Druck gemacht, befürchtete jedoch, dass er sich sofort wieder verschließen würde.

»Was für Fragen?«

»Na, wobei er meine Mutter überhaupt unterstützen sollte. Dann hat er davon gefaselt, dass wir ja alle zusammenhalten müssten, wir würden ja schließlich in einem Boot sitzen.«

Mit übertrieben ruhiger Stimme fragte sie: »Er hat aber nicht irgendeinen Pestizidskandal erwähnt?«

Patrice starrte sie an, als hätte sie sich vor seinen Augen in ein Monster aus einem Horrorfilm verwandelt. »Warum fängst auf einmal DU auch davon an?«

»Ich habe erfahren, dass dieser Léon Pasquet in mindestens eine Angelegenheit verwickelt ist, die derzeit gerichtlich verhandelt wird. Das setzt ihn sicher unter Druck, oder meinst du nicht?«

»Weiß nicht – auf mich wirkte es, als hätte er gerade was anderes um die Ohren. Das mit seiner Frau scheint ihn echt umgehauen zu haben. Ich versteh nur nicht, wieso er gesagt hat, wir seien in einer ähnlichen Situation. Ich meine, seine Frau – meine Mutter, das ist doch echt nicht dasselbe.«

»Vielleicht hat er auf etwas anderes angespielt.« Claire dachte daran, dass Léon Pasquet und Anaïs de Venette eine Affäre gehabt hatten. Und sie hatte sich für die Pestizidopfer eingesetzt. Aus seiner Sicht war sie ihm wohl genauso in den Rücken gefallen wie Délia Patrice. Nur – woher sollte Léon von Délia wissen? Ruckartig setzte Claire sich in ihrem Stuhl auf. Eine furchtbare Ahnung beschlich sie.

»Was ist denn los?« Überrascht sah Patrice sie an.

»Okay, wir hatten einen schlechten Start wegen Délia, aber jetzt müssen die Karten auf den Tisch. Ich brauche deine Hilfe.«

Misstrauisch sah er sie an. Egal, sie konnte nicht länger um das verminte Terrain herumtänzeln.

»Patrice, ich weiß, dass du mich angelogen hast. An besagtem

Freitag, als du Délia angeblich in ihrer Wohnung getroffen hast, da seid ihr zu einem Wochenendtrip aufgebrochen. Nur ihr zwei.«

Sein Misstrauen schlug in Verblüffung um. »Woher weißt du davon?«

»Das spielt jetzt keine Rolle. Wo seid ihr hingefahren? Und was ist da geschehen?«

Patrice verschränkte die Arme vor der Brust und schwieg.

Claire beugte sich in seine Richtung. Eindringlich, fast verzweifelt bat sie: »Patrice, es ist wirklich wichtig! Wenn dir etwas an Délia liegt, dann –«

»Die blöde Schlampe hat mich doch bloß ausgenutzt!« Jetzt brüllte Patrice, sodass Claire zurückprallte. Seine tiefe Verletzung lag offen in seinen Zügen.

Leise sagte Claire: »Du hast sie geliebt. Und ihr vertraut. Und sie hat dich benutzt. Um dich auszuhorchen.«

Patrice schlug die Hände vors Gesicht, und Claire wusste, dass sie den Kern getroffen hatte.

»Du brauchst dich nicht für deine Gefühle zu –«

»Komm mir jetzt nicht mit so 'nem Psychogequatsche. Was weißt du schon von meinen Gefühlen?«

Claire setzte sich aufrecht hin. »Stimmt, ich weiß nichts davon. Ich kann es höchstens ahnen.« Sie schwieg einen Moment, dann fuhr sie fort: »Du musst mir gar nicht erzählen, was zwischen euch vorgefallen ist. Kannst du mir wenigstens sagen, ob es Délia ... gut geht?«

Patrice antwortete nicht.

»Weiß deine Mutter etwas, das du getan hast? Und hat für dich den Mund gehalten? Ist es das, was Commandant Chénier nicht herausfinden darf?«

Langsam ließ Patrice die Hände sinken. »Wenn du denkst,

dass ...« Er hielt einen Moment inne. Leise sagte er: »Ich habe Délia nicht umgebracht.«

Eine Welle der Erleichterung durchflutete Claire. »Wo ist sie?«

Als hätte er sie nicht gehört, sprach Patrice weiter: »Als ich es herausgefunden habe – ich war so wütend. So enttäuscht. Da ist es ...« Ein Flehen lag in seinem Blick. »Ich will alles in Ordnung bringen – ich – ich habe das nicht gewollt, es ist einfach so passiert.«

Kapitel 24

—◆—

»Ich wollte nie so werden wie mein Vater!« Patrices Gesicht spiegelte ehrliche Verzweiflung wider. »Und jetzt bin ich ganz genauso geworden.«

»Erzähl mir, was geschehen ist.« Endlich hatte Claire ihn so weit, dass er sich ihr gegenüber öffnete, was Délia betraf. Es galt nun, sich behutsam vorzutasten, um nicht wieder alles zu zerstören.

Stockend begann Patrice: »Wir – es war ihre Idee, ein gemeinsames Wochenende, irgendwo auf dem Land. Délia wollte zelten gehen. Aber das war mir zu primitiv. Mir fiel diese Hütte oberhalb eines Weinfelds ein. Ist ein ganzes Stück von hier weg. Ich bin vorher noch nicht da gewesen, wusste aber, dass es dort ... äh ... romantisch ist. Ich meine, abgelegen, landschaftlich ziemlich nett. Délia fand die Idee jedenfalls super.«

»Ihr seid also da hingefahren. An besagtem Freitag.«

»Genau. Am Anfang war alles total gechillt. Eigentlich war es perfekt – bis Sonntag. Das heißt, nein, nicht wirklich. Délia hat immer wieder Fragen gestellt zum Weingut, zu Tante Anaïs und ihrem Verschwinden. Da bin ich irgendwann misstrauisch geworden.« Patrice verschränkte seine Hände ineinander. »Ich meine, sie hat ja davor schon öfter mal mit diesen Themen angefangen. Aber irgendwie war mir das da noch nicht so – komisch vorgekommen. Sie war auch die ganze Zeit extrem vorsichtig mit ihrem Laptop. Hat den nie offen rumstehen lassen oder so. Einmal bin ich in die Hütte gekommen, sie saß mit dem Notebook da und hatte wohl nicht mit mir gerechnet. Als sie mich sah, hat sie das Ding schnell zugeklappt. Ich dachte, sie hätte was mit 'nem anderen oder so. Wär ja auch im Grunde okay gewesen, wir waren ja nicht richtig zusammen.« Patrice machte eine kurze Pause, als würde er abwägen, ob er weitersprechen sollte oder nicht.

Ermunternd lächelte Claire ihm zu, und tatsächlich redete Patrice weiter. Manches Mal war sie selbst verblüfft, wie gut ihre Manipulationstechnik funktionierte.

»Am Sonntagvormittag, als ich wach geworden bin, hat sie an einem kleinen Tisch neben dem Bett gesessen und in ihren Computer getippt. Ich habe so getan, als würde ich noch schlafen. Irgendwann ist sie aufgestanden und zur Küchenzeile gegangen. Die ist hinter einer Trennwand. Da bin ich rüber und hab auf ihren Bildschirm geschaut. Ich dachte, ich werd verrückt!« Patrice schüttelte den Kopf. »Ich wollte ja eigentlich nur kurz draufsehen. Délia sollte das gar nicht mitkriegen. Aber als ich las – sie hat alles aufgeschrieben, worüber wir gesprochen haben! Sie hatte richtig viele Ordner angelegt. Ich konnte das so schnell gar nicht alles checken. Aber mir war sofort klar: Sie hat mich ausspioniert!« Sein Gesicht verzerrte sich.

Claire rechnete mit einem neuen Ausbruch, doch es kam keiner. Stattdessen redete Patrice einfach weiter. Anscheinend hatte sich ein Ventil geöffnet, und nun floss seine Geschichte aus ihm heraus.

»Als sie dann zurückkam, hab ich sie damit konfrontiert. Erst hat sie versucht, alles abzustreiten. Aber ich hatte es ja schwarz auf weiß. Da hat sie es zugegeben. Und da – bin ich durchgedreht. Ich – ich – habe sie – geschlagen.«

Die Stille, die auf sein Geständnis folgte, hing schwer zwischen ihnen. Claire wagte nicht, etwas zu sagen. Patrice war so in seine Erinnerung hinabgeglitten, dass sie fürchtete, schon die kleinste Unterbrechung könnte ihn herauskatapultieren.

»Ich habe – nie zuvor habe ich eine Frau – ich hatte mir geschworen, so etwas nie zu tun.« Er brach ab. Saß nur da. Claire wartete. Schließlich sprach er leise weiter: »Sie ist – weggelaufen. Ich bin ihr gefolgt. Auf einmal ist sie gestürzt. Und mit dem Kopf aufgeschlagen. Als ich bei ihr ankam, war sie ohnmächtig. Ich habe sie in die Hütte zurückgetragen. Erst hatte ich Angst, ihr sei etwas Ernstes passiert. Dann während sie so dalag –, habe ich mir alles angesehen, was sie auf ihrem Rechner gespeichert hatte. Und da habe ich eine unglaubliche Wut auf sie bekommen. Und gleichzeitig Panik. Also hab ich die Hütte verrammelt und bin weggefahren.«

»Du hast – sie dort eingesperrt?« Claire glaubte, sich verhört zu haben. »Und da ist sie seitdem? In dieser – Hütte?«

»Ich wusste nicht, was ich tun sollte. Also – habe ich schließlich – alles – meiner – Mutter erzählt.« Patrice kämpfte mit sich. »Als sie hörte, was Délia herausgefunden hatte, ist sie fast an die Decke gegangen. Sie meinte, wir müssten uns gut überlegen, wie wir damit umgehen. Das könnte ziemlich gefährlich für uns werden. Sie sagte, sie würde schon eine Lösung finden.«

Claire konnte es nicht fassen. »Ist sie immer noch in dieser Hütte? Raus mit der Sprache, oder willst du alles noch schlimmer machen?« Sie saß auf der Kante ihres Stuhls und beugte sich in Patrices Richtung. »Ist Délia noch in dieser Hütte?«

Patrice ließ ein kleinlaut gemurmeltes *Oui* hören.

Claire konnte nicht länger an sich halten. »Seid ihr völlig bescheuert? Seit zwei Wochen haltet ihr sie fest? Das ist kein Kavaliersdelikt! Weißt du, was auf Freiheitsberaubung steht?«

»Ich …«

»Bis zu fünf Jahre Gefängnis!«

Patrice starrte sie nur an.

»Was habt ihr denn mit ihr vor? Auf ewig könnt ihr sie ja dort nicht festhalten.«

»Ich … keine Ahnung. Meine Mutter, sie wollte, sie dachte, mit Geld könne sie Delia – aber dann tauchte plötzlich Tante Anaïs' Leiche auf, und ständig war die Polizei hier. Wir dachten, es sei besser, noch etwas zu warten, bis sich alles wieder beruhigt hätte.«

In diesem Moment vibrierte ihr Handy. Claire zog es aus ihrer Tasche und wischte über das Display. Es war eine WhatsApp-Sprachnachricht von Raoul. Rasch hörte sie sie ab.

»Claire – c'est Raoul. Hör zu, ich bin momentan im Verhör mit Jeanne Dubos. Ich habe deine Nachricht abgehört – später mehr dazu. Nur so viel: Wenn du etwas bezüglich Patrice unternimmst, pass auf dich auf. Und falls dir Léon Pasquet begegnen sollte, sei unbedingt vorsichtig! Es kristallisiert sich gerade immer stärker heraus, wie tief er in die Angelegenheit mit Anaïs de Venette und ihrem Weingut verstrickt ist.«

Claire steckte ihr Telefon ein. Sie dachte an Léon und Anaïs, an Patrice und Délia. An Léons Bemerkung, er und Patrice seien in einer ähnlichen Situation. Sie wandte sich wieder an Patrice: »Jetzt noch mal zurück zu Léon Pasquet – hast du ihm von Délia erzählt?«

Patrice druckste herum. »Meine Mutter – sie hat gesagt, er hätte davon keine Ahnung. Aber er – er hat so Andeutungen gemacht, dass ich dachte, er weiß Bescheid. Da habe ich – ich musste es einfach bei irgendwem loswerden. Er hat ja gemerkt, dass da noch was war, das mich beschäftigt. Und er hat gemeint, von Mann zu Mann …«

»Was hast du ihm erzählt?«

»Na, ungefähr das, was ich dir gerade gesagt habe.«

»Hast du ihm auch gesagt, wo Délia ist?«

»Nicht so direkt, ich –«

»Patrice! Willst du dafür verantwortlich sein, wenn Délia etwas Schlimmes zustößt?«

»Du denkst, dass er –?«

»Hast du's ihm gesagt?« Claire schrie beinahe.

Diesmal war es Patrice, der zurückprallte. »Ich hab vielleicht eine Hütte erwähnt.«

Claires Herzschlag beschleunigte sich. Bei ihrem Abendessen neulich hatte Raoul erzählt, Léon habe sich mit Anaïs regelmäßig in einer *cabane* oberhalb der Weinfelder getroffen.

Claire sprang auf. »Bring mich dorthin – sofort!«

Léon fuhr wieder die schmalen Landstraßen entlang, diesmal in Richtung Südwesten. In Gedanken ging er die Begegnung mit Patrice durch.

Betont sanft und verständnisvoll hatte er auf den aufgelösten jungen Mann eingeredet. Und herausgefunden, dass es da wohl eine junge Frau namens Délia gab, die Patrice um den Finger gewickelt hatte. Und ihm peu à peu Informationen entlockt hatte.

Also hatte Léons Instinkt ihn nicht getrogen. Jeanne Dubos' Besuch hatte ein seltsames Gefühl bei ihm ausgelöst. Ihre Andeutungen, die er nicht hatte einordnen können. Nun wusste er, warum sie so merkwürdige Fragen zu ihrem Deal gestellt hatte.

Diese Délia hatte sich in die lästige Pestizidgeschichte festgebissen. Offenbar war sie kurz davor gewesen, die Zusammenhänge zwischen der Angelegenheit, dem Château de Venette-Rebeyrol, Anaïs und ihm zu durchschauen. Und Patrice, schwanzgesteuert und dumm wie Brot, hatte ihr Material geliefert. Und dann hatte er es noch fertiggebracht, sich selbst, seine Mutter und indirekt auch ihn, Léon, in eine absolut verfahrene Situation zu manövrieren. Wie idiotisch konnte man sein? Nicht auszudenken, dass jemand wie Patrice einmal ein solches Weingut erben würde!

Léon überholte einen Kleinlaster, der vor ihm herschlich. Eine *cabane* oberhalb der Weinfelder, am Wald gelegen. Das konnte nur die Hütte sein, in der er sich immer mit Anaïs getroffen hatte. Ihr heimliches Liebesnest. Was für eine Scharade!

Die Parzelle gehörte zum Besitz von Château de Venette-Rebeyrol, obwohl sie ein ziemliches Stück entfernt war. Anaïs hatte mal erwähnt, dass es ein Erbe von einigen Generationen zuvor sei, im Grunde recht unpraktisch, aber die Familie hing wohl aus nostalgischen Gründen daran.

Léon jedenfalls hatte dort herrliche Stunden der Zweisamkeit mit seiner Geliebten verbracht. In dem Waldstück gab es einen halb verfallenen, mittelalterlichen Turm. Jedes Mal, wenn er mit Anaïs dorthin gefahren war, hatte Léon damit gerechnet, dass die Behörden den Zugang endgültig gesperrt hätten. Doch solange kein Unglück passierte, kümmerte sich augenscheinlich keiner darum. Aber wer weiß – vielleicht hatte sich das seit seinem letzten Besuch geändert.

Anaïs und er hatten oft auf den breiten Stufen des Plateaus vor dem Turm gesessen und gepicknickt oder einfach ein Glas Wein getrunken und in den Sonnenuntergang geschaut. Über eine enge steinerne Wendeltreppe konnte man bis in die Spitze des Turms hinaufsteigen. Einmal hatten sie sich sogar dort oben geliebt. Selten hatte sich Léon so frei und euphorisch gefühlt wie in jenem Augenblick, als er an diesem Ort in ihr gekommen war. Als wäre er der Herrscher über die sich vor ihm ausbreitende Landschaft.

Léon hatte die Erlebnisse so tief in sich vergraben. Jetzt wurde auf einen Schlag alles wieder hochkatapultiert. Die schönen, intensiven Momente. Und jener furchtbare Tag – was würde er dafür geben, könnte er ihn ungeschehen machen!

Vor ihm kroch nun ein Pkw dahin, eng an der Mittellinie – waren denn heute nur Schleicher unterwegs? Er drückte auf die Hupe, und der Wagen zog nach rechts rüber. Léon beschleunigte und rauschte an dem Fahrzeug vorbei.

Dass es ausgerechnet diese Hütte sein musste! Eigentlich hatte er sich geschworen, nie dorthin zurückzukehren. Jetzt jedoch hatte er keine Wahl. Er musste alle Spuren tilgen, die auf ihn wiesen. Jeanne Dubos konnte noch so viel gegen ihn vorbringen – ohne Beweise stand sie schlecht da.

In Patrices Porsche heizten sie die schmalen Landstraßen entlang, dass Claire schwindelig wurde. Ehe sie losgefahren waren, hatte sie aus ihrem Auto eine lederne Gürteltasche genommen und umgebunden. Darin bewahrte sie Dinge, die sie bei früheren Jobs in brenzligen Situationen benötigt hatte. Ein Funktionstaschenmesser beispielsweise, dazu einige Kabelbinder, Einweghandschuhe, Taschenlampe. Und natürlich ihre Lady Hawk.

Sobald sie im Auto saß, hinterließ sie Raoul eine kurze Sprachnachricht, in der sie ihn darüber informierte, dass Patrice – auch auf Drängen seiner Mutter – Délia festhielt. Dass Claire nun mit ihm zu Délias Aufenthaltsort fuhr. Und dass Léon – mit zeitlichem Vorsprung – vermutlich ebenfalls auf dem Weg dorthin war. So genau wie möglich beschrieb sie ihm die Lage der Hütte.

Vorsorglich behielt sie das Telefon auf ihrem Schoß – vielleicht würde Raoul sich ja zeitnah zurückmelden. Sie wandte sich an Patrice, der mit zusammengekniffenen Brauen geradeaus auf die Fahrbahn starrte. »Von wem wird Délia eigentlich versorgt? Bringst du ihr regelmäßig Essen?«

»Auch.«

Claire verdrehte die Augen. Ging das schon wieder los mit diesen schwerfälligen, einsilbigen Antworten! »Sag mal, diese Hütte … das ist ja wohl kein Gefängnis. Hast du alle Fenster und Türen zugenagelt? Oder wie hast du sichergestellt, dass Délia nicht abhauen kann?«

Patrice räusperte sich. »Sie … äh … wird bewacht.«

»Von wem?«

»Carlos und seine Kumpel helfen mir.«

»Einfach so? Ohne Gegenleistung?«

Stumm starrte Patrice auf die Straße.

Claire redete ins Blaue hinein. »Du spielst dafür den Drogenkurier für den kleinen Escobar.«

Patrices Finger trommelten nervös auf dem Lenkrad. »Okay, wir haben einen Deal, er und ich«, gab er schließlich zu. »Aber mehr sag ich dazu echt nicht. Ich hab dir eh schon viel zu viel –«

Claire unterbrach ihn. »Wer ist jetzt bei Délia?«

»Carlos.«

»Ruf ihn an. Sofort. Er muss Délia auf der Stelle da wegbringen.«

»Was?«

»Sie ist in Lebensgefahr!«

Patrice griff nach seinem Smartphone.

»Carlos, ah gut. Du bist da draußen?«

Claire beobachtete Patrice, der angestrengt auf die Fahrbahn sah und dabei ins Telefon sprach.

»Hör zu, du musst … Carlos? Carlos … sag doch was!« Mit verstörtem Gesichtsausdruck warf er das Handy beiseite.

»Was ist?« Claires Beunruhigung wuchs.

»Ich weiß nicht. Er … es klang, wie ein Schlag. Er hat nicht mehr geantwortet. Und dann war die Leitung tot.«

Kapitel 25

— ◆ —

Léon stellte seinen Wagen am Fuße der Weinfelder ab. Das letzte Stück musste er laufen, da zur *cabane* nur ein schmaler Trampelpfad führte. Er nahm die Reisetaschen aus dem Kofferraum und holte sein altes Jagdgewehr hervor, das er dahinter für alle Fälle unter einer Decke gelagert hatte. Vorsichtig lehnte er es an den Wagen und hievte die Taschen wieder in den Kofferraum. Es krachte. Entsetzt blickte Léon zur Seite. Sein Gewehr war umgefallen. Verdammt, womöglich hatte das teure Zielfernrohr Schaden genommen! Er hob es hoch und begutachtete es. Prüfend warf er einen Blick durch das Fernrohr. Nein, es schien noch alles in Ordnung zu sein. Vorsorglich zog er ein Paar Lederhandschuhe an und hängte sich das Gewehr um.

Sobald die Umrisse des bescheidenen Steinhäuschens vor ihm auftauchten, prasselten die Erinnerungen derart heftig auf ihn ein, dass es in seinem Kopf zu rauschen begann.

Ruckartig blieb Léon stehen und betrachtete das sich vor ihm ausbreitende Panorama. Die Weinfelder, die sich die Anhöhe hinaufzogen, die *cabane*, die sich oberhalb davon an den Hang duckte. Im Hintergrund die Silhouette des Waldes, sattes Grün mit Sprenkeln der Herbstpalette. Auf der rechten Seite ragte zwischen den Baumkronen die Spitze des Turms auf.

Léon schaute durch das Zielfernrohr, stellte die Vergrößerung ein und nahm die Hütte ins Visier. Womöglich war dort oben jemand, der diese Délia bewachte? Draußen konnte er niemanden sehen. Am besten pirschte er sich von hinten an. Dazu musste er einen Umweg durch die Felder machen – seinen Tarnungsversuchen kam es sehr entgegen, dass die Reben hier für Süßwein verwendet und dementsprechend noch nicht geerntet worden waren. Er repetierte eine Patrone in die Kammer und schulterte das Gewehr von Neuem.

Endlich hatte er die *cabane* erreicht. Vorsichtig schlich er sich an die verwitterte Holztür heran. Er klemmte sich das Gewehr unter den rechten Arm und riss mit der linken Hand die Tür auf.

Überrascht verharrte er auf der Schwelle. Vor ihm auf dem Boden ausgestreckt lag eine reglose Gestalt. Ein junger Mann mit schwarzem, zu einem Zopf gebundenem Haar, ähnlich gekleidet wie Patrice und auch ebenso auftrainiert.

Im nächsten Moment nahm er die zweite Person im Raum wahr. Eine junge Frau mit rötlich-blonden Haaren stand wie erstarrt im hinteren Teil der Hütte neben dem Bett.

»Was wollen Sie?« Ihre Stimme klang völlig eingeschüchtert. Mit angstgeweiteten Augen und angespanntem Körper wirkte sie wie ein wildes Tier auf der Flucht.

»Ganz ruhig«, er ließ das Gewehr sinken und deutete mit dem anderen Arm auf den jungen Mann. »Was ist passiert?«

»Ich – habe – nicht – ich – wollte – nicht –« Die junge Frau zitterte stark. »Ist er etwa …?«

»Ist schon gut. Lassen Sie mich nachschauen.« Léon legte so viel Sanftheit wie möglich in seine Worte. Zaghaft machte er ein paar Schritte in die Hütte hinein. Der Tisch, die Stühle, die Küchennische, das Regal, das Bett – alles war genau wie damals. Das Rauschen in seinem Kopf setzte von Neuem ein. Mit aller Kraft versuchte er sich wieder aufs Hier und Jetzt zu konzentrieren. Léon beugte sich zu dem am Boden liegenden jungen Mann hinunter und fühlte seinen Puls. »Keine Sorge, der ist bloß ohnmächtig. Hat er dich bedroht?«

»Nein – ja ... ich meine ...«

»Ist schon gut, beruhig dich erst mal.«

Sie starrte auf das Gewehr, das über seiner Schulter hing. Verängstigt wich sie in den hinteren Teil des Raumes zurück. »Wer sind Sie?«

»Ist schon gut«, wiederholte Léon. »Ich heiße Davide Grenier. Ich wohne in der Nähe. Bin Jäger. Komme hier ab und zu vorbei. Dachte, ich hätte was gehört, und wollte mal nachsehen, ob da jemand Hilfe braucht.« Er schaute noch einmal auf den Bewusstlosen, dann hinüber zu ihr. »Aber wie ich sehe, hast du dir selbst helfen können.« Léon deutete auf ein schmales Brett, das neben dem jungen Mann auf dem Boden lag. »Hast du ihn damit geschlagen?«

Délia nickte.

»Wo hast du ihn erwischt?«

»Am Hinterkopf.«

»Das wird er überleben.« Beinahe hätte Léon hysterisch aufgelacht über den unfassbaren Irrsinn, in dem er da steckte. »Habt ihr euch gestritten?«

Délia beäugte ihn misstrauisch.

»Sei unbesorgt. Ich will dir bloß helfen.« Er versuchte, so etwas wie ein offenes, herzliches Lächeln aufzusetzen.

»Er hat mich bewacht. Ich bin hier – man hat mich – festgehalten.« Sie senkte den Kopf, die Arme um den angespannten Körper geschlungen.

Léon spielte den Überraschten: »Aber das ist ja ... wie lange bist du schon hier drin?«

»Es ist der fünfzehnte Tag! Ich dachte, ich werde irre!« Délia

318

rang die Hände. »Ich habe von Anfang an – damit ich nicht die Orientierung verliere – also, welcher Tag ist, welches Datum –, habe ich von Anfang an jeden Morgen einen Strich gemacht.« In einer verzweifelten Geste wies sie auf die Wand neben sich.

Sogar von der Tür aus erkannte Léon die Bleistiftstriche, drei Fünferbündel. »Mon Dieu!« Mit geheucheltem Mitleid blickte er sie an. »Warum haben sie dich hier eingesperrt?«

»Ach, eine ziemlich verwickelte Geschichte.« Mit fahrigen Bewegungen stopfte Délia ihre Habseligkeiten in einen Rucksack.

Léon betrachtete sie aufmerksam. Das hatte besser geklappt als erwartet. Insgeheim war er erstaunt, dass sie so gutgläubig war, nach allem, was sie erlebt hatte. Aber vermutlich war es die Erleichterung nach der Befreiung, die sie unvorsichtig werden ließ. Er war der Retter, der sie aus der Hölle holte. Nun musste er sie nur noch loswerden, und dann konnte er das alles hinter sich lassen. »Wie ist es dir überhaupt gelungen, deinen Bewacher zu überwältigen?«

»Er hat einen Anruf gekriegt. Und mir den Rücken zugedreht. Das lose Brett hatte ich unter der Spüle entdeckt. Schon vor ein paar Tagen. Ich habe auf so eine Gelegenheit gewartet.« Délias verkrampfter Körper löste sich allmählich, und ein Hauch von Entspannung breitete sich auf ihrem Gesicht aus.

Konnte das Patrice gewesen sein? Hatte er bemerkt, dass Léon ihn ausgehorcht hatte? Eigentlich traute er Jeannes Sohn nicht zu, dass er in der Lage war, mehr als bloß wenige Meter geradeaus zu denken. Dennoch durfte er jetzt nichts riskieren. Alles stand auf dem Spiel. Er musste sich beeilen.

Bereits auf dem Weg hierher hatte Léon überlegt, wie er es drehen könnte, dass der Verdacht nicht auf ihn fiel. Von seiner Waffe durfte er keinen Gebrauch machen. Es musste wie ein Unfall aussehen – oder wie Selbstmord.

Léon wählte einen freundschaftlich-vertraulichen Ton: »Na, das alles hat jetzt ein Ende. Komm, wir verschwinden von hier.«

»Ich heiße übrigens Délia.«

»*Enchanté*, Délia.«

Sie zog ihren Rucksack an und machte Anstalten, die Hütte zu verlassen. Léon folgte dicht hinter ihr, jederzeit bereit, sie an einer möglichen Flucht zu hindern. Sobald sie draußen waren, legte er ihr mit festem Druck eine Hand auf die Schulter. »Wir machen noch einen kleinen Abstecher in den Wald.«

Délia wandte ihm den Kopf zu. »Aber wieso?«

»Stell keine Fragen, sondern tu, was ich sage.« Mit geübtem Griff zog er das Gewehr vom Rücken und richtete es auf sie.

Ungläubig starrte Délia auf den Gewehrlauf. Ihre Verblüffung schlug um in pures Entsetzen. »Was soll das?«

»Nach links. In den Wald. Mach schon! Und denk gar nicht erst darüber nach, abzuhauen. Wenn du wegläufst – ist das wie eine Jagd für mich. Ich töte ein Reh oder ein Wildschwein mit einem Schuss aus einer Entfernung von hundert Metern. Glaub nicht, ich würde bei dir zögern.«

»Da oben liegt die Hütte.« Patrice deutete aus dem Fenster auf seiner Seite. Claire wandte den Kopf und sah Weinfelder mit einem Trampelpfad, darüber eine Waldkulisse und dazwischen einen graubraunen Fleck.

»Ich park immer ein Stück weiter hinten in einem kleinen Feldweg – das ist näher dran. Man muss ein bisschen querfeldein gehen – aber dafür ist der Wagen da – äh – außer Sicht.«

Just in diesem Moment fuhren sie an einem silbernen SUV vorbei, der in einer Ausbuchtung am Straßenrand stand.

Alarmiert rief Claire: »Das ist doch Léon Paquets Auto!«

»Fuck – du hast recht!« Patrice schlug aufs Lenkrad.

Mit quietschenden Reifen bog er in den Feldweg. Kurz darauf bremste er hinter einem schwarzen BMW. Kaum hatte er angehalten, da sprang Claire bereits aus dem Porsche und rannte quer durch die Weinfelder. Im Laufen zog sie ihre Waffe hervor und entsicherte sie. Schon von Weitem erkannte sie, dass die Tür des Steinhäuschens offen stand. Sie beschleunigte noch einmal. Hinter sich hörte sie Patrice keuchen. Typisch – Muskeltraining ohne Ende und kein bisschen Ausdauer.

Das Erste, was Claire sah, als sie die *cabane* erreichte, war Carlos, der gleich hinter der Türöffnung am Boden lag. Er murmelte vor sich hin und bewegte sich nur schwach. Hatte es zwischen Léon und ihm einen Kampf gegeben? Rasch scannte Claire den leeren Raum. Dann eilte sie wieder nach draußen und schaute sich fieberhaft um. Von hier oben hatte sie die Weinfelder im Blick bis zur Landstraße, wo Léons SUV parkte. Nirgends entdeckte sie einen Menschen. Links von ihr führte ein schmaler Weg in den Wald hinein.

Hinter Claire kam Patrice an. »Wo sind sie?«

»Irgendwo da drin, vermute ich.« Claire deutete auf den Wald. »Kümmer du dich um Carlos. Er liegt in der Hütte.«

Sie sprintete zwischen den Bäumen hindurch und hielt dabei Ausschau nach abgerissenen Zweigen, frischen Trittspuren oder anderen Hinweisen darauf, dass Léon mit Délia ins Unterholz abgebogen war.

Mit dem Gewehr im Anschlag dirigierte Léon Délia vor sich her durch den Wald, bis sie den auf einer Lichtung gebauten, steinernen Turm erreichten. Délia hatte sich die ganze Zeit über in Schweigen gehüllt. Sie schien nach diesem erneuten Schock endgültig jeglichen Widerstand aufgegeben zu haben.

Auf dem Plateau blieben sie stehen.

»Mach die Tür auf.« Mit dem Kopf wies Léon zum Eingang des Turms hinüber.

»Warum tun Sie das?« Délia musterte ihn mit einer Mischung aus Abscheu und Angst. Doch zugleich blitzte ein Funken in ihren Augen auf. »Hat Patrice Sie geschickt? Hat er nicht mal Mumm, die Angelegenheit selbst zu Ende zu bringen? Lässt er Sie die Drecksarbeit für ihn erledigen? Und Sie machen da mit?«

Léon lachte bitter auf. »Patrice ist ein dummer Junge, der nicht gelernt hat, den Mund zu halten. Und du bist idiotisch genug gewesen, dich in diese Sache einzumischen. Geh jetzt da rein.«

»Erst will ich wissen, warum?«

Dass sie sich so widersetzte, verblüffte Léon. Er hatte vermutet, sie sei nach dem emotionalen Stress gebrochener. Sie schien stärker zu sein, als er gedacht hatte. Oder vielleicht hatte die Zeit der Gefangenschaft in der Hütte sie abgestumpft. »Du hast dich da in etwas eingemischt, wovon du besser die Finger gelassen hättest. Mehr brauchst du nicht zu wissen.« Er machte zwei Schritte auf sie zu.

Délia wich nach hinten aus und stand nun dicht am Eingang zum Turm. »Wieso tauchen Sie plötzlich bei der Hütte auf, wenn es nicht Patrice war, der Sie geschickt hat? Kommen Sie etwa im Auftrag seiner Mutter? Hat sie nun das Kommando übernommen?«

»Genug davon. Ich habe heute noch etwas vor.«

Délia verharrte, wo sie war. Langsam sagte sie: »Ich verstehe, Monsieur GRENIER.« Sie sah ihn voller Abscheu an. »Oder sollte ich lieber sagen: Monsieur PASQUET?«

Für einen Moment erstarrte Léon. Auch wenn er sich größte Mühe gab, sich zu beherrschen, an Délias Miene erkannte er, dass sie ihm seine Verblüffung angesehen hatte. »Kluges Mädchen.« Er trat näher auf sie zu.

»Aber weshalb?« Sie forschte in seinem Gesicht nach einer Antwort. »Geht es etwa um diesen Pestizidskandal?«

Léon stieß einen höhnischen Laut aus. »Diese elende Pestizidgeschichte klebt wie Pech an diesem Ort.«

Délia sah ihn völlig entgeistert an.

Der Satz war ihm herausgerutscht. Er hätte sich dafür ohrfeigen können. Doch im Grunde war es ja egal. Sie würde ohnehin nicht mehr lebend hier wegkommen.

»Jetzt begreife ich alles. Der Zettel – in dem Buch –« Sie schlug sich mit der Hand gegen die Stirn. »Sie Widerling haben Anaïs getötet!«

Léon starrte sie an. Wie in Zeitlupe setzten sich die Teilchen zusammen. Irgend so ein Gedichtband, in dem Anaïs immer gelesen hatte, wenn sie in der *cabane* gewesen waren. Als Lesezeichen hatte sie einen der kurzen Briefe verwendet, die er ihr gelegentlich geschrieben hatte. Wie hatte er den vergessen können! Natürlich hatte Délia den in der Zeit entdecken müssen, als sie dort eingesperrt gewesen war. Nur mühsam konnte er sich beherrschen, ihr nicht auf der Stelle mit dem Gewehr den Schädel einzuschlagen. »An dir ist ja eine Meisterdetektivin verloren gegangen. Leider wirst du keinem mehr von deinen Schlussfolgerungen erzählen können. Wenn sie dich hier irgendwann finden werden, bin ich weit weg von alledem und habe ein neues Leben begonnen.«

»Damit werden Sie nicht durchkommen.«

»Und ob ich das werde – und du wirst mich nicht davon abhalten. Los jetzt – ab in den Turm!«

»Sie konnten vielleicht den Mord an Anaïs vertuschen, aber diesen –«

»Wer spricht denn von Mord? Der Tod ist immer eine traurige Angelegenheit. Aber es ist ein furchtbarer Schicksalsschlag, wenn

323

ein junger Mensch durch einen tragischen Unfall ums Leben kommt.«

»Sie denken ernsthaft, dass das hier als ›Unfall‹ ...«

»Aber selbstverständlich. Und dann werden die Behörden vermutlich endlich einsehen, dass sie diese Ruine schon längst hätten sperren sollen.«

»Wenn Sie sich da mal nicht täuschen.« Délia verschränkte die Arme vor der Brust. »Was, wenn ich da nicht mitspiele? Das Ganze geht doch nur auf, wenn es wirklich wie ein Unfall aussieht. Wenn Sie mich hier erschießen, fällt Ihr schöner Plan in sich zusammen.«

»Mädchen, du hast keine Ahnung, mit wem du dich anlegst. Du bist nicht die Erste, die mich unterschätzt!« Léon hob die Waffe.

Raoul verließ den Vernehmungsraum. Gerade eben hatte Jeanne Dubos gestanden, gemeinsam mit Léon Pasquet Anaïs' Testament vernichtet zu haben. Nur so hatte sie mit ihrem Mann das Weingut übernehmen können.

Von Claire war inzwischen eine weitere Sprachnachricht angekommen. Rasch klickte er sie an. Er lauschte ihren Worten über Délias Aufenthaltsort und Jeanne Dubos' Verwicklung in die Angelegenheit. Claire war mit Patrice auf dem Weg dorthin – und Léon vermutlich ebenfalls.

Eigentlich hätte er nach ihrer Aussage keinen Grund gehabt, Jeanne Dubos länger im Präsidium zu behalten. Doch nun gab es einen neuen Verdacht gegen sie – Mittäterschaft bei Freiheitsberaubung. Allerdings hatte Raoul noch einen anderen Anlass, sie jetzt keinesfalls gehen zu lassen: Sie kannte den Weg zu der Hütte.

Sämtliche Alarmglocken begannen gleichzeitig bei ihm zu schrillen. Er drehte sich um, eilte zum Vernehmungsraum zurück und riss die Tür auf. »Eric, wir müssen auf der Stelle los – und Sie, Madame Dubos, Sie kommen verdammt noch mal mit!«

Sobald sie im Auto saßen, würde er Claire anrufen. Er musste sie vor Léon Pasquet warnen.

Claire sprintete durch den Wald. Mit einem Mal zerriss ein Schuss die Stille. Abrupt stoppte sie. Der Schuss war von weiter vorn auf der rechten Seite gekommen. Von schlimmsten Vorahnungen gepackt, rannte sie wieder los. Kurz darauf öffnete sich das Dickicht. Vor ihr breitete sich eine Lichtung aus, in deren Mitte ein altertümlicher, leicht baufälliger Turm gut fünfzehn Meter in die Luft ragte.

Auf einem Steinplateau davor erkannte sie Léon Pasquet, der Délia mit einem Gewehr bedrohte. Sie wirkte unverletzt. Offenbar hatte er lediglich einen Warnschuss abgegeben. Rasch versteckte sich Claire hinter einem Baum. Sie musste sich unbemerkt nähern und dann ihren Gegner überraschen. Im nächsten Augenblick drehte sich Délia zur Tür im Turm um und streckte die Hand nach der Klinke aus. Sie zögerte, wandte den Kopf genau in Claires Richtung, und für einen Moment hatte sie das Gefühl, Délia habe sie gesehen.

Claires Blick wanderte zur Turmspitze. Rundherum zog sich eine Brüstung, die an einigen Stellen bereits brüchig war. Eisiges Entsetzen durchfuhr sie. Wollte Léon Pasquet Délia etwa von dort herunterstoßen? Keine Sekunde länger konnte sie warten. Auf der engen Treppe hätte sie keine Chance, und waren die beiden erst einmal oben ... das Risiko war zu groß. Gleichzeitig durfte sie nicht einfach so losstürmen, wer weiß, ob er dann nicht doch schießen würde. Sie musste sich unbemerkt von hinten anschleichen. Vorsichtig pirschte sich Claire durchs Gebüsch an den Turm heran.

Léon versuchte mit aller Macht, Délia dazu zu bringen, hinein-
zugehen. Er presste den Gewehrlauf gegen ihren Brustkorb. Nun
öffnete Délia die Tür, blieb jedoch auf der Schwelle stehen. Aber
Léon schob sie mit dem Gewehr nach drinnen.

Mit gezückter Pistole rannte Claire los. Im nächsten Moment
ertönte ein lautes Klingeln aus ihrer Jackentasche. Léon Pasquet
riss den Kopf herum und sah in ihre Richtung. Hektisch zog sie
ihr Telefon hervor und drückte, so schnell es ging, den Anruf weg.

»Waffe runter! Sonst erschieße ich sie! Komm hier rüber – und
keine hastigen Bewegungen.«

Claire verfluchte sich innerlich. Doch sie tat wie ihr befohlen.

»Monsieur Pasquet, geben Sie auf. Das ist doch blanker Irrsinn!«

»Irrglaube ist es, dass du denkst, mir dazwischenfunken zu
können. Wer auch immer du bist. Leg die Waffe da aufs Plateau.«

Wie in Zeitlupe beugte sich Claire vorwärts und legte ihre Pistole auf den steinernen Boden.

»Und jetzt zehn Schritte nach hinten.«

Langsam bewegte sich Claire rückwärts.

»Stehen bleiben!« Délia mit dem Gewehrlauf vor sich hersto-
ßend, kam er auf sie zu. Als er die Pistole erreicht hatte, hob er
sie auf und schwang zugleich sein Gewehr über die linke Schulter.
Mit einem diabolischen Grinsen hielt er Claires Pistole in seiner
behandschuhten Rechten. »Manchmal muss man bloß abwarten
– und ein bisschen umdisponieren.« Er setzte Délia die Waffe an
die Schläfe. Abschätzig betrachtete er Claire. »Tja, tut mir leid –
wie es aussieht, wirst du für einen Mord ins Gefängnis wandern,
den du nicht –«

In diesem Augenblick knackte es im Gebüsch links von Claire.
Ihr Kopf schnellte zur Seite. Von dort kam Patrice angerannt und
wedelte wie wild mit beiden Armen. »Stopp! Léon – nicht!«

Léons Kopf fuhr ebenfalls herum. »Du Idiot!«

Ein Moment der Unaufmerksamkeit, wie Claire ihn hatte provozieren wollen. Délia reagierte sofort. Sie riss ihren rechten Ellbogen hoch und traf Léon am Unterkiefer. Er taumelte, sein Gewehr rutschte von der Schulter und fiel zu Boden. Ein Schuss löste sich.

Kapitel 26

— ◆ —

Blitzschnell schoss Claire vor und warf sich auf Léon. Sie bog seinen rechten Arm nach hinten, bis er vor Schmerzen aufheulte und schließlich ihre Pistole losließ. Claire griff danach und richtete sie auf den am Boden liegenden Mann. »Geben Sie auf! Es ist vorbei!«

Léon hielt sich den Arm und stöhnte weiter. Ungerührt betrachtete ihn Claire. Vermutlich war das Schultergelenk ausgekugelt.

Erst jetzt registrierte sie die Schreie. Überrascht blickte sie sich um. Délia stand nicht länger neben ihr, sondern war zu Patrice hinübergelaufen, der wenige Meter vor dem Plateau zusammengekrümmt auf der Erde lag.

»Er ist verletzt – sein Bauch – er blutet!« Délia sank neben ihm in die Knie.

»Du musst etwas draufpressen! Auf die Wunde – du musst die Blutung stoppen!«, schrie Claire zurück. Sofort zog sie ihr Handy hervor und tätigte einen Notruf, ohne dabei Léon aus den Augen zu lassen. Anschließend holte sie ein paar Kabelbinder aus der Gürteltasche und fesselte Léons Hände und Füße. Dann eilte sie zu Délia hinüber, die neben Patrice kauerte und ihr T-Shirt auf seinen Bauch presste.

»Die Ambulanz ist unterwegs.« Entsetzt sah Claire, dass der Stoff sich bereits mit Blut vollgesogen hatte.

In seinem Dienstwagen verließ Raoul mit Eric und Jeanne Dubos Bordeaux in südlicher Richtung. Eric saß am Steuer, ein Einsatzwagen mit drei weiteren Kollegen folgte ihnen. Raoul versuchte wieder und wieder, Claire zu erreichen. Beim ersten Mal hatte es einmal geklingelt, dann hatte sie den Anruf abgelehnt. Seither ertönte jedes Mal das Freizeichen, aber Claire nahm nicht ab.

»Ich verstehe das nicht. Warum müssen wir denn auf einmal zu dieser Hütte?«, warf Patrices Mutter von der Rückbank ein.

Raoul legte auf, dann wandte er sich zu ihr um. »Madame Dubos, wir sollten mal darüber sprechen, dass Ihr Sohn und Sie dort draußen seit mehr als zwei Wochen eine junge Frau gefangen halten.«

Jeanne Dubos schrumpfte auf ihrem Sitz zusammen, schlug die Augen nieder und hüllte sich in Schweigen.

Raoul drehte sich wieder nach vorn. »Dazu vernehme ich Sie später im Commissariat noch offiziell. Jetzt können Sie ein paar Punkte sammeln, indem Sie uns helfen, dorthin zu gelangen. Und beten Sie, dass Délia nichts passiert ist.«

Kleinlaut setzte Jeanne Dubos an: »Aber was sollte denn ...«

Raoul musste sich beherrschen, nicht aus der Haut zu fahren. »Sie begreifen noch immer nicht, was für eine Scheiße Sie da angezettelt haben – Sie und Ihr Sohn!«

»Angezettelt hat es doch diese Schlampe, die im Leben meines Sohnes herumspioniert und ihn schändlich ausgenutzt hat!«

»Und Sie haben sie nicht nur zwei Wochen lang dort festgehalten, Sie haben sie auch noch in Lebensgefahr gebracht, indem Sie mit Léon Pasquet gesprochen haben!«

»Monsieur Pasquet? Aber ... ich verstehe nicht. Ich habe bloß wissen wollen, ob er das mit dem Testament ... und ich habe so gut wie nichts erzählt.«

»Und das war schon zu viel!«

Den Rest des Weges legten sie schweigend zurück. Abgesehen von den kurzen Anweisungen, die Jeanne Dubos Eric bezüglich des Weges gab. Ohne ihre Anleitung hätten sie diesen abgelegenen Ort nie finden können. Raoul kam die Fahrt ewig vor. Claire meldete sich nicht zurück, und seine Vorahnungen wurden immer düsterer.

Endlich rief Jeanne Dubos von hinten: »Da drüben, da ist es.« Sie deutete aus dem Fenster links von sich.

Raoul wandte den Kopf und erhaschte einen Blick auf eine Holzhütte am oberen Rand des Weinfeldes. Als er wieder nach vorn sah, entdeckte er am Straßenrand einen Rettungswagen – MERDE!

In Windeseile hastete er den Hang hinauf, dicht gefolgt von Eric mit Jeanne Dubos im Schlepptau. Bei der Hütte stießen sie auf einen jungen Mann, der benommen auf der Türschwelle saß.

»Carlos, wo ist Patrice?« Jeanne Dubos blieb vor ihm stehen.

Carlos tastete seinen Hinterkopf ab und verzog das Gesicht. »Er war hier. Ich bin gerade zu mir gekommen. Plötzlich ist er losgerannt. Da lang.« Er deutete nach links. »Hat gemeint, er müsse Délia retten. Und dann ... ich hab einen Schuss gehört.«

Für einen Moment waren alle drei wie erstarrt. Dann jagte Raoul in den Wald hinein, Eric mit Jeanne Dubos hinterher.

Nach kurzer Zeit erreichten sie eine Lichtung mit einem steinernen Turm darauf. Raoul stoppte und versuchte, einen Überblick zu bekommen. Wen er sogleich erkannte, war Léon Pasquet, der an Händen und Füßen gefesselt auf dem Plateau vor dem Turm lag.

Ein Stück davon entfernt hockten einige Menschen um eine am Boden liegende Gestalt. Von hier aus konnte er nicht ausmachen, um wen es sich handelte.

Neben Raoul schrie Jeanne Dubos auf, riss sich von Eric los und stürzte auf die kleine Gruppe zu.

Plötzlich erklangen vom Waldrand her Schreie. Claire hob den Kopf. Mehrere Personen näherten sich, darunter Raoul und Jeanne Dubos, die wie eine alarmierte Löwenmutter auf sie zustürmte.

»Patrice, Patrice!!«

Claire erhob sich. »Madame Dubos –«

»Sie sind die Mutter?« Der Notarzt ging ihr entgegen. Anteilnehmend und behutsam setzte er an: »Es tut mir sehr leid, Madame, aber ...«

Ohne ihn zu beachten, eilte sie an ihm vorbei und sackte neben dem Toten in die Knie. »Patrice, hörst du mich? Ich bin da. Alles wird gut, alles wird gut!« Ihre wehklagenden Rufe zerrissen Claire fast das Herz.

»Madame ...« Der Notarzt trat von hinten an sie heran und fasste sie sanft an den Schultern.

»Lassen Sie mich – ich bin seine Mutter – er braucht mich – mein Sohn braucht mich!«

Raoul war inzwischen hinzugekommen und hockte sich neben sie. »Madame Dubos, Sie können nichts mehr für ihn tun.«

Sie schien ihn gar nicht wahrzunehmen, als sie sich aufrichtete. »Du!« Mit ihrem Blick durchbohrte sie Délia förmlich. »Du hast ihn getötet!«

Délia schaute sie entsetzt an.

»Hat es nicht gereicht, dass du ihm das Herz gebrochen hast? Ohne dich würde er noch leben!«

Der Notarzt beugte sich zu Raoul. »Bleiben Sie bei ihr – ich hole ein Beruhigungsmittel.«

Tränen glänzten in Délias Augen. Sie schluckte. Claire zog sie sacht ein Stück beiseite. »Komm, sie ist nicht bei sich.« Sie führte Délia in Richtung Waldrand. »Du kannst nichts machen.«

»Sie hat ja recht.« Délia wischte sich über die Augen. »Verstehst du nicht? Sie hat recht! Wenn ich nicht ...« Sie brach ab und begann zu schluchzen.

Claire nahm sie in die Arme, strich ihr behutsam über den Rücken und wiegte sie wie ein kleines Kind. Eine ganze Weile standen sie dort. Schließlich kam Raoul zu ihnen herüber.

»Madame Molinet?«

Claire ließ Délia los. »Monsieur le Commandant?« Dass er sie plötzlich siezte, versetzte ihr einen Stich.

»Bitte erzählen Sie mir, was passiert ist.« Er sah sie freundlich-formell an.

Rasch fasste Claire zusammen, was vor dem Turm geschehen war. Anschließend befragte er Délia. Claire wollte sich entfernen, aber Délia griff nach ihrer Hand und zog sie zurück. So stand sie stattdessen daneben und hörte zu.

Peu à peu vervollständigte sich das Bild dessen, was Délia durchgemacht hatte. Selten hatte Claire derartig widersprüchlich empfunden. Patrice, der Délia mehr als zwei Wochen lang gefangen gehalten hatte. Der mit Drogen gedealt und sich im Kreis von Carlos' krimineller Clique wohlgefühlt hatte. Den Claire heute in kürzester Zeit von einer ganz anderen Seite kennengelernt hatte. Offener, verletzlicher. Beinahe konnte sie ihn vor sich sehen, wie er sich als kleiner Junge hinter seiner Mutter vor dem prügelnden Vater versteckt hatte. Trotzdem – oder vielleicht gerade deswegen? – hatte er schließlich denselben Weg eingeschlagen. Und als er Délia am Schluss retten wollte, hatte er mit seinem Leben bezahlt.

Claire war mit ihren Gedanken abgedriftet. Rasch bemühte sie sich, Délias Ausführungen wieder zu folgen. Sie stutzte – hatte sie eben richtig gehört? In der Tat berichtete die Studentin, Léon habe ihr gegenüber quasi zugegeben, Anaïs de Venette umgebracht zu haben. Claire sah zu Raoul hinüber, und für einen Moment trafen sich ihre Blicke. Da schloss sich nun also der Kreis.

»Bon, merci, Mesdames.« Raoul schaute von Délia zu ihr und wieder zurück.

»Monsieur le Commandant? Da ist noch eine Sache wegen dieser Hütte.« Délia verhakte ihre Finger ineinander. Sie zögerte, als würde sie nach den rechten Worten suchen. »Mag sein, dass ich mich irre. Aber Monsieur Pasquet hat so etwas angedeutet, dass ... ich glaube, er hat den Mord irgendwo an diesem Ort begangen. Hier am Turm oder in der Hütte.«

»Tatsächlich? Das ist eine sehr wichtige Information, Madame Blanchard. Wir werden dem auf jeden Fall nachgehen.«

Raouls Kollege hatte in der Zeit die Fesseln gelöst, die Claire Léon Pasquet verpasst hatte, und ihm Handschellen angelegt. Als sie sich ihm gemeinsam mit Raoul und Délia näherte, hörte sie ihn gerade sagen: »Es war ein Unfall. Ich habe nicht gewollt ...«

Raoul schritt energisch voran, dann blieb er vor Léon stehen. »Monsieur Pasquet, ich verhafte Sie wegen Mordes an Anaïs de Venette. Ob es sich beim Tod von Patrice Dubos um ein Tötungsdelikt oder einen Unfall handelt, wird das Gericht entscheiden.«

Der Kaffeeautomat am Treppenaufgang im zweiten Stock sah auf den ersten Blick recht professionell aus. Leider täuschte der Eindruck.

»Pfui Teufel, was für ein Gebräu!« Angewidert stellte Raoul seinen halb vollen Becher auf den Tisch neben dem Automaten zurück. Dass er immer wieder in diese Falle tappte. Er musste sich unbedingt bei Commissaire Aguerre dafür starkmachen, dass die police nationale in bessere Geräte investierte.

Eric trank ebenfalls und zuckte mit den Schultern. »Mit der Zeit gewöhnt man sich daran.«

»An so was will ich mich nicht gewöhnen.«

»Denkst du, dass er die schweigsame Nummer weiter durchziehen wird?« Mit dem Kopf wies Eric in Richtung Vernehmungsraum, in dem sie Léon Pasquet seit gut einer Stunde befragten. Stumm, mit abwesender Miene und aschgrauem Gesicht hatte sich der Winzer die ansehnliche Liste der Anklagepunkte angehört – Geiselnahme, Bedrohung, zwei Tötungsdelikte. Weder darauf noch auf eine ihrer zahlreichen Fragen hatte er reagiert.

»Abwarten.« Raoul zapfte sich ein Glas Wasser aus dem Spender, um den bitteren Geschmack nach verbranntem Kaffee aus seinem Mund zu spülen. »Er hat gerade sicher genug mit seinen Gedanken zu tun, immerhin sprechen die Fakten eindeutig gegen ihn.«

»Großartig, dass Docteur Salles sich bei der Überprüfung seiner DNA so beeilt hat. Das war jetzt schon das zweite Mal innerhalb eines Tages, dass sie dir ein Testresultat im Eilverfahren hat zukommen lassen. Steht sie etwa auf dich?«

»Was weiß ich – sie ist eine Kollegin. Und damit tabu für mich.«

»Bist du da echt so streng?«

»Gnadenlos. Und ich rate dir nur, nimm mich als Vorbild.« Raoul grinste ihn an, dann wurde er wieder ernst. »Jedenfalls haben wir nun den Beweis, dass Léon kurz vor Anaïs' Tod mit ihr geschlafen hat.«

»Wobei er ja nicht mal darauf angesprungen ist, als du ihm seine Lüge nachgewiesen hast.«

»Gib ihm etwas Zeit. Das alles muss jetzt sacken.«

Eric warf seinen leeren Becher in den Mülleimer. »Das mit

dem Flugticket nach Chile ist ja krass – glaubst du, das stimmt? Also, das mit seiner Frau?«

Es war das erste Mal während der Vernehmung gewesen, dass Léon Pasquet gesprochen hatte: »Meine Frau hat mich heute Morgen verlassen.« Danach hatte er sich wieder in sich selbst zurückgezogen.

»Es hat überraschend ehrlich geklungen. Auch wenn ich nicht damit gerechnet hätte, dass Mathilde Pasquet den Absprung wagt.«

»Na, das ist ihr ja gerade rechtzeitig eingefallen.«

»Was ihm zugesetzt hat, war deine Bemerkung zu den Kriminaltechnikern, die momentan diese Hütte genauestens unter die Lupe nehmen.« Raoul dachte an den Augenblick, als der Beschuldigte zum zweiten Mal seinen Mund geöffnet hatte: »Ohne meinen Anwalt sage ich gar nichts mehr.«

Ihm war es nur recht gewesen, eine Pause einzulegen. Warteten sie halt auf Adrian Boyer, den Léon Pasquet bei ihrer Ankunft im Commissariat angerufen hatte. Nur blöd, dass Raoul seinen Koffeinpegel nicht wirklich hatte in die Höhe treiben können. Er lehnte sich an die Wand und zog anerkennend die Brauen hoch. »Feinste Partikel von Blut oder Haut, die mit bloßem Auge nicht zu erkennen sind, finden sich in der Regel an jedem Tatort – Chapeau, Herr Kollege. Ich konnte geradezu beobachten, wie es fieberhaft in ihm zu rattern begann. Natürlich hat er nicht die komplette *cabane* desinfiziert.«

Léon starrte auf seine Hände. Es kam ihm vor, als würden sie nicht zu ihm gehören. Sein Körper fühlte sich merkwürdig taub an. Wie hatte es so weit kommen können? Eine Spirale der Gewalt, die ihn immer tiefer abwärtsgezogen hatte, in einen giftigen Schlamm hinein, aus dem er sich nun nicht mehr befreien konnte.

Dass Patrice tot war, wegen ihm! Als das Gewehr umgefallen war, musste sich die Stellschraube für den Abzug gelöst haben. Dass er das nicht kontrolliert hatte!

Seit er in diesem Zimmer saß, rauschte es unaufhörlich in seinem Kopf. Jetzt, da sie ihn für eine kleine Pause allein gelassen hatten, kämpfte er nicht länger dagegen an. Er ließ sich hineinfallen in diesen Strudel aus Erinnerungen, er musste da noch einmal durch.

Die Nebelschleier lichteten sich, alles war auf einen Schlag wieder da: Diesmal war es ein spontanes Treffen. Anaïs hatte ihn angerufen, sie hatte aufgelöst geklungen, etwas von einem Streit mit ihrer Schwägerin erwähnt.

Sie trafen sich bei der *cabane*. Liefen in den Wald, gaben sich ihrer Leidenschaft hin ... der Liebesakt auf dem Turm, die unglaubliche Euphorie.

Zurück in der Hütte, erkundigte er sich nach dem Streit. Das war der Fehler. Er wollte eigentlich schon fahren, es war viel später geworden, als er geplant hatte. Ein weiteres Mal würde er sich eine plausible Ausrede für Mathilde ausdenken müssen.

Anaïs kannte doch seine Einstellung zu diesem leidigen Bio-Thema. So oft hatte er ihr erklärt, dass er das in erster Linie für eine Marketingsache hielt. Aber sie gab nicht auf, versuchte erneut, ihn dazu zu bringen, seinen Standpunkt zu ändern. Appellierte an sein Gewissen, an seine Fürsorgepflicht als Arbeitgeber.

Dieses Mal ging sie zu weit. Was war nur in sie gefahren? Lag es an der Begegnung mit ihrer Schwägerin, dass sie sich plötzlich so in all das reinsteigerte? So hatte er sie noch nie erlebt. Sie drohte ihm, vor Gericht gegen ihn auszusagen. Angeblich verfügte sie über medizinische Unterlagen, aus denen eindeutig hervorgehe, welche Substanzen die Vergiftungen in jener Schulsache ausgelöst hätten. Und dass man diese Stoffe auch seinem Weingut zuordnen könne. Sie plane, die verschiedenen Interessenvereinigungen zu bündeln. Ob er seine Haltung nicht doch noch einmal überdenken wolle?

Offenbar hatte sie viel tiefer in diesen Pestizidgeschichten gegraben, als er geahnt hatte. Nicht nur wollte sie diese Schulleiterin unterstützen, auch die Arbeiter, die ihm die Schuld für ihre Erkrankungen in die Schuhe zu schieben versuchten, hatte sie kontaktiert. Wenn sie diese Fälle vor Gericht zusammenführen würde – und wer weiß, was sie noch alles gegen ihn vorzubringen hatte. Mit einem Mal sah er es glasklar: Sie war eine Gefahr für ihn, für sein Weingut, für seine Existenz.

Hatte sie ihn am Ende nur benutzt? Waren ihre Gefühle ihm gegenüber lediglich eine Masche gewesen, um ihn auszuhorchen? Er dachte an die vergangenen Jahre, an ihre gemeinsame Zeit zurück – nein, das konnte sie doch nicht bloß vorgetäuscht haben. Dennoch – der Zweifel war gesät und fing an zu keimen.

Schließlich dieser verächtliche Satz, der ihn rotsehen ließ: »Hätte ich geahnt, auf was für einen Unmenschen ich mich da einlasse!« Sie hatte ihn angeschrien, mit einer solchen Wucht.

Verletzter Stolz, Enttäuschung, Angst, Wut, Verzweiflung – alles zugleich, und er hatte es nicht mehr unter Kontrolle. Hatte sich nicht mehr unter Kontrolle.

War es im Rückblick nicht wie im Kindergarten? Und ganz wie damals, wo sie sich mit Bauklötzen beworfen hatten, wenn sie mit den überbordenden Emotionen nicht klargekommen waren, fasste er nach dem Erstbesten, was ihm in die Finger kam. Der Hammer. Er schlug zu. Ohne zu denken. Einmal, zweimal, dreimal. Dann hielt er inne. Zu spät.

Anaïs lag vor ihm auf dem Boden, regte sich nicht mehr. Die Hände um den hölzernen Griff gekrampft, starrte er auf das Blut, das aus ihrem Kopf gesickert war. Er hatte den Menschen getötet, den er auf dieser Welt am meisten begehrte. Vielleicht sogar am meisten liebte.

Wie einfach es war, ein Leben zu vernichten. Wie schnell es doch ging. Und schon Sekunden später schrie alles in ihm danach, die Zeit zurückzudrehen – nur um fünf Minuten.

Léon sackte neben ihr auf dem Boden zusammen und brach in Tränen aus. Er tastete nach Anaïs' Hand – schlaff lag sie in seiner. Er hielt sie fest, diese Hand, die ihn noch kurz zuvor liebkost hatte. Ihm wurde übel. So gerade eben schaffte er es zur Toilette in dem engen provisorischen Bad und übergab sich. Neben dem WC blieb er sitzen. Wusste nicht weiter.

Irgendwann richtete er sich wieder auf. Er musste die Spuren beseitigen. Nichts durfte auf ihn zurückfallen. Den Hammer würde er irgendwo versenken. Doch was sollte er mit der Leiche machen? Hierlassen? Im Wald vergraben?

Heute nach ihrem Liebesakt hatten sie über die *Dune du Pilat* gesprochen. Sich dort zu lieben, während des Sonnenuntergangs. Utopisch, es gab immer Touristen dort. Tagsüber. Aber nachts? Diese Massen an Sand – ein perfektes Grab.

Er rief Mathilde an und erzählte etwas von einem Notfall eines Freundes. Sie stellte keine Fragen. Ob sie ihm glaubte oder nicht, war ihm in diesem Moment egal. Er würde es wiedergutmachen, hiernach, sobald er alles geregelt hatte. Wenn er diese Sache hinter sich gelassen hatte, würde es keine anderen Frauen mehr neben ihr geben.

Von Norden her konnte man seitlich auf die Düne gelangen, ohne dass man komplett darüberklettern musste. Es war trotzdem viel härter als erwartet. Mehrmals hätte er fast aufgegeben. Nur der Gedanke daran, dass es notwendig war, damit er sein Leben in Freiheit fortführen konnte, ließ ihn durchhalten. Natürlich wusste Léon, dass die Düne wanderte. Er hatte versucht, es einzukalkulieren.

Den Hammer hatte er unterwegs ins Meer geworfen. Er hatte den Boden der Hütte nach Spuren abgesucht und gereinigt. Aber ansonsten? Was war mit der Wand, mit dem Regal hinter Anaïs – war sie nicht im Fallen dagegengestoßen? Schlagartig war er sich sicher, dass sie etwas finden würden. Und dann war da natürlich noch der Wagen. Anaïs' Alfa Romeo. Der hatte ihm damals große Kopfschmerzen gemacht. Wie ließ man ein Auto verschwinden, wenn man niemand anders einweihen wollte? Und dass er es allein durchziehen musste, hatte unwiderruflich festgestanden.

Zum Glück war es ein Cabrio, klein und flach – kein Riesengefährt wie sein Lexus. Die Leiche konnte er ohnehin erst spät in der Nacht transportieren – bis dahin hatte er viel Zeit. Es half, sich auf etwas Praktisches zu konzentrieren. Probleme waren zum Lösen da. Er fand eine Zufahrt zum Wald und eine niedrige Höhle mit einem Überhang. Das Wurzelwerk der Bäume, die darauf wuchsen, verdeckte das Cabrio beinahe komplett. Die Nummernschilder entfernte er, ebenso wie die Räder. Tarnmaterial gab es in so einem Laubwald ja *en masse*. Und wenn jemand irgendwann auf die Reste des Wagens stoßen würde – die Leiche war weit weg.

Doch jetzt sah die Situation anders aus. Léon schloss die Augen. Er musste einen Schlussstrich unter all das ziehen. Und endlich mit offenen Karten spielen. Nun, da auch noch Patrice tot war. Durch sein Verschulden.

Die Tür öffnete sich, Commandant Chénier und Capitaine Rosset betraten den Raum, gefolgt von einem Mann in dunkelgrauem Anzug. Sein Anwalt.

»Monsieur Pasquet, soeben ist Ihr Rechtsbeistand in Person von Monsieur Boyer erschienen. Da können wir ja fortfahren.«

»Als Erstes werde ich mich mit meinem Mandanten unter vier Augen beraten.«

»Ist schon gut, Adrian.« Léon winkte ab. Dann sah er Commandant Chénier direkt in die Augen. »Ich möchte ein Geständnis ablegen.«

Claire hatte Délia angeboten, sie erst einmal mit zu sich zu nehmen, und die Studentin hatte dankbar eingewilligt. Von unterwegs riefen sie Délias Eltern an, doch niemand nahm ab. Also hinterließen sie eine Nachricht auf der Mailbox, in der sie sie darüber informierten, dass Délia in Sicherheit war und sie sich auf dem Weg zu Claires Haus befanden.

Als sie in Pilat Plage ankamen, zog sich Délia zum Duschen ins Gästebad zurück. Claire suchte eine Jogginghose und ein T-Shirt für sie heraus und legte die Kleidungsstücke auf das Bett im vorderen Gästezimmer. Dann ging sie in die Küche hinunter und setzte Teewasser auf. Sie füllte Kräuter einer Teemischung für Entspannung in eine Kanne und goss mit dem heißen Wasser auf. Oben war es erstaunlich still. Claire lief die Treppe hoch und spähte in das Gästezimmer. Délia lag in den frischen Kleidern auf dem Bett und schlief.

Gedankenverloren kehrte Claire ins Wohnzimmer zurück, machte es sich mit ihrer Teetasse auf dem Sofa bequem und sah aus dem Fenster. Während ihr Blick auf der Horizontlinie ruhte, stürmten die Erlebnisse des Tages auf sie ein. Sie ließ sich in die Kissen zurücksinken und schloss die Augen. Patrice, Carlos, Délia, Léon, Raoul – alles wirbelte durcheinander, dazu Blut, Schreie, ein Schuss –

Ein schrilles Geräusch schreckte sie auf. Zunächst wusste Claire nicht, wo sie war. Schlaftrunken rieb sie sich das Gesicht. Es klingelte erneut. Das kam von der Haustür. Claire gähnte und lief zur Tür. Der Monitor links davon zeigte die Toreinfahrt, vor der ein Mann stand. Erst auf den zweiten Blick erkannte Claire Jean-Louis Blanchard. Rasch betätigte sie den Türöffner.

Kurz darauf ließ sie Délias Vater ins Haus ein. Verlegen zupfte er an einer dunkelblauen Krawatte mit rosa und lila Tupfen. »Die ... hat Délia für mich genäht. Als sie zehn war.« Er schluckte, wischte sich über die Augen.

Claire lächelte. »Sie wird sich riesig freuen, dass Sie hier sind, Monsieur Blanchard.«

»Ich hoffe. Wir ... nun ja. Ich möchte gern neu beginnen mit ihr.«

»Kommen Sie herein, s'il vous plaît.« Claire wies ihm den Weg in den Wohnbereich. »Délia schläft oben im Gästezimmer. Ich schaue mal nach ihr.«

»Bitte, wecken Sie sie nicht meinetwegen.« Zaghaft setzte er sich in einen der Sessel.

Claire wandte sich zur Treppe.

»Ach, Madame Molinet?«

»Oui?«

»Pardon, ich kann Ihnen gar nicht sagen, wie dankbar ich Ihnen bin. Meine Frau natürlich ebenso. Sie ist auf dem Rückweg von einem beruflichen Termin und wird bestimmt gleich hier sein.«

Claire stieg ins Obergeschoss hinauf und lugte ins Gästezimmer. Délia blinzelte sie an. »Ich bin einfach eingeschlafen – wie spät ist es?«

»Keine Ahnung. Ich bin auch eben erst wach geworden.« Claire spürte eine befriedigende Ruhe in sich. »Délia, unten ist jemand, der dich gern sehen möchte.«

Kapitel 27

—◆◆◆—

Freitag, 22. September 2017

»... habe ich mich vorher mit dem Thema Bioweine nicht so intensiv befasst. Da ging es mir beim Weintrinken einzig und allein um den Geschmack. Doch seit ich Einblicke in die Anbaumethoden und vor allem in die Wirkung von Pestiziden nehmen durfte, habe ich erkannt, wie brisant dieses Thema ist. Und ich sage euch ehrlich: Jetzt, wo ich weiß, was es mit diesen Chemikalien auf sich hat, werde ich ausschließlich Bioweine kaufen.« Claire speicherte ihren Beitrag ab. Morgen würde sie die getesteten Weingüter verlinken sowie Bilder auswählen und gestalten, und dann konnte sie den neuen Artikel endlich auf ihrem Blog online stellen.

Sie sah auf ihre Armbanduhr – noch knapp zehn Minuten, ehe sie losmussten. Délias Vater hatte sie gemeinsam mit seiner Frau zum Essen eingeladen. Die Restaurantwahl hatte er Claire überlassen, woraufhin sie das *Le Patio* in Arcachon vorgeschlagen hatte. Das mit einem Michelinstern ausgezeichnete Restaurant galt als eines der besten der Stadt und stand schon lang weit oben auf ihrer Liste.

Natürlich würde Délia auch dabei sein. Sie hatte sich für zwei Wochen an der Uni krankgemeldet und die erste davon bei ihren Eltern verbracht.

Auf Claires Anregung hin kamen Philippe und Eponine ebenfalls mit. Schließlich hatten die beiden maßgeblich dazu beigetragen, dass Claire Délia gefunden hatte.

Es klopfte. »Bist du so weit, *ma biche?*« Ihr Vater steckte den Kopf herein.

Claire wandte sich zu ihm um. »*Oui*, Papa.«

»Nimmst du deinen alten Herrn so mit?« Ihr Vater betrat das Arbeitszimmer und drehte sich vor ihr einmal um sich selbst.

»*Mais, bien sûr!*« Claire lachte. »Ich kenne wenige Männer in deinem Alter, die in einem Anzug eine so gute Figur machen.«

Thibault Molinet war gestern nach einem Parisaufenthalt bei Claire angekommen und würde morgen wieder nach Biarritz zurückfahren. Da er ja mit Jean-Louis Blanchard befreundet war, würde auch er heute Abend mit von der Partie sein.

Aufmerksam betrachtete er die Wand, an der noch die Unterlagen zum Fall DÉLIA BLANCHARD hingen. Seit Montag war so viel los gewesen, dass sie noch nicht dazu gekommen war, die Papiere abzunehmen. Anfang nächster Woche wollte sie die obligatorische Kiste packen.

Unvermittelt wandte sich ihr Vater ihr zu. »Was für eine mutige Tochter ich doch habe. Ich bin so stolz auf dich. Du hast einen Beruf gewählt, mit dem du anderen Menschen helfen kannst. Das ist unbezahlbar.«

Claire erhob sich, ging zu ihm hinüber und umarmte ihn. »Du warst der Mutige, dass du mich meinen Weg hast gehen lassen.«

In den vergangenen Tagen war ihr mehrfach durch den Kopf gegangen, welches Glück sie mit ihren Eltern hatte. Selbst wenn sie damals enorm unter der Trennung gelitten hatte – dass die beiden rückhaltlos hinter ihr standen und sie in allem unterstützen würden, hatte sie immer gewusst. Wenn Claire dagegen an Patrice mit seinem gewalttätigen Vater dachte und an die Szenen, die er als Kind erlebt haben musste – und er war kein Einzelschicksal. Oder sogar Délia, die zwar keiner körperlichen Gewalt ausgesetzt gewesen war, sich aber so unverstanden und eingeengt gefühlt hatte, dass sie ihren Eltern nicht mal ihre Adresse mitgeteilt hatte. Das Wiedersehen mit ihrem Vater war rührend gewesen, und Claire hoffte inständig, dass Jean-Louis Blanchard seinem guten Vorsatz Taten folgen ließ.

»Wollen wir los?«, unterbrach ihr Vater ihre Gedanken. »Ich bin schon so gespannt, wie dir das Restaurant gefällt. Dass ich noch nicht mit dir dort war, kann ich gar nicht begreifen.«

Claire hakte sich bei ihm unter und sah ihn verschmitzt von der Seite an. »Das ist in der Tat kaum zu verzeihen!«

Raoul war mit seinem Citroën unterwegs. Heute war sein letzter Arbeitstag gewesen, die kommende Woche hatte er sich freigenommen. Morgen Mittag würde er mit Frida Salles essen gehen. Das war er ihr wirklich schuldig. Am Sonntag würde er dann für fünf Tage nach Madeira fliegen. Abschalten. Den Speicher leeren. Auftanken.

Wieder einmal fuhr er aus der Stadt heraus in das Weingebiet les Graves. Neben ihm auf dem Beifahrersitz saß Eric und schaute seine CDs durch.

»Hörst du eigentlich auch was anderes außer Cohen?«

»Ab und zu.«

»Was ist das mit dir und diesem kanadischen Liedermacher?«

»Ah, wie soll ich eine solche Passion mal eben so zusammenfassen?«

»Versuch's doch einfach.« Eric feixte. »Wir haben ja noch ein Stück Weg vor uns – vielleicht bekehrst du mich?«

Raoul dachte nach. »Cohen schafft es, einen mystischen Zusammenhang zwischen Wörtern zu kreieren.« Er brach sogleich wieder ab. Viel zu pathetisch. »Alors, nicht nur, dass er reimt, ohne dass es kitschig klingt. Die Wörter bekommen in seinen Songs eine andere Bedeutung. Durch die Art und Weise, wie er sie kombiniert. Ich werde nie all seine versteckten Botschaften verstehen, aber es bereichert mich, seine Texte in mir nachwirken zu lassen. Und im Idealfall lerne ich dabei etwas über mich selbst. Dazu diese unverwechselbare Stimme – tief, fast hypnotisch – und seine nur scheinbar simpel klingende Musik, die unter die Haut geht.«

»Wow!« Eric öffnete das Album, das er gerade in der Hand hielt, und nahm das Booklet heraus. »Da drin sind hoffentlich die mystischen Worte abgedruckt?«

Für die nächsten Minuten vertiefte er sich in Cohens Songtexte.

Raoul hing seinen Gedanken über die vergangenen Tage nach. Léon Pasquets Geständnis hatte ihn überrascht. Nachdem der Winzer eingesehen hatte, dass es für ihn nichts mehr zu gewinnen gab, hatte er vollständig ausgepackt. Die Dubos, die eigentlich vollends mit dem Verlust ihres Sohnes beschäftigt waren, sahen sich mit diversen Anklagepunkten konfrontiert. Da sich herausgestellt hatte, dass sie keinerlei Anspruch auf das Château de Venette-Rebeyrol geltend machen konnten, mussten sie es räumen. Was nun aus dem Weingut werden würde, stand in den Sternen.

»Ich versteh nicht viel von Lyrik, aber das hier«, Eric wedelte mit dem CD-Heft, »das klingt echt nach Poesie.«

Vielsagend nickte Raoul in seine Richtung. »Da wird es dich nicht wundern, dass Cohen als Dichter angefangen hat.«

»Das erklärt einiges.« Eric steckte das Heft zurück in die Hülle. »Schön, dass du heute Abend dabei bist.«

»Danke, dass du mich mitnimmst.«

»Im Grunde war es Marie-Christels Vorschlag. Sie meinte, du

müsstest unbedingt mal erleben, wie man den Abschluss einer Weinlese ordentlich feiert.« Eric lümmelte sich in den Sitz. »Sie haben Glück gehabt, dass der typische Septemberregen erst diese Woche eingesetzt hat.«

»Da passt es ja gut, dass es heute trocken ist – ich habe dich doch richtig verstanden, dass das Fest draußen stattfindet?«

»*Mais naturellement!* Mit Rebtriebenfeuer und allem Drum und Dran. Die Erntehelfer sind nach den zehn Tagen Zusammenarbeit meist eine eingeschworene Truppe und verbreiten super Stimmung.«

»Wir haben definitiv den falschen Job. Ich möchte nach getaner Arbeit auch mal in ungestüme Feierlaune verfallen.«

Überrascht wandte Eric den Kopf. »Wer hält dich davon ab?«

»Ach – vermutlich ich mich selbst.«

»*Bof* – dann nutze die Chance, und spring über deinen Schatten! Ich denke, uns wird dieser Abend guttun, nach all der Tragik und den düsteren Abgründen – zum Glück ist dieser Fall abgeschlossen.«

Raoul beneidete seinen jüngeren Kollegen um seine Unbekümmertheit. Seine Gedanken wanderten zu Claire, die am Dienstag noch mal im Commissariat gewesen war, um ihre offizielle Aussage zu machen. Raoul hatte Eric gebeten, sich darum zu kümmern. Es hatte sich am Vortag schon so seltsam angefühlt, sie zu siezen – ein komplettes Verhör hätte er nicht durchziehen können. Kurz hatte er überlegt, sie auf dem Gang abzupassen, vorher oder nachher, und ein paar Worte mit ihr zu wechseln. Er hatte sich dagegen entschieden.

Ehe er vorhin losgefahren war, hatte Raoul sich ihren Blog angesehen. Wie er es erwartet hatte, war er extrem professionell aufgemacht. Natürlich gab es eine ganze Reihe Bilder von ihr. Als er sie betrachtete, erwachte in Raoul auf einmal ein unerklärlich drängender Impuls, sie nicht so einfach wieder aus seinem Leben entwischen zu lassen. Spontan hatte er ihr eine Nachricht geschickt. Und es Sekunden danach bereut. Was tat er da?

»He, da links ist die Einfahrt!«

Ruckartig zog Raoul das Lenkrad herum und bog im letzten Moment in den Zufahrtsweg zum Château Verdier ein.

»Wo warst du denn mit deinen Gedanken – etwa noch bei dem Fall?«

»Nach dem Fall ist vor dem Fall.«

Eric sah ihn streng an. »Schluss jetzt damit – nun ist Vergnügen angesagt!«

Das *Le Patio* lag in einem unscheinbaren Haus, zwei Straßen vom Bassin d'Arcachon entfernt. Beim Betreten des Restaurants fiel Claire ein Wasserfall neben der Tür auf, in den die Menükarte integriert war. Während sie dem Kellner in den hinteren Teil des Lokals folgten, entdeckte sie in dem gediegenen Einrichtungsstil dezent eingebunden mehrere Buddhafiguren und andere asiatische Elemente. Sie war neugierig auf den Restaurantchef, der dieses warme und zugleich moderne Ambiente kreiert hatte. Keine Frage – er hatte offenbar nicht nur ein Faible für Südostasien, sondern auch für Feng-Shui.

Gemeinsam mit ihrem Vater hatte Claire Eponine am Bahnhof von Arcachon abgeholt. Zum ersten Mal trug die frühere Barfrau die krause Haarpracht offen. Claire hatte sie in ihrem langen, petrolfarbenen Kleid mit eleganten Pumps kaum wiedererkannt. Die Reste des Blutergusses hatte sie gekonnt überschminkt, und sie schien bester Laune zu sein.

Die Blanchards trafen fast zeitgleich mit ihnen im *Le Patio* ein. Für die siebenköpfige Gruppe war ein runder Tisch auf der klimatisierten Terrasse reserviert. Durch die verglaste Decke konnte man in den abendlichen Himmel sehen. Claire wurde von einer behaglichen Vorfreude erfasst. Dies versprach eine jener seltenen Sternstunden zu werden.

Einzig Philippe fehlte noch.

»Willst du ihn schnell anrufen?« Thibault Molinet hatte ihr gegenüber zwischen Délia und Eireen Blanchard Platz genommen.

»Er kommt bestimmt gleich.«

Tatsächlich trudelte er ein, kurz nachdem sie das Menü der Woche bestellt hatten.

»*Je m'excuse!* Mein Hund wollte mich nicht gehen lassen. Und der Hundesitter hatte sich verspätet.« Mit zerknirschter Miene verbeugte sich Philippe leicht in Richtung Gastgeber, ehe er reihum jeden persönlich begrüßte und sich schließlich auf den letzten freien Stuhl zwischen Claire und Délia setzte.

Claire lächelte in sich hinein. Wie sie es von ihm gewohnt war, machte er mit seiner Leichtigkeit und seinem Humor sogleich alles wieder wett.

Die Getränke wurden serviert und bald darauf die Vorspeisen.

Claire kostete einen Bissen der Gänseleberpastete, die mit gebratenem Thunfisch und Kürbispüree angerichtet war. Verzückt schloss sie die Augen und gab sich ganz dem Geschmacksensemble in ihrem Mund hin. Das war schon mal ein gelungener Auftakt. Der Weißwein, den die Sommelière dazu empfohlen hatte, passte perfekt.

»*Santé!*« Jean-Louis Blanchard, der auf der anderen Seite neben ihr saß, prostete Claire zu. »Ich trinke auf Ihren Erfolg. Ohne Sie – wer weiß, was passiert wäre.«

Claire machte eine vage Bewegung mit dem Kopf. »Und ich trinke auf Ihre Tochter. Sie ist eine tolle Frau. Und sie scheint zu wissen, was sie will. Ich finde, das ist eine der wichtigsten Grundlagen, die man seinen Kindern mitgeben kann.« Sie lächelte ihn herzlich an, dann tranken sie gemeinsam.

Bis zum Hauptgericht hatten sich am ganzen Tisch muntere Plaudereien ergeben. Alle schienen sich gut zu amüsieren. Eponine war in ein angeregtes Gespräch mit Eireen Blanchard vertieft, Délia, die zwischen Claires Vater und Philippe saß, wurde von beiden Seiten hofiert und wirkte gelöst. Claire unterhielt sich mit Délias Vater über den Weinbau in der Region.

»Das muss man sich echt bewusst machen«, sie schob den letzten Bissen Thunfisch auf die Gabel. »Erst in den Sechzigern hat man angefangen, synthetische Schädlingsbekämpfungsmittel zu verwenden. In nur ein paar Jahrzehnten haben wir es geschafft, ein jahrhundertelang bestehendes Gleichgewicht zu zerstören.«

»Ich verstehe die Empörung der jungen Leute.« Jean-Louis Blanchard sah sie nachdenklich an. »Als ich aufwuchs, hat man sich gefreut, etwas gefunden zu haben, was gegen diese lästigen Plagen wirkte. Die *Bouille Bordelaise* hatte ausgedient. Endlich fühlten sich die Bauern nicht länger der Willkür der Natur ausgeliefert. Über die katastrophalen Folgen, die diese Gifte mit sich brachten, hat man damals einfach nicht nachgedacht.«

»Was ist die *Bouille Bordelaise*?«

»Ah, das ist eine Mischung aus Kupfer, Schwefel und Kalk. Damit hat man im neunzehnten Jahrhundert den Mehltau einigermaßen in Schach halten können. Sie wird auch heute noch für die natürliche Behandlung gegen Pilze benutzt.« Er trank einen Schluck Wein, dann fügte er hinzu: »Zweifellos kann es nicht so weitergehen. Und zum Glück gibt es ja mehr und mehr Menschen, die umschwenken.«

Es würde noch eine ganze Weile dauern, bis die Natur ihr Gleichgewicht wiedergefunden haben würde. Solange die Pestizide verwendet werden durften, würde es Menschen geben, die darauf zurückgriffen. Aber die *Bouille Bordelaise* würde Claire auf jeden Fall noch in ihren Blogartikel einbauen. Sie kam nicht mehr dazu, das Thema mit Délias Vater zu vertiefen, denn nun wurde der Hauptgang serviert.

Die harmonisch komponierte Einheit des Gerichts überzeugte sie auf den ersten Bissen. Die Zutaten von erstklassiger Qualität, kreativ kombiniert und genau in der richtigen Menge gewürzt. Claire ließ sich viel Zeit mit ihrem *filet fumé rôti au sautoir, crumble noisette, racines d'herbes et champignons des bois*, dazu trank sie einen vollmundigen Rotwein.

Nach einer Weile schaute der Besitzer, der zugleich der Chefkoch war, an ihrem Tisch vorbei und erkundigte sich, ob alles passe. Sein offenes, freundliches Wesen und die Art und Weise, wie er über sein Metier sprach, berührten Claire schon nach wenigen Sätzen.

»Manchmal betreten Gäste mein Restaurant, und ich sehe ihnen gleich an, wie gestresst sie sind. Wenn dieselben Menschen zwei, drei Stunden später das Lokal in gelöster Stimmung und mit zufriedenen Gesichtern wieder verlassen, dann ist das die schönste Bestätigung, die ich bekommen kann.«

Gewiss war das *Le Patio* seine ganze Leidenschaft. Und sicherlich gab es daneben kaum Platz für anderes. Claire dachte an ihre Mutter, die von frühmorgens bis in die Nacht mit ihrem Beruf ausgefüllt war. Da blieb keine Zeit für Hobbys, nicht mal für einen neuen Lebenspartner. Ab und an fragte sich Claire, welchen Weg das Leben ihrer Mutter genommen hätte, wenn die Ehe mit ihrem Vater nicht gescheitert wäre. Bestimmt hätte sie heute keinen Michelinstern vorzuweisen. Ob sie glücklicher wäre? Hatte der Chef des *Le Patio* wohl auch einen privaten Schicksalsschlag erlebt?

Philippe sprach den Chefkoch auf die asiatischen Einflüsse in seinem Restaurant an, und für eine Weile entspann sich zwischen den beiden ein Gespräch über Thailand.

»Ich glaube, das wird mein neues Stammlokal«, raunte Claire ihm zu, nachdem sich der *Maître* zurückgezogen hatte.

»Ah, *oui* – hier komme ich ebenfalls gern noch mal hin. Also, falls du deinem Gärtner gelegentlich ein Essen spendieren magst. Vielleicht als Austausch für dein Selbstverteidigungstraining.«

»Ups – das hatte ich schon wieder vergessen.«

»Ich nicht.« Er wurde ernst. »Du musst gegen Angriffe besser gewappnet sein, Claire. Bisher hast du bei deinen Aufträgen Glück gehabt. Aber wenn du weiter in dem Job arbeiten möchtest, wovon ich ausgehe, besteht dringender Handlungsbedarf.«

»Da das eine berufliche Weiterbildung ist, darfst du mir auch gern Rechnungen schreiben.« Claire zwinkerte ihm zu. »Essen gehen wir natürlich trotzdem.«

»Rechnung? Da finden wir bestimmt was anderes.« Philippe hob die Brauen und sah sie schelmisch an. »Lass uns doch gleich nach dem Wochenende mit dem Training anfangen – passt es dir am Montag?«

»Keine Zeit verschwenden – *d'accord*. Na, da hoffe ich mal, dass ich ein Naturtalent bin und sich ein bisschen was setzt, ehe du demnächst die Kurve kratzt.«

»Für die Grundelemente reicht es garantiert. Ich erstelle dir dann einen Übungsplan für den Winter. Und wenn ich im März wiederkomme, streckst du mich vielleicht in zwei Sekunden nieder.« Er legte sein Besteck beiseite.

»Womöglich triffst du ja unterwegs deine Traumfrau und wirst auf Bali sesshaft. Oder in Indien. Oder Nepal – was weiß ich.«

Philippe senkte die Stimme. »Würdest du mich etwa vermissen?«

»*Alors*, an diese abgefahrenen Tomatensorten habe ich mich schon gewöhnt. Und – an manch anderes auch.«

Sie lächelten sich an.

Der Kellner trat an ihren Tisch, um die leeren Teller abzuräumen. Bald würde der Käsegang serviert werden.

»Ich komme gleich wieder.« Claire erhob sich und lief durch das inzwischen gut gefüllte Restaurant. Die Toilettenräume lagen im Obergeschoss. Auf der Treppe kam ihr Eponine entgegen.

»Amüsierst du dich?«

»Es ist ein wunderbarer Abend! Claire, ich habe mich ewig nicht mehr so entspannt gefühlt. Was bin ich froh, dass du im Club aufgetaucht bist. Selbst wenn der Preis dafür der krasseste Bluterguss meines Lebens war.«

Claire lächelte sie an. »Man ahnt ihn kaum noch. Du siehst bezaubernd aus.«

»*Bof* – wenn Männer so was sagen, bin ich immer gleich misstrauisch. Aus deinem Mund bedeutet mir das echt was.«

»Ich hoffe, Délias Mutter ist nicht zu anstrengend?«

»Überhaupt nicht! Wusstest du, dass sie als Journalistin arbeitet?«

»Ich hatte keine Ahnung.«

»Sie kennt die ganze Szene in Bordeaux. Und stell dir vor – sie meinte, ich solle ihr aussagekräftiges Material über mich schicken. Dann würde sie sich bei einem Kollegen von der *Sud-Ouest* erkundigen, ob ich dort ein Praktikum machen kann!«

»Eponine, das ist ja großartig!«

»Das habe ich nur dir zu verdanken.« Verlegen strich sich Eponine die Haare zurück. »Ich weiß übrigens nicht, ob ich schon jemals so fantastisch gegessen habe.«

»Und zwei Gänge warten noch auf uns.«

»Welches Dessert hast du gewählt?«

»Das Soufflé. Mein Vater meinte, das sei hier der absolute Hit.«

»Da bin ich gespannt – das habe ich auch bestellt. À *toute à l'heure*.«

Claire sah ihr hinterher, wie sie die Treppe hinuntertänzelte, bevor sie selbst weiter nach oben lief.

So manches Lokal hatte bei ihr Minuspunkte für die Gestaltung der Toiletten bekommen. Enge Kammern, in denen man sich kaum umdrehen konnte, waren beispielsweise inakzeptabel. Ebenso kalte und zugige Orte. Doch die Räume im *Le Patio* waren genauso einladend wie das übrige Restaurant. Auf dem Rückweg zu den anderen nahm Claire ihr Telefon aus der Umhängetasche und checkte kurz, ob es irgendetwas Wichtiges gab. Überrascht stellte sie fest, dass Raoul ihr eine Nachricht geschickt hatte. Ohne dass sie es verhindern konnte, klopfte ihr Herz ein wenig schneller. Gleichzeitig ärgerte sie sich darüber. Für einen Moment schaute sie unentschlossen aufs Display, dann steckte sie das Handy wieder ein. Was er ihr zu sagen hatte, konnte sie später noch ansehen. Oder morgen.

Als Raoul und Eric auf Château Verdier ankamen, war das Fest bereits in vollem Gang.

Genau wie Raoul es sich vorgestellt hatte, brannte inmitten des idyllischen Hofs ein großes Lagerfeuer.

Rundherum saßen und standen Menschen, aßen, tranken und plauderten miteinander. In einer Ecke des Hofs briet über einem Holzkohlegrill ein Wildschwein am Spieß, daneben war ein Buffet aufgebaut.

Während Raoul noch dabei war, die Szenerie in sich aufzunehmen, kam Marie-Christel auf sie zu. In ihrer bestickten Tunika sah sie strahlend schön aus.

»Eric, Raoul – da seid ihr ja!« Sie begrüßte sie mit herzlichen *bisous*. »Was wollt ihr trinken – Rot oder Weiß?«

»Weiß!«, verkündeten beide wie aus einem Mund.

Marie-Christel lachte. »Man könnte fast meinen, ihr würdet viel Zeit zusammen verbringen. Kommt mit!« Sie führte sie zum Buffet und goss ihnen aus einer Flasche in zwei Gläser ein. »Ihr seid gerade zur rechten Zeit angekommen – gleich wird das Schwein angeschnitten.«

»Wer war denn der tapfere Jäger?« Eric betrachtete das kross gebratene Tier.

»Na, Gaston natürlich.« Sie deutete auf einen hochgewachsenen Mann am Lagerfeuer. Zu Raoul gewandt, erklärte sie: »Eigentlich hasse ich diese Jägerei. Eine grauenhafte Sitte, die die Bezeichnung ›Sport‹ echt nicht verdient. Diesmal habe ich jedoch ausnahmsweise kein Problem damit.« Für einen Moment überschattete sich ihr Gesicht. »Zwanzig Prozent der Ernte haben uns die Wildschweine in diesem Jahr weggefressen. Da ist es nur recht und billig, wenn wir jetzt einen dieser Übeltäter verzehren.«

»Zwanzig Prozent – im Ernst?« Eric sah sie betroffen an.

»Zuerst waren wir auch geschockt, ist ja klar. Aber inzwischen …« Marie-Christel zuckte mit den Schultern. »Immer weiter. Ich versuche, mich an Konfuzius zu halten: Es ist besser, ein Licht anzuzünden, als die Dunkelheit zu verfluchen. Über den Winter haben wir Zeit, die Wildschweinzäune zu erneuern. Wollen wir uns da rübersetzen?« Sie zeigte auf eine Bank unweit des Feuers. »Dann organisiere ich euch was vom Braten.«

Kurz darauf brachte ihnen Marie-Christel zwei gut gefüllte Teller.

»Hmmm!« Eric schnupperte. »Riecht köstlich – sieht auch so aus. Sind das Schalotten?«

»Ah, *oui.* Leicht in Butter angedünstet, übers Fleisch, dazu Kartoffeln aus der Glut – *et voilà!*«

Raoul spießte ein Stück Fleisch mit der Gabel auf. »Wer braucht da schon Gourmetküche!« Für einen Moment dachte er an Claires Blog und fragte sich, wie sie zu deftiger Hausmannskost stand.

Schweigend verzehrten sie das Essen. Das Wildschwein schmeckte großartig – außen knusprig und innen wunderbar saftig. Raoul spürte, wie sich die Wärme des Feuers in ihm ausbreitete. Es tat so wohl, hier zu sein. Ab und zu fing er einen Blick von Marie-Christel auf. Ein harmloser Flirt – was sprach dagegen? Er musste bloß die Grenzen wahren – mit einem jagdversierten Ehemann wollte er sich beileibe nicht anlegen.

»Seht ihr die vier dort drüben?« Marie-Christel deutete auf eine kleine Gruppe auf der anderen Seite des Feuers. »Die beiden links kommen aus dem Senegal. Und die anderen beiden – haltet euch fest – sind klassische Front-National-Wähler.«

»Du scherzt!« Eric senkte die Gabel, die er gerade zum Mund führen wollte.

»Überhaupt nicht. Am Anfang haben sich die Franzosen total abgeschottet, und ich hatte schon Sorge, das könnte problematisch werden – ich meine, zehn Tage hocken sie praktisch ununterbrochen aufeinander. Als die Weinlese zu Ende war, lagen sie sich in den Armen.«

»Ist ja der Wahnsinn!« Eric sah schwer beeindruckt aus.

»Integration und Bekehrung, wie sie nicht idealer stattfinden können.« Raoul betrachtete die vier Männer genauer. Tatsächlich wirkten sie wie beste Kumpel.

»Du solltest Fördergelder beantragen. Könntest du so was nicht regelmäßig anbieten? Da hättest du neben dem Weinbau eine zusätzliche Einnahmequelle – falls mal wieder die Wildschweine wüten.« Eric war voll in seinem Element.

Marie-Christel winkte ab. »Ich fürchte, das kriegt man nicht auf Knopfdruck hin. Aber als unerwarteter Nebeneffekt – wenn wir auf diese Weise mit unserer Arbeit einen Beitrag zu Offenheit und Toleranz leisten können.« Sie schaute auf Raouls leeres Glas. »Wollt ihr mehr Wein?«

»*Quelle question!*« Eric trank den letzten Schluck aus.

»Bin gleich zurück.«

»Schließlich haben wir auch was zu feiern, *eh*, Raoul?«

»Dass Wochenende ist und ich nun eine Woche freihabe?«

»Ach, komm schon! Denk an Konfuzius! Einmal anstoßen auf einen abgeschlossenen Fall wird doch wohl drin sein, oder? Bist du denn kein bisschen stolz oder wenigstens zufrieden, dass du einen Mörder dingfest gemacht hast?«

Raoul atmete schwer aus. »Nicht wirklich. Früher hatte ich mal die Hoffnung, dass ich als Polizist die Welt zum Besseren verändern könnte. Davon bin ich mittlerweile so weit entfernt, wie es irgend möglich ist. Ich kann bloß versuchen zu verhindern, dass sie sich noch mehr zum Schlechten wandelt.« Er stützte sich mit den Ellbogen auf den Oberschenkeln auf und schaute in das züngelnde Flammenspiel. »Es sind unfassbare, unbegreifliche Abgründe, mit denen wir in unserer Arbeit konfrontiert werden. Ich habe in meiner Zeit in Lyon und hier inzwischen so viele Fälle gelöst. Trotzdem habe ich lediglich an der Oberfläche menschlicher Antriebskräfte, Begehren und Dämonen gekratzt.« Er drehte den Kopf in Erics Richtung. »Und ob in diesem Fall wirklich schon alles abgeschlossen ist …«

»Wie meinst du das? Léon Pasquet hat doch gestanden. Was soll denn jetzt noch passieren?«

»Wir trinken vielleicht auf einen gelösten Mordfall. Aber bedeutet das tatsächlich das Ende der Geschichte? Ich habe mir abgewöhnt, nach dem letzten Satz einen Punkt zu setzen.«

Eric blickte ihn erstaunt an. Er kam nicht mehr dazu, Raoul zu antworten, denn in der Ferne erschollen plötzlich Sirenen. Das Geräusch schwoll an, und Raoul war sofort klar: Das klang nach einem großen Feuerwehreinsatz.

Kurz danach tönten erneut Sirenen, diesmal von weiter her.

»Oha.« Eric sah besorgt aus. »Das klingt ja, als würden von überallher die Löschzüge zusammengetrommelt.«

Marie-Christel kam zu ihnen herübergelaufen. »Das muss irgendwo in der Nähe sein. Könnt ihr das schnell checken – Polizeifunk oder so? Vielleicht können wir helfen!«

Abrupt erhob sich Raoul und tastete nach seinem Telefon. Es war nicht da – er hatte es wohl im Auto liegen gelassen. »Bin gleich zurück.« Er lief zum Wagen, den sie vor dem Einfahrtstor geparkt hatten. Als er draußen ankam, sah er in der Ferne dicke Rauchwolken gen Himmel quellen und einen rötlichen Schein an der Horizontlinie. Es dauerte nicht mal eine Minute, da hatte er die entsprechende Info gefunden. Sämtliche verfügbaren Löschfahrzeuge aus der näheren Umgebung wurden mobilisiert. Château de Venette-Rebeyrol stand in Flammen.

Epilog

—●◆●—

Sonntag, 29. Oktober 2017

Wie üblich blies der Wind von Westen her über den Ozean und trieb Wolken in allen Grauschattierungen auf das Festland zu. Unverkennbar kündigte sich der November an.

Claire saß auf der Treppe am Ende des Gartens und schaute gedankenverloren aufs Wasser. Es war Mittagszeit, die Flut rückte näher, der Strand war zu einem schmalen Streifen geschrumpft, und bald schon würde das Meer den Treppenabsatz überspülen.

In der vergangenen Woche hatte die Polizei eine Drogenrazzia im *Le Poisson Qui Chasse* durchgeführt. Die Ermittler hatten eine stattliche Menge Kokain und einiges an synthetischen Substanzen sichergestellt, den Club vorübergehend geschlossen und Néstor Mendoza samt seinem Sohn festgenommen.

Claire hatte sich gestern mit Eponine getroffen, die ihr davon erzählt hatte. In wenigen Tagen würde sie ihr Praktikum bei *Sud-Ouest* beginnen. Beim Verabschieden hatte Eponine gesagt: »*Alors*, jener Abend, an dem Carlos mich angegriffen und geschlagen hat – es war mit das Schlimmste, was ich je erlebt habe. Aber rückblickend war die Begegnung mit dir das Beste, was mir passieren konnte.«

Direkt vor Claire schob der Wind die Wolkenmassen auseinander, und für einige Augenblicke strahlte ein Stück blauer Himmel hindurch. Sie dachte an die Mail, die sie am Freitag bekommen hatte. Vivienne hatte ihr geschrieben, dass sie sich mit anderen Studentinnen zu einem Kollektiv zusammengeschlossen hatte. Sie waren dabei, rechtliche Schritte gegen den Studiengangleiter Michel Hourcade einzuleiten. Wie auch immer die Angelegenheit ausgehen würde, Claire war stolz auf die jungen Frauen, die nicht länger bereit waren, sexuelle Übergriffe hinzunehmen. Ein positiver Nebeneffekt ihrer Arbeit.

Délia war inzwischen an die Uni zurückgekehrt. Wenn Claire in Bordeaux war, trafen sie sich ab und an auf dem Gelände des Darwin Écosystème.

Sie betrachtete die Wellen, die heranrollten und sich wieder entfernten. Vor und zurück – dieser gleichbleibende Rhythmus hatte etwas Beruhigendes an sich.

Heute Abend würde sie noch einmal mit Philippe ins *Le Patio* gehen. Eine letzte gemeinsame Nacht, ehe er für die nächsten Monate mit Audrey und seinem VW-Bus unterwegs sein würde, quer durch Europa. Er wollte zunächst Freunde in der Türkei besuchen. Von da aus würde er sich wie üblich als Rucksackreisender treiben lassen – vielleicht nach Nepal oder weiter bis Thailand. Irgendwann mit Beginn des Frühlings würde er wieder auftauchen, angefüllt mit Erlebnissen und Begegnungen, wie sie nur außerhalb der Komfortzone möglich waren. Ein bisschen beneidete Claire ihn um seine Ungebundenheit. Sicher, auch sie würde nicht den ganzen Winter in Pilat Plage sitzen. Ihr Vater hatte bereits angekündigt, sie über Weihnachten nach Mauritius einzuladen. Aber das war eben etwas völlig anderes.

Claires Gedanken flossen wie die Wellen ineinander. Nun kam ihr Raoul in den Sinn. Sie hatten mehrfach versucht, sich zu treffen, doch immer war irgendetwas dazwischengekommen. Fast schien es Claire, als wolle das Schicksal sie davon abhalten, die Bekanntschaft mit ihm zu vertiefen. Kommenden Freitag würden sie einen neuen Versuch starten.

Manchmal träumte Claire nachts von jenem Nachmittag im Wald. Sie sah die Szenerie wieder glasklar vor sich: Léon, der Délia bedrohte, Patrice, der sie retten wollte. Sie hörte den Schuss – und dann wachte sie meistens auf.

Der Wind wurde stärker. Claire zog ihre Strickjacke enger um sich. Die Gedanken an Patrice mündeten stets in einer Sackgasse. Und dass seine Mutter das Weingut, in dem sie aufgewachsen war, in Brand gesteckt hatte – was hatte Jeanne Dubos zu dieser Tat getrieben?

Château Pasquet-Castagnol wiederum wurde nun von Léons Frau Mathilde geführt. Und Claire waren Gerüchte zu Ohren gekommen, sie wolle auf biologischen Weinbau umstellen.

Inzwischen schwappten die Wellen schon über die erste Treppenstufe. Claire stand auf und dehnte sich. In der Ferne zogen einige Austernfischer vorbei.

Morgen hatte sie ein Treffen mit einer potenziellen neuen Klientin. Es wurde Zeit, dass sich die Pinnwand in ihrem Arbeitszimmer wieder füllte. Seit Claire die Unterlagen zum Fall DÉLIA BLANCHARD abgenommen und im Keller verstaut hatte, war es merkwürdig still geblieben. Sie brauchte eine neue Aufgabe, in die sie sich stürzen konnte. Sonst riskierte sie, dass die Schatten der Vergangenheit zu mächtig wurden. Und dass sie jene Kiste heraufholen würde, die im hintersten Winkel des Kellers ruhte. Der Einzige der Fälle dort unten, der nach wie vor ungelöst war.

Glossar

absolument	unbedingt, definitiv
à demain	bis morgen
à la prochaine	bis bald
allô	hallo (bei Telefonaten)
alors	also, da, denn, na
Après vous.	Nach Ihnen.
assistant administratif	Verwaltungsassistent
à toute à l'heure	bis gleich, bis später
Attends!	Warte! Bleib stehen!
au nom du ciel	um Himmels willen, in Gottes Namen
au revoir	auf Wiedersehen
Au secours!	Hilfe!
bien sûr	selbstverständlich
bisous	Küsschen
bof	ach, na ja
bon	schön, gut, in Ordnung
bonjour	guten Morgen, guten Tag
bonne action pour la planète et les créatures	gute Tat für den Planeten und die Lebewesen
bonsoir	guten Abend
Bonne chance!	Viel Glück!
bonne nuit	gute Nacht
Bouille Bordelaise	Bordeauxbrühe

cabane	Hütte
carte de membre	Mitgliedsausweis
Ça va, toi?	Wie geht es dir?
c'est	das ist
champignons des bois	Waldpilze
club privé	Privatclub
copain	Freund, Kumpel, Partner
crème de saumon	Lachscreme
crumble noisette	(Hasel-)Nuss-Crumble
d'accord	einverstanden
de rien	gern geschehen
eh bien	na ja, nun ja, weißt du
enchanté	(hoch-)erfreut
encore une fois	noch einmal, wieder einmal
en masse	massenhaft, massenweise
enquêtrice privée	Privatdetektivin
Entréz!	Herein!
et	und
exactement	genau, exakt
excusez-moi	entschuldigen / verzeihen Sie
foie gras de canard	Entenstopfleber
filet fumé	geräuchertes Filet
gelée de vin	Weingelee
institut médico-judiciaire	Gerichtsmedizin
jardin public	Park
je comprends	ich verstehe
je sais	ich weiß
je suis désolé(e)	es tut mir leid
Lâche!	(hier Hundekommando) Aus!
l'addition	die Rechnung
lycée	Gymnasium
ma belle	meine Schöne
ma biche	mein Reh

Ma gueule!	Meine Fresse!
mais	aber
ma mère	meine Mutter
mariné aux herbes du maquis	mit einer Kräutermischung mariniert
médecine légale	Gerichtsmedizin, Rechtsmedizin
merci beaucoup	vielen Dank
merci mille fois	tausend Dank
merde	Scheiße
mes condoléances	mein Beileid
messieurs	(meine / sehr geehrte) Herren
miroir d'eau	»Wasserspiegel« (von Bordeaux)
mon cher	Liebling, mein Schatz
mon Dieu	mein Gott
naturellement	selbstverständlich
n'est-ce pas	nicht wahr
non	nein
on y va	auf geht's, los geht's, gehen wir
oui	ja
PagesBlancheS	frz. Telefonbuch
pardon	Verzeihung
parfait	perfekt
police nationale	Nationalpolizei, Staatspolizei
poulet rôti	Grillhähnchen, Brathähnchen
privé	privat
putain	Hure
qué demonios (span.)	was zur Hölle
quelle tragédie	was für eine Tragödie, wie tragisch
racines d'herbes	Kräuterwurzeln
rillettes de thon	Thunfischpaste
rôti au sautoir	in der Schmorpfanne gebraten
salaud	Dreckskerl
salope	Schlampe

salut	hallo/tschüs
Sandwich jambon et fromage	Sandwich mit Schinken und Käse
Santé!	Prost!, Zum Wohl!
s'il te/vous plaît	bitte
tant pis	egal, was soll's
thon rouge	roter Thunfisch
(et) voilà	das wär's, hier / da ist / sind
Vous avez choisi?	Haben Sie gewählt?
une seconde	eine Sekunde
un moment	ein Moment
Zut!	Verdammt!, Verflixt!, Mist!

Playlist

Aqua de Beber – Antonio Carlos Jobim – The Composer of Desafinado, Plays

Closing Time – Leonard Cohen – The Future

Darkness On The Edge Of Town – Bruce Springsteen – The Collection 1973-84 (Darkness On The Edge Of Town)

Daughters of the Kaos – Luscious Jackson – In Search Of Manny

Éblouie par la nuit – ZAZ – Sur la route

I Can't Forget – Leonard Cohen – I'm Your Man

La chanson des vieux amants – Jacques Brel – Jacques Brel 67

Amen – Leonard Cohen – Old Ideas

Verde Luna – Mina – Mina 25

Rezept

— ● ◆ ● —

Die Besitzerin von Château Bardins, Stella Puel, gab mir das Lieblings-Kochrezept ihrer Familie:

»Auf einem Rebtriebenfeuer ein schönes ›Entrecôte de bœuf de Bazas‹ grillen, dazu Kartoffeln in die Glut legen.

Das Fleisch garnieren mit klein geschnittenen, in Butter leicht gedünsteten Schalotten. Et voilà!«

Danksagungen

—◆—

Von der ersten Idee bis zum fertigen Buch ist es ein langer Weg, an dem viele unterschiedliche Menschen beteiligt sind. An dieser Stelle möchte ich mich bei allen bedanken, die dazu beigetragen haben, diesen Kriminalroman entstehen zu lassen.

Die Recherchearbeit ist ein wichtiger Teil des Prozesses, und dieses Mal hat sie eine besondere Rolle gespielt.

Als ich den Vertrag für Band 1 unterschrieben habe, war mir klar, dass ich unbedingt noch einmal nach Bordeaux reisen und vor Ort Eindrücke sammeln musste. Doch dann kam Corona, und meine Reisepläne verschoben sich immer weiter. Gleichzeitig bot sich jedoch die großartige Chance einer Kooperation mit den *offices du tourisme* von Nouvelle Aquitaine und Bordeaux sowie dem Syndicat Intercommunal du Bassin d'Arcachon (SIBA).

Und so trat ich im September vergangenen Jahres mit dem Zug diese Reise an, ausgestattet mit meinen Masken, Desinfektionsspray und zum ersten Mal mit einem sehr merkwürdigen Gefühl, was das Überschreiten von Staatsgrenzen angeht. Ich war vorsichtig, habe mich an Hygiene- und Abstandsregeln gehalten – und die Entscheidung nicht bereut.

Es waren unglaublich intensive Tage! Eine Bereicherung nicht nur für dieses Buch, sondern auch in persönlicher Hinsicht. Ich bin so herzlichen, gastfreundlichen und großzügigen Menschen begegnet, die ein reichhaltiges Programm für mich organisiert und mich mit ihren Geschichten inspiriert haben.

Im Einzelnen bedanke ich mich bei Monika Fritsch von Atout France, die den ersten Anstoß zu dieser Kooperation gegeben hat. Bei meinem Guide Janneke Dufourquet-Wildeboer für eine herrliche Fahrradtour durch Bordeaux, bei Romain Bertrand von Gironde Tourisme und Alice de Courcel für den Besuch auf Château Ahon. Und besonders bei Christel Santurenne, die mich zwei Tage lang durch die Bucht von Arcachon kutschiert, mir ihre Lieblingsorte gezeigt und mir all meine Fragen ausführlich beantwortet hat.

Ich danke sehr herzlich Stella Puel von Château Bardins für einen bereichernden Einblick in die Arbeit bei der Weinlese und ein herrliches Mittagessen sowie Gilles Largeais vom Team Service Communication von der *police nationale* in Bordeaux für umfassende Informationen zum französischen Polizeisystem und Tipps für meinen Plot.

Thierry Renou, dem Chef des Restaurants Le Patio in Arcachon, danke ich für ein spannendes Interview, ebenso wie der Austernfischerei Fontenay der Cabane Le Cailloc in La Teste-de-Buch für ein interessantes Gespräch und eine himmlische Verköstigung.

Ferner danke ich dem Restaurant Chez Pierre in Arcachon für ein delikates Mittagessen sowie den Kooperationspartnern Hôtel Point France in Arcachon und Hôtel de Normandie in Bordeaux für einen sehr angenehmen Aufenthalt.

Ein ganz großes Dankeschön an Yasmine-Délia Greifenstein von Nouvelle Aquitaine Tourisme, meiner ersten Ansprechpartnerin und Programm-Koordinatorin, die mir so vieles im Rahmen meiner Recherchereise ermöglicht hat.

In diesem Zusammenhang danke ich auch Victor Lützow, der

mir noch vor der Reise zahlreiche Tipps aus seiner Zeit als Austauschstudent in Bordeaux gegeben hat.

Weiterhin geht mein besonderer Dank an Prof. Dr. med. Oliver Peschel vom Institut für Rechtsmedizin der LMU München, der mir mit den forensischen Details geholfen hat.

Wie immer danke ich Dorothee Schmidt von der Literaturagentur Hille und Schmidt für ihre Unterstützung meiner Arbeit und den wertvollen Austausch, sowie sämtlichen Beteiligten vom Ullstein Verlag, allen voran Caroline Dau und Ingola Lammers für eine angenehme und konstruktive Zusammenarbeit.

TestleserInnen sind für mich beim Überarbeiten unerlässlich. Für ihr aufmerksames Lesen, ihre Rückmeldungen und ehrliche Kritik bedanke ich mich bei Benjamin Muth, Hans-Peter Maus, Kerstin Muth, Laura Baginski, Margarete Maus, Stephan Knies und Ulrike Schäfer.

Und last, but not least gilt mein größter Dank wieder einmal meinem Mann Viktor, der mir nicht nur so oft den Rücken freihält, sondern stets meine erste Anlaufstelle ist, wenn ich ein Feedback für eine fertige Szene benötige, wenn der Plot hakt oder ich zu nah am Text klebe. Wie jedes Mal sind auch in dieses Buch einige seiner wunderbaren Ideen eingeflossen.

So ist ein solches Werk das Ergebnis vieler kleiner Schritte, und ich freue mich, dass Sie sich die Zeit dafür genommen haben.

Anmerkungen

— •◆• —

Die von mir erwähnten Pestizidskandale beruhen auf wahren Begebenheiten, die sich allerdings nicht in Les Graves, sondern im Médoc zugetragen haben. Für diejenigen, die sich näher mit der Thematik befassen möchten, habe ich auf der nächsten Seite Links zu den entsprechenden Berichten und Reportagen aufgelistet.

Die Ortschaften Villeneuve-des-Graves und Castre-les-Graves sowie die Châteaux de Venette-Rebeyrole, Pasquet-Castagnol und Verdier habe ich mir ausgedacht.

Die Weine des Château Bardins sind erst seit 2019 biozertifiziert.

Anders als in meiner Geschichte, ist die Weinbar *Au 4 Coins du Vin* an Freitagen bis zwei Uhr nachts geöffnet. Ebenso hat *Le Garage Moderne* im wahren Leben am Wochenende geschlossen.

Die Figuren dieses Romans sind frei erfunden und eventuelle Ähnlichkeiten mit tatsächlich existierenden Personen reine Zufälle.

Sollten sich Fehler in die recherchierten Materialien eingeschlichen haben, so liegt dies nicht an den Menschen, die mich mit ihrem Wissen unterstützt haben, sondern ausschließlich an mir.

Literatur

»Valérie Murat« von Leo Klimm
    erschienen in der Süddeutschen Zeitung am 24.02.2021
https://www.sueddeutsche.de/meinung/wein-pestizide-1.5216650

»Gift, Geld und Gesundheit« von Manfred Kriener
    erschienen im Magazin Slow Food 2020
https://www.slowfood.de/aktuelles/2020/gift-geld-und-gesundheit

»Das Gift auf den Reben« von Katja Trippel
    erschienen im Süddeutsche Zeitung Magazin Heft 19/2019
https://sz-magazin.sueddeutsche.de/essen-und-trinken/wein-pestizide-gesundheit-87239

»Pestizidwolken über dem berühmten Bordeaux-Weingebiet« von Stefan Brändle
    erschienen in Der Standard am 5.10.2019
https://www.derstandard.de/story/2000109504511/pestizidwolken-ueber-dem-beruehmten-bordeaux-weingebiet

»Pestizide sind ein ständiger Begleiter im Weinanbau«
    erschienen auf dem Blog Netzfrauen am 31.01.2018
https://netzfrauen.org/2018/01/31/weintrauben/

»Weniger Pestizide im Bordeaux-Wein«
    erschienen auf dem Blog Allein unter Bauern am 30.12.2017
http://alleinunterbauern.blogsport.eu/2017/12/30/weniger-pesti-
zide-im-bordeaux-wein/

»Gift-Weine trüben Frankreichs Weingeschäft« von Stefan Si-
mons
    erschienen im Spiegel am 23.12.2008
https://www.spiegel.de/wissenschaft/mensch/pestizide-gift-
weine-trueben-frankreichs-weingeschaeft-a-597922.html

Sandra Åslund

Mord in der Provence

Kriminalroman

Leseprobe

Ich wandte mich um und sahe an
Alle, die Unrecht leiden unter der Sonne;
Und siehe, da waren Tränen derer,
Die Unrecht litten und hatten keinen Tröster;
Und die ihnen Unrecht täten, waren zu mächtig,
Dass sie keinen Tröster haben konnten.
(Brahms, Vier ernste Gesänge, nach Salomo, Kapitel 4)

Prolog

Das Schlucken fiel ihm schwer. Etwas steckte in seinem Mund, drückte seine Zunge nach unten. Er konnte den Mund nicht öffnen. Arnaud versuchte sich zu bewegen. Es funktionierte nicht. Er lag auf der Seite. Seine Hände waren auf den Rücken gebunden. Seine Schultern, seine Knie, alles tat ihm weh. Die Beine ließen sich nicht strecken, sie waren schmerzhaft weit nach hinten gebogen. Die Füße hinten gefesselt. Harter Boden unter ihm. Dunkelheit um ihn herum.

Ganz allmählich schälten sich Konturen aus der Schwärze. Vor seinen Augen erschien eine Mauer. Alte Steine. Den Kopf konnte er ein wenig bewegen. Wenn er ihn nach oben drehte, konnte er Schemen einer hohen Steindecke ausmachen. Er hatte keine Ahnung, wo er war. Wie er hierhergekommen war. Er wand sich in den Fesseln, um sie ein Stückchen zu lockern. Umsonst. Die allerkleinste Bewegung der Beine zerrte an seinen Händen. Professionelle Arbeit, keine Frage. Ihm kamen die Augen der Tiere in den Sinn. Tiere, die er betäubt und fixiert hatte.

Ihm war übel. Er kämpfte gegen die Benommenheit. Wo endete die Erinnerung? Er dachte krampfhaft nach. Die Fahrt nach Orange … das Essen im Restaurant …

»Du bist wach.« Eine Stimme aus der Finsternis. »Dann können wir beginnen.«

Arnaud spürte die Kälte, die vom harten Boden in ihn hineinkroch. Beginnen womit? Was wollte man von ihm? Die Luft roch feucht und abgestanden. Hatte man ihn verraten?

»Du fragst dich, warum du hier bist, Arnaud Brunel?«

Für einen Moment hatte er geglaubt, eine Erinnerungsspur gefunden zu haben. Antike Mauern …

»Denk nach, Arnaud Brunel, denk scharf nach.«

Sein Kopf ruckte herum, soweit es ging. Die Stimme schien aus der anderen Ecke des Raumes zu kommen. Er konnte niemanden sehen.

»Ich will, dass du eine Lektion lernst.« Bedächtig sprach die Stimme, nahm sich Zeit. Kostete aus, dass er unterlegen war. Hatte er sie schon einmal irgendwo gehört?

Sein Körper schmerzte, die Fesseln schnitten ihm in die nackten Unterarme. Seine Hände fühlten sich taub an. Er musste einen Fehler gemacht haben, an irgendeiner Stelle … Dabei war er so vorsichtig gewesen. Die Gedanken fielen ins Leere. Spitze Steine stachen in seine Seite, in seinen Kopf. Sein Nacken war ganz steif, die Beine schienen zu reißen. Aus weiter Ferne drangen gedämpfte Töne an sein Ohr. Es klang wie … klassische Musik …

»Lerne deine Lektion, Arnaud Brunel.«

Er wand sich einmal mehr in den Fesseln, stöhnte, versuchte sich irgendwie mitzuteilen. Das Atmen wurde mühsamer, das Luftholen durch die Nase fiel schwer. Mit einem Mal bekam er Angst zu ersticken.

»Keine Sorge, du wirst genug Zeit zum Bereuen haben. Es wird lange dauern. Genau genommen wird es deine längste Nacht werden. Und deine letzte zugleich. Du wirst viel Zeit haben – ehe du stirbst.« Zuversicht, beinahe so etwas wie Heiterkeit lag in der Stimme. Und sie schien sich zu nähern.

Arnauds Herz begann zu rasen. Er gab verzweifelte Laute von sich. Strengte sich noch einmal an, die Fesseln zu lockern.

Die Stimme lachte. »Denkst du etwa, dass du dich retten kannst?« Erneutes Lachen. Höhnisch. Dann sehr ernst: »Hast du Gnade gekannt? Heute werden sich deine Grausamkeiten rächen. Heute Nacht wirst du büßen, Arnaud Brunel.« Jetzt war die Stimme nah an seinem Ohr.

»Mal überlegen, was hättest du wohl verdient ... Wie wäre es dir am liebsten? Ach so, du kannst ja nicht antworten, wie dumm von mir. Nun, dann werde ich bestimmen.«

Eine Pause. Arnaud hielt die Luft an. Sekunden verrannen, bis die Stimme wieder einsetzte. Leise und sehr langsam: »Ich will, dass du leidest.«

Etwas Glänzendes erschien in seinem Blickfeld. Er blinzelte, bemühte sich, die Augen scharf zu stellen. Der Schock fuhr ihm in die Knochen, als er eine Nadel ausmachte. Eine Nadel, die an einer Spritze steckte. Mit hektischen Bewegungen versuchte Arnaud, zur Seite auszuweichen.

Die Stimme lachte von neuem. »Wie rührend du dich bemühst! Dabei ist die Entscheidung längst gefallen. Es ist vorbei.«

Trotz der Kälte spürte Arnaud Schweißperlen, die seine Stirn hinunterrannen. In seine Augen liefen. Er atmete in kurzen, schnellen Zügen. Und bekam doch nicht genug Luft. Ihm wurde schwindelig.

»Ich habe gehört, es fühle sich an, als würde man von innen verbrennen. Die Idee gefällt mir. Ein Fegefeuer in deinen Adern. Ein Vorgeschmack, ehe du in die Hölle fährst.«

Er kämpfte gegen einen Würgereiz. Spürte mit einem Mal etwas Warmes, Feuchtes, das seine Beine hinablief. Den Stoff seiner Hose durchnässte.

»Wir haben noch eine ganze Weile zum Plaudern. Das hier

drin«, die Spritze bewegte sich hin und her, »wird sich langsam in deinem Körper ausbreiten. Am Anfang wird es dich wärmen. Ein kleines Geschenk von mir. Dann wird es heißer werden, immer heißer, wird dich von innen kochen. Auf kleiner Flamme garen. Ich werde dich derweil unterhalten. Damit dir nicht langweilig wird.«

Die Stimme begann zu summen. Eine Melodie, die vertraut klang, wie aus Kindertagen, wie ein Wiegenlied … Die Spritze tanzte vor seinen Augen. Er starrte auf die feine silberne Nadel. Das hier war echt. Sein Ende. Einfach so …

Das Summen verstummte.

»Und jetzt erfährst du, warum du sterben wirst, Arnaud Brunel.«

Ein Gesicht tauchte über ihm auf.

Ende der Leseprobe – Fortsetzung in »Mord in der Provence«

Atmosphärisch und spannend zugleich: Hannah Richter ermittelt in ihrem ersten Fall

Die junge Kommissarin Hannah Richter wird im Rahmen eines Austauschprogramms nach Vaison-la-Romaine, in ein idyllisches Touristenstädtchen in der Provence, versetzt. Damit geht ein Traum für sie in Erfüllung, denn hier kann Hannah neben der Arbeit ihrer Leidenschaft für die römische Geschichte nachgehen. Als ein Toter im römischen Theater in Orange gefunden wird, ist ihr Fachwissen gefragt. Allem Anschein nach handelt es sich um einen Selbstmord, doch Hannah entdeckt Hinweise, die auf einen Mord hindeuten. Da ihre ortsansässigen Kollegen, allen voran ihr Vorgesetzter Claude-Jean Bernard, ihre Beobachtungen jedoch als Hirngespinste abtun, beginnt Hannah, auf eigene Faust zu ermitteln. Und macht schon bald eine grausige Entdeckung …

Sandra Åslund
Mord in der Provence
Kriminalroman

Kriminalroman
Taschenbuch
Auch als E-Book erhältlich

Ein neuer Fall für Kommissarin Hannah Richter

Endlich Urlaub! Hannah Richter reist in die Provence, um ihre Freundin Penelope zu besuchen. Doch die Idylle trügt. Als Penelopes Nachbar tot in seinem Haus gefunden wird, übernimmt Hannahs ehemalige Kollegin die Ermittlungen. Sie bittet Hannah, Augen und Ohren in der Nachbarschaft offen zu halten. Penelope erinnert sich indes, dass der Tote vor seinem Ableben Andeutungen über ein düsteres Geheimnis in seiner Vergangenheit gemacht hatte. Hannahs Neugier ist geweckt, und sie verfolgt die Spur ihrer Freundin. Dabei ahnt die junge Kommissarin nicht, dass der Täter ihr bereits auf den Fersen ist ...

Sandra Åslund
Tödliche Provence

Kriminalroman
Taschenbuch
Auch als E-Book erhältlich
midnight.ullstein.de

Intrigen in der Provence

In einem Kölner Park wird ein Toter gefunden, erschossen aus nächster Nähe. Schnell stellt sich heraus, dass der Mann Franzose war und für ein provenzalisches Kosmetikunternehmen bei Vaison-la-Romaine gearbeitet hat. Kommissarin Hannah Richter, die sich dank eines früheren Austauschprogramms in Vaison bereits auskennt, macht sich sofort auf den Weg, um vor Ort zu ermitteln. Zum Glück ist auf dem Weingut ihrer Freundin Penelope immer ein Zimmer für sie frei. Gemeinsam mit den Kollegen aus der Region nimmt Hannah den Familienbetrieb für Naturkosmetik unter die Lupe, für den das Opfer tätig war. Dabei kommt sie bald dahinter, dass dort nicht alles mit rechten Dingen zugeht. Als eine weitere Leiche auftaucht, gerät die örtliche Polizei unter Druck …

Sandra Åslund
Verhängnisvolle Provence

Kriminalroman
Taschenbuch
Auch als E-Book erhältlich
midnight.ullstein.de